러시아
문학의
맛있는
코드

이 저서는 2009년 정부(교육과학기술부)의 재원으로 한국학술진흥재단의 지원을 받아
수행된 연구임(KRF-2009-812-A00161).

This work(KRF-2009-812-A00161) was supported by the Korea Research Foundation Grant
funded by the Korean Government(Ministry of Education, Science and Technology).

러시아
문학의
맛있는
코드

푸슈킨에서
솔제니친까지

석영중 지음

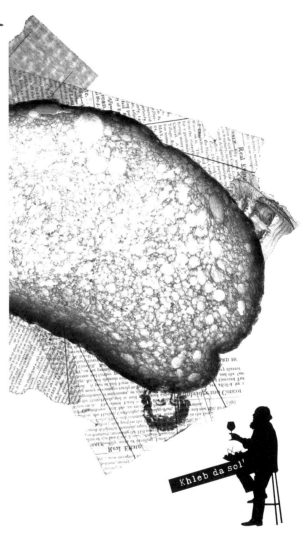

Khleb da sol'

예담

"목구멍이 포도청이다"

정말 그렇다. 먹는 것에 대해 이보다 더 직설적이고 노골적이면서도 정곡을 찌르는 표현이 어디 있을까. 이 한 문장으로 인간의 삶 전체가 요약된다고 해도 과언이 아니다. 음식은 인간의 생사를 결정한다. 먹으면 살고 먹지 않으면 죽는다. 먹는 것은 인간 생존의 가장 기본적인, 가장 중요한 조건이다. 그래서 목구멍이 포도청이다.[1] 우리말의 묘미는 먹는 것과 관련해서 타 언어의 추종을 불허한다. 우리는 그냥 '사는' 것이 아니라 '먹고산다'. 그냥 잘 사는 것이 아니라 '잘 먹고 잘 산다'. 교육은 밥상머리에서 하고 금강산도 식후경이고 먹을 때는 개도 안 때리고 먹다 죽은 귀신이 때깔도 곱다. 먹을 수 있다는 것은 생리적으로나 경제적으로나 심리적으로나 살아 있다는 뜻이니 그럴 수밖에 없다.

　목구멍이 포도청이기 때문에 인간은 '잘' 먹어야 한다. 안 먹어도 죽고 못 먹어도 죽고 너무 많이 먹어도 죽는다. 아무거나 먹어도 안 되고 아무렇게나 막 먹어도 안 되고 너무 가려 먹어도 안 된다. 그래서 음식은 역사 이래로 지금까지 인류 문화의 가장 중심에서 끈질기게 인간의 흥미를 자극해 왔다. 오로지 인간만이 음식을 먹을 뿐만 아니라 음식과 먹는 행위에 관해 그토록 다양한 각도에서 생각하고 연구하고 분류하고 규칙을 만들고 정신적 의미를 부여하고 비유로 치장하고 이야기를 지어낸다. 오로지 인간만이 깨끗한 음식과 부정한 음식을 가려내고, 때와 장소에 맞는 음식의 예법을 만들어내고, 먹기 전과 후에 기도를 한다.

음식이 갖는 가장 흥미로운 속성은 그 스펙트럼이 거의 무한대라는 점이다. 음식은 완전히 다른 두 개의 극단을 동시에 끌어안는다. 요컨대 음식은 물질인 동시에 물질을 초월한다. 음식 자체는 물질이지만 그것은 먹는 사람의 심리와 인격을 비춰주는 거울이 되기도 하고, 인간과 인간 간의 교감을 가능케 하는 언어의 구실을 하기도 하고, 특정 공동체의 가치를 대변해 주기도 한다. 예를 들어 밥은 쌀로 조리된 물질이자 한국인의 정체성에 대한 표현이자 가장 고차원적인 의미에서 생명의 상징이다.

먹는 행위 또한 마찬가지다. 먹는다는 것은 가장 비루한 짓거리에서 가장 거룩한 사건에 이르기까지 인간 행동의 양극단을 수시로 왕복한다. 꾸역꾸역 먹기, 먹다가 목이 메어 눈물까지 찔끔 흘리기, 걸신 들린 듯이 먹어치우기, 가죽 주머니에 무언가를 꾸겨 처넣듯이 주린 배에 음식을 꾸겨 넣기, 껄껄 트림하면서 먹기 등등. 이것들은 모두 가장 기본적이고 생리학적인 의미에서의 먹기다. 이런 식의 먹기가 배설과 연결될 때 "먹고 싸는" 순환의 고리, 갓난아기에서부터 치매 노인에 이르기까지, 노예에서 황제까지 인간 전체를 족쇄처럼 옭아매는 생물학적 고리가 완성된다. 그래서 더더욱 비루하다. 아니 심지어 슬프다. 인간의 존재 자체가 비루하고도 슬프다.

그러나 먹기의 생리학적 속성을 살짝 뒤틀면 그것은 또 가장 위대한 행위가 된다. 살아 있다는 것이 위대한 일이듯이 먹는다는 것도 위대한 일이다. 그것은 인간에게 부여된 오감의 축복과 직결되기 때문이다. 혀 위에서 부드럽게 녹아내리는 달콤한 초콜릿의 맛, 코를 자극하는 갓 내린 커피 냄새, 솜털이 보송보송한 복숭아의 촉감, 다양한 색상과 형태로 눈을 즐겁게 하는 정찬 요리는 인간에게 지고의 행복을 선사한다. 그것은 단순한 쾌락의 충족이 아니다. 오감으로써 음식을 향유한다는 것은 신의 축복이자 살아 있는 동안에만 누릴 수 있는 생명의 특권이다. 바깥에서 실컷 뛰어놀던 아이가 집에 돌아와 사과를 한 입 크게 베어 물면서 맛보는 충족과 감사와 풍요의 느낌은 '먹고 싸는' 순환 고리에서 벗어난다.

먹는 행위는 궁극에 이르면 성스러운 일이 된다. 대부분의 종교는 음식을 신이 내린 은혜로 바라본다. 그래서 식사는 결국 의식으로 연장된다. 미각과 후각으로 음식을 음미하고, 음식이 있도록 한 자연과 일체감을 느끼고, 먹을 수 있음에 감사하고, 살아 있음에 감사할 때 그것은 거룩한 사건이 된다. 불교의 발우 공양, 이슬람의 '할랄(이슬람 율법에 따라 조리한 음식)', 성체성사에서 기억되는 그리스도의 최후의 만찬은 모두 먹는 행위가 다다를 수 있는 최고의 경지를 보여준다.

이 책은 이토록 모순적이고 다양하고 흥미진진한 음식과 먹기의 문제에 초점을 맞추어 러시아 문학의 이모저모를 짚어보는 책이다. 다음 장에서 자세히 살펴보겠지만 러시아 작가들은 음식 이야기를 즐겨 했고 음식을 상징이나 비유로 사용하기를 즐겨 했다. 이 책은 그들이 사용한 음식의 언어와 그 언어로써 전달되는 메시지를 추적해 보고, 그럼으로써 러시아 문화의 해석에 새로운 시각을 더하고자 한다. 러시아 작가들이 사용한 음식의 코드로써 우리의 일상과 우리의 식사를 되돌아볼 수 있게 된다면 그것은 이 책의 독서가 주는 또 하나의 작은 즐거움이 될 것이다.

워낙 먹는 것을 좋아하고 음식에 관심이 많다 보니 꽤 오래전부터 러시아 문학 속에서 언급되는 음식에 마음이 쏠렸다. 그리고 언제부터인가는 그 음식들에 관해 글을 써보고 싶다는 생각이 마음 한구석에서 꿈틀거렸다. 그러다가 2009년에 한국연구재단의 저술출판지원사업(과제번호 A00161)에 선정되어 내 소망은 가시화되기 시작했다. 내 소망이 글로써 빛을 볼 수 있도록 지원해 준 한국연구재단과 저술출판지원사업 심사위원 제위께 깊이 감사드린다.

2013년 3월
석영중

차 례

I '남의 음식'과 '나의 음식'

II 영혼의 양식과 육체의 양식

Ⅲ　옛 음식과 새 음식

음식의 코드

푸슈킨에서 솔제니친에 이르기까지 러시아의 많은 작가들은 직간 접적으로 음식과 먹는 행위를 통해 독자에게 메시지를 전달했다. 그들의 작품 속에서 음식의 모티프는 때로는 가장 두드러진 플롯 의 동인으로 작용하기도 하고, 때로는 다른 요소들과 결합하여 주 제를 암시하기도 한다. 특정 요리와 음식이 작가의 최종적인 의도 를 전달하는 핵심 코드가 되는 경우도 있다.

　음식은 또한 작가의 삶과 밀접하게 관련된다. 러시아 작가들은 실생활에서 음식에 대해 독특한 입장을 견지했다. 서재에 요리책 을 쌓아두었던 푸슈킨, 식도락가로 알려진 고골과 불가코프, 인생 의 후반기에 채식주의자로 변신한 톨스토이, 값비싼 요리를 즐길 처지가 못 되었던 도스토예프스키 등은 모두 음식에 대한 개인적 체험이나 생각을 창작에 반영했다. 가장 기본적인 차원에서만 보 더라도, 음식에 대한 작가의 관심과 향유의 정도는 작품에 포함된 음식 묘사의 질과 양에 비례한다. 요컨대 음식은 텍스트와 전기를 이어주는 여러 연결 고리 중의 하나로 작용한다.

　더 나아가 음식은 문화적인 기호로서 작품과 작가를 배출한 시대 상황을 조망해 준다. 예를 들어 러시아 수프는 19세기와 20세기에 각각 다른 함의를 지닌다. 프랑스 요리가 고급 요리로 간주되던 시기에 러시아식의 양배추 수프는 낙후성 내지는 빈곤함의 기호였다. 그러나 유럽의 식문화가 러시아에 완벽하게 정착한 19세기 중후반이 되면 오히려 러시아 수프는 절제의 미덕을 표출하는 긍정적인 기호가 된다. 그러다가 20세기 초엽에 들어서면 동일한 수프가 지루하고 범속한 일상, 타파해야 할 과거의 구습을 표상하고, 혁명 이후 고질적인 식량 부족으로 시달리던 소비에트 시기에는 생존 자체를 표상한다. 요컨대 음식은 문학 텍스트를 규정하는 세 가지 요소, 즉 텍스트 그 자체, 작가의 전기, 그리고 시대 상황 모두와 연관되면서 문학작품의 해석에 깊숙이 개재한다.

　사실 음식은 러시아 문학뿐이 아니라 정치, 경제, 사회, 과학, 예술 등 인간의 삶과 관련된 모든 영역에서 지속적인 고찰의 대상이 되어왔다. 일반적으로 음식 연구는 두 가지 방향에서 진행된다. 첫째, 음식을 물질로 바라보는 접근법이다. 자명한 사실이지만, 인간을 비롯한 모든 동물은 음식을 섭취해야만 생존할 수 있다. 생리학적으로 말해서 인간은 살기 위해서 먹는다. 음식의 조달과 조리, 그리고 섭취와 소화는 인간 생존의 가장 기본적인 조건이다. 따라서 식량의 확보, 가격 조정, 새로운 식품과 조리법의 개발 등은 정치, 경제, 농학, 식품공학, 의학의 영역에서 활발하게 논의되어왔다.

둘째, 음식을 관념적으로 바라보는 접근법이다. 모든 동물이 살아남기 위해 음식을 섭취하지만 식사 예절과 식도락의 관념은 인간에게만 적용된다. 오로지 인간만이 주린 배를 채운 뒤에도 음식을 먹는다. 그래서 민족이나 인종의 식성, 입맛, 식습관 같은 것들은 고고학과 문화인류학과 민속학의 주요한 테마가 된다. 관념으로서의 음식은 또한 인간의 사고와 상상력을 자극함으로써 철학, 심리학, 문학, 미술, 연극 및 영화의 기호 시스템 속으로 들어갈 수 있다.

이렇게 광범위한 함의를 지니는 음식은 인간의 의사소통에서 가장 중요한 코드 중의 하나라 할 수 있다. 인간의 기본적인 허기를 해결해 주고 나면 음식은 그의 정신 영역으로 들어가 심리적, 지적, 예술적 요인들과 결합한다. 음식의 기호는 언어기호처럼 의미를 전달하고 창조하면서 인간의 의사소통에 관여한다. 인간은 대화를 나누듯이 음식을 나누고, 이 나누는 행위는 다른 모든 기호 작용처럼 의미를 발생시킨다. 따라서 음식은 인간을 읽고 사회를 읽는 데 필요한 코드, 그리고 인간과 사회를 반영하는 문학작품을 읽는 데 필요한 코드로 작용한다.

러시아 문학에 나타나는 음식의 기호는 문화의 세 가지 중요한 특징과 관련된다. 첫째, 표트르 대제의 서구화는 고도로 정교한 문학에서 일상 행위에 이르기까지 문화의 모든 차원에서 '남의 것'과 '나의 것'의 대립을 유발했다. 음식의 경우도 마찬가지다. 서구(특히 영국과 프랑스, 이탈리아)의 요리는 토종 러시아 요리와 대립하는 가운데 다양한 이데올로기의 표출을 위한 창구가 되었다. 예를 들어

'검은 빵'과 '흰 빵'이 러시아 문화 전체를 통해 자국 문화와 타자의 문화에 대한 일종의 기호로 작용했다면, 19세기 중엽의 슬라브파와 서구파의 대립은 '러시아 국수'와 '마카로니'의 메타포로 표출되었다.

둘째, 988년에 러시아 토양에 이식된 동방 그리스도교(동방정교)는 모순적인 러시아적 정신을 탄생시켰다. 그리스도교가 가르치는 소박하고 절제된 식사는 먹고 마시는 것을 즐기는 러시아 민족성과 공존하면서 독특하게 러시아적인 종교 문화를 정착시켰다. 러시아 정교는 서구 가톨릭에 비해 덜 교조적이고 덜 금욕적인 것이 사실이지만, 먹는 행위에 대한 중세적인 절제는 언제나 러시아 정신의 일부분으로 남아 있으면서 성찬의 향유와 대립하고 충돌하는 가운데 다양한 의미를 창조했다. 음식의 이러한 기호적 의미는 러시아 문학 속에서 '육체의 양식('pitanie')'과 '영혼의 양식('vospitanie')'의 대립으로 가시화된다. 양자의 복잡한 뒤얽힘은 고골, 톨스토이, 도스토예프스키의 문학 해석에 중요한 프레임으로 작용한다.

셋째, 1917년 혁명은 '옛 음식'과 '새 음식'의 대립을 파생시켰다. 혁명 이후 문학 속에서 종종 사용된 '구세대 대 신세대', '옛 문화 대 새 문화'의 대립 모티프는 음식 자체뿐 아니라 음식을 먹는 방식과 음식을 먹는 장소의 변화에 의해서도 표현되었다. 혁명 전의 진수성찬과 혁명 후의 초라한 식사, 혁명 전 가정에서의 식사와 혁명 이후 공동 식당에서의 식사 간의 극적인 대비는 일련의 심리적, 사회적 코드와 결합하여 소비에트 문학의 독특한 성격 형성에 기여했다.

인류 역사를 통틀어 음식에 대한 인간의 관심만큼 다양하고 지속적인 것이 어디 있을까 싶다. 특히 최근에는 인터넷과 SNS의 발달로 그 어느 때보다도 음식, 요리, 레스토랑에 관한 정보가 넘쳐난다. 요리책, 요리 잡지, 레스토랑 가이드는 물론이거니와 요리 블로거와 맛집 블로거까지 온라인과 오프라인을 넘나들며 음식에 관한 담론을 만들어내고 있다. '푸드 스타일리스트', '푸드 칼럼니스트', '레스토랑 컨설턴트' 등의 직업이 생겨났고 음식과 관련된 새로운 연구 분야인 영양인류학(Nutritious Anthropology), 음식사학(Food History) 등이 학계의 주목을 받고 있다.[2] 또 음식을 소재로 한 소설이나 에세이, 영화 등도 꾸준히 나오고 있다. 이러한 추세는 소통에 대한 욕구와 무관하지 않아 보인다. 사실 음식은 가장 보편적인, 만국 공용의 언어라 할 수 있다. 내가 이 책에서 살펴볼 러시아 문학의 음식 이야기도 독자와의 소통을 위한 맛있는 언어가 되어주길 기대한다.

[VOL.

CHRONIC

...e to .. STATE, and PUBLISHERS of the LAWS of the Unit...

M. CAREY,

INFORMS the Book-sellers throughout the United States, that he is about putting to press a large Edition of the common Quarto BIBLE, which he offers to those who subscribe for them by the hundred it as low a rate as they can be printed in Edinburgh at any other press where they are to be got up.

They will be ready for delivery the 1st of April. Subscriptions will be filled at March 15th.

Specimens may be seen at the stores of Messrs. Young, &c. ... Johnson, John West, and Andrews. Those who are unacquainted with terms, may see his Circular on the subject, &c.

'남의 음식'과

'나의 음식'

표트르 대제의
서구화

　　　　러시아 문화의 가장 두드러진 특징을 한 가지 고르라면 아마도 '남의 것'과 '나의 것'의 충돌과 융합이라 할 수 있을 것이다. 물론 타자의 것과 조금도 섞이지 않은 순혈통의 문화는 상상하기 어렵지만, 러시아의 경우 '남의 것'과 '나의 것'의 충돌에서 비롯된 에너지는 18세기 이후 자국 문화 발전의 주된 원동력이었다. 그것은 가장 형이상학적인 철학과 문학에서부터 가장 즉물적인 의식주의 관습에 이르기까지 삶의 모든 단계에 스며들어 지극히 흥미로운 하이브리드 문화를 만들어냈다.
　러시아 문화의 이중성은 한 남자의 불타는 집념에서 비롯되었다고 해도 과언이 아니다. 1696년, 스물넷의 나이에 광활한 러시아 땅의 군주로 등극한 황제 표트르는 문자 그대로 러시아 역사의 흐름을 바꿔놓았다. 훗날 표트르 대제(Peter the Great, 1672~1725년)라 불리게 될 이 장신의 황제는 엄청난 신체적인 완력과 식욕과 호기심과 학습 능력을 갖춘 진정한 거물이었다. 거칠면서도 섬세하고 너그러우면서도 교활한 이 지도자는 조국 러시아의 문제가 무엇인지를 정확하게 파악하고 있었다.

지리적으로는 유럽과 접하고 있지만 러시아는 그때까지 유럽으로부터 완벽하게 격리되어 있었다. 988년에 동방정교를 국교로 택한 덕분에 러시아는 오랜 세월 동안 서구 문명의 원천인 그리스 로마 문명과 단절되어 있었으며, 서유럽이 중세를 거쳐 화려한 르네상스기를 맞이하는 동안에도 여전히 중세적인 신비주의의 침침한 어둠 속에 남아 있었다. 서유럽의 눈에 러시아는 야만적이고 미개하고 낙후된 거인처럼 비쳐졌다. 표트르는 이 촌스럽고 어리숙한 거인 러시아를 세련된 유럽 신사로 바꾸는 것을 필생의 사업으로 여겼고 초인적인 열정을 쏟아부어 이를 실천에 옮겼다.

표트르는 행정부와 군대와 산업, 교육과 문학과 종교, 이 모든 것을 완전히 서구식으로, 그것도 단시간 내에 바꿔버렸다. 그러나 그의 서구화 정책 중에서도 가장 놀라운 결실은 상트페테르부르크의 건설이었다. 표트르의 명령에 따라 네바 강 하구의 늪지대는 유럽식의 궁궐과 정원과 조각품으로 가득 찬 화려한 도시로 변모했다. 대리석과 화강암 건물들, 운하를 가로지르는 다리들, 그리고 정교한 동상들, 이 모든 것들은 발트 해에서 불어오는 삭풍에 맞서 철권 황제의 의지를 웅변해 주는 물적 표상이었다. 1712년, 표트르는 12세기 중엽에 건설되어 그동안 러시아국의 중심이자 러시아적인 모든 것을 상징해 왔던 모스크바를 버리고 새로 건설한 상트페테르부르크로 천도했다. 그리하여 이제 러시아 역사에서 '페테르부르크 시대'라고 하는 새로운 시대가 열리게 되었다.

페테르부르크는 지리적으로도 이중적인 도시였다. 도시 전체가 돌로 지어졌지만 그 토대는 단단한 땅이 아닌 늪지대였다. 러시아 기호학자 로트만(Iu. Lotman)은 페테르부르크의 모순적인 특성을 설명하기 위해 오도예프스키(V. F. Odoevskii)의 이야기를 인용한다.

> 도시를 건설하기 시작했소. 하지만 암석을 놓기가 무섭게 늪지대가 그놈을 삼켜버렸소. 바위 위에 또 바위를 덧쌓고 통나무를 켜켜로 쌓아 올려도 늪지가 모조리 삼켜버리니 땅 윗면에는 진창만이 남아 있었소. 그러는 동안에 황제께서 배를 지으시고 주위를 둘러보셨소. 아무리 보아도 당신의 도시는 눈에 띄지 않았소. 그래 폐하께선 가신들에게 '아무것도 제대로 못 하는구나' 하고 말씀하시면서 판석을 차례로 들어 올리셔 공중에 매달아놓으셨소. 이런 식으로 황제께선 도시 전체를 건설하신 다음 그것을 땅 위에 내려놓으셨소.[3)]

물컹한 늪지대 위에 세워진 단단한 돌의 도시라고 하는, 너무도 이율배반적인 이미지는 도시 자체를 허구로 변모시킨다. 도시는 공중에 매달린 환상의 공간이며, 그 환상은 끊임없이 리얼리티와 충돌하면서 페테르부르크 기호학, 페테르부르크 문학, 페테르부르크 상징학이라고 하는 관념의 영역을 활성화한다.

돌과 늪의 대립은 도시의 실질적인 외관에 대해서도 이중의 해석을 불러일으킨다. 네바 강의 범람을 막기 위해 건설된 운하와, 운하를 가로지르는 무수한 석조 다리들은 페테르부르크에게 '북방의 베니스', '북방의 암스테르담'이라고 하는 별칭을 안겨주었다. 실제로 도시는 '나의 땅' 위에 세워진 '남의' 도시였다. 이는 모스크바와 비교해 볼 때 더욱 분명해졌다. 사실 페테르부르크는 건설 당시부터 근본적으로 타자의 도시였다. 모스크바가 유구한 역사, 피와 어둠과 장중함과 동방정교와 전통을 의미한다면 페테르부르크는 급조된 것, 첨단적인 것, 인위적인 것, 밝고 우아한 것, 서구적인 것, 세속적이고 세련된 것을 의미했다. 모스크바가 컴컴한 심연으로 거슬러 올라가는 과거의 시간을 의미한다면 페테르부르크는 끝이 없는 미래를 의미했다. 이렇게 자기 땅 위에 남의 도시를 건설한 러시아는 이때부터 '타자의 것'에 대한 열망과 증오와 선망과 우려라고 하는, 다른 문화권에서는 유례가 없는 복잡한 감정의 회오리에 휘말리기 시작했다.

페테르부르크로의 천도를 기점으로 시작된 서구화는 러시아 문화의 전폭적인 방향 재조정을 의미했다. 흔히 페테르부르크를 가리켜 "유럽을 향한 창문"이라 부르지만 이는 현실과 괴리된 호칭이다. 그것은 유럽의 빛이 비쳐 들어오는 조그만 창문이 아니라 유럽 전체가 뭉텅이로 들어온 거대한 대문이었다.

당연한 일이겠지만 러시아는 거인 황제의 환영을 받으며 이 대문을 통해 들어온 유럽에 매료되었다. 물론 저항도 있었다. 그러나 유럽의 광풍은 너무도 강해서 러시아는 어리둥절할 새도 없이 순식간에 유럽의 일원이 되고 말았다. 긴 수염을 싹둑 자르고 치렁치렁한 덧옷 대신 경쾌한 바지를 입은 신종 러시아인들이 거리를 활보했다. 중앙 행정부는 명칭에서부터 업무에 이르기까지 모든 점에서 유럽식으로 개편되었고 귀족들은 유럽식 야회에 참석하여 프랑스어로 소통했다. 유럽식 의상, 유럽식 건축물, 유럽식 음식과 유럽식 에티켓과 유럽식 카드놀이가 국민의 일상생활을 장악했고 유럽식 문학과 유럽식 음악, 미술, 발레가 러시아인들의 예술성을 자극하기 시작했다.

심지어 1717년에는 청년들의 일거수일투족을 유럽식으로 개편하기 위한 가이드북 『젊은이들의 참된 거울(Iunosti chestnoe zertsalo)』이 출간되기까지 했다. 여기에는 춤추는 법은 물론 코 푸는 법에 이르기까지 '야만적인' 러시아식에서 벗어나 '세련된' 유럽식으로 행동하는 데 필요한 예의범절이 조목조목 적혀 있었다. 이 책자는 많은 점에서 네덜란드의 인문주의자 에라스무스(D. Erasmus)의 책 『청소년을 위한 예법(De civilitate morum puerilium, 1530년)』을 연상시킨다. 에라스무스의 책 역시 당대의 '야만적인' 귀족 자제들에게 식탁 예절을 비롯한 많은 에티켓을 가르쳐주는 내용을 담고 있기 때문이다.[4] 에라스무스의 책은 16세기 중엽에 여러 유럽어로 번역되었는데 그중에 러시아어는 없었다. 러시아는

2백 년 뒤에 가서야 식탁 예절의 필요성을 절감했다는 뜻이다. 아무튼 당시 러시아인들에게 유럽은 하나에서부터 열까지 러시아가 도달해야만 하는 목표이자 뛰어넘어야 하는 장애물이었다.

과식에서
미식으로

표트르의 서구화 정책으로 시작된 '남의 것'과 '나의 것'의 대립적인 관계는 음식의 영역에서 가장 극명하게 드러났다. 유감스럽게도 대부분의 역사가들과 문화사가들은 한 나라의 문화사를 설명하면서 음식에 관한 부분을 간과하기 일쑤지만, 사실상 음식은 인간의 생존과 직결되는 만큼 문화를 읽기 위해 필요한 가장 기본적인 코드다. 음식은 인간이 본능적으로, 그리고 직접적으로 체험하는 변화를 상징할 수 있고 비물질적인 차원에서 여러 다양한 의미를 함축할 수 있다. 그것은 종교, 원칙과 가치관, 결속감, 애정, 문명과 스타일, 예술 등을 표현하는 수단이 될 수 있다.[5] 즉 입을 통해 사람의 몸 안으로 흡수되는 물질이 가장 고차원적인 의미에서의 문화를 말해 주는 것이다.

표트르의 개혁은 러시아 식문화에 화려한 족적을 남겼다. 표트르의 서구화 정책이 러시아 식문화에 가져온 변화는 다음의 세 가지로 요약해 볼 수 있다. 첫째, 무엇보다도 음식의 종류가 이전과 비교할 수도 없이 다양해졌다. 페테르부르크의 외관에 낭만적인 풍광을 더해준 수많은 운하와 다리들은 미학적일 뿐만 아니라 실용적이기도 하여 독일과 프랑스와 네덜란드에서 들여온 치즈와 베이컨과 거위간의 운송을 신속하게 해주었다.

물론 페테르부르크 천도 이전 시기에도 러시아를 찾는 외국인들은 식재료의 다양성에 놀라곤 했다. "시장에 진열된 과일과 채소의 다양성은 17세기에 모스크바에 파견된 홀스타인 사절단의 일원인 애덤 올리어리우스를 매우 놀라게 했다. 노천 시장에는 거대한 광주리에 담긴 채소들이 줄지어 있었다. 사과의 종류도 여러 가지였고 배와 버찌와 자두와 붉은 포도, 엄지손가락 굵기만 한 아스파라거스, 오이와 양파와 마늘 등등이 넘쳐났다."[6] 러시아는 250년 동안 몽골 지배를 받으면서 양배추와 요구르트 같은 음식물을 몽골로부터 받아들였다. 그 이후에는 페르시아를 비롯한 중동 지방에서 석류, 멜론, 대추 같은 과일과 향신료를 수입했다. 즉 러시아 음식 문화에는 상당한 정도까지 '오리엔탈'한 요소가 가미되어 있었다는 뜻이다.

그러나 표트르의 천도 이후 러시아 음식은 급속하게 서구화되었다. 오늘날 러시아 식단에서 빼놓을 수 없는 감자만 해도 1716년에 표트르 대제가 로테르담에서 가져온 것이었다. "그들의 미각을 만족시키기 위해서 프랑스에서 와인과 브랜디가 수입되었고 헝가리에서 스위트 와인이 수입되었다. 신선한 사과와 배와 레몬과 수박이 육로와 해로로 수도에 배달되었고 네덜란드 치즈와 프러시아 버터와 함부르크 베이컨이 수입되었다. 얼음과 셔벗과 기타 온갖 진미가 프랑스와 이탈리아에서 모셔 온 요리사들에 의해 조리되었다."[7]

둘째, 음식의 의미가 달라졌다. 모스크바 시대, 즉 17세기까지 러시아 음식은 허기를 충족시켜준다는 데 일차적인 의미를 두었다. 이때까지 러시아가 지극히 종교적인 국가였음을 상기할 때 이는 놀라운 것이 아니다. 즉 '미식'의 개념은 상대적으로 러시아에 낯선 것이었다. 백성들의 일상은 정교회 달력에 의해 통제되고 있었다. 어떤 기간에는 육식을 중단하고, 어떤 기간에는 버터가 들어간 기름진 음식을 먹고, 어떤 날에는 치즈케이크 같은 특정 음식을 먹는 식이었다. 특히 쇠고기, 돼지고기, 닭고기를 비롯한 온갖 고기류와 버터, 치즈 등의 유제품, 그리고 달걀을 완전히 금하는 금육의 기간이 정교회 달력에서는 일 년에 무려 2백 일 가까이 되었다. 기름기를 전혀 섭취하지 않는 것은 사람들에게 커다란 고통이 되었을 것이다. 따라서 러시아의 요리사들은 (가정주부를 포함하여) 금육의 기간에 합법적으로 기름기를 조리법에 집어넣기 위해 머리를 짜냈다. 이를테면 버터를 못 쓰는 대신 아마유를 사용해서 음식을 조리하는 것 등이다. 그러다 보니 러시아 요리 기술은 섬세한 미각보다는 금육 기간 동안에 합법적인 기름기 섭취에 더 관심을 기울이게 되었다.

모스크바 시대의 정치적인 관념 또한 미식의 발전을 저해하는 요인이 되었다. 크고 웅장하고 압도적인 모스크바국의 위용은 음식 역시 크고 웅장하고 압도적인 것으로 이해했다. 이반 뇌제가 궁에서 베푼 향연을 예로 들어보자.[8] 1557년 크리스마스 파티에 초대받은 영국인 리처드 챈슬러는 터무니없이 많은 양의 음식에 입을 다물지 못했다. 수백 마리의 통백조구이와 수백 마리의 통공작구이, 학과 거위와 뇌조 고기, 구운 쇠고기, 돼지고기와 토끼고기, 철갑상어가 줄을 이어 나왔다. 최고급 고기 요리로 간주되던 백조와 공작구이는 털을 깨끗이 씻어서 고기 위에 되붙였기 때문에 꼭 박제한 새처럼 보였고 과일은 층층이 쌓아올려져 꼭 피라미드처럼 보였다.[9] 만찬은 여덟 시간 동안 줄기차게 진행되었다. 인간이 어떻게 그렇게 많은 음식을 먹을 수 있었는지는 아직도 의문이다. 어떤 문화학자는 당시 러시아 사람의 평균 수명이 유럽에 비해 훨씬 낮았던 것은 지나친 대식에서 비롯된 것이라는 의견을 펴기도 했다.

황제의 만찬뿐 아니라 일반 귀족의 만찬 역시 믿을 수 없이 엄청난 양의 음식을 특징으로 삼았다. 모든 것에서 극단적이었던 러시아인들은 음식도 양적인 극단으로 몰고 갔다.[10] 요컨대 모스크바 시대의 진수성찬은 위용에 대한 기호이긴 했지만 세련된 요리와는 거리가 멀었다. 즉 표트르의 개혁 이전 러시아에서 음식이 허기를 해결해 주는 것 이상의 의미를 가질 때 그것은 '양'으로써 권력을 말해 주었다는 뜻이다. 그런데 표트르의 개혁은 러시아 사람들에게 미각이라고 하는 새로운 개념을 소개시켜주었다. 이제 비로소 러시아인들은 식도락과 미식의 그 화려한 세계에 발을 들여놓게 되었다. 순수하게 '맛있는 음식'이 러시아인들의 혀를 사로잡기 시작했다.

셋째, 표트르의 개혁은 음식의 맛 그 자체뿐이 아니라 음식을 먹는 방식, 음식이 차려지는 방식, 음식이 담겨지는 그릇의 미적인 측면에 대한 러시아 사람들의 관심을 촉구했다. 이 점에서 『젊은이들의 참된 거울』에 제시된 식사 예절은 시사하는 바가 매우 크다. 이 가이드북은 소위 '신사'가 되기 위해서는 식탁에서 이러저러한 에티켓을 지켜야 한다고 말하는데, 그 내용을 보면 이전의 러시아에서는 식사 에티켓이라는 개념 자체가 미미했음을 알 수 있다.

허겁지겁 음식에 달려들지 말고, 돼지처럼 게걸스럽게 먹지 말고, 수프를 훅훅거리며 불지 말고, 쩝쩝거리며 먹지 말아야 한다. 술에 달려들지 말고, 음주는 절제하며 만취는 피하고 필요한 만큼만 먹고 마셔야 한다. 체면상 여러 차례 거절한 뒤에야 음식을 먹되 약간만 덜어 먹고 남은 요리는 다른 사람에게 감사의 말과 함께 넘겨야 한다. 접시에 두 손이 오랫동안 놓여 있어서도 안 되고 다리를 탁자 밑에서 흔들어서도 안 된다. 술이나 물을 마신 뒤 손으로 입을 닦아서는 안 된다. 반드시 수건을 사용해야 한다. 음식을 다 삼킨 뒤에 반드시 음료를 마시고 손가락을 쪽쪽 빨지 말아야 한다. 뼈에 붙은 고기는 나이프로 잘라서 먹어야지 뼈째 들고 갉

아 먹어서는 안 된다. 나이프로 이를 쑤시지 말고 반드시 이쑤시개를 사용해야 한다.[11]

요컨대 식탁에서는 적당히, 점잖게 먹으라는 뜻이다. 그러니까 이 가이드북이 쓰이기 이전의 시대에 러시아인들은 "돼지처럼 게걸스럽게" 먹고 취하도록 마시고 "나이프로 이를 쑤셨다"는 뜻 아니겠는가. 당시 러시아 귀족들은 냅킨도 사용하지 않았다고 전해진다. 손에 음식 찌꺼기가 묻으면 식탁보에다 그냥 닦았다는 것이다.

개혁 이전의 러시아 식문화가 얼마나 '양'에 집착했나 하는 것은 음식을 담는 그릇에서도 드러난다. 이반 뇌제의 만찬에 초대받은 외국인들은 식기들이 모두 금과 은으로 만들어졌다는 사실에 크게 놀라워했다. 만찬장에는 금 접시, 은 접시가 문자 그대로 산처럼 쌓여 있었다. 술잔도 역시 금과 은으로 만들어졌는데 여기에는 보석까지 박혀 있었다. 청동과 은으로 만든 수반은 너무 무거워 장정 열 명이 들어야 했다.

이 모든 휘황찬란한 그릇들은 아름다움을 위한 것이라기보다는 위용을 위한 것이었다. 즉 그것들은 '비싼 것'이었다. 화려하고 아름답고 사치스러운 것과는 조금 다른 의미에서 그냥 비싼 것이었다. 어마어마한 양의 음식과 짝을 이루기 위해서 도입된 어마어마하게 비싼 그릇들이었다. 표트르의 개혁은 식기에도 변화를 가져왔다. 금 그릇, 은 그릇은 이제 엄청나게 촌스러운 물건으로 비쳐지기 시작했다. 세브르 등지에서 값비싼 도자기 그릇들이 수입되었고, 급기야는 페테르부르크 외곽에 도자기 공장이 세워지고 유럽에서 장인들이 초빙되었다.

대부분의 음식 연구가들이 지적하듯이 18세기 러시아 귀족들의 머릿속에 각인된 것은 음식의 양이나 음식의 내용이 아닌 식사의 형식이었다. 러시아 음식사를 기호학적으로 고찰한 코스차예프(A. I. Kostiaev)는 표트르 대제에 의해 도입된 유럽 식문화를 가리켜 "미식 혁명"이라 부르면서 러시아에서 미식 혁명은 내용이 아닌 형식에 치중했다고 못 박았다.[12] 예카테리나 여제 시대의 음식을 조망한 논문에서 먼로(G. Munro) 교수 역시 이 점을 지적한다. "18세기 귀족 문화는 음식 지향적인 문화가 아니었다. 고급스러운 요리를 식탁에 차려낼 때조차 엘리트 문화는 내용물보다는 내용을 담아내는 용기(容器)에 더 많은 관심을 기울였다."[13]

예카테리나 여제는 이 점에서 전형적인 18세기 귀족이었다. 여제는 진미를 선별해 내는 섬세한 미각의 소유자가 아니었다. 그녀는 음식보다는 음식을 먹는 행위와 관련된 엔터테인먼트, 무도회, 연극, 가면무도회 등에 더 관심이 있었다.[14] "17세기 모스크바국의 향연이 식욕의 충족에 그 목적이 있었다면 이제 요리를 적절하게 차려내는 것이 향연의 주된 관심사가 되었다. 이전 시대에 외국인 방문객들의 주의를 끌었던 야만적인 매너는 궁궐과 귀족들의 개화된 가치관을 표현해 주는 섬세함에 자리를 내주었다. 만찬의 호스트는 요리와 술의 맛, 혹은 이국적인 기원보다는 그것들을 담아내는 그릇의 장식과 찬란함으로써 사람들을 감동시키고자 했다."[15]

이렇게 세 가지 측면에서 가히 혁명적이라 할 만큼 강력한 변화를 겪은 러시아 음식 문화는 19세기에 이르면 오히려 역방향의 영향을 행사하기 시작한다. '남의 음식'에 매료되었던 러시아인들은 '나의 음식'의 장점을 재발견했으며 '남의 음식'과 '나의 음식' 간의 충돌과 융합에서 새로운 에너지를 찾아냈다. 19세기 초엽에 러시아에 초빙되어온 프랑스 셰프들은 프랑스식의 러시아 요리를 창조했다. 예를 들어 "수프 바그라티옹(Soup Bagration, 아스파라거스와 송아지고기가 들어간 크림수프)", "오를로프 공작의 송아지등심구이(Selle de Veau Prince Orloff, 양파로 속을 넣은 뒤 버섯을 켜켜로 얹은 송아지등심구이)", "수바로프 꿩고기(Pheasant Souvaroff, 꿩고기와 송로버섯과 거위간을 넣어 구운 바삭바삭한 파이)" 등이 그것이다. 또 프랑스 사람들이 즐겨 먹는 "샬로테 뤼스(Charlotte russe)"라는 이름의 푸딩은 1815년에 전설적인 프랑스 요리사 앙투안 카렘(Antoine Carême)이 알렉산드르 1세를 위해 고안해 낸 음식이었다. 이런 요리들은 나중에는 역으로 프랑스에 유입되어 '이국적인' 프랑스 요리가 되었다.[16]

그러나 유럽 식문화에 무엇보다도 결정적인 영향을 미친 것은 러시아식 서빙 방법이었다. 오늘날 우리가 알고 있는 서양 음식의 '코스 요리'라는 것은 그 기원이 러시아에 있다.[17] 프랑스에서는 만찬 시에 모든 음식을 한꺼번에 식탁 위에 차리는 것이 관례였다. 한상 가득 찬 온갖 종류의 음식이 눈을 즐겁게 해주었을 것임은 말할 것도 없다. 그러나 찬 음식, 샐러드, 디저트 같은 음식의 경우 아무런 문제가 없었으나 막 조리된 육류의 경우는 사정이 달랐다. 유럽에서 고기 파이라든가, 고기 요리를 담는 뚜껑 달린 접시 같은 것들이 광범위하게 사용된 것은 이 때문이다.

반면에 러시아에서는 찬 음식과 더운 음식이 차례차례 날라져 왔다. 김이 무럭무럭 오르는 뜨거운 수프와 막 화덕에서 나와 육즙이 흘러넘치는 구운 고기 요리와 호호 불어가며 먹어야 할 정도로 속속들이 뜨거운 만두 요리가 차례로 나왔다. 이런 식의 서빙 방법은 실용적이면서 또 한편으로는 심리적이었다. 왜냐하면 러시아식으로 할 경우 다음에 나올 요리에 대한 기대감과 호기심이 누적되어 식사의 기쁨을 배가해 주기 때문이다. 음식에서 즐거움을 찾는 이라면 누구라도 이런 서빙을 선호할 것이다. 그리하여 프랑스 사람들은 이른바 '러시아식(à la russe)' 식사법에 열광했고, 19세기 중엽에 이르면 대부분의 프랑스 귀족들은 러시아식 코스 요리로 식문화의 방향을 전환했다. 요컨대 표트르가 도입한 러시아 식문화의 서구화는 어느 정도 시간이 흐르자 유럽 식문화의 러시아화로 역전되었던 것이다.

푸슈킨의
부엌

　　18세기에 일어난 식문화의 혁명은 19세기 문인들에게 다양한 방식으로 영감을 제공해 주었다. 푸슈킨에서부터 톨스토이에 이르기까지 러시아의 대문호들은 하나같이 음식에 지대한 관심을 기울였다. 음식은 그들의 작품에서 종종 관념적인 메시지를 전달하는 코드로 기능했다. 즉 다양한 러시아 음식과 서유럽 음식, 그것들의 맛, 그것들의 이름, 그리고 음식이 차려지는 방식과 식사 예절 등은 러시아 정신과 서구 정신의 상호 관계를 보여주는 기호였다. 물론 다른 나라에서도 문학작품 속에 등장하는 음식은 단순히 음식이 아니다. 그것은 거의 언제나 텍스트의 심층적인 의미와 연결된다. 어떤 경우에는 작가의 전기와 연결되고 어떤 경우에는 등장인물의 사회적인 정체성을 드러내주기도 한다. 그러나 러시아 문학에서처럼 그렇게 지속적으로, 그렇게 집요하게 음식이 민족의 정신과 얽혀 거대한 관념의 물줄기를 형성하는 예는 찾아보기 어렵다.

푸슈킨(A. S. Pushkin, 1799~1837년)은 러시아 문학의 아버지로 알려져 있다. 그런데 그는 문학뿐만 아니라 식도락과 관련해서도 가히 아버지라 불릴 만큼 음식에 조예가 깊었다. 그는 먹는 것을 좋아했고 음식과 요리에 관심이 많았으며 자신의 관심사를 작품 속에 집어넣는 데 인색하지 않았다.

식도락과 관련된 푸슈킨의 에피소드는 그 방면의 저술에서 심심치 않게 발견된다.[18] 음식의 조리와 접대는 푸슈킨 가문의 주 관심사였다. 외조부가 표트르 대제를 가까이에서 모셨던 에티오피아 황태자였으므로 푸슈킨가는 18세기 귀족 문화에 대한 상세한 정보와 자긍심으로 충만해 있었다. 외갓집에는 다양한 레시피와 조리 비법이 적힌 원고라든가 음식 재료의 구입과 음식의 저장법에 관한 서책이 대대로 전해져 왔으며, 그것을 토대로 요리된 음식들은 손님들에게 즐거운 비명을 안겨주곤 했다. 시인의 종조부는 가훈에다가 '맛있는 요리 조리법'을 집어넣기까지 했다.

푸슈킨은 1825년에 파리에서 출간된 브리야-사바랭(Jean Anthelme Brillat-Savarin)의 전설적인 식도락 책『미각의 생리학(Physiologie du gout)』을[19] 읽었고, 그 영향 아래 "점심에 먹을 수 있는 것을 저녁까지 미루지 마라(VII 522)", "문명화된 인간의 위장은 선량한 마음보다 더 훌륭한 자질을 갖추고 있다. 즉 섬세함과 고마워하는 마음이 그것이다" 등의 유명한 소위 '식도락 잠언'을 남겼다.[20] 특히 "점심에 먹을 수 있는 것을 저녁까지 미루지 마라"는 금방 유명해져서 많은 식도락가들의 사랑을 받았다. 또 다른 에피소드로 그의 서재에는 문학, 철학, 역사 책뿐 아니라 요리책도 여러 권 꽂혀 있었다고 전해진다. 물론 그가 실제로 요리를 했는지, 또 했다면 무슨 요리를 얼마나 자주 했는지 등은 알 도리가 없다.

그러나 실생활에서 음식에 대한 푸슈킨의 관심은 진정한 식도락가의 관심과는 거리가 멀었다. '식도락(gastronomie)'이란 단어는 1800년에 프랑스에서 생겨나 사람들 입에 오르내리다가 1835년에 공식적으로 아카데미 프랑세즈 사전에 올려졌다.[21] 그리고 당대에 그것은 맛있고 영양 있는 음식의 조리, 섭취, 소화와 관련된 모든 원칙과 지식을 아우르는 일종의 '학문'이었다[22]. 브리야-사바랭은 『미각의 생리학』에서 미식을 다음과 같이 정의한다.

> 그것은 아테네의 우아함과 로마의 사치와 프랑스의 섬세함의 결합이며, 통찰력 있는 배치, 교묘한 기술, 열정적인 감상이자 심오한 판단이다. 그것은 고귀한 자질로서 덕이라 할 수 있을 것이며, 적어도 확실히 우리의 가장 순수한 쾌락의 원천이다. (…) 미식은 미각을 즐겁게 하는 사물에 대한 정열적이고 사리에 맞는 습관적인 기호이다. 미식은 과도함의 적이다. 폭식, 폭음하는 모든 사람은 미식가의 명단에서 제명될 위험을 무릅쓰는 것이다. (…) 도덕적 관점에서 미식은 조물주의 질서에 대한

암묵적인 인종(忍從)이다. 조물주는 우리로 하여금 살기 위해 먹도록 명령하였으며, 식욕으로써 그것을 권고하고 맛으로써 지원하며 쾌락으로써 보상한다.[23]

반면 푸슈킨은 이런 식의 정의니 원칙이니 하는 것에 무관심했다. 어떻게 보면 모순적으로 들릴 수도 있겠지만 푸슈킨은 음식에 대해 전혀 까다롭지가 않았다. 죽이면 죽, 빵이면 빵, 그냥 닥치는 대로 아무거나 막 먹었다. 그는 먹는 것을 좋아했고 터무니없이 많이 먹었다. 그러나 유별난 음식을 찾아다니거나 희소하고 정교한 음식을 탐하지는 않았다. 집에서 끓인 국수장국(domashnii sup s lapshoi), 구운 감자, 설탕에 절인 월귤, 사과화채(mochenye iabloki) 등이 그가 즐겨 먹은 음식이다. 집에서 만든 잼도 무척 좋아해서 커다란 숟가락으로 마구 퍼먹었다고 한다.[24]

그의 소박한 식성은 생을 하직하는 순간까지 이어졌다. 너무도 잘 알려진 사실이지만, 푸슈킨은 부도덕한 아내로 인해 바람둥이 프랑스인과 결투를 했고 결투에서 입은 치명적인 상처로 인해 사망했다. 1837년 1월 29일, 러시아가 낳은 가장 위대한 시인은 세상을 하직하기 직전에 불현듯 딸기가 먹고 싶어졌다. 혼수상태에서 그는 계속 "딸기, 딸기" 하며 중얼거렸다. 임종을 지키던 사람들은 즉시 딸기를 대령했다. 그는 아내에게 먹여달라고 했고 죄 많은 아내는 죽어가는 남편의 입속에 딸기를 넣어주었다. 시인은 맛있게 먹고는 "괜찮아. 다 좋아"라는 말을 남기고 얼마 후 영원히 눈을 감

았다.[25)]

　푸슈킨의 소박한 식성은 그의 문학과 전기를 한꺼번에 말해 주는 매우 의미심장한 자질이다. 푸슈킨은 앞에서도 얘기했지만 표트르 대제 시절로 거슬러 올라가는 당당한 가계에서 태어났다. 따라서 그는 18세기 귀족 문화의 직계손이라 해도 과언이 아니다. 실제로 그는 프랑스풍 드레스를 입고 분을 덕지덕지 바른 채 연일 살롱이니 무도회니 드나드는 어머니와, 영국풍 재킷을 입고 명사들과 환담을 하는 아버지를 보면서 자라났다. 그의 집안은 전적으로 '유럽식'이었다. 게다가 그는 프랑스에서 이민 온 가정교사들에게서 교육을 받았다. 집 안에서는 프랑스어로만 말했고 프랑스어로만 글을 썼다. 그리고 어머니, 아버지가 프랑스식 요리가 차려진 테이블에서 손님을 접대하는 모습을 보며 자라났다.

　그러나 이는 시인과 관련된 삶의 한 면일 뿐이다. 그의 부모는 '프랑스식'으로 접대하는 것에 관심을 기울였을 뿐 실제로 맛있는 음식을 가족과 나누는 데는 별 관심이 없었다. 부모가 보여준 음식 자체에 대한 무감각은 역으로 어린 푸슈킨에게 허기와 식탐을 심어주었다. 어린 푸슈킨은 많이 먹는 것을 좋아했다. 장성한 푸슈킨도 마찬가지였다. 그는 앉은자리에서 서른 장의 팬케이크를 '해치운' 기록을 남기고 있다. 러시아식 메밀죽을 게걸스럽게 먹으며 산해진미에 관한 책을 읽는 시인의 이미지는 여기에서 비롯된 것이다.

　푸슈킨의 몸을 성장하게 해준 것이 프랑스식 요리에 대한 지식과 러시아 음식의 소박한 맛이었듯이 푸슈킨의 정신을 성장하게 해준 것은 유럽 문학의 세련된 멋과 러시아 민담의 구수한 멋이었다. 아버지의 서재에는 유럽의 고전과 소위 '베스트셀러'들이 산더미처럼 쌓여 있었다. 푸슈킨은 그리스 로마 신화는 물론 보마르셰와 디드로와 볼테르와 무수한 영국, 독일, 프랑스 소설을 읽었다. 그리고 유명한 예술 애호가 유수포프 백작의 영지를 방문하여 로마식 장원이며 프랑스식 조각품이며 런던과 스페인과 베르사유에서 가져온 온갖 장신구들과 그림을 구경했다.

그러나 이것이 다가 아니었다. 그에게는 프랑스 가정교사 못지않게 영향력이 있는 러시아 유모가 있었다. 유모 아리나는 그에게 저 풍성한 러시아 민담의 세계를 '러시아어'로 열어 보여주었다. 또 푸슈킨은 여섯 살 때부터 열한 살 때까지 매년 여름을 '자하로보'라고 하는 울창한 삼림지대의 할머니 댁에서 보냈다. 노할머니는 어린 손자에게 역시 '러시아어'로 까마득한 옛날의 역사를 들려주었다. 대문호의 머릿속에는 이런 식으로 서구적인 것과 러시아적인 것이 차곡차곡 쌓여갔고, 이것은 나중에 가장 러시아적이면서도 가장 세계적인 시와 소설과 드라마를 줄줄이 만들어낸 원동력이 되었다.

'남의 문학'과
'나의 문학'

　　　　푸슈킨 문학의 가장 큰 특징은 서유럽의
문학적 전통을 받아들여 완벽하게 독창적인 러시아 문학으로 재창
조했다는 데 있다. 그런 의미에서 그는 앞에서 언급했던 러시아 문
화의 특징, 즉 '남의 것'과 '나의 것'의 충돌과 융합을 대변해 주는
아이콘이라 할 수 있다. 특히 그의 모든 문학적 역량이 집결된 대작
『예브게니 오네긴(Evgenii Onegin, 1833년)』은 이 점을 극명하게 보
여준다. 이 작품에는 서구적인 것과 러시아적인 것에 대한 작가의
생각뿐 아니라 서구적인 음식과 러시아적인 음식, 그리고 서구적
인 문학과 러시아적인 문학, 이 모든 것이 극도로 긴밀하게 얽혀 있
어 가히 푸슈킨의 모든 것을 보여준다고 해도 과언이 아니다. 그러

면『예브게니 오네긴』을 자세히 들여다보기 전에 잠시 걸음을 멈추고 표트르 개혁 이후 러시아 문학의 흐름을 짚어보기로 하자.

러시아 음식이 "유럽을 향한 창문"을 통해 '남의 음식'을 적극적으로 수용하는 동안 문학 역시 '남의 문학'을 게걸스럽게 받아들였다. 음식이 가장 일상적인 차원에서 서구화의 제(諸) 문제를 보여주었다면 문학은 가장 정신적인 차원에서 동일한 문제를 조망했다. 사실 러시아에 밀려들어온 유럽화의 물결에서 가장 지속적이면서도 역동적인 발전 양상을 보인 것은 문학이었다. 러시아는 17세기까지 서구적인 의미에서의 문학과는 한참 멀리 떨어져 있었다. 서구 문학의 원천인 저 풍요로운 헬레니즘 문화는 비잔티움 정교 문화의 벽에 가로막혀 러시아로 들어오지 못했다.

당연히 아리스토텔레스의『시학』에 뿌리내린 문학의 장르는 러시아 토양에서는 낯선 것이었다. 표트르의 개혁 이전의 러시아에서 문학 장르는 우리가 지금 알고 있는 것과 같은 시, 소설, 드라마 대신 성자전, 군담, 교훈서 등으로 나뉘어 있었다. 현대적인 의미에서의 서정시도 소설도 존재하지 않았다. 그러나 17세기부터 조금씩 진행된 문학의 세속화는 유럽식의 '이야기'를 러시아에 소개해 주었다. 러시아 독자는 생전 처음으로 허구의 인물과 허구의 내러티브를 축으로 하는 피카레스크 소설을 읽게 되었다. 여기에 표트르의 개혁이 추진력을 더하면서 문학의 판도는 급변하기 시작했다. 로마, 파리, 런던에서 수학한 학자와 문인들이 저술 활동을 시작했고 독자층 역시 상인, 직공, 교양 있는 농부 등으로 확대되었다.

표트르의 개혁으로 시작된 18세기는 문학사에서 모방의 시대로 정의될 수 있다. 다행스럽게도 러시아 문인들이 정신없이 유럽 문학을 모방하던 시기는 고전주의 시대와 중첩되었다. 고전주의란 그 자체가 모방의 시학을 축으로 하기 때문에 러시아 문인들의 유럽 문학 모방은 자연스럽게 진행될 수 있었다.

고전주의는 상상력보다 질서 잡힌 우주와 합리주의적인 신과 계몽주의를 선호했다. 이성의 빛과 진보의 혜택은 초월적인 것들보다 더 매력적이었다. 모든 훌륭한 예술은 이미 그리스 로마 시대에 완성되었다는 사실은 예술가들에게 창의성이 아닌 규범의 습득을 요구했다. 따라서 문학 속에서 일어나게 마련인 리얼리티의 변형은 지극히 일방향적인 차원에 머무를 수 있었다. 요컨대 텍스트는 이미 규범에 의해 원칙화된 리얼리티만을 수용했다. 진리는 영원하고 단일하고 불변하는 것이었으므로 창작은 이 진리를 선인들이 마련해 준 안전한 궤도를 따라가면서 복사하는 과정에 다름 아니었다. 시학과 수사학의 경계는 아예 존재하지 않았고, 창작은 지식의 영역으로 흡수되었으며, 장르와 문체와 예술성은 완고한 위계질서 속에 고착되었다.

이러한 특성 덕분에 고전주의는 유럽 문학의 모방 단계에 입문하는 러시아인들에게 편리한 프레임을 제공해 주었다. 러시아는 유럽 고전주의를 통해 유럽 문학뿐만 아니라 그리스 로마 고전과 르네상스 문화를 섭렵하면서 점차 근대적인 문학의 세계로 진입해 들어갔다. 18세기를 대표하는 지성이라 할 수 있는 로모노소프(M.

Lomonosov)는 러시아 문학어를 정상화하는 한편, 독일과 영국의 작시법을 러시아에 정착시킴으로써 향후 러시아 시 창작의 토대를 마련해 주었다. 고전 드라마를 모방하는 여러 편의 비극이 쓰였고 서구식의 영웅서사시도 쓰였으며 순수하게 산문으로 쓰인 근대적 의미의 소설도 등장했다.

이 시점에서 향후 러시아 문학의 성격이 결정되었다는 것은 어떻게 보면 너무도 당연한 일이었다. 요컨대 18세기 러시아 문인들은 고전주의라고 하는 안전한 틀 안에서 서구 문학을 모방하고(극단적인 경우 표절에 가까웠다) 인용하는 가운데 점차 두 마리의 토끼를 쫓아야 한다는 경각심을 느끼게 되었다. 즉 그들은 서구 문학을 '따라잡기' 하는 동시에 서구 문학 '넘어서기'를 달성해야 했던 것이다. 2천 년이 넘는 세월 동안 누적되어온 서양의 문학을 단숨에 따라잡고, 또 따라잡는 동시에 그것을 넘어 지극히 러시아적인 문학을 창조해야 하는 것. 이것이야말로 18세기, 19세기, 더 나아가 20세기에 이르기까지 러시아 작가들의 무의식 가장 깊은 곳에 깔린 지고의 목표였다. 특히 고전주의 시기가 거의 끝나갈 무렵인 18세기 후반부터는 자국 문학 구축에 대한 요구가 고조되면서 '따라잡고 넘어선다'는 것은 모든 창작 활동의 내적 동인이 되어갔다. 따라서 18세기 문학이 단순한 모방과 인용의 차원에서 타자의 말을 수용했다면, 민족 문학에 대한 욕구가 고조되던 19세기에는 작가들이 훨씬 역동적으로 타자의 말과 교감했다.

바로 이러한 역사적 정황 때문에 러시아 문학은 두 가지 특성을 지니게 되는데, 그 첫째는 '메타문학적'인 특성이다. 라틴어로 '메타(meta-)'는 '무엇 무엇에 관한'을 뜻하는 접두사다. 그러므로 '메타문학'이란 아주 쉽게 말해서 '문학에 관한 문학'을 의미한다. 여기서 '문학에 관한 문학'이란 매우 광범위하게 해석된다. 어떤 문학작품이 다른 문학작품에 관해 언급할 때, 혹은 다른 문학작품을 모방할 때 그것은 메타문학이라 할 수 있다. 어떤 문학작품이 다른 문학작품을 패러디할 때 그것 역시 메타문학이라 할 수 있다. 또 어떤 문학작품이 '문학이란 무엇인가'에 관해 이야기할 때 그것도 메타문학이라 할 수 있다. 또 어떤 문학작품이 '문학을 어떻게 창작해야 할까'에 관해 이야기할 때도 그것 역시 메타문학이라 할 수 있다.

러시아 문학이 18세기 이후 '메타문학적'인 성격을 획득하게 되었다는 것은, 그러므로 표트르의 서구화 정책이 촉발한 매우 논리적인 결과라 할 수 있다. '남의 것'을 가져다가 '나의 것'으로 만들어야 한다는 목표, 남의 문화를 따라잡는 동시에 넘어서야 한다는 일종의 강박관념은 러시아 문학에 메타문학의 층위를 확고하게 깔아놓았다. 훨씬 앞선 다른 문학을 따라잡고 넘어서기 위해서 러시아 작가들은 문학의 의의, 문학 창작의 방법 등에 관해 끊임없이 사색해야만 했던 것이다.

두 번째 특성은 '러시아적인 것'과 '서구적인 것'의 대립이 일정한 모티프를 형성하면서 반복적으로 등장한다는 점이다. 푸슈킨에서 톨스토이에 이르기까지 이른바 러시아 문학을 대표하는 작가들은 작품 속에서 예외 없이 러시아적인 것과 서구적인 것에 대한 자신의 생각을 반영시켰다. 특히 19세기 중엽에 이르러 러시아 지식인들이 '서구파'와 '슬라브파'의 양대 진영으로 나누어지면서 문학은 더욱 적극적으로 유럽 문명을 수용하거나 배척하는 문제를 천착했다. 서구파와 슬라브파의 대립은 나중에 좀더 구체적으로 살펴보기로 하고 이제 다시 푸슈킨의 음식 이야기로 돌아가자.

탈롱의
레스토랑

　　『예브게니 오네긴』의 주된 내용은 놀랄 만큼 단순하다. 등장인물의 수도 얼마 안 된다. 주인공의 이름은 책의 제목인 '예브게니 오네긴'이다. 청년 오네긴은 최근에 사망한 아저씨의 유산을 상속받아 시골 영지로 내려간다. 상트페테르부르크의 화려한 사교계에 익숙해진 그에게 시골 생활은 심심함 그 자체다. 그는 렌스키라고 하는 청년과 알음알이를 트게 되고 그 덕분에 렌스키의 약혼녀인 올가네 집안과도 친분을 맺게 된다. 그런데 올가의 언니 타티야나가 그만 오네긴에게 첫눈에 반하는 사태가 벌어진다. 오네긴은 촌스럽고 순박한 타티야나의 구애를 매몰차게 거부한다. 그리고 장난삼아 올가를 유혹한 것이 원인이 되어 렌스키와 결투를 벌이다가 그만 렌스키를 죽게 한다. 그런 뒤 오네긴은 시골을 떠나 외국을 여행한다. 몇 년 뒤 오네긴은 페테르부르크의 무도회에서 사교계의 여왕으로 화려하게 변신한 타티야나를 만난다. 그 놀라운 미모에 감동한 그는 열렬한 사랑을 느껴 고백을 하지만 이번에는 타티야나가 그의 사랑을 거부한다.

이게 전부다. 무슨 대단한 로맨스가 있는 것도 아니고 극적인 클라이맥스가 있는 것도 아니다. 그렇다고 딱 부러진 결말이 있는 것도 아니다. 도시→시골→도시로 공간이 변하고, 오네긴―타티야나, 렌스키―올가 커플의 느리고 진부한 사랑 이야기가 조금 펼쳐지다가 어영부영 소설은 끝난다. 이 내용만 가지고 본다면 작가의 메시지가 과연 무엇인지 궁금해진다. 순수한 시골 처녀의 해맑은 사랑이 고귀한 것이라는 이야기를 하려는 것 같지는 않다. 순수한 처녀의 사랑을 거부한 사나이의 말로가 비참하다는 얘기를 하려는 것도 아닌 것 같다. 그러면 도대체 푸슈킨은 무슨 말을 하려는 것인가?

이 소설은 단순한 표면 아래에 엄청나게 중요한 문제들을 숨겨놓은 아주 웅숭깊은 소설이다. 외국 문학을 '따라잡고 넘어서기'의 문제와 관련된 온갖 문제들, 이를테면 시란 무엇이며 소설이란 무엇인가, 고전주의와 낭만주의는 어떻게 다른가, 창작이란 무릇 어떻게 하는 것인가, 패러디란 무엇인가 등에 관한 논의가 표면적인 연애 스토리 밑에 숨겨져 있는 것이다. 이 소설은 또한 좀더 넓은 의미에서 타자의 문화를 수용하는 방식에 관한 소설이기도 하다. 밀물처럼 들어온 서구 문화에 대해 열광하던 러시아는 18세기 말이 되면 약간 제정신을 차리기 시작한다. 그러면서 러시아적인 것을 덮어놓고 좋아하는 소위 '국수주의자'들이 등장하고, 소위 '코즈모 폴리턴'들은 그들에 맞서 열띤 논쟁을 벌이게 된다. 푸슈킨은 바로 이러한 배경에서 작품 활동을 했다. 그의 작품은 '남의 것'과 '나의 것' 논쟁에 대한 포괄적인 대답이며, 이 대답을 하기 위해 그가 사용한 여러 가지 '언어' 중에서 단연 돋보이는 것이 바로 음식의 언어다.

『예브게니 오네긴』의 제1장에는 페테르부르크에 거주하는 주인 공 오네긴의 일상이 그려지는데, 오후 시간의 하이라이트는 레스 토랑에서의 저녁 식사와 극장에서의 발레 감상이다. 오네긴이 찾 아가는 레스토랑은 '탈롱'이라는 프랑스인이 경영하는 곳이다.

어느덧 날은 저물고 그는 썰매에 오른다.
"이랴, 이랴!" 말 모는 소리 울려 퍼진다.
비버틸 옷깃에 은빛 눈발이
서리서리 부서진다.
그가 달려가는 곳은 탈롱의 레스토랑,
벌써 카베린이 와 있으려니 확신하면서
안으로 들어가니 병마개가 천장으로 치솟고
술병에선 혜성 포도주가 철철 흐르고
식탁 위엔 피투성이 로스트비프며
프랑스 요리의 결정판

젊은 날의 사치인 송로버섯이며

스트라스부르산의 썩지 않는 파이가

신선한 림부르흐 치즈와 황금빛 파인애플에

둘러싸여 놓여 있었다.

커틀릿의 뜨거운 기름에 목이 타니

샴페인 한두 잔 마시면 좋으련만

벌써 브레게 시계는 신작 발레의

개막 시간을 알리고 있다.

　이 대목은 『예브게니 오네긴』이 쓰일 당시, 즉 1830년 무렵 페테르부르크에서 유명했던 레스토랑의 인기 메뉴와 더불어 주인공의 특징을 말해 준다.

　우선 '탈롱의 레스토랑'은 상트페테르부르크 번화가에 실제로 존재했던 유명한 레스토랑이었다. 프랑스인 요리사 피에르 탈롱(Pierre Talon)이 1810년대 중엽에 개업한 레스토랑으로 당대 귀족들이 즐겨 찾던 곳이었다. 탈롱은 요즘 언어로 바꿔 말하자면 '오너 셰프'였다. 1825년에 탈롱이 프랑스로 돌아가자 레스토랑은 프랑스인 펠리에의 손으로 넘어갔지만 그 인기는 예전과 다름없었다. 푸슈킨 역시 사망하기 직전까지 이 레스토랑을 즐겨 찾았다. 푸슈킨은 외식을 좋아했다. 가끔씩 레스토랑에서 요리를 배달시켜 먹기도 했는데 특히 탈롱이 만든 파이를 좋아했다고 한다.

　여기서 독자의 눈길을 끄는 것은 모든 요리와 술이 '수입품'이라는 사실이다. 로스트비프, 송로버섯(트뤼플), 스트라스부르 파이, 림부르흐 치즈, 비프스테이크, 포도주, 샴페인 등등. 그래서 우리 말 번역본은 대개 이런 음식들에 주석을 제공한다. 예를 들어 "스트라스부르산의 썩지 않는 파이"에 대해 다음과 같은 주석이 달려 있다. "스트라스부르에서 수입해 온 거위간 파이로 통조림 상태로 들어오기 때문에 썩지 않는 파이라 불렸다." 프랑스어로 'pâté de foie gras'라 불리는 이 대단히 느끼한 음식은 송로버섯, 캐비아와 함께 세계 3대 진미로 손꼽힌다. 송로버섯은 땅속의 다이아몬드라 불릴 정도로 진기한 버섯인데 매우 독특한 향 때문에 돼지들이 킁킁거리며 땅을 헤집다가 발견한다고 한다.

설익혀 육즙이 흥건한 로스트비프와 뜨거운 기름에 튀겨낸 커틀릿은 영국에서 들어온 요리로 당대에는 모두 러시아 육류 요리보다 훨씬 세련된 요리로 여겨졌다. 림부르흐 치즈는 범상치 않은 향으로 유명한데 발 냄새와도 같은 그 냄새가 미식가들에게는 별미로 여겨졌던 모양이다. 아무튼 여기에 언급되는 모든 요리들은 '외국' 요리이며 모두 다, 심지어 버섯까지도, 심지어 파인애플 같은 과일까지도 담백한 맛과는 거리가 멀다. 모두가 느끼하고 기름지고 달고 향이 강하다.

러시아 요리 연구가 포흘레브킨(V. Pokhlevkin)은 이 대목의 메뉴를 다음과 같이 풀어서 설명한다. "푸슈킨에게 외국 음식이란 일차적으로 방종한 생활을 하는 젊은 독신 남자들의 음식, 레스토랑의 음식을 의미한다. 그것은 영국과 프랑스와 독일과 벨기에와 이탈리아와 지중해 지역 나라의 음식이 뒤섞인 코즈모폴리턴 음식이었다. 주된 특징은 수프를 건너뛰는 대신 기름진 고기 요리와 향이 강한 애피타이저와 엄청나게 많은 종류의 와인으로 이루어진다는 점이다."[26]

레스토랑의 기원은 13세기 중국으로 거슬러 올라간다. 마르코 폴로의 기록에 따르면 1280년대 중국 항저우에서는 웨이터와 메뉴 등을 구비한 음식점이 번창하고 있었다.[27] 서구에서 오늘날의 의미와 같은 레스토랑이 처음 생겨난 것은 18세기였다. 처음에 '레스토랑'이란 건강을 '되돌려주는(레스토어)' 수프라는 의미였으나 곧 가정 밖에서 신사 숙녀들이 식사를 할 수 있는 장소를 의미하게 되었다. 레스토랑의 수는 19세기 초부터 급속도로 증가하기 시작했다. 1825년 파리의 레스토랑은 1천 개에 달했는데 십 년 뒤인 1835년에는 2천 개로 늘어났다.

러시아는 19세기 초에 파리식의 레스토랑 문화를 받아들여 『예브게니 오네긴』이 쓰일 무렵에는 상트페테르부르크에 이미 여러 개의 레스토랑이 문전성시를 이루고 있었다. 당시에 레스토랑이라는 것은 그 자체가 '남의 음식'을 의미했다. 레스토랑에 가서 러시아 요리를 시킬 것인가, 외국 요리를 시킬 것인가로 고민할 필요가 없었다는 뜻이다. 『예브게니 오네긴』은 바로 이러한 상황을 있는 그대로 보여준다. 캐비아는 세계 3대 진미 중의 하나인데도 러시아 음식이므로 탈롱의 레스토랑에서는 언급조차 되지 않고 있는 것이다.

로스트비프, 트뤼플,
러시아 파이

　　푸슈킨이 요리의 이름을 열거하는 데 사
용한 언어는 각별한 관심을 불러일으킨다. 원문을 살펴보면 이 요
리들을 열거하는 데 세 가지 언어가 사용되고 있다. 림부르흐와 스
트라스부르 같은 지명은 논외로 치고, 로스트비프(roast-beef)는 영
어 알파벳을 그대로 사용하고 있으며 송로버섯은 프랑스어를 음차
해서 "triufli"이라 표기하고, 커틀릿은 영어를 음차해서 "kotlet"이
라 표기한다. 파이는 러시아어 '피로그(pirog)'를 사용하고 있다.

　러시아 '국민문학'의 아버지인 푸슈킨이 요리 몇 가지 나열하는
데 세 가지 언어를 사용하는 것은 무슨 까닭인가? 물론 19세기 초
귀족 문화가 갖는 다양성을 사실주의적으로 묘사한다는 데서 그

의의를 찾을 수도 있다. 어쩌면 외래어를 남용하는 당시 귀족들의 세태를 풍자한 것이 아니냐는 추측을 불러일으킬 수도 있다. 그러나 요리 이름의 다국어적인 특성은 무엇보다도 푸슈킨의 코즈모폴리턴적인 세계관을 말해 준다. 푸슈킨은 대단히 러시아적인 문학을 창조하는 과정에서 대단히 너그럽고 유연하게 서구 문화를 받아들였다. 프랑스어, 영어 같은 서구 언어에 대해서도 마찬가지였다. 그는 오히려 러시아어 사용을 촉구한 민족주의자들, 국수주의자들의 '속 좁은' 생각을 비웃었다.

이 점은 『예브게니 오네긴』 안에서 여러 번 언급된다. 푸슈킨이 애정을 기울여 창조한 여주인공 타티야나는 러시아어를 잘 모른다. 그래서 오네긴에게 쓰는 연애편지도 프랑스어로 쓴다. 내레이터는 이 프랑스어 편지를 러시아어로 번역해 주기까지 한다. 그런데 푸슈킨—내레이터는 여주인공이 모국어를 모른다는 사실을 오히려 매력적인 장점인 양 이야기한다.

타티야나는 러시아어를 잘 몰랐다.
우리나라 잡지는 읽지도 않았고
모국어로 생각하는 게 서툴기 그지없어
프랑스어로 썼다.
그러나 어쩌리! 되풀이 말하거니와
여지껏 숙녀의 사랑이
러시아어로 표현된 적은 없다.

여지껏 우리의 자랑스런 언어는

서한용 산문에 길들여지지 못한 것이다.

알다시피 우리 숙녀들이 러시아 책을

읽어야 한다는 의견이 있다. 정말 끔찍하다!

(…)

여러분이 저지른 죄의 대가로

남몰래 시를 써서 바치고

마음까지 바친 아름다운 숙녀들,

그네들은 하나같이 러시아어를

아주 조금밖에 모르는 만큼

그토록 매력적으로 참뜻을 왜곡하는

그네들의 입술에선 외국어라도

마치 모국어처럼 들리지 않겠는가?

18세기 러시아 귀족들은 하나같이 프랑스 문화에 매료되어 있었다. 프랑스 음식을 먹고 프랑스어로 대화를 나누었다. 입으로 들어가는 것도, 입에서 나오는 것도 모두 '외제'였던 셈이다. 그런 식으로 한 세기가 흘러가자 러시아 지식인들은 자연스럽게 스스로를 반성하기 시작했다. '갈리시즘(Gallitsizm)'이란 용어도 생겨났다. 갈리시즘이란 프랑스 문화를 맹목적으로 추종하여 되지도 않는 말을 부정확한 프랑스어로 지껄여대는 현상을 말하는 것으로 러시아인들이 자조적인 상황에서 즐겨 사용했다.

19세기 초에는 '러시아 말사랑 모임(Beseda liubitelei russkogo slova)'이라는 단체가 결성되었다. 이 단체를 창단한 시시코프(A. Shishikov, 1754~1841년)는 러시아 문학의 미래를 표트르 개혁 이전의 과거에서 찾고자 했다. 그는 프랑스어, 영어, 독일어 등의 외국어를 배격하고 러시아어의 근원인 교회 슬라브어로 관심을 돌렸다. 그는 지극히 민족주의적인 시각을 견지하여 러시아 문학은 오로지 고대 러시아 민담만을 수용해야 한다고 주장했다. 푸슈킨은 시시코프 같은 사람들의 주장을 일소에 붙였다. 그는 진정한 러시아 사랑은 외국의 것을 버리는 것이 아니라 끌어안는 데 있다고 보았던 것이다. 그는 심지어 '갈리시즘'까지도 러시아어를 풍요롭게 하는 원천이라 생각했다.

잘못투성이의 부주의한 표현이나
정확치 않은 발음은
예나 지금이나 내 가슴속에
진정한 전율을 일으킨다.
뉘우칠 기력도 없으니
그냥 이대로 갈리시즘을 사랑하리.

『예브게니 오네긴』에는 외래어, 외래 문학, 외래문화에 대한 푸슈킨의 생각이 곳곳에 박혀 있다. 그는 가끔 문학이란 테마를 두고 실존하는 반대파 인사들과 지상 논쟁을 벌이기도 한다. 오네긴과 타티야나의 사랑 이야기는 그야말로 뼈대만 달랑 있고 나머지는 죄다 문학과 문화에 대한 푸슈킨 자신의 생각이다.

> 그녀의 모든 것이 조용하고 단순했다.
> 그녀는 소위 "comme il faut"의 충실한 복사판처럼 보였다.
> (용서하시오, 시시코프 선생
> 이것을 어떻게 번역해야 할지 모르겠소)
> (…)
> 누구도 그녀를 미인이라
> 부를 순 없겠지만 머리끝부터
> 발끝까지 뜯어보아도
> 런던의 품위 있는 사교계에서
> 유행이라는 독재자가
> "vulgar"라 부르는 특성 또한
> 아무도 찾아볼 수 없으리라. (어쩐지
> 이 'vulgar'라는 말이 무척 마음에 들지만
> 번역을 할 수가 없으니.
> 아직은 우리나라에서 새로운 단어이고 보니
> 그다지 명예로운 대접은 받기 어려운 터.)

그러니까 우리 주인공이 레스토랑에서 먹은 음식들, 즉 "cutlet", "roast beef", "triufli"은 단순히 그 맛이나 명칭, 혹은 재료뿐 아니라 표기법에서도 푸슈킨의 사상을 전달하는 코드라 할 수 있다. 푸슈킨은 러시아 국민어의 창시자라 불린다. 그의 작품을 통해 러시아어의 모든 요소들이 종합되고 정상화되고 표준화되었다는 뜻이다. 그는 교회 슬라브어와 러시아 토속어, 그리고 프랑스어, 독일어, 영어 같은 외래어 모두를 받아들임으로써 러시아어의 깊이와 폭을 다른 차원으로 격상시켰다. 외래어, 특히 프랑스어에 대한 격렬한 반감, 혹은 러시아 중산층의 갈리시즘에 대한 자조 섞인 비난은 푸슈킨의 몫이 아니었다. 푸슈킨에게 프랑스어와 영어와 독일어는 영국 요리와 프랑스 요리가 러시아 식단을 풍요롭게 해주었듯이 러시아어를 풍요롭게 해주는 원천이었다.

패러디와
남의 음식

　　푸슈킨이 외래문화에 반응하는 형식은 두
가지였다. 하나는 '나의 것'으로 재창조하는 것이고 다른 하나는 패
러디하는 것이다. 푸슈킨은『예브게니 오네긴』에서 이 두 가지 방
식을 남녀 주인공에게 적용한다. 여주인공 타티야나가 남의 것을
받아들여 재창조된 러시아적 인물이라면 남주인공 오네긴은 남의
것에 대한 패러디라 할 수 있다. 여주인공 얘기는 다음 단락에서 하
고 먼저 남주인공부터 살펴보자.
　　러시아의 유명한 문학이론가 시클로프스키(V. Shklovsky)는『예
브게니 오네긴』을 가리켜 "문학의 패러디이자 패러디의 문학"이라
일컬었다. 패러디란 다른 사람의 작품을 여러 가지 의도에서 우스

꽝스럽게 개작하는 것을 말한다. 푸슈킨은 문화적인 정체성을 위해 주인공을 패러디화된 인물로 설정한다. 우리는 여기서 전통적으로 러시아 문학평론이 오네긴에게 붙여온 이른바 '잉여 인간'이란 개념을 되짚어볼 필요가 있다.

상당히 불쾌하게 들리는 '잉여 인간(인간이 '잉여'가 될 수 있다는 발상 자체가 불쾌하다)'이란 말은 18세기 말부터 러시아 사회와 문학에 등장한 특수한 유형의 인물을 가리킨다. 훌륭한 가문에서 태어나 훌륭한 교육을 받은 허우대 멀쩡한 청년이 사회에 적응할 수 없어 무의미한 삶을 살 때 '잉여 인간'이 된다. 그가 사회의 '아웃사이더'가 된 이유는 여러 가지이지만 연구자들은 대체로 암울한 전제정치와 실패로 돌아간 십이월당원의 봉기 같은 정치사회적인 요인을 손꼽는다. 간단히 말해서 잉여 인간은 정치적인 현상이다. 러시아 작가들은 줄기차게 이러한 잉여 인간을 작품 속에 형상화했는데 푸슈킨의 오네긴, 레르몬토프(Iu. Lermontov)의 페초린, 투르게네프의 루진 등등이 대표 주자로 손꼽힌다. '잉여 인간'의 개념을 좋아하는 연구자들은 이 계보를 한없이 늘려서 20세기 문학의 여러 인물들, 예를 들어 '닥터 지바고' 같은 인물들도 여기 집어넣는다.

그런데 푸슈킨은 당대 귀족 사회에서 쉽게 찾아볼 수 있는 '잉여 인간'―많은 혜택을 받고 태어났으면서도 그 어떤 것에서도 의미를 찾을 수 없어 권태와 허무에 젖어 사는 젊은이들―을 정치사회적 현상이라기보다는 문화적 현상으로 형상화했다. 오네긴은 물론 사회 발전에 조금도 보탬이 되지 않는 잉여 인간이다. 그러나 그가 사회의 '잉여' 요소가 된 것은 모든 정치적이고 사회적인 원인에 앞서 문화적인 요인 때문에 그렇다. 그는 외국 문학의 평면적인 '모방품'이기 때문에 별로 의미가 없는 것이다.

영국과 독일의 낭만주의 문학은 러시아로 쏟아져 들어와 무수한 추종자들과 아류를 만들어냈다. 특히 바이런이 창조한, 자유롭고 반항적이며 악마적이고 오만한 '차일드 해럴드'는 당대 러시아 독자들과 문인들에게 우상처럼 여겨졌다. 푸슈킨은 다른 작가들이 바이런적인 주인공을 열심히 모방하고 있을 때 바이런적인 인물의 패러디를 주인공으로 설정해 놓았다. 그렇게 함으로써 그는 바이런을 따라잡는 동시에 넘어설 수 있었다.

오네긴은 여주인공이 한눈에 반할 만큼 '멋있게 보이는' 청년이지만 그는 모든 모방적인 인물들이 그러하듯 껍질에 불과하다. 그리고 이 사실을 간파하는 사람은 소설 속에서 푸슈킨의 대변자라 할 수 있는 여주인공 타티야나다.

그리하여 나의 타티야나는
다행스럽게도
차츰차츰 분명하게 알게 되었다.
전능한 운명의 신이
탄식의 대상으로 정해준 사나이의 정체를
슬프고 위험한 기인,
천국, 혹은 지옥의 피조물,

천사, 아니면 오만한 악마,
그는 과연 누구인가? 모조품,
보잘것없는 유령, 아니면
차일드 해럴드의 망토를 입은 모스크바 사람,
아니면 타인의 변덕이 만들어낸 해석,
유행어로 가득 찬 사전……?
결국 그는 하나의 패러디 아닌가?

반복해서 말하지만 푸슈킨은 외국 것과 러시아 것에 대해 도덕적인 심판을 하고자 하는 것이 아니다. 프랑스어라 할지라도 러시아어의 풍요로움에 도움이 될 수 있듯이 외국 문학의 인물 역시 러시아 문학의 발전에 긍정적인 영향을 미칠 수 있다. 그러나 푸슈킨은 진부함을 못 참아 했다. 바이런적인 인물 자체는 아무것도 잘못된 것이 없다. 그러나 바이런적인 인물이 유행처럼 번진다면, 그래서 작가들이 맹목적으로 그 진부한 형상을 재생산한다면 그것은 참아줄 수가 없다. 그래서 그런 인물은 패러디로 전락할 수밖에 없다. 그것은 "유행어로 가득 찬 사전"일 뿐이다. 푸슈킨의 이러한 문화적 입장은 음식의 언어를 통해서 드러난다.

아무튼 골치가 아프다고 해서
비프스테이크와 스트라스부르 파이와
철철 넘치게 따라 부은 샴페인과

사방에 퍼뜨리는 독설이

언제나 도움이 되는 것은 아니지.

비프스테이크와 푸아그라와 샴페인 자체는 아무것도 잘못된 것이 없다. 문제는 그것들도 싫증이 나게 마련이라는 점이다. 주인공 (그리고 푸슈킨)이 넌덜머리를 대었던 "지루하고 번잡한 삶, 내일도 어제와 다를 바 없는 삶"처럼 그 "지루하고 기름진 음식"들이 매일 반복된다면 골치만 아플 것이다. 원문에 "독설"은 "ostryi slova"로, 직역을 하자면 "날카로운 말"이다. 재담, 독설, 기지가 풍부한 말이 여기 해당된다. 한편 형용사 "ostryi"는 맛을 지칭할 때도 사용된다. 강한 맛, 자극성의 맛이 여기 해당된다. 그러니까 푸슈킨은 이 대목에서 말과 음식을 같은 차원에 놓음으로써 두 가지 모두를 패러디하고 있는 것이다. 요컨대 외국 음식도 재담도, 기름진 음식도 날카로운 말도 진부하게 되기 전까지만 의미가 있다.

지루한 음식과
지루한 삶

그러면 러시아 음식, 러시아 식습관, 러시아 식사 예절에 대한 푸슈킨의 생각은 어떤가? 진부함에 대한 푸슈킨의 신랄한 반응은 러시아 음식에도 적용된다. 당대의 국수주의자들과는 달리, 푸슈킨은 '남의 것'은 무조건 나쁘고 '나의 것'은 무조건 좋다는 식의 생각은 가지고 있지 않았다. 반대도 마찬가지다. '남의 것'은 무조건 세련된 것이고 '나의 것'은 무조건 촌스러운 것이라는 것 또한 그의 생각이 아니었다. 남의 음식이건 나의 음식이건, 남의 문학이건 나의 문학이건, 푸슈킨에게 중요했던 것은 도덕적인 심판이나 취향의 문제가 아니라 재창조의 문제였다.

그래서 그런가, 그는 『예브게니 오네긴』에서 전통적인 러시아 음식, 그리고 러시아식의 식사 예절에 대해 노골적인 조소를 보여준다. 주인공 오네긴이 탈롱의 레스토랑에서 먹는 '남의 음식'과 대립하는 것은 여주인공 타티야나의 집에서 차려지는 '러시아 음식'이다. 오네긴은 "화려한 도시 사교계"가 너무도 지루한 나머지 아저씨가 물려준 영지로 간다. 그러나 시골 역시 그에게는 지루하기 짝이 없는 공간이다. "비록 번화가도 없고 궁전도 없고/카드놀이도 무도회도 시도 없지만/결국 지루하기는 시골도 매한가지"란 것을 깨닫는다. 이런 지루한 시골의 삶은 무엇보다도 여주인공 타티야나네 살림살이에서 드러난다.

기호학자 로트만과 포고샨(E. Pogosian)에 따르면 표트르의 개혁으로 인해 러시아 식문화가 급격한 변화를 겪은 것은 사실이지만 시골에서는 여전히 개혁 이전의 식문화가 유지되고 있었다.[28] 시골 지주들의 식품 저장고에는 값비싼 유럽산 진미보다는 저렴한 러시아산 식재료가 보관되어 있었다. 식사 예절이나 식기 또한 별로 달라지지 않았다. 18세기 중엽까지도 러시아 지방 귀족들은 여전히 도자기 그릇이 아닌 유약을 칠한 질그릇에 음식을 담아 먹었다. 아주 큰 부자만이 은수저를 사용했다.

푸슈킨은 타티야나 집안의 소위 '가정식' 식사를 통해 러시아 시골 식문화의 몽매함을 꼬집는다.[29] 예를 들어 당시 시골에서는 잼을 먹을 때 여러 명이 숟가락 한 개를 돌려가며 사용했다.

작은 접시에 잼을 내왔는데

좌중 모두를 위해 숟가락은 한 개뿐.[30]

당혹스러운 관습은 이것뿐이 아니다. 시골에서는 요리를 관등순으로 대접했다.

그들은 평화로운 삶 속에
그리운 옛 풍습을 간직하고 있었다.
(…)
손님을 대접할 때는
관등순으로 접시를 돌렸다.

관등순으로 요리를 돌리기 때문에 간혹 오해가 발생하기도 했고 어떤 손님은 모욕감을 느끼기도 했으며 최악의 경우 드잡이가 벌어지기도 했다.

타티야나의 집에서 먹는 음식은 모두 전통적인 러시아 음식이다. 잔칫날에는 프랑스 디저트인 '블랑망제'가 차려지기도 하지만, 어쨌든 대부분의 요리와 술과 음료는 러시아식이다. 그 집 사람들은 겨울 동안 먹을 버섯을 소금에 절였고 러시아식 팬케이크를 구워 먹었으며 러시아 음료인 '크바스'를 물처럼 마셔댔다. 소금에 절인 버섯, 팬케이크는 오늘날에도 러시아를 대표하는 음식으로 우리의 밥과 김치 정도로 생각하면 된다. 추운 겨울에 부족한 채소를 보충하기 위해 러시아인들은 예나 지금이나 가을이면 숲에서 버섯을 따다가 소금에 절여 겨우내 두고 먹었다. 크바스라는 것은 러시아와 동유럽 국가에서 예전부터 즐겨 마셔온 음료로 흑빵을 발효시켜 만든다. 청량감 덕분에 여름철 음료로 애용되곤 했다.

식사 시간이 아닌 때 손님이 오면 타티야나의 집에서는 과일 음료를 대접한다.

그 집에 당도하니 옛 풍습 그대로
손님을 반기는데 너무도 융숭한 대접에
간혹 부담스러울 지경
대접의 절차는 잘 알려진 바
우선 작은 접시에 잼을 내오고
초칠을 해 반들반들한 식탁에
월귤즙이 담긴 주전자를 얹어놓고
(…)

오네긴은 이런 시골풍 대접에 시큰둥하다. "아까 마신 월귤즙으로 배탈이나 안 나면 좋으련만." 시골에서는 잔칫상도 보잘 것이 없다. 타티야나의 영명축일 잔칫상에 올려진 음식은 대부분 그저 고만고만한 러시아 음식이다. 디저트는 프랑스식의 "블랑망제"이지만 이름이 이국적으로 들릴 뿐 잔칫상의 격을 높여주지는 못한다. 블랑망제는 일종의 젤리인데 먹으면 상당히 배가 부르기 때문에 주요리가 상대적으로 초라할 때, 그러니까 생선이나 채소 위주의

상차림에서 허기를 채워주기 위해 나온다.[31] 술도 프랑스 와인이나 샴페인이 아니라 돈 지방에서 생산되는 '국내산' 스파클링 와인이다. '침랸스코예'라는 이름부터가 여간 우스꽝스럽게 들리는 게 아니다. 게다가 고기 파이는 너무 짜서 많이 먹을 수도 없다. 어쩌면 양을 아끼기 위해 일부러 짜게 했는지도 모른다.

그러나 그때 좌중의 관심과 판단의
목표가 된 것은 고기 파이였다.
그것은 안타깝게도 너무 짰다.
게다가 더운 요리와 젤리(블랑망제)가 나오는 사이에
송진으로 봉을 한
침랸스코예 포도주 한 병이 들어왔다.

러시아 시골 음식점 또한 향토 음식이나 토속 음식을 내놓는 '추억의 맛집'과는 거리가 멀었다.

을씨년스러운 음식점에는
알맹이는 없고 겉만 번지르르한
차림표가 보란 듯이 걸려 있어
쓸데없이 식욕만 자극할 뿐이다.

이렇게 따분한 시골 음식들은 따분한 삶을 표현하는 언어라 할 수 있는데 푸슈킨은 더 나아가 먹는 행위 자체를 인생의 덧없음, 속물스러움, 무의미함에 대한 보편적인 기호로까지 발전시킨다. 도시 사교계의 진수성찬은 진수성찬대로, 그리고 시골 지주 댁의 촌스러운 식탁은 또 그것대로 그저 권태로운 삶을 표현해 줄 따름이다. 장례식도 영명축일도 모여서 먹고 마신다는 것 이외에는 큰 의미가 없다.

◇ 장례식 :
고인은 땅속에 고이 묻히고
사제와 손님들은 진탕 먹고 마신 뒤
무슨 큰일이나 치른 듯
엄숙한 표정으로 돌아갔다.

◇ 영명축일 :
배 터지게 잔치 음식을 먹은 어느 이웃은
다른 이웃 앞에서 신나게 코를 곤다.

시골에서는 시계도 필요 없다. 삼시 세끼 먹는 것이 일과로 되어 있으므로 뱃속에서 꼬르륵 소리가 들리면 그게 곧 시간을 알리는 신호이기 때문이다.

나는

점심 식사나 차, 혹은 저녁 식사로
시간을 따지길 좋아한다. 시골에서는
별 어려움 없이 시간을 알 수 있다
우리들의 위장이 정확한 브레게 시계니까.

간단히 말해서 사람의 삶이란 것은 "먹고 마시다가 늙어서 죽는
것"으로 요약된다.

비로소 인생의 실상을 바로 보게 되어
마흔에 중풍이 오고
먹고 마시고 지겨워하고 뚱뚱해지고 쇠약해져
마침내 자기 침대에 누워
아이들과 쩔쩔 짜는 아낙들과
의사들 사이에서 눈을 감는다.

요컨대 푸슈킨이 거부하는 것은 따분하고 천편일률적이고 구태
의연한 삶, 그리고 그 못지않게 따분하고 구태의연한 음식이란 얘
기다. 그래서 푸슈킨에게 "위장의 애국주의", 혹은 "크바스 애국주
의" 같은 것은 발견되지 않는다.[32] 그렇다면 푸슈킨이 음식을 통해
하려던 얘기는 무엇이었을까?

소박한 음식,
소박한 문학

앞에서도 얘기했지만 음식에 관해 그토록 관심이 많았음에도 불구하고 푸슈킨은 엄밀히 말해서 미식가가 아니었다. 그는 소박한 입맛의 소유자였다. 그가 음식에서 교양과 문화를 추구했다고 해서, 혹은 요리에서 코즈모폴리턴적인 입장을 견지했다고 해서, 아니면 레스토랑을 즐겨 찾았다고 해서 그것이 곧 그가 미식가였다는 뜻은 아니다. 그가 진정으로 원했던 것은 정갈하고 소박한 식사였다. 언제 먹어도 싫증 나지 않는 몇 가지 음식들, 이를테면 알맞게 끓인 러시아 죽이나, 간이 딱 맞는 수프, 혹은 구운 감자. 그는 그런 것들에 만족했다. 그런 것들은 화려한 레스토랑의 비싼 프랑스 요리도 아니고 시골 지주 댁의 따분하고 맛없는 러시아 요리도 아니다. 그것과는 전혀 다른 차원에 속하는 진미다. 푸슈킨은『예브게니 오네긴』의 마지막에 삽입된 미완성 원고에서 자신의 입맛을 솔직하게 드러낸다.

나의 이상은 아내

나의 욕망은 평화와

양배추국 한 사발, 그것도 큰 것으로. (V : 203)

이렇게 소박한 푸슈킨의 입맛은 그의 문학적 '입맛'을 그대로 보여준다. '남의 문학'을 '나의 문학'으로 재창조하는 긴 여정의 마지막에 그가 도달한 지점은 결국 소박함이었다.「산문에 관하여(O proze)」라는 에세이에서 드러나듯이 푸슈킨에게 산문 문체의 가장 중요한 자질은 "정확성과 간결성"이었다(VII 15). 정확하고 간결한 문체로 써 내려간 작품들은 궁극적으로 소박함의 결정체로 응고되어 푸슈킨 문학의 트레이드마크가 되었다. 푸슈킨에 관한 고전적 비평가 블라고이(D. Blagoi)가 푸슈킨의 작품 성향을 "간결함, 명료함, 소박함"이라 요약하는 것도 이 때문이다.[33]

『예브게니 오네긴』에서 소박한 문학을 대변해 주는 것은 여주인공 타티야나다. 주인공 오네긴이 서구 문학의 '패러디'라면 타티야나는 그 서구적인 문학을 내면화하여 재창조한 작가적인 노력의 결실이라 할 수 있다.

타티야나는 당시 러시아의 소녀들처럼, 그리고 러시아 소설에 등장하는 여주인공들처럼 프랑스 문학과 영국 문학에 푹 빠져버린 아가씨다. 그녀는 어릴 때부터 리처드슨, 괴테, 루소, 스탈 부인의 소설에 매료되었다. 외국 소설은 이 아가씨에게 아름다운 꿈과 공상과 열정의 공급처였다. 그녀는 영국 소설을 토대로 한 내용의 편지를 프랑스어로 쓰고 이웃집 지주인 오네긴을 소설 속의 주인공과 혼동한다.

그러나 한편 그녀는 도시 사교계의 낡고 닳은 아가씨들과는 달리 매우 촌스럽다. 그녀는 내레이터의 입을 통해 "촌스럽고 우울하고 과묵한" 아가씨로 묘사된다. 심지어 그녀의 이름조차도 매우 시골풍이다. 내레이터는 말한다. "감히 그런 이름으로 방자하게 소설의 감미로운 페이지를 장식하는 건 아마 이게 처음이겠지." 당시 귀족 계급에서는 딸들에게 타티야나라는 이름을 지어주지 않았다. 대단히 러시아적이고, 따라서 매우 촌스럽게 들렸기 때문이다. 귀족 사회에서는 폴리나, 클라라, 마리나 같은 '서구화된' 이름이 유행이었다.

요컨대 그녀는 "프랑스 책을 손에 든 시골 아가씨"였다. 그런데 푸슈킨은 이렇게 어쭙잖은 아가씨에게 한 가지 매우 중요한 자질을 부여한다. 그녀는 "자기도 왜인지 모르지만 속속들이 러시아 여자"라는 것이다.

바로 이 점 덕분에 타티야나는 소설의 진정한 주인공이자 푸슈킨의 대변자이자 푸슈킨 문학의 진정한 여신이 된다. 푸슈킨이 타티야나의 눈을 통해 러시아의 겨울을 묘사하는 대목은 이 소설의 백

미라 할 수 있다. 조금 길지만 그 대목을 다 인용해 보기로 하겠다.

그해 가을은 오래도록

뜰을 서성였고

자연은 겨울을 손꼽아 기다렸다.

1월 3일 한밤이 되어서야

첫눈이 내렸다. 일찌감치 잠에서 깬

타티야나는 창 너머로 바라보았다

밤사이에 하얗게 변한 뜨락과

화단과 지붕과 담장을.

유리창에 엷게 서린 얼음꽃을.

은빛 겨울을 입은 나무들을.

뜨락에서 즐겁게 조잘대는 까치를.

찬란한 겨울 주단이

폭신하게 깔린 산들을.

주위는 온통 하얗고 밝았다.

겨울……! 농부는 신바람이 나서

썰매로 눈길을 닦고

눈 냄새를 맡은 말이

이리저리 장난을 친다.

솜털 같은 눈밭에 고랑을 파헤치며

쏜살같이 달려가는 포장 썰매,

마부석에는 털 코트에 빨간 띠를 두른

마부가 앉아 있다.

저기서 지주 댁의 꼬마 하인이 달려온다.

작은 썰매에 멍멍이를 태우고

자기가 말이 되어 썰매를 끈다.

장난꾸러기는 벌써 두 손이 꽁꽁

시리기도 하지만 우습기도 하다.

아이의 엄마가 창문을 열고 야단을 친다…….

    지금 우리가 번역본으로 읽을 때는 이 부분이 뭐 그리 대단한가 싶겠지만, 19세기 전반의 러시아 문학에 서구 낭만주의가 이입된 상황을 고려해 보면 이 대목은 정말로 감동적이다. 다른 작가들이 서구 낭만주의의 본을 따서 "겨울의 모든 나른한 음영을 화려한 문체로 묘사하는" 동안 푸슈킨은 은유나 언어적 장식이 거의 없는 문체로 단순하고 소박하게 러시아의 겨울을 묘사하고 있는 것이다. 기껏해야 "은빛 겨울을 입은 나무들", "찬란한 겨울 주단", "솜털 같은 눈밭" 정도가 여기 사용된 비유의 전부다.

    게다가 여기에 등장하는 것은 매혹적인 사랑이니 영감이니 이별이니 하는 것이 아니라 지주 댁의 장난꾸러기 소년과 "멍멍이"와 빨간 띠를 두른 마부다. 소박한 러시아 시골 겨울의 모습이 그냥 그대로 묘사되고 있다. 지나친 수식어도 없고, 모호한 부분도 없고, 그러면서도 생생하다. 분명하고 단순하고 간결하다. 그래서 아무리 읽어도 싫증이 나지 않는다. 이런 식의 묘사야말로 푸슈킨이 항상 추구했던 문학적 이상이었다. 간이 딱 맞게 끓인 "양배추국 한 사발"이 그 모든 산해진미 대신 그가 궁극적으로 원했던 음식이었듯이.

로알드 달의
'맛'

영국 작가 로알드 달(Roald Dahl, 1916~1990
년)의 단편소설 「맛(Taste, 1945년)」은 스릴러 앤솔러지에 늘 포함되
는 수작이다. 읽어보신 독자는 알겠지만 정말 스릴이 넘치는 재미
있는 소설이다. 이 소설의 주인공은 맛의 달인이고 이 소설의 배경
은 만찬장이며 이 소설의 주제는 인간의 미각이다. 물론 스릴러적
인 요소가 듬뿍 담겨 있지만, 그것보다도 훨씬 재미있는 것은 맛 그
자체의 향연이다. 내 개인적인 생각이지만 이 소설은 모파상이나
펄 벅의 작품에 비해도 전혀 모자람이 없다.

「맛」은 유명한 미식가 플래트와, 돈은 많지만 교양에 대한 콤플
렉스가 있는 스코필드 사이에 벌어지는 엽기적인 내기를 소재로

한다. 플래트는 '식도락회'라는 작은 모임의 회장으로 매달 요리와 포도주에 관한 소책자를 회원들에게 나누어주기도 하고 고급 요리와 포도주가 나오는 만찬을 열기도 한다. 그는 귀신같은 미각을 권력처럼 휘두르며 포도주의 품종은 물론 생산 연도와 산지까지 알아맞히는 것으로 유명하다. 스코필드는 주식 매매로 돈을 벌었다는 사실에 대해 부끄러움을 느끼며 교양인처럼 보이기 위해 필사적으로 노력한다. 그는 책, 그림, 와인에 대한 얄팍한 지식이 교양이라고 착각하고 있다.

어느 날 스코필드의 저택에서 만찬이 열리고 플래트와 스코필드는 관례대로 희귀한 포도주 산지 알아맞히기 내기를 한다. 그런데 어쩌다가 플래트는 집 두 채를 걸고 스코필드는 열여덟 살짜리 자기 딸을 내기에 걸게 되면서 만찬장은 악몽으로 바뀐다. 두 속물들의 숨겨진 욕망과 흉측하게 일그러진 본성이 미각의 언어를 통해 드러나는 와중에 이야기는 극적인 반전을 맞이하게 된다.

푸슈킨 이야기를 하다 말고 로알드 달의 「맛」 이야기를 하는 이유는 플래트가 포도주를 맛보면서 하는 말투가 푸슈킨의 말투와 대단히 유사하기 때문이다. 플래트는 포도주를 마치 사람처럼 이야기하는 버릇이 있다.

"조심성 있는 술이로군. 체, 저렇게 겁을 잔뜩 먹고 있는 것 좀 봐. 꼭 미친 사람 같다니까"라고 말하는가 하면 "상냥하군, 이 와인은. 너그럽고 기분 좋은 술이야. 조금 난잡스러운 듯싶기도 하지만 그런대로 싹싹한 녀석이야"라고 말하는 것이었다. (···) "과연 이것은 아주 재미있고 귀여운 술이로군. 온순하고 얌전하며 뒷맛이 마치 여자 같은 데가 있어."

　푸슈킨 역시 포도주를 마치 살아 있는 사람인 양 이야기한다. 고급 샴페인 '아이'는 변덕스러운 연인 같고 보르도는 듬직한 친구 같다는 것이다.

　　과부 클리코, 혹은 모에의
　　축복 받은 포도주가
　　시인을 위해 차게 식힌 병에 담겨
　　즉시 식탁에 오른다.
　　(···)
　　그러나 그 술의 솟구치는 거품은
　　내 위장을 배신하였고
　　그래서 지금은 분별 있는 보르도를
　　선호하는 편.
　　'아이'는 더 이상 감당하기 어려워.
　　'아이'는 꼭 애인 같아.
　　화려하고 변덕스럽고 발랄하고
　　방자하고 속이 텅 비고······
　　그러나 너 '보르도'는 꼭 친구 같아.
　　기쁠 때나 슬플 때나

언제 어디서나 동지로서

우리에게 기꺼이 봉사하고

조용한 여가를 함께 나누니

우리들의 친구 '보르도' 만세!

「맛」의 플래트가 포도주를 사람처럼 얘기하는 것은 결국 섬세한 입맛이나 세련된 화법과는 전혀 관계가 없다는 것이 밝혀진다. 그는 거짓말쟁이며 허풍쟁이며 탐식가일 뿐이다. 반면 푸슈킨이 『예브게니 오네긴』에서 풀어나가는 포도주 이야기는 그의 문학적 취향과 외래적인 것에 대한 문화적 입장을 대변해 준다는 점에서 의미가 있다.

푸슈킨은 지나치게 고급스러운 프랑스산 샴페인도 아니고 러시아산 독주도 아닌 "분별 있는 맛"의 보르도를 적절하게 마시는 음주 형태를 선호한다. 적절하게 마시는 포도주는 "조용한 여가를 함께 나누는 친구"와도 같다. 절제와 균형, 간결하고 소박한 멋에 대한 푸슈킨의 미학적인 추구는 보르도를 적절하게 마시는 것과 평행을 이룬다.

프랑스 와인을 절제 있게 마시는 것은 음식에서와 마찬가지로 무조건적인 러시아 사랑과 다르다. 당시 러시아 시골에서는 웬만큼 사는 지주 댁에서도 레드 와인에 물을 타서 마시곤 했다. 수입 와인의 가격이 너무 비싸서 그렇게라도 하지 않으면 재정적으로 당해내기가 어려웠기 때문이다. 이런 상황은 『예브게니 오네긴』에서도 슬쩍 언급된다. 오네긴이 시골에 내려가자 이웃 사람들이 그가 "레드 와인을 물도 타지 않고 벌컥벌컥 마신다"며 수군거리는 대목이 바로 그것이다.[34] 푸슈킨의 절제는 그런 식의 '궁색함'과는 거리가 멀었다. 그리고 푸슈킨의 미각은 시골 지주 댁 장롱 속에 줄지어 있는, 몇 년씩 묵은 '집에서 담근 과실주 병들'과도 거리가 멀었다. 그것들은 변화라는 것을 모르는 따분한 시골 생활에 대한 기호였다. 문화라는 것은 프랑스 것이건 러시아 것이건 궁색하고 따분한 것을 넘어서는 것이었다.

한편 러시아의 과도한 음주 문화도 푸슈킨에게는 문화적인 미개함으로 여겨졌다. 18세기에도 19세기에도 러시아인들은 도를 넘는 음주로 악명이 높았다. 『예브게니 오네긴』에서 푸슈킨은 자레츠키라는 난봉꾼을 등장시켜 러시아식 음주 문화를 비꼰다. 그는 만취 상태로 전쟁터에 나갔다가 프랑스군의 포로가 된 적이 있는 인물인데,

매일 아침 베리의 레스토랑에서
외상으로 포도주 세 병을 비울 수만 있다면
또다시 포로가 될 용의가 있다고 한다.

'베리(Very)'는 19세기 초부터 파리의 입맛을 사로잡았던 전설적인 레스토랑으로 파리의 내로라하는 신사 숙녀들뿐 아니라 프랑스 요리의 로망을 맛보고자 파리를 방문하는 여행객들로 늘 붐비곤

했다.[35] 이렇게 고도로 세련된 장소에서, 그것도 "아침부터" 포도주를 "세 병"씩이나 마실 생각을 한다는 것, 그 자체가 푸슈킨에게는 문화적인 무지몽매였다. 당시 파리에 갔던 러시아 장교들은 실제로 고상한 레스토랑에서 만취 상태로 추태를 부려 눈총을 받았다고 한다.[36]

러시아 국수와
마카로니

'남의 것'과 '나의 것'에 대한 러시아인들의 시각은 19세기 중반에 이르면 '슬라브파'와 '서구파'라는 사상적인 이름으로 구체화된다. 러시아 역사, 러시아 지성사, 그리고 러시아 문학사와 문화사는 언제나 '슬라브파'와 '서구파'의 대립에 길고도 자세하게 지면을 할애했다. 간단하게 말해서 '슬라브파'란 러시아의 모든 문제는 표트르 대제의 개혁에서 비롯된 것으로 러시아의 구원은 개혁 이전의 오염되지 않은 상태로 돌아감으로써만 가능하다고 주장하는 지식인 그룹을 말한다. 반면 '서구파'는 러시아는 유럽의 일부이므로 서구의 물질문명과 정신문화 모든 것을 하루라도 빨리 받아들여 학습해야만 낙후성에서 벗어나 진보를 향한 유럽의 행진 대열에 낄 수 있다고 주장한 그룹이다.

흥미로운 것은 이미 19세기 초, 그러니까 이런 식의 사상적인 그룹이 공론화되기 이전에 음식의 어휘가 러시아 지식인들의 의식을 말해 주고 있었다는 사실이다. 요컨대 '남의 것'과 '나의 것'은 마카로니와 러시아 국수를 통해 대립적으로 표현되었다. 러시아 사람들은 꽤 오래전부터 국수를 먹었던 것으로 추측된다. 몽골 지배기에 러시아에 전해진 국수는 수프의 형태로 러시아 식단에 뿌리를 내렸다. 러시아어로는 국수와 국수 요리 모두 "라프샤(lapsha)"라고 한다. 한편 표트르의 개혁 이후 러시아에는 이탈리아 국수인 마카로니가 유입되었다. 당시에는 이탈리아 면류 일반을 가리키는 파스타 대신 마카로니라는 단어를 사용했던 것으로 사료된다. 이탈리아 파스타 역시 중국에서 전해진 것이니까 러시아 사람들이 먹었던 국수는 어쨌든 그 원류로 가자면 중국 요리인 셈이다.

그러나 러시아 식단에서, 그리고 러시아 문화에서 '러시아 국수'와 '마카로니'는 엄격하게 구분되었다. 우선 러시아 국수는 고급 레스토랑 메뉴에는 수록되어 있지 않았다. 싸구려 음식점, 역참, 시골 여인숙에 딸린 식당 등지에서만 러시아 국수가 메뉴에 올랐다. 러시아 국수는 주로 닭고기 육수에 삶아졌는데 가끔 당근이나 감자 썬 것을 넣어 함께 끓이기도 했다. 그러니까 우리나라 칼국수와 비슷하지만 국물이 조금 더 걸쭉한 음식을 상상하면 된다. 러시아 사람들은 가끔씩 양배추 수프에 국수 삶은 것을 넣어 먹기도 했다. 반면에 마카로니는 고급 레스토랑에서 조리되었는데 반드시 파르메산 치즈나 모차렐라 치즈가 곁들여 올려졌다. 그러므로 순수하게 요리라는 측면에서만 보더라도 '국수'는 러시아적인 것, 시골풍의 것, 값싼 것, 촌스러운 것을 의미했고 마카로니는 외국의 것, 비싼 것, 고급스러운 것을 의미했다.

그런데 이 국수와 마카로니는 요리의 영역에 머물지 않고 19세기 초 러시아인들의 정신 영역으로 들어가 '러시아국수파(lapshichniki)' 와 '마카로니파(makaronniki)'라는 용어를 합성해 냈다. 러시아국수 파는 문자 그대로 러시아적인 것, 러시아의 관습과 문화와 전통을 옹호하는 사람들이고 마카로니파란 서구적인 것을 옹호하는 사람들을 의미했다. 그러니까 그것들은 각각 '슬라브파'와 '서구파'의 전신이었던 것이다.[37]

이와 관련하여 한 가지 재미있는 것은, 푸슈킨은 국수를 넣어 끓인 러시아 수프를 좋아했지만[38] 작품 속에서는 단 한 번도 러시아 국수나 국수 요리를 언급한 적이 없다는 사실이다. 포흘레브킨은 푸슈킨의 작품에서 한 번이라도 언급된 적이 있는 음식과 요리의 이름을 정리해 놓았는데,[39] 그 목록에는 러시아 국수가 아닌 "파르메산 치즈를 곁들인 이탈리아식 마카로니"가 들어가 있다. 그는 소박한 음식을 좋아한, 교양 있는 코즈모폴리턴이었던 것이다.

아무튼 마카로니와 러시아 국수로 표현된 사상적 대립은 19세기 내내 지속되었다. "자국의 것 대 외국의 것, 러시아적인 것 대 서구적인 것 간의 갈등, 슬라브파 대 서구파의 갈등, 즉 '미식의 변증법' 은 19세기 내내 문학과 문화에 살아 있었다. 농부들의 단순하고 먹음직스럽고 신토불이적인 요리는 종종 서구화된 귀족들이 외국에서 들여온 좀더 우아하고 세련된 요리와 맞붙곤 했다. 이 미식의 싸움은 푸슈킨의 『예브게니 오네긴』, 고골의 『죽은 혼』에서 톨스토이의 『안나 카레니나』에 이르는 소설들의 저 잊지 못할 페이지들에 기록되어 있다."[40]

검은 빵과
흰 빵

러시아 사람들에게 빵은 모든 식사의 중심이다. 러시아에서 '빵(khleb)' 하면 보통 통밀과 호밀을 섞어 만든 검은 빵을 의미하지만 그 외에도 여러 다양한 종류의 빵이 있다. 물론 대부분의 서양 식단에서도 빵은 우리의 밥처럼 필수적인 음식이다. 그러나 러시아에서 빵은 다른 어느 나라에서보다도 더 특별한 의미를 지닌다. 춥고 겨울이 긴 러시아는 먹을거리가 풍족한 나라가 아니다. 거기에 툭하면 가뭄과 기근, 침략과 내전이 일어났다. 백성들은 때로 빵과 물만으로 수없이 많은 날들을 연명해야 했다. 빵은 그들에게 생명 그 자체였다. 빵은 거의 마술적인 힘을 가졌으며 찬미와 찬양의 대상이었다.[41] 그래서 러시아인들은 모든 관혼

상제 때 빵을 먹었다. 그들은 결혼식에도 장례식에도 빵을 구웠고 부활절에도 크리스마스에도 빵을 구웠다. 사람이 죽으면 관 속에 작은 사다리 모양의 빵을 넣어두곤 했는데 그것은 망자의 영혼이 천국으로 가는 것을 도와준다고 믿어졌다.[42]

러시아어로 손님에 대한 극진한 대접을 "khlebosol'stvo"라고 하는데 이는 문자 그대로 풀어 말하자면 "빵과 소금"이라는 뜻이다. 러시아에서는 예부터 손님이 오면 조각을 한 듯이 올록볼록한 문양이 들어간 커다란 빵("카라바이")과 소금을 내놓곤 했다. 빵 한가운데를 움푹 파서 그 안에 나무로 만든 소금 종지를 넣기도 했다. 손님이 식탁에 앉자마자 카라바이가 날라져 오고 손님은 카라바이 한 조각을 떼어 소금에 찍어서 입으로 가져갔다. 그러면서 큰소리로 "빵과 소금(Khleb da sol')"이라 외쳤다. 이는 곧 식사 시작을 알리는 말로 "잘 먹어보자"나 마찬가지 의미였다.[43]

러시아인들에게 빵이 얼마나 중요한가 하는 것은 빵과 관련된 격언과 속담이 부지기수라는 데서도 입증된다. "빵이 놓인 식탁은 제단이지만 빵 없는 식탁은 나무 판때기다", "빵은 모든 것의 우두머리다", "빵은 신의 선물이다", "빵은 모든 음식의 아버지다" 등등.[44] 그러니까 우리말로 "밥이 보약이다", 혹은 "밥이 제일이다" 같은 의미로 받아들이면 될 것이다. 우리나라에서 "밥"이 식사도 되고 쌀로 지은 음식(라이스)도 되는 것과 같이 러시아에서 빵은 구워 먹는 빵도 의미하고 식사도 의미한다.

반면에 흰 빵은 엄밀히 말해서 '빵'이 아니다. 그것은 프랑스어의

'boule'을 음차하여 "불카(bulka)"라 불린다. 가운데가 동그랗게 뚫린 흰 빵은 "칼라치"라 불린다. 표트르의 개혁 이후 들어온 흰 빵은 몇몇 도시에서 독일인이나 프랑스인 제빵공들이 구워 팔았으므로 시골에는 거의 알려지지 않았다. 그러나 19세기 중엽에 이르면 흰 빵은 시골에서도 흔히 먹을 수 있는 보편적인 음식이 되었다. 그 무렵에는 다른 외래 음식들, 즉 로스트비프나 마카로니 같은 것들도 이미 일상의 음식이 되어버렸으므로 흰 빵 자체가 외래적인 것을 의미하기는 어려웠다. 상류층 신사들에게는 오히려 소박한 러시아 음식이 자연스럽고 편안하고, 따라서 고급스러운 '건강식'을 의미하기까지 했다.[45]

러시아인들은 빵과 관련해서는 단호했다. 그들에게는 러시아 검은 빵만이 빵이고 나머지는 빵이 아니었다. 빵과 관련된 속담에서 빵은 오로지 러시아식의 검은 빵만을 가리켰다. 흰 빵, 외국에서 들어온 빵은 "흰 빵은 물리지만 검은 빵은 결코 물리지 않는다" 같은 속담에만 등장할 뿐이다.

러시아 음식 중에서 빵은 가장 풍요로운 함의를 갖는다. '남의 것'과 '나의 것'의 대립에서 빵이 러시아적인 것을 함축한다면 '영혼의 양식'과 '육체의 양식'의 대립에서는 양자를 이어주는 고리의 역할을 한다. 더 나아가 빵은 20세기 러시아 역사와 문학을 관통하면서 모든 항구한 것의 상징으로 기능한다. 빵의 이러한 상징적 의미들은 이 책의 Ⅱ부에서 상세하게 살펴볼 것이다.

먹다가
죽은 남자[46)]

러시아 작가들은 대체로 먹는 것에 관심
이 많았다. 앞에서 살펴보았던 푸슈킨뿐 아니라 저 유명한 고골, 톨
스토이, 체호프는 모두 현실 속에서도 작품 속에서도 먹는 것을 좋
아했다. 그들은 인생의 꽤 오랜 기간 동안 맛있는 음식을 찾아 먹
었고, 터무니없이 많이 먹었고, 소설 속에서 음식에 대해 얘기하는
것을 즐겼다. 우리나라 독자들에게는 이들보다 덜 알려졌지만 러
시아 문학사에서 위대한 리얼리즘 작가로 존경받는 곤차로프(I. A.
Goncharov, 1812~1891년) 역시 유명한 식도락가였다. 그의 대표작
인 『오블로모프(Oblomov, 1859년)』는 러시아 요리의 백과사전이라
할 만큼 온갖 요리들로 가득 차 있어 외국인 독자가 그것을 제대로

읽으려면 별도의 요리 사전이 필요할 정도다. 그가 전함 팔라다호에 장군의 비서 자격으로 동승하여 여러 나라를 방문하고 돌아와 발표한 여행기 『전함 팔라다(Fregat Pallada)』 역시 많은 점에서 영국, 포르투갈, 일본 등지의 식탁을 소개해 주는 식유기(食遊記)에 가깝다.[47]

『오블로모프』는 19세기 중엽 농노제도하의 러시아 현실을 한 귀족 지식인의 무기력한 삶을 통해 보여주는 소설이다. 선량하고 순수한 영혼의 소유자인 주인공 오블로모프는 '오블로모프카'라고 불리는 시골 영지에서 소년 시절을 보낸 뒤 수도 상트페테르부르크에 올라와 잠시 관직에 머물지만 '적성에 안 맞아서' 조기 퇴직하고 하는 일 없이 빈둥대며 일생을 보낸다. 시골 영지에서 나오는 수익 덕분에 그는 일하지 않고도 살 수가 있다.

오블로모프에게 중요한 일은 딱 두 가지, 즉 먹는 것과 자는 것이다. 어렸을 때부터 온갖 맛있는 음식을 먹으며 자라난 그에게 음식은 삶의 의미 그 자체다. 그는 하루 세끼 하인이 차려주는 음식을 달게 먹고, 식사와 식사 사이에는 간식을 먹거나 차를 마시거나 하바나산 시가를 피우거나 커피를 마시거나 아주 편안한 실내복을 입은 채 침대에 누워 자거나 비스듬히 기대어 졸거나 공상을 한다. 그에게는 욕망도 없고 열정도 없고 의욕도 없다. 무언가를 이룩한다거나 바꾼다거나 하는 것은 그로서는 생각도 할 수 없는 일이다. 배부르고 등 따뜻하면 그는 행복하다.

한편 오블로모프의 소꿉친구인 슈톨츠는 그와는 완전히 반대되는 성격의 청년이다. '슈톨츠'라는 성에서부터 알 수 있듯이 독일계 러시아인인 그는 이성적이고 합리적이고 활동적이며 목적지향적이다. 그는 친구 오블로모프의 무기력을 안타깝게 생각하여 어떻게 해서든 그를 게으름과 나태에서 구해보려 하지만 역부족이다. 슈톨츠는 오블로모프에게 올가라는 아름답고 똑똑한 아가씨를 소개시켜준다. 오블로모프는 올가를 사랑하는 듯도 하지만 그 특유의 무기력과 나태와 게으름 때문에 그녀와의 결혼을 포기한다.

오블로모프는 결국 무식하고 푸근하고 요리 잘하는 과부 아가피야네 집에 세 들어 살다가 어영부영 그녀와 결혼까지 하게 된다. 사기꾼들의 꼬임에 빠져 한때 제대로 식사도 못 하는 처지로 전락하기도 하지만, 그래도 요리 잘하고 마음씨 고운 과부의 지극한 보살핌과 요리 실력 덕분에 그는 맛있는 음식을 배부르게 먹다가 세상을 하직한다. 운동 부족과 고지방 섭취에서 오는 뇌졸중이 사망의 원인이다. 그는 그야말로 먹다가 죽는 것이다. 그와 과부 사이에서 태어난 아들은 올가와 결혼한 슈톨츠가 맡아 기른다.

이 간략한 설명만 가지고도 오블로모프가 앞에서 잠깐 언급했던 '잉여 인간'의 계보에서 한자리 차지하는 것은 너무도 당연하게 여겨진다. 게다가 평생을 먹고 자는 일만 하다 죽는 오블로모프는 "오블로모프 기질(oblomovshchina)"이란 신조어를 유행시켰다. "오블로모프 기질"은 일반적으로 게으름, 나태, 무위, 무기력과 동의어라 보면 되지만 19세기 중엽 러시아 사회에서는 특별한 의미를 지녔다. 당대 급진적인 문학평론가이자 사회평론가인 도브롤류보프(N. Dobroliubov)는 『오블로모프 기질이란 무엇인가?(Chto takoe oblomovshchina?, 1859년)』에서 오블로모프 같은 그런 무용한 지식인은 제정러시아 사회, 특히 전제정치, 농노제도 같은 사악한 제도에서 촉발된 것이라며 신랄하게 사회를 비판했다. 오블로모프는 문학적 인물이면서 동시에 러시아의 낙후성을 보여주는 사회적인 상징이었다.

한편 『오블로모프』의 페이지마다 언급되는 온갖 맛있는 러시아와 서구의 요리들은 꾸준히 연구자들의 관심을 끌어왔다. 특히 러시아 문학과 음식 연구에 관한 한 가장 많은 글을 쓴 르블랑(R. Leblanc) 교수는 『오블로모프』의 음식 언어를 여러 다양한 관점에서 분석했다. 음식의 심리학적인 측면, 정신분석학적인 측면은 일단 접어두고, '남의 것'과 '나의 것'의 대립이란 맥락에서 볼 때 『오블로모프』의 음식은 두 가지 상반되는 해석을 불러일으킨다. 첫째, 서구파의 시각에서 볼 때 오블로모프의 음식 사랑은 그 자체가 악이다. 그것은 "기생충 같은 러시아 귀족 계급, 그 방자한 착취계급의 무기력과 이기주의와 나태함에 대한 상징이다."[48]

그러나 다른 한편으로는 오블로모프가 먹는 모든 음식에는 대단히 바람직한 이데올로기적 측면도 있다는 것이 르블랑 교수의 주장이다. 그는 이를 "식도락적인(gastronomic)" "슬라브주의(Slavophilism)"라 부른다.[49] 맛있는 음식들은 주인공의, 그리고 러시아라고 하는 한 국가의 잃어버린 어린 시절, 그 풍요롭고 순진하고 행복했던 과거를 표상한다는 것이다.[50] 게다가 오블로모프는 단순히 먹는 것 그 자체만을 즐긴 것이 아니라 어린 시절 시골 영지에서 온 가족이 둘러앉아 식사를 했던 추억을 사랑한 것이므로 음식은 나눔, 사랑, 형제애, 소통 같은 긍정적인 관념의 표상이기도 하다.[51] 슬라브파 지식인들이 표트르 대제 개혁 이전의 순박한 러시아와 그 공동체 의식에서 러시아의 구원을 찾고자 했던 것을 감안할 때 이러한 음식의 의미는 충분히 "슬라브주의적"이라 할 수 있을 것이다.

그런데 이러한 해석에는 논리적인 문제가 뒤따른다. 만일 르블랑 교수의 주장이 옳다면 『오블로모프』에서 곤차로프는 완전히 상반되는 두 가지 의미를 동시에 음식에 부여했다는 얘기인데, 과연 그런 걸까? '서구파'적인 해석과 '슬라브파'적인 해석 중에서 어느 것이 더 타당한 것일까? 오블로모프의 음식에 어느 정도로 이데올로기적 의미를 부여하는 것이 옳은 것일까? 다음 장에서는 소설을 찬찬히 읽으며 이런 문제들을 검토해 보기로 하자.

'정결한 여신'
vs. 고기 파이

　〈정결한 여신(Casta Diva)〉은 벨리니의 오페라 《노르마》를 대표하는 아리아로 마리아 칼라스의 열창 덕분에 더욱 유명해졌다. 그것은 오페라 제1막에서 여사제 노르마가 달의 여신을 향해 부르는 아리아인데, 그 처절하면서도 아름다운 가사나 노르마의 비극적인 운명 같은 것을 하나도 모르는 채 들어도 그냥 가슴에 절절히 와 닿는 명곡이다. 제목부터가 고결하고 청아한데 거기에 마리아 칼라스의 약간 허스키한 음성이 더해지면서 이루 형언할 수 없는 감동을 전해준다.

　음식 얘기를 하다 말고 갑자기 오페라 아리아 얘기를 하는 이유는 구소련 시대에 국영영화제작소에서 만든 영화『오블로모프』의 배경음악이 바로 이 〈정결한 여신〉이기 때문이다. 특히 주인공 오블로모프와 올가가 연애하는 장면에서 배경에 깔리는 이 아리아는 영화가 주는 전반적으로 지루하다는 느낌을 '서정성'이라는 긍정적 느낌으로 바꾸어놓는 데 한몫 단단히 한다.

이 청아한 노래는 실제로 소설 속에서도 여러 번 언급되는데, 그 의미는 단순한 배경음악 차원이 아닌, 이데올로기와 소설 미학의 차원에서 음미해 볼 수 있다. 미리 말하자면 〈정결한 여신〉은 여주인공의 이념적 성향을 결정하는 동시에 여주인공과 남주인공 간의 괴리, 그리고 여주인공의 내면의 모습까지 말해 주는 음악적 기호다.

우선 이 소설의 주요 등장인물 네 명은 누가 보더라도 '서구파'와 '슬라브파'로 나누어진다. 남자들부터 보자면 주인공 오블로모프는 대단히 러시아적이며 그의 친구 슈톨츠는 대단히 서구적이다. 두 사람의 특징은 다음과 같이 요약해 볼 수 있다.

◇ 슬라브파/오블로모프

- 러시아 지주 가문의 자식이다.
- 시골 영지 '오블로모프카'에서 보낸 유년 시절은 매우 행복했지만 서구적인 수도 상트페테르부르크에서는 외톨이 신세다.
- 활동적이라기보다는 사색적이고, 합리적이라기보다는 몽상적이다.
- 둔하고 느리고 선량하다.
- 허여멀겋고 오동통하다. 비곗살 덩어리다.

◇ 서구파/슈톨츠

- 독일 이민자의 아들이다.
- 해외무역업을 하고 있다.
- 러시아의 낙후성에 대해 늘 비판적이다.
- 대단히 활동적이고 이성적이고 합리적이다.
- 가무잡잡하고 뼈와 근육만 있다.

여자들도 아주 분명하게 두 진영으로 갈라진다.

◇ 슬라브파/아가피야

- 일자무식 촌부. 이름부터가 러시아 시골 여자의 이름이다.
- 러시아 밖을 나가본 적도 없고 나가고자 하는 의도도 없다.
- 집안일 말고는 아무것도 모른다.
- 투실투실하고 촌스럽다.
- 프랑스어는커녕 러시아어도 잘 모른다.

◇ 서구파/올가

- 교양 수준이 매우 높다.
- 스위스와 파리 등지를 오가며 산다.
- 집안일을 제외한 모든 일에 능하다.
- 날씬하고 세련되었다.
- 프랑스어를 능란하게 구사한다.

여기에 한 가지만 덧붙이자면 아가피야는 오페라가 무엇인지도 모르는 데 반해 올가는 〈정결한 여신〉을 이탈리아어로 아주 잘, 매우 자주 부른다. 〈정결한 여신〉은 올가의 '트레이드마크'나 마찬가지다. 아가피야가 언제나 오블로모프를 위해 요리를 하거나 설거지를 하거나 장을 보거나 바느질을 하는 데 반해 올가는 오블로모프를 위해 오페라 아리아를 부른다. 아가피야가 오블로모프에게 "구즈베리 보드카도 가져오고 파이도 굽고 잼과자도 만든다"면, 올가는 오블로모프를 초대해 놓고는 "흰 드레스를 입고 그가 선물해 준 팔찌를 레이스 밑에 살짝 감추고, 그가 좋아하는 스타일의 머리 모양을 하고, 피아노도 거실에 내놓고, 아침에는 그가 좋아하는 〈정결한 여신〉을 연습한다." 요리나 메뉴에 대한 언급은 없다.

〈정결한 여신〉은 원래 오블로모프가 좋아하는 아리아다. 오블로모프는 나름 대단히 시적이고 서정적인 사람이다. 먹는 것을 좋아하고 자는 것을 좋아한다고 해서 그가 야만인 같은 사람이라 생각하면 오산이다. 그는 귀족 집안의 선남이며 교육을 받은 러시아 인텔리이며 시와 음악을 사랑하는 예술인이다. 그는 단지 행동에 대한 의욕이 없을 뿐이다. 슈톨츠는 어느 날 그에게 "이상적인 삶"이 무엇이냐고 묻는다. 오블로모프는 이상적인 삶을 철저하게 '식도락'적인 언어로 풀어낸다.

그의 아침은 천천히 일어나 산책을 하고, 아침을 먹고, 온실에 들어가서 익어가는 복숭아, 포도, 수박을 관람하는 것으로 시작된다. "그 시간에 부엌에서는 음식 끓는 냄새가 진동을 하지. 눈처럼 흰 앞치마를 두른 요리사가 모자를 쓰고서 부산을 떨고 있어. 냄비 하나를 휘휘 젓다가 금방 저쪽으로 가서 반죽을 굴리고 물을 쏟아붓고…… 칼질하는 소리가 요란스럽고…… 야채를 잘게 썰고…… 아이스크림을 돌리고…….” 슈톨츠가 묻는다. “그다음에는?” 그다음에 이어지는 이상적인 삶 역시 음식의 언어로 묘사된다.

“그다음엔, 무더위가 기승을 부릴 때면 찻주전자와 후식거리를 실은 수레를 자작나무 숲으로 보내는 거야. 그냥 들판이 아니라 잘 다듬어진 풀밭으로 말이지. 건초 더미 사이에 양탄자를 깔고 거기서 수프와 비프스테이크를 맘껏 즐기는 거지.” 이어지는 그림 역시 음식으로 들어차 있다. “이젠 집으로 돌아갈 시간이야. 집 안엔 벌써 환하게 등불이 밝혀지고 부엌에서는 다섯 개의 칼질 소리가 요란하다네. 버섯이 담긴 프라이팬, 커틀릿, 딸기…….” 이렇게 이런 저런 음식 얘기를 하다가 갑자기 오블로모프는 음악 얘기를 한다. “그런데 어디선가에서 음악이 들려오지……casta diva……casta diva.” 그러더니 그는 이 노래의 멜로디를 흥얼거린다.

얼핏 〈정결한 여신〉과 온갖 요리들은 어울리지 않는 것 같지만 사실 만찬에는 항상 음악이 따른다는 사실을 고려해 보면 과히 이상한 것도 아니다. 하여튼 오블로모프가 〈정결한 여신〉을 읊조리자 슈톨츠는 “그래? 그 노래를 잘하는 아가씨를 아는데 내 소개해 줄게”라고 대꾸하고, 이것이 계기가 되어 오블로모프와 올가의 데이트가 시작된다. 그리고 이때부터 오블로모프의 식도락적인 삶과 올가의 다분히 정신적인 삶, 오블로모프의 무위와 올가의 부지런함이 지속적으로 대비를 이루며 펼쳐진다.

아름답고 우아한 올가가 무엇인가를 먹는 장면은 소설 속에 한 번도 나오지 않는다. 그녀는 문자 그대로 '이탈리아산'의 '정결한 여신'처럼 아름답고 고상하며, 언제나 이탈리아 노래 〈정결한 여신〉을 부르며, 오블로모프에게는 언제나 서구에서 들여온 오페라 관람을 제안한다. 올가에게 '서구적인' 특성을 부여하려는 작가의 의도는 〈정결한 여신〉에 응축되어 있는 것이다. 반면에 굼뜨고 께느른한 러시아의 모습을 보여주려는 작가의 의도는 어딘지 모르게 곰을 연상시키는 게으름뱅이 오블로모프의 모습을 통해 드러난다.

그러나 이런 대립적인 특성들에도 불구하고 소설 『오블로모프』의 음식이 '남의 것'과 '나의 것'의 대립을 표현하기 위한 주된 언어라고 보기는 어렵다. 우선 오블로모프에게는 르블랑 교수가 만들어낸 '식도락적인 슬라브주의'를 입증해 줄 만큼 노골적인 슬라브주의적 특성이 없다. 그는 슬라브파 지식인보다는 슬라브파 지식인의 패러디에 더 잘 어울린다. 오로지 먹고 자는 것만이 '슬라브주의'적이고 민족주의적인 것이라면 그거야말로 슬라브주의에 대한 모독이 될 것이다.

오블로모프가 먹는 음식만 해도 그렇다. 시골 지주계급 출신의 오블로모프가 즐기는 음식은 뚜렷하게 러시아 시골풍 요리도 아니고, 그렇다고 반드시 프랑스 고급 요리도 아니다. 그는 온갖 러시아 요리와 음료, 그리고 온갖 서구 요리와 음료를 먹는다. 러시아 차도 마시고 커피도 마시고 집에서 담근 과일 보드카도 마시고 수입산 와인도 마신다. 이탈리아 마카로니도 먹고 러시아 전통 파이도 먹는다. 한마디로 그가 먹는 음식만 가지고 그를 '러시아적'이라 부를 수는 없다. 일례로 오블로모프는 자신의 영명축일에 "이런 촌구석에서는 전혀 찾아볼 수 없는 세련되고 우아한 접대"를 준비한다.

> 기름기가 많은 커다란 러시아식 파이 대신 속에 아무것도 넣지 않은 파이가 선을 보였다. 수프 전에 생굴이 나왔다. 송로버섯을 곁들인 약병아리 요리, 입 안에서 살살 녹는 고기 요리, 가느다랗게 채를 친 채소, 영국식 수프가 뒤를 따랐다. 식탁 중앙에는 커다란 파인애플이 자태를 뽐내고 주변에 복숭아와 버찌, 살구가 놓여 있었다. 생화가 꽂혀 있는 화병도 눈에 띄었다. (…) 식사를 마치고 식탁이 다 치워졌을 때 오블로모프는 정자에 샴페인과 생수를 갖다 놓으라 일렀다.

오블로모프가 하숙집 여주인과 결혼하여 생의 마지막을 행복하게 보낼 때 먹는 음식도 서구적인 것과 러시아적인 것 모두 다 포함한다.

> 몇 년 전 그가 처음으로 이 집으로 이사 왔을 때와 같은 정성으로 끓인 깨끗하고 맛있는 커피가 나왔다. 내장 수프, 파르마산 치즈를 곁들인 마카로니, 두툼한 러시아식 파이, 차가운 수프, 집에서 키운 약병아리 고기. 이 모든 것이 엄격한 순서에 따라 식탁에 올려졌다.

그러니까 주인공의 입속으로 들어가는 요리의 종류만 가지고는 그를 '슬라브주의자'라 부르기 어렵다는 뜻인데, 이는 사실상 19세기 중반에 이르면 샴페인이나 마카로니나 커피 같은 것들이 '서구의 것'이라는 느낌이 거의 사라졌기 때문이기도 하다. 푸슈킨 시대에는 서구적인 것의 기호였던 많은 음식들이 이제 전혀 서구적인 것이 아니게 되었다는 뜻이다.

한편 음식의 '관계성'은 소설에서 오블로모프를 슬라브주의 지식인의 패러디처럼 보이게 한다. 오블로모프가 먹는 음식과 하숙집 여주인이 먹는 음식은 두 사람의 관계가 소박하고 순수한 러시아적 이상, 혹은 도스토예프스키가 부르짖었던 대지주의의 형제애와는 거리가 멀다는 것을 보여준다. 오블로모프는 사기꾼들에게 속아 돈을 다 날리고 한동안 빈털터리로 지낸다. 돈이 없으니 이전처럼 잘 먹을 수가 없다. 그러자 그에게 식사를 제공하는 하숙집 여주인은 전전긍긍한다. 여주인은 평민 출신이며 그녀의 죽은 남편역시 평민 출신이다. 그녀에게 오블로모프는 죽은 남편과는 비교도 할 수 없이 고귀하고 우아하고 유식하고 존엄한 귀족 나리다. 그녀는 귀족 나리를 존경하고 흠모하고 숭배한다. 그래서 자기와 전남편 소생의 아이들은 멀건 죽만 먹어가면서도 귀족 나리에게는 이전과 다름없는 성찬을 차려주기 위해 온갖 수난을 다 감내한다.

'귀족 나리께서 어떻게 갑자기 아스파라거스 대신에 기름에 버무린 무쪼가리를, 들꿩 고기 대신에 양고기를, 가트치나에서 잡아 온 연어와 철갑상어, 소금에 절인 농어 대신에 가게에서 파는 생선 나부랭이를 드실 수가 있단 말인가.' 끔찍스러운 일이었다! (…) 그래서 그녀는 지참금으로 받은 진주를 저울에 올려놓았다. 오블로모프는 이런 줄은 꿈에도 모르고 이튿날 훌륭한 연어를 안주 삼아 구즈베리로 담근 보드카를 마셨다. 그리고 좋아하는 하얗고 신선한 들꿩의 내장을 먹었다. 아가피야는 하인들이나 먹는 양배추 수프와 죽을 아이들과 나누어 먹었고 오블로모프와 동석한 자리에서만 커피를 마셨다. 곧바로 그녀는 보석함에서 진주 말고도 다이아몬드 브로치를 꺼냈고 나중엔 은붙이들에, 또 나중에는 모피 외투에 손을 뻗었다.

이런 줄은 꿈에도 모르고, 또 알고 싶어 하지도 않는 오블로모프는 무사태평, 그녀가 차려주는 음식을 포식하며 편안하게 산다. 손님이 오면 오는 대로, 안 오면 안 오는 대로 안주인이 무언가를 다 팔아가며 만들어 오는 음식을 먹으며 그저 그녀의 살림 솜씨에 탄복할 뿐이다. 이쯤 되면 이건 물질적이고도 감정적인 착취라 할 수 있다. 오블로모프에게서 선량하고 아름다운 '옛 기질' 지주의 품성이 엿보인다 하더라도 이건 너무하다. 아무리 물정 모르는 귀족 나리기로서니 이런 식으로 자기를 흠모하는 무식한 과부 아주머니의 고혈을 빨아먹어도 된단 말인가.

그렇다면 이 소설에서 곤차로프는 슬라브주의가 아닌 서구파를 옹호하는 것일까? 도브롤류보프와 같은 계열의 학자들이 해석한 것처럼, 이 소설은 오블로모프가 형상화하는 낙후된 러시아를 비판하고 올가나 슈톨츠가 형상화하는 서구파 이념을 촉구하는 데 목적이 있는 것일까?

결론부터 말하자면 그렇지는 않다. 이른바 '서구파'에 속하는 인물들이 오블로모프보다 더 긍정적이지 않을 뿐만 아니라 오블로모프의 무위에 대한 그 어떤 해결책도 제시하지 못하기 때문이다. 예컨대 여주인공 올가는 〈정결한 여신〉은 노래할 줄 알지만 사랑하는 남자에게 가장 필요한 음식은 제공해 줄 수 없다. 그녀는 러시아식 파이와 러시아식 술을 만들 줄 모른다.

"자, 마시라구. 안드레이, 마시라니까. 정말 좋은 보드카야. 올가 세르게예브나는 자네에게 이런 보드카는 못 빚어줄 거야!" 그는 건성으로 말했다. "〈정결한 여신〉은 불러줄지 모르지만 보드카는 어떻게 담그는 줄도 모를 거야. 그리고 영계와 버섯을 집어넣은 이런 파이도 못 만들 거야. 오블로모프카에서만 그런 파이를 구웠고, 그러고는 이곳이야! 요리사도 아닌 사람이 그러니 더 놀라운 일이지. 파이 맛을 내는 그 솜씨는 아무도 몰라. 아가피야 마트베예브나는 정갈함 그 자체라고!"

오로지 먹고 자는 일만 하는 오블로모프에 비해 활동적이고 열정적이고 이성적인 올가와 슈톨츠는 훨씬 긍정적으로 보일 수 있다. 그러나 그들 역시 '서구파'의 이념을 독자에게 설득시켜줄 만큼 그렇게 긍정적이지는 않다. 올가만 해도 이탈리아 노래만 잘 부르면 뭣하겠는가. 당장 먹을 파이도 굽지 못하면서. 어쨌거나 작가가 러시아식 파이 만들기보다는 이탈리아 아리아 부르기가 살아가는 데 더 유용하다는 얘기를 하려는 게 아닌 것은 분명하다. 올가와 슈톨츠는 끊임없이 움직이고 무언가를 도모하고 목표를 향해 나아가고 목표를 갱신한다. 자기들만 그럴 뿐만 아니라 친구인 오블로모프도 그렇게 만들려고 노력한다. 슈톨츠는 오블로모프에게 수십 번 "삶의 모습을 바꾸라"고 말한다. "인생이란 정말 멋진 거야! 이봐 일리야, 자네는 철학자가 되어보겠다는 건가? 어련하시겠어! 삶이 매순간 반짝반짝 빛나는데, 그래 누워서 잠들어버리겠다는 거야? 불꽃이 영원히 타오르도록 해야 할 것 아닌가!" "인간이란 스스로를 새롭게 만들 수 있도록 창조되었어! 자신의 천성을 바꾸도록 말이야." 슈톨츠의 눈에는 오블로모프가 누워서 뒹구는 하숙집이 하수도 구멍처럼 더럽고 무의미하고 추악한 공간으로 비친다. "나가세, 이 수챗구멍에서, 이 늪에서 멀리 나가세. 밝은 세상으로, 광활한 대지로, 건강하고 정상적인 삶이 있는 곳으로 말이야!"

물론 슈톨츠의 말이 맞다. 그러나 솔직히 말해서 슈톨츠나 올가의 삶이 오블로모프의 삶에 비해 아주 많이 좋아 보이지는 않는다. 어느 쪽 진영이 더 행복한지 그것도 가늠하기 어렵다. 인간적인 매력으로 치면 오블로모프가 한 수 위다. 그렇게 게으르고 한심한데도 어쩐지 그는 미워하기가 어렵다. 덩치가 아주 큰 귀엽고 순진한 소년 같은 면이 있어서 그런지 항상 무언가 도모하며 부지런히 왔다 갔다 하는 슈톨츠보다 더 친근감이 든다.

그리고 가장 중요한 것은 이 서구파 진영의 '역동적인 삶', 목표

지향적인 삶에는 '철학'이 없다는 사실이다. 오블로모프는 바보가 아니다. 게을러빠진 귀족 도련님이지만 그도 알 것은 다 안다. 그는 이것도 하고 저것도 하며 바지런을 떠는 슈톨츠에게 묻는다. "도대체 무엇을 위해 그토록 평생 동안 자기 스스로를 괴롭혀야 하지?" 여기에 대한 슈톨츠의 대답은 놀랍도록 빈곤하다. 아니 대답이 없다. 그는 가까스로 말한다. "노동 그 자체를 위해서지." 오블로모프의 게으름이 어딘지 모르게 시적이고 목가적이고, 심지어 철학적이기까지 한 반면에 슈톨츠의 부지런함은 어딘지 모르게 몰개성적이고, 심지어 천박하기까지 하다. 무엇 때문에 그렇게 바쁘게 사느냐? 이 철학적인 질문에 대답하기에는 슈톨츠도 올가도 매우 비철학적이다.

잃어버린 맛을
찾아서

　　　　　　음식의 추억 하면 가장 먼저 떠오르는 문학
작품은 마르셀 프루스트(M. Proust, 1871~1922년)의 『잃어버린 시
간을 찾아서(A La Recherche Du Temps Perdu, 1913~1927년)』가 아
닐까 한다. 현대문학사상 가장 복잡하고도 긴 작품 중의 하나로 평
가받는 이 소설은 우리말 번역본으로 전 11권에 달한다. 길기로 악
명 높은 톨스토이나 도스토예프스키의 작품보다 훨씬 더 길고, 복
잡하기로 따진다면 러시아 대문호들의 작품은 거의 동화 수준이라
할 만하다. 이 소설에서 주인공 '나'가 과거를 회상하는 데 직접적인
계기가 되는 것은 프랑스 과자 '프티트 마들렌'이다. 마들렌은 요즘
우리나라 제과점에서도 흔히 볼 수 있는 손가락만 한 크기의 과자

로 우유와 버터가 넉넉하게 들어가 부드럽고 폭신한 케이크와도 비슷하다. 프루스트는 현란한 어휘와 복잡한 구문을 구사하면서 어떻게 차(茶)에 적신 마들렌의 맛이 존재의 내적 신비를 향한 문을 열어주는가를 기술한다.

과거의 환기는 억지로 그것을 구하려고 해도 헛수고요, 지성의 온갖 노력도 소용없다. 과거는 지성의 영역 밖, 그 힘이 미치지 못하는 곳에, 우리가 꿈에도 생각하지 못했던 어떤 물질적인 대상 안에(이 물질적인 대상이 우리에게 주는 감각 안에) 숨어 있다. 이러한 대상을 우리가 죽기 전에 만나거나 만나지 못하거나 하는 것은 우연에 달려 있다.

(…)

어느 겨울날 내가 집에 돌아오자 어머니는 추워하는 나를 보시고 차를 조금 마시면 어떠냐고 하셨다. 그것은 내 습관에 어긋나는 일이어서 나는 처음에 싫다고 했지만 무슨 까닭에서인지 생각을 고쳐 마시겠노라고 했다. 어머니는 과자를 가져오라 이르셨다. 가느다란 홈이 난 가리비 껍질에 반죽을 넣어 구운 듯한, 잘고도 통통한 프티트 마들렌이라는 이름의 과자였다. 그리고 이윽고 우중충한 오늘 하루와 음산한 내일의 예측에 풀이 죽은 나는 마들렌 한 조각이 흐물흐물하게 되어가는 차 한 숟가락을 기계적으로 입술로 가져갔다. 그런데 과자 건더기가 섞여 있는 한 모금의 차가 입천장에 닿는 순간 나는 소스라쳤다. 나의 몸 안에 이상한 일이 일어나고 있음을 감지했다. 뭐라고 형용하기 어려운 감미로운 쾌감이 불현듯 어디선지 모르게 솟아나 나를 휘감았다. 그 쾌감은 사랑의 작용과도 같은 방식으로 소중한 어떤 정수(精髓) 같은 것으로 나를 채웠다. 그것은 즉시 나로 하여금 삶의 무상을 아랑곳하지 않게 하고, 삶의 재앙을 무해한 것으로 여기게 하고, 인생의 짧음을 착각으로 느끼게끔 하였다. 아니, 차라리 그 정수 같은 어떤 것은 내 몸속에 있는 것이 아니라 나 자신이었다. 나는 이제 나 자신을 범용하고 우연하고 멸성인 존재라고는 생각지 않게 되었다. 어디서 이 힘찬 기쁨이 나에게 올 수 있었을까? 기쁨이 차와 과자의 맛과 이어져 있다는 것은 느낄 수 있었지만 그것은 또한 그런 것을 한없이 초월하고 있어서 도저히 같은 성질의 것이 아닌 듯도 싶었다.

프루스트는 이 놀라운 체험을 의식, 자아, 정신 같은 단어들과 더불어 묘사하다가, 결국 그것이 맛의 추억(혹은 추억의 맛)이라는 사실에 귀착한다. "그러자 갑자기 추억이 떠올랐다. 이 맛, 그것은 콩브레 시절의 주일날 아침, 내가 레오니 고모의 방으로 인사하러 갈 때 고모가 홍차나 보리수 꽃차에 담가서 나에게 주던 그 마들렌의 맛이었다." 그는 미식의 고향인 프랑스 사람답게 섬세하고 교묘하고 놀랄 만큼 복잡한 미각의 의의를 그 근원으로까지 파헤쳐 들어가며 묘사한다.

그러나 인간이 죽은 후, 사물이 없어진 후, 아무것도 남아 있지 않을 때에도, 냄새와 맛만은 홀로 옛 과거로부터 살아남아 아주 미미하지만 그런 만큼 보다 뿌리 깊게, 형태는 없지만 집요하게, 충실하게, 오래오래

변함없이 넋처럼 남아 있어 추억이라는 거대한 건축물을 다른 온갖 것의 폐허 위에서 환기한다.

『잃어버린 시간을 찾아서』는 기억과 추억과 회상에 관한 소설이며, 인간의 무의식이 시간을 역으로 추적해 가는 과정에 관한 소설이다. 그리고 이 심오하고도 심미적인 무의식의 순례를 촉발하는 것은 주인공이 어린 시절 먹었던 마들렌 과자의 행복한 맛이다. 그냥 평범한 과자의 맛이 이토록 난해하고 복잡한 소설의 핵심적인 동기라는 사실이 그저 경이로울 따름이다.

내가 여기서 잘 알지도 못하는 프랑스 작가의 소설을 언급하는 이유는 러시아 소설이 그것과 너무도 다르기 때문이다. 러시아 문학 어디를 뒤져보아도 맛에 대한 프루스트의 묘사에 버금가는 그런 묘사는 없다. 그 비슷한 것도 없다. 러시아 작가들이 대부분 음식을 사랑했고 음식 이야기를 쓰는 것을 좋아했건만, 그토록 섬세하고 그토록 깊고 그토록 복잡하고 그토록 형이상학적이고 철학적이고 관념적인 맛에 대한 묘사는 없다. 멀리 갈 것도 없이 음식 이야기로 점철된 『오블로모프』를 살펴보자.

에픽(epic),
혹은 에피큐리언(epicurean)

이것은 매우 의미심장한 사실인데,『오블로모프』에는 그토록 많은 러시아와 서구의 요리 이름이 언급되지만 실제로 그 요리의 '맛' 자체에 대한 언급은 전무하다. 여지껏『오블로모프』를 분석한 연구자들, 혹은 러시아 음식에 관해 글을 쓴 학자들이 이 점을 전혀 눈치 채지 못한 것은 참으로 의외다.

무언가를 나열할 때 그것은 문학 용어로 "카탈로깅"이라 불린다. '카탈로그'로 만든다는 뜻이리라.『오블로모프』에서 음식은 주로 '카탈로깅' 기법을 통해 언급된다. 음식의 이름들이 주욱 나열된다는 뜻이다. 파이, 닭고기, 비프스테이크, 버섯절임, 철갑상어 요리, 생선 수프, 버찌, 팬케이크, 마카로니, 거위간 요리, 송로버섯, 양배추 수프, 보드카, 샴페인, 커피, 와인 등등, 등등. 반면 그 음식들의 '맛'에 대한 언급은 없다. 아주 중립적이고 별 의미 없는 형용사들, 이를테면 '맛있는', '정갈한', '깔끔한' 같은 형용사만이 드문드문 발견된다. 각각의 요리가 얼마나 맛있는지, 어떻게 맛있는지, 예를 들어 새콤달콤하다든지, 짭짤하다든지, 상큼하다든지, 고소하다든지, 감칠맛이 난다든지, 아니면 느끼하다든지 하는 표현은 없다. 혀를 매혹시킨다든지, 꿈처럼 달콤하다든지, 아니면 하다못해 재미있다든지, 지루하다든지 하는 비유도 전혀 없다. 요리는 있되, 맛은 없는 것이다.

바로 이 점에서 우리의 주인공 오블로모프는 식도락가와 구분된다. 그는 식도락가도 아니고 미식가도 아니다. 그는 음식의 맛에서 쾌락을 찾지 않는다. 남다른 미각을 자랑하지도 않는다. 그는 다만 행복에 겨워 먹을 뿐이다. 맛있는 음식에 감동하여 즐기며 먹을 뿐이다. 진미, 별미를 찾아다니지도 않고 진미, 별미의 맛을 현란한 어휘를 써서 묘사하지도 않는다. 그러니까 음식은 그에게 맛으로서가 아니라 다른 소통의 도구로서 의미를 가진다는 뜻이다. 조금 문학적으로 말하자면 곤차로프는 이 소설에서 호메로스적인 음식의 '서사(epic)'를 말할 뿐 음식의 쾌락주의(epicureanism)는 말하지 않는 것이다.

캘리포니아 대학에서 인류학을 가르치는 앤더슨(E. Anderson) 교수는 음식의 사회적 의미를 이렇게 정의한다. "의사소통 수단으로서의 음식은 사회 안에서 인간의 개인성과 위상을 정의 내릴 때

주로 적용된다. 음식은 계급, 인종, 라이프스타일 및 그 밖의 여러 사회적 위상을 말해 준다. 먹는다는 것은 무릇 사회적인 행위다. 사람들은 날마다 먹는다. 그러므로 음식은 먹는 사람에 관한 많은 것들을 드러내 보여준다. (…) 음식은 사회적인 의사소통 시스템으로서 언어 다음으로 중요한 자리를 차지한다."[52]

앤더슨 교수의 정의는 『오블로모프』에서 음식이 갖는 의의를 꽤 정확하게 지적하고 있다. 오블로모프가 먹는 음식들은 식도락과는 다른 일종의 소통 시스템을 구축하기 때문이다. 오블로모프가 무엇을 먹느냐 하는 것은 사실상 이 소설의 핵심이 아니다. 그가 먹는다는 사실 자체가 중요한 것이다. 요컨대 오블로모프에게 먹는다는 것은 '라이프스타일'을 말해 주는 기호인 것이다. 바로 그렇기 때문에 소설에서는 그가 어떤 음식을 얼마나 맛있게 먹는가보다는 그가 얼마나 먹는 것에 의미를 두는가 하는 것에 초점이 맞추어져 있다.

이 점은 또한 소설에서 음식과 잠이 '패키지'로 묶인다는 사실에서 더욱 분명하게 드러난다. 오블로모프는 음식에 연연해할 뿐 아니라 시도 때도 없이 잠을 잔다. 밤에도 자고 낮에도 잔다. 낮잠을 자기도 하고 선잠을 자기도 하고 식곤증 때문에 그냥 침대 위에 널브러져 꼬박꼬박 졸기도 한다. 인간에게서 먹고 자는 일은 생존의 기본 조건이다. 그러므로 오블로모프는 주로 생존의 기본 조건을 충족시키는 삶을 살고 있다는 뜻이다. 부유한 지주 집안에서 태어나 사랑을 듬뿍 받고 교육도 잘 받고 머리도 과히 나쁘지 않은 선량하고 악의 없는 청년이 어쩌다가 이렇게 먹는 것과 자는 것에서만 만족을 찾는 삶을 살게 되었는가? 이에 대한 답은 이데올로기적으로도 찾을 수 있고 사회병리학적으로도 찾을 수 있다. 좌우간 이것은 오블로모프라고 하는 한 인간의 정체성과 관련된 문제다. 앤더슨 교수의 지적처럼 "좀더 심층적인 차원에서 음식은 한 인간의 진정한 자기 정체성의 일부가 될 수도 있다."[53] 이 정체성을 이념적으로만 해석할 필요는 없다. 오블로모프가 보여주는 음식의 소통 능력은 슬라브파와 서구파의 대립적인 구도를 넘어서서 인간 보편의 심리 영역으로 들어간다.

다시 앤더슨을 인용하자면 "음식은 그 자체만의 의미를 갖는다. 어느 곳에서건 음식은 집, 가족, 그리고 안전과 연관된다."[54] 오블로모프에게도 음식은 집, 가족, 안전을 의미한다. 그는 세상이 두렵다. 슈톨츠처럼 능력 있는 인간들이 설쳐대는 세상은 그에게 공포 그 자체다. 아름다운 여성 올가에게 마음이 끌리기는 하지만 그녀 역시 궁극적으로는 오블로모프를 두렵게 한다. 무언가를 자꾸 촉구하기 때문이다. 세상은 무한 경쟁의 정글이다. 그래서 그는 아예 경쟁의 개념조차 없는 음식과 잠의 세계로 도피한다. 그곳은 안전하다. 어린아이가 어머니의 품 안에서 안전감을 느끼듯이 오블로모프는 음식과 잠에서 안전감을 느낀다. 그는 어린 시절 어머니가 만들어준 음식에서 향수를 느끼는 것이 아니라 음식으로 가득 찬 일상 속에서 어린 시절을 다시 살고 싶은 것이다. 아니 그 어린 시절에서 벗어나 성장해 나아가는 것을 거부하는 것이다.

그가 일자무식 하숙집 아낙네와 결혼을 하게 된 것도 이런 맥락에서 이해해야 한다. 그는 아낙네가 만들어주는 고기 파이에서 성장하지 않고 살아갈 수 있는 가능성을 읽어낸다. 아낙네가 만들어주는 고기 파이는 옛 맛이라든가 어머니의 손맛이라든가 하는 그런 상투적인 개념이 아니다. 고기 파이는 오블로모프의 삶 그 자체다. 그래서 그는 옛날 오블로모프카에서 만들던 그런 고기 파이와 똑같은 고기 파이를 만들 수 있는 여자와 결혼을 하는 것이다. 맨 처음 오블로모프가 여자의 하숙집에 들어왔을 때 두 사람 사이에 알음알이를 터주는 음식은 역시 고기 파이다. 오블로모프와 그의 하인 자하르 사이에 오가는 대화를 들어보자.

"오늘이 일요일이라 파이를 굽는다고 하는뎁쇼."

"그래, 내 생각에도 맛이 있을 것 같군!" 오블로모프가 입맛을 다시며 말했다. "양파와 당근을 넣어서……."

"우리 고향에서 만들던 파이보다 못하지 않을 것 같아유. 병아리 고기랑 신선한 버섯까지 넣는답니다."

"허, 그렇다면 분명 맛있겠군. 가져와봐!"

주인 여자가 만들어주는 고기 파이 덕분에 두 사람 사이는 점차 가까워지고 결국 결혼으로까지 이어진다. 오블로모프의 고향에서는 명절 때면 어마어마하게 커다란 파이를 구워서 주인 나리들이 실컷 먹고, 남은 것은 아낙네들이 먹었다. 그러고도 넉넉하게 남아 이번에는 하인들이 고기 파이로 배를 채웠다. 그것은 유년 시절의 상징이며 풍요의 상징이다. 그러나 그것과 똑같은 고기 파이를 만들어주는 여자와 결혼을 함으로써 오블로모프는 영원히 정체된 삶을 선택하게 된다. 고기 파이는 부동과 정체와 불변의 상징인 것이다.

죽음에 이르는
요리

　　　　　　궁극적으로 『오블로모프』는 잠과 꿈과 죽음에 관한 소설이다. 이 소설에서 언급되는 음식 또한 잠과 꿈과 죽음을 말해 주는 언어라 할 수 있다.
　죽음은 소설의 서두에서부터 예언의 형태로 등장한다. 의사는 과식과 운동 부족을 반복하는 오블로모프에게 매우 정당한 경고를 한다. "만약 이삼 년 이런 공기에서 살면서 그저 누워만 있고 기름진 음식과 소화가 안 되는 음식을 먹으면 당신은 아마 쓰러져 죽을 것이다"라는 것이 의사의 예언이다. 당시 이미 오블로모프는 "좌심실 확장에서 오는 심장비대증과 간경화"의 진단을 받은 터였다. 의사는 "늘 음악과 여자를 가까이하시고, 외국에 가시고, 가벼운 대화를 하시고, 승마나 무용 같은 가벼운 운동을 하시고, 고기류 및 동물성 식품은 피하시고, 밀가루 음식이나 전분도 피하시고, 가벼운 수프와 채소를 적절하게 먹으시라"고 충고한다. 소식과 운동은 예나 지금이나 건강의 필요조건인가 보다. 물론 오블로모프는 의사의 충고를 무시하고 계속해서 과식과 운동 부족으로 점철된 삶을 살다가 결국 뇌졸중으로 사망한다. 그에게 온갖 맛있는 요리들은 때이른 죽음으로 인도하는 저승사자였던 셈이다.

죽음의 테마와 관련하여 반드시 언급하고 넘어가야 할 것은 소설의 제I부에 삽입된 「오블로모프의 꿈」이라고 하는 장이다. 이 소설에서 가장 유명한 부분이기도 한 「오블로모프의 꿈」은 주인공이 반쯤 잠든 상태에서 꾸는 꿈이자 어린 시절의 회상이라고 할 수 있다. 사실 이 부분은 군이 꿈이라 할 것도 없다. 현재 성인인 오블로모프가 왜 이렇게 게으르고 무기력한가를 설명하기 위해 그의 어린 시절을 보여주는 일종의 '플래시백'이다. 그런데 재미있는 것은 이 플래시백에서도 역시 가장 중요한 것은 음식이라는 사실이다. 화자는 오블로모프의 고향인 '오블로모프카'의 정체된 삶을 음식을 통해서 묘사한다.

하지만 무엇보다도 중요한 관심거리는 역시 요리와 식사 준비다. 식사 준비를 위해서 집안 전체가 법석이다. 고령의 시숙도 조언을 위해 불려온다. 각자 자신의 음식을 내놓는다. 누구는 창자로 만든 수프를, 누구는 국수와 내장 요리를, 누구는 위장 요리를, 누구는 붉은 소스를, 누구는 하얀 소스를……

더 읽어보자.

음식에 대한 걱정은 오블로모프카에서 으뜸가는 가장 중요한 집안일이었다. 신년 잔칫상에 어떤 살찐 송아지 고기가 알맞을까! 어떤 새를 키울까! 그러기 위해서는 수도 없이 많은 치밀한 생각, 많은 지식과 고충이 따르기 마련이다! 영명축일과 다른 잔칫날에 쓰일 칠면조와 병아리들은 호두를 먹여 살쪄웠다. 거위 또한 산책을 금지시키고 지방이 많아지게 하기 위하여 축제 날 며칠 전부터 꼼짝 못하게 자루에 넣어 매달아 두었다. 그 밖에도 얼마나 많은 잼이며 소금에 절인 채소며 과자가 비축되어 있었던가!

이런 환경에서 자라났으니 오블로모프가 먹는 일만 좋아하는 것도 당연하다. 그런데 이토록 먹는 일에 분주한 오블로모프카 사람들은 식사 이외의 일에 대해서는 완벽하게 무감각하다. 그들에게는 생각하는 일이라든가, 무언가를 배우는 일이라든가, 무언가를 바꾸는 일 같은 것들은 생각할 수조차 없는 일이다. 오블로모프의 아버지와 어머니는 언제나 똑같은 삶을 반복할 뿐이다. 예를 들어 "어머니는 커피를 마시고 다시 차를 마시고, 차를 마신 다음에는 다시 점심을 먹는 일을 반복할 뿐이다." 언제나 똑같은 삶, 언제나 변함없는 삶, 언제나 먹고 자는 일의 반복만으로 이루어지는 삶, 이러한 삶이 그들에게는 완벽하게 행복한 삶이다.

이 지방 사람들의 정신 속엔 고요와 무관심한 평온이 가득 차 있다. 도둑
질이나 살인 따위의 그 어떤 무시무시한 우연한 사건도 여기선 찾아볼
수 없다. 강한 열정이나 대담한 계획이 그들을 자극한 적도 없다.
(…)
이런 천편일률적인 삶의 모습을 깨뜨릴 그 무엇도 없었고 오블로모프네
사람들 자신도 그런 삶에 괴로워하지 않았다. 왜냐하면 다른 삶의 방식
은 상상조차 할 수 없는 일이었기 때문이다. (…) 내일이 오늘과 같지 않
고 모레가 내일과 같지 않다면 그들은 너무도 괴로워했을 것이다.

이렇게 정체된 삶은 그 자체가 일종의 '죽음'이다. 오블로모프의
꿈은 '잃어버린 낙원'에의 꿈이라고 하기 어렵다. 낙원이 무엇인가
에 대한 답은 사람마다 다르겠지만, 그래도 실컷 먹고 아무 생각도
하지 않고 실컷 자는 삶이 낙원이라 하기는 어려울 것이다. 그것은
어딘지 낙원에 대한 끔찍한 농담같이 들린다. 설마 곤차로프같이
심오한 리얼리스트가 그런 삶을 가리켜 러시아가 되찾아야 할 이
상향이라고 생각했겠는가. 그것은 오히려 죽음 그 자체에 대한 은
유라 할 수 있을 것이다.
사실 오블로모프카는 그 모습에서부터 거주민의 삶에 이르기까
지 모든 것이 죽음을 연상시킨다. 그래서 끔찍하다. 오블로모프카
라고 하는 장소는 사실상 현실 속에서는 찾아보기 어려운 그런 기

이한 공간이다. 그곳에는 "바다도 험한 산도 절벽도 벼랑도 울창한 숲도 아무것도 없다. 웅장하거나 거창하거나 무시무시한 정경은 없다." 그냥 고요하고 평화롭고 고즈넉하다. 이거야말로 무덤이다. 사람들이 배불리 먹고 나서 하는 유일한 행위는 자는 일인데 이때의 잠 역시 죽음에 비유된다.

무더운 정오. 하늘엔 구름 한 점 없다. 태양이 머리 위에서 꼼짝도 하지 않고 멈춰 서서 풀을 태운다. 공기가 유영을 멈추고 꼼짝 않고 걸려 있다. 나무도 물도 미동도 없다. 마을과 들녘 위에는 괴괴한 정적이 내려앉았다. 마치 모든 것이 죽은 듯하다. (…) 집 안에도 역시 죽음의 정적이 감돈다. 모두가 식후 낮잠을 즐기는 시간이 찾아온 것이다.

이곳에서의 낮잠은 "진정한 죽음"과도 같은 것이다. 곤차로프는 약간의 유머를 더함으로써 이 끔찍한 낮잠을 더욱 기이하게 묘사한다. "이것은 몸과 마음을 온통 사로잡는 무엇과도 비교할 수 없는, 진정한 죽음과도 같은 것이었다. 온갖 귀퉁이에서 들려오는 각기 다른 높낮이의 화음의 코 고는 소리를 빼고는 모든 것이 죽어 있었다."

이렇게 죽은 공간에서 자라난 오블로모프의 삶은 성인이 되어도 똑같이 '죽은 삶'으로 이어진다. 그는 모든 것이 정지된 무덤 속에 있는 것이다. 올가는 그의 무위를 비난하며 외친다. "당신은 이미 죽은 사람이에요!" 그녀가 두려워하며 예상하는 그들의 결혼 생활 역시 완벽한 부동을 특징으로 한다. "잠자리에 누워선 오늘 하루도 무사히 보내게 해주신 하느님께 감사의 기도를 드리고 아침이면 오늘도 어제만 같았으면 하는 바람으로 눈을 뜨고…… 이게 바로 우리의 미래겠죠, 네?"

나중에 오블로모프가 무식한 하숙집 주인 여자와 결혼해서 사는 모습을 보고 슈톨츠 역시 똑같은 말을 한다. "자넨 정말 죽은 거야. 죽은 거나 다름없어! 어서 옷 갈아입고 우리 집으로 가세!"

그러나 정작 오블로모프의 입장에서 본다면 이런 삶이야말로 행복의 절정이다. 그를 괴롭히던 사기꾼들은 어디론가 다 사라지고 시골 영지에서는 정기적으로 돈이 들어오며 이제 합법적으로 부인이 된 여자는 그를 헌신적으로 보살핀다. 아침부터 저녁까지 따사로운 햇살이 이 창문 저 창문 두드리는 아늑한 집, 안주인이 계피 빻는 소리와 도마질하는 소리가 잔잔하게 울려 퍼지고 커피 냄새와 수프 냄새, 고기 굽는 냄새가 하루 종일 진동한다. 안주인 역시 행복의 절정을 구가하고 있다. 그녀는 이제 귀족 남편에게 정갈하고 맛있는 음식을 만들어 바치는 일에서 궁극의 희열을 느낀다. "그녀의 얼굴엔 충만과 만족의 표정뿐이었다. 더 이상 바랄 것이 무엇이겠는가? 그녀의 그런 행복을 다른 사람들은 도저히 이해할 수 없을 것이다. 그녀는 살이 붙었다. 가슴과 두 어깨가 풍요와 충족으로 빛났다. 두 눈에서는 온화함과 살림살이에 대한 열정의 불꽃만이 번득였다."

이렇게 "행복하고 평화로운 삶"은 그러나 살아 있는 삶, 움직이는 삶이 아니다. 그것은 화자의 표현을 빌려 말하자면 "황금 액자 속에 고이 모셔놓은 삶"이다. 오블로모프의 삶은 그 자체가 일종의 '인생 낙원'이므로 도달해야 할 그 무엇도, 바꾸어야 할 그 무엇도, 뉘우 쳐야 할 그 무엇도 없다. 그러므로 그의 죽음은 전혀 갑작스러운 것 이 아니다. 다시 말해서 그의 삶 자체가 죽음과 같이 정지된 상태이 므로 그의 죽음과 그의 삶 사이에 어떤 극적인 차이란 있을 수가 없 다는 얘기다. 그는 아주 서서히 생물학적인 죽음을 향해 나아간다. "해가 갈수록 흥분과 후회는 적어졌다. 그는 마치 속세를 벗어난 고 독한 노인네들이 자신의 무덤을 파듯이 손수 자기 존재의 단순하 면서도 널찍한 관을 조용히 조금씩 준비해 나갔다."

그러다가 드디어 생물학적인 죽음의 기미가 보이기 시작한다. 놀랄 일은 아니다. 그는 옛날 고향 땅에서 그러했듯이 마음껏 먹고 조금 움직이는 생활을 해왔던 터다. "그는 먹어가는 나이에도 불구 하고 무사태평하게 포도주와 구즈베리로 만든 보드카를 마셨고 더 욱 팔자 좋게도 식후에는 한참 동안 오수를 즐겼다." 그러던 어느 날 오후, 그날도 그는 실컷 먹고 늘어지게 잤는데 그만 뇌졸중에 걸 리고 만다. "어느 날 한낮의 휴식과 졸음 뒤에 그는 소파에서 일어 나고 싶었지만 그럴 수가 없었다. 말을 하고 싶었지만 혀가 말을 듣 지 않았다. 그는 놀라 도움을 청하며 허공에다 대고 손짓을 했다." 참으로 잔인한 묘사다. 이 순간까지 오블로모프는 늘 소파에 기대 거나 누워서 자거나 졸거나 꿈을 꾸며 생활해 왔는데 새삼 "소파에 서 일어나고 싶었지만 그럴 수가 없다"는 것이다! 이것이 그의 죽음의 전조였다. 그는 아내의 지극한 보살핌을 받다가 더욱더 죽음에 다가갔다. 그러다가 결국 죽었다. 그러나 그의 죽음은 아주 자연스럽고 아주 조용해서 아무도 눈치조차 채지 못했다. 그는 "깜박 잊고 태엽을 감아주지 않은 시계가 움직임을 멈추듯" 죽었다.

오블로모프에게서 삶과 죽음은 구분이 안 될 정도로 중첩되어 있다. 그의 삶을 읽다 보면 도대체 사는 게 뭔가 하는 회의가 든다. 그의 삶이 행복했는지 아닌지 그런 것조차 생각하고 싶지가 않다. 그의 사는 방식이 좋다 나쁘다 그런 얘기가 아니다. 오블로모프의 일생은 물론 모욕적일 정도로 과장되어 있지만 인간의 삶이란 것 자체가 어느 정도는 그의 삶처럼 습관적이고 반복적인 것 아닐까 하는 의혹을 지울 수가 없다. 인간이란 누구나 태어나서 먹고 자다 가 죽는 것 아닌가. 매우 씁쓸하다.

더욱 씁쓸한 것은 오블로모프와 정반대되는 슈톨츠도 우리에게 아무런 희망도 보여주지 못한다는 점이다. 오블로모프가 불변의 삶을 상징한다면 슈톨츠는 변화를 상징한다. 사망 직전의 오블로모프를 보면서 슈톨츠는 속으로 뇌까린다. "자네는 이제 끝난 사람이구나. 자네의 오블로모프카도 이젠 더 이상 벽촌이 아니고, 거기까지 길이 뚫렸고, 그곳에도 햇살이 비치고 있어! 한 사 년 후면 그곳에도 역이 들어서고 자네의 농부들이 둑 쌓는 일에 부역을 나가게 될 것이고, 철도를 따라서 자네의 곡물을 항구로 실어 나를 날도 머지않았다는 말은 하지 않겠네……. 거기엔 학교도 들어서고 모두들 글도 배우게 될 거야. 그리고 새로운 행복의 여명에 깜짝 놀라

게들 될 거야." 그러나 슈톨츠의 이런 미래의 모습이 오블로모프의 "태엽을 감지 않은 시계"와도 같은 죽음을 상쇄해 주는 것 같지는 않다. 아니, 적어도 그런 것이 작가의 의도가 아니라는 것만큼은 분명하다.

왜냐하면 『오블로모프』는 이데올로기의 대립을 보여주는 소설이 아니기 때문이다. 그것은 죽음에 관한 소설이다. 소설 속에서 작가는 오블로모프처럼 살아가는 삶을 '오블로모프 기질'이라 불렀고, 그것은 일종의 이념적인 고유명사가 되어 19세기 중엽 사회 평론의 영역에서 진보를 방해하는 러시아적인 기질로 이해되었다. 그러나 21세기의 독자가 오블로모프 기질을 반드시 그렇게 이해해야만 할 근거는 없다. 그것은 인간성의 한 단면을 보여주는 특성이다.

실제로 곤차로프는 자신이 만들어낸 주인공이 어떤 식으로든 이데올로기적 함의를 지니는 것에 대해 놀라움을 금치 못했다. 그는 자전적 스케치에서 "오블로모프는 무엇보다도 내 자신의 모습이다"라고 회고함으로써 오블로모프가 사회 평론보다는 심리학의 영역에서 고찰되어야 함을 시사했다.[55] 사실 오랜 세월 동안 제정러시아의 관리로, 그리고 심지어 한동안은 검열관으로 봉직한 작가에게 급진적인 사상을 기대하는 것은 무리한 일일 것이다. 우리 모두에게는 오블로모프 기질이 어느 정도 있으며 우리 모두의 삶은 어느 정도 오블로모프의 삶과 비슷하다. 먹다가 조금 일찍 죽은 오블로모프나, 미래를 바라보며 가열차게 나아가지만 어쨌든 언젠가는 죽게 될 슈톨츠나 모두 죽음 앞에서 무력한 인간일 따름이다.

게다가 곤차로프는 병적인 허무주의에 사로잡혀 있었다. 이는 소설의 취지가 사회적인 메시지를 전달하려는 것이 아니라는 사실을 뒷받침해 준다. 곤차로프는 간단히 말해서 심각한 신경증 환자였다. "질병과 권태와 대인기피증으로 인해 그는 점차 정서적인 불안 증세를 보이기 시작했다. 그의 부친과 형, 그리고 누이들 역시 신경증을 앓았으므로 그의 병은 어느 정도 유전적인 것이라 할 수 있다."[56] 말년의 그는 피해망상증에 걸려 불행하고도 비극적인 종말을 맞았다. 그는 누군가가 자신의 글을 표절한다는 망상에 사로잡혀 점점 더 세상을 멀리하다가, 결국 그 누구와의 접촉도 거부한 채 오블로모프의 무감각과 비슷한 철저한 감정적 백지 상태에서 세상을 하직했다.[57] 죽음에 이르는 요리는 식도락가 곤차로프의 지극히 비관적인 철학을 전달하는 코드다.

투르게네프와
'마이너스 식사'

　　기호학에서는 의당 있어야 할 것이 없을 때 '마이너스'라는 수식어를 사용한다. 예를 들어 어떤 시의 앞부분에서 특정 각운이 사용되면 독자는 시를 읽어나가며 그 각운이 나올 것으로 기대한다. 그런데 갑자기 어느 시행에서 예상되던 각운이 부재한다면 그 '없음'은 일종의 '마이너스 장치'라 간주된다. 있어야 할 것이 없음으로 인해서 오히려 전혀 예상 밖의 효과가 창출되기 때문이다.

　　투르게네프(I. S. Turgenev, 1818~1883년)의 작품에서 식사는 마치 이러한 마이너스 장치와도 같이 부재로 인한 효과를 창출한다. 투르게네프는 러시아 문학사에서 그 유례를 찾아보기 어려울 정도로 우아한 신사다. 전통적인 러시아 귀족계급에 속하는 그는 시골에 드넓은 영지를 소유하고 있었다. 모스크바·페테르부르크·베를린 등지에서 공부했고, 프랑스어를 유창하게 구사했으며, 이탈리아·영국·독일·프랑스 등지를 여행했고, 상드(G. Sand)·메리메(P. Mérimée)·위고(V. M. Hugo)·칼라일(T. Carlyle) 등 유럽의 지성과 친분을 맺었으며, 프랑스 여가수와 운명적인 사랑에 빠졌다. 한마디로 그는 제대로 품격을 갖춘 러시아 신사였다.

그의 글 또한 귀족적이었다. 아름답고 균형감 있는 문체는 프랑스어 번역을 용이하게 해주었고 적당한 깊이의 심리적인 묘사는 서구 독자들에게도 어필할 수 있었다. 그는 당대 러시아 작가들 중에서 서구 독자들의 사랑을 가장 많이 받은 작가였다. 그에게 극단적이고 이상하고 거칠고 황당한 것은 아무것도 없었다. 이러한 점은 당대에 그를 매우 위대한 작가로 돋보이게 해주는 원동력이었지만, 세기가 바뀌자 오히려 도스토예프스키나 톨스토이 같은 거물들보다 한 수 아래로 보이도록 하는 데 기여했다. 한마디로 그는 '러시아 사람답지 않게' 너무 다듬어져 있었던 것이다.

투르게네프는 또한 매우 높은 수준의 식도락가였다. 그는 "교양이 높은 미식가로서 러시아 요리와 프랑스 요리의 가치를 섬세하게 비교하고 평가할 수 있는 미각을 소유하고 있었다."[58] 유럽 각국을 방문하면서 그가 맛보았을 온갖 진미를 고려해 본다면 너무도 당연한 일이다. 그는 러시아 지주로서 푸짐한 '러시아식 식사'에 익숙해져 있었고, 또한 자타가 공인하는 '코즈모폴리턴'으로서 파리의 고급 레스토랑 음식에도 익숙해져 있었다. 그의 높은 안목은 문학과 예술과 요리 모두에 적용되었다. 그는 시적이었고 낭만적이었고 이상주의적이었다. 굳이 그의 사상을 설명하자면 서구파에 가까웠다.

그런데 그의 세련된 미각, 그리고 러시아 지주계급의 일상에 대한 사실주의적 묘사로 유명한 그의 작품 성향을 고려해 볼 때 그의 소설에서 음식이 차지하는 비중이 거의 없다는 것은 눈길을 끈다. 포흘레브킨이 지적했다시피 그의 작품에는 식사의 '상황'은 있되, 음식은 존재하지 않는다. 그가 펼쳐 보이는 러시아 식탁에서 우리는 식사를 구성하고 있는 요리의 종류와 음식 이름 같은 것을 찾아볼 수 없다. 인물들이 어떻게 먹었나, 무엇을 먹었나, 얼마나 맛있게 먹었나 등등에 대한 언급이 거의 없다. 그저 아침 식사의 상황, 점심 식사의 상황, 만찬의 상황만이 있을 따름이다.[59]

포흘레브킨은 이러한 현상의 원인으로 러시아 지주계급의 와해를 손꼽는다. 투르게네프에게 식사나 차 마시기는 전통적으로 가족, 친척, 가까운 친구들이 모여 화기애애하게 소통하는 자리를 의미한다. 19세기 러시아인에게 식탁 혹은 식사 자리는 먹을거리의 시간이나 장소만을 의미하는 것이 아니라 전통적인 관습, 환대, 소통의 규칙이 엄격하게 지켜지는 성스러운 장소를 의미한다.[60] 그러므로 이러한 소통의 시간과 공간이 와해된다는 것은 그것을 존중해 오던 계급의 와해와 관련된다.

이 점은 『귀족 단장 댁에서의 아침 식사(Zavtrak u predvoditelia,

1856년)』에서 극명하게 드러난다. 이 희곡은 사실 투르게네프의 작품 중에서 그다지 중요한 위치를 차지하는 작품은 아니다. 단지 제목에 '아침 식사'라는 단어가 들어 있어 음식을 말할 때 언급하기 편리할 뿐이다. 포흘레브킨에 의하면 음식은 이 희곡의 요소요소에 개입하지만 식사는 존재하지 않는다.[61] 제목은 '아침 식사'를 포함하며, 배경에는 애피타이저 테이블이 놓여 있고, 시골 지주들이 등장하여 식사를 하며 환담을 나누는 것이 희곡의 중심 내용이다. 그러나 오이와 무를 제외하면 어떤 음식이 애피타이저 테이블에 차려지는지, 어떤 요리가 식사로 나오는지 등등의 디테일은 제공되지 않는다.

러시아 시골 지주 댁의 식사는 푸짐하기로 유명하다. 그런데 여기서는 하필이면 오이와 무만 언급되고 전통적으로 러시아 영지에서 연상되는 그 어떤 음식도 언급되지 않는다. 게다가 귀족 단장의 집에 초대받은 손님들은 으레 식사를 하면서 여러 현안들의 해결점에 도달하는 것이 관례인데 이 희곡에서는 아무런 해결점도 제시되지 않는다. 식사의 기능은 '제로화'된다. 인물들은 결국 '술이나 진탕 마시자'는 제안으로 문제를 얼버무리고 희곡은 끝난다.

포흘레브킨은 투르게네프의 희곡만을 가지고 '식사의 부재'를 지적하지만, 사실 그의 지적은 다른 소설 작품에도 적용된다. 투르게네프의 소설 중에서 가장 논란의 여지가 많았던 작품을 한 편 꼽는다면 단연 『아버지와 아들(Ottsy i deti, 1862년)』이 될 것이다. 이 소설은 기성세대(아버지 세대)와 신세대(아들 세대)의 대립을 통해 19세기 중엽 러시아 사회를 들끓게 했던 이념 논쟁을 보여준다.

소설은 대학을 막 마친 아르카디가 친구 바자로프와 함께 아버지 니콜라이의 영지에 돌아오는 것으로 시작한다. 아버지 세대를 대표하는 니콜라이와 그의 형 파벨은 적당히 보수적이고 적당히 자유주의적인 시골 귀족으로, 러시아의 문제점들을 인지하면서도 점진적인 개혁이 옳다고 생각한다. 반면 니콜라이의 아들 아르카디와 그의 친구 바자로프는 이러한 아버지 세대를 고리타분하다고 생각한다. 특히 바자로프는 당시 러시아 사회에 등장하기 시작한 급진적인 니힐리스트의 전형으로 기성세대의 모든 것을 부정하며 오로지 자연과학만을 신봉한다. 바자로프는 니콜라이, 파벨과 사사건건 대립함으로써 러시아의 분열된 사회상을 드러낸다.

투르게네프의 목적은 두 세대를 보여주는 데 있는 것이었지, 그들 중 누군가의 편을 들어주는 데 있었던 것은 아니다. 그래서 아버지 세대는 무기력하고 낙후되어 보이고, 니힐리스트 바자로프는 무례하고 안하무인으로 보인다. 그래서 보수파는 보수파대로 자기들이 조롱당했다고 생각했고, 진보주의자들은 진보주의자들대로 자기들이야말로 소설에서 놀림감이 되었다고 생각했다. 그래서 투르게네프는 진보주의자들과 보수주의자들, 서구파와 슬라브파, 신세대와 구세대 모두로부터 혹독한 공격을 받아야 했다.

아무튼 세대 간의 갈등을 테마로 하는 이 소설에서 식사는 중요한 '마이너스 장치'로 사용된다. 드라마에서처럼 여기서도 식사의 '상황'은 있되, 식사는 존재하지 않는 것이다. 소설의 도입부를 보

자. 아르카디가 친구 바자로프를 데리고 아버지가 사는 시골 영지에 온다. 아들을 다시 만난 아버지의 기쁨, 오랜만에 고향 땅을 밟는 아들의 기쁨, 이런 것들은 "우리는 지금 늑대처럼 배가 고파요"라는 아들의 말에서 가족적인 식사에 대한 기대로 이어진다. 독자는 러시아 시골 지주 댁의 정겹고 푸짐한 식사를 예상하지만 웬걸, 식사 시간은 아주 간결하게, 음식에 대한 묘사는 전혀 없이, 지나가듯이 묘사된다. "저녁 식사를 하는 동안은 별로 이야기를 하지 않았다. 그중에서도 바자로프는 거의 한마디도 하지 않고 음식만 먹었다. (…) 저녁 식사가 끝나자 모두들 흩어졌다."

소설 속에 식사 장면은 몇 번인가 더 나온다. 그러나 어떤 경우에도 음식의 이름이나 맛, 상차림, 먹는 모습 같은 세부 묘사는 없으며, 또 식사 중에 오가는 담소에 대한 언급도 없다. 다음의 예처럼 너무도 간단명료하게 언급된다.

"식사는 자연스러운 분위기에서 진행되었다."
"모두들 저녁을 배불리 먹고 다른 때보다 삼십 분이나 일찍 흩어져 잠자리에 들었다."
"손님들은 아침 식사가 끝나자 곧 출발했다."
"식사는 급히 서둘러 준비된 것이었는데도 제법 훌륭하고 푸짐했다. 그러나 술만큼은 별로 신통하지 못했다."

그나마 가장 자세하게 묘사되는 식사는 바자로프와 아르카디를 위해 차려진 식사인데 여기서도 식사 고유의 정겨움이나 소통 같은 것은 전혀 느껴지지 않는다.

> 잼을 먹을 차례가 되자 아르카디는 단것을 전혀 좋아하지 않았지만 이제 막 만든 네 종류의 잼을 맛보는 것이 자기의 의무라는 생각이 들어 거절할 수가 없었다. 게다가 바자로프가 딱 잘라 거절하고는 이내 담배를 피우기 시작했으므로 더욱더 거절하기가 힘들었다. 식탁에는 크림을 넣은 차와 버터와 빵이 차려졌다. 식사를 마치고 나서 바실리 이바니치가 아름다운 저녁노을을 감상하자며 그들을 정원으로 안내했다.

제철 과일을 설탕에 절여 만든 잼이나 마멀레이드는 소금에 절인 버섯과 더불어 러시아를 대표하는 저장 식품이다. 이 러시아 국민 음식을 바자로프가 거절한다는 것은 전통적인 부자 관계, 전통적인 가족 관계의 와해를 말해 준다. 『아버지와 아들』은 세대 간의 좁혀질 수 없는 간극을 말해 주는 소설이다. 서구파와 슬라브파 중 누가 옳고 그른가를 말하는 소설도 아니고, 누가 선하고 악한가를 말하는 소설도 아니다. 작가는 다만 러시아 사회의 한 단면을 보여 주고 있을 뿐이다. 이 소설에서 음식은 '이념적' 뉘앙스를 내포하지 않는다. 그러나 음식의 부재, 정겨운 식사 장면의 부재는 그 어떤 이념적 진술보다도 신랄하게 당시 사회의 갈등 양상을 "보여준다".

프랑스어, 프랑스 음식, 프랑스 여자

　　톨스토이(L. N. Tolstoy, 1828~1910년)의 경우는 음식의 이념이 훨씬 노골적이다. 19세기 작가 중에서, 아니 러시아 문학을 통틀어서 톨스토이만큼 음식에 이념적 색깔을 부여한 작가는 없을 것이다. 그에게 음식은 음식이 아니다. 음식은 이념의 물적 증거다.

　널리 알려진 사실이지만 톨스토이는 프랑스적인 모든 것을 싫어하다 못해 증오했다. 그의 소설에서 모든 나쁜 인간들은 프랑스어를 지껄이고 프랑스식의 옷을 입고 프랑스 음식을 먹는다. 예를 들어 『안나 카레니나(Anna Karenina, 1878년)』의 추악한 사교계 인간들은 다른 극장도 아니고 하필 '프랑스 극장'을 드나들고, 불륜의 주역 브론스키와 안나는 프랑스어로 사랑을 속삭이며, 브론스키는 경마에 출전하기 전에 다름 아닌 '프랑스 소설'을 훑어본다. 요컨대 톨스토이는 프랑스의 '프' 자만 보아도 경련을 일으켰다. 왜 그랬을까? 프랑스가 도대체 무슨 그리 큰 잘못을 저질렀기에 톨스토이는 프랑스라면 이를 갈았을까?

문제는 프랑스가 아니라 프랑스적인 것에 푹 빠져 있는 귀족 계층이다. 앞에서도 잠깐 언급했듯이 표트르 대제가 '유럽으로 난 창'을 열자 유럽 문명이 러시아에 물밀듯이 들어왔다. 특히 프랑스 문화는 러시아 상류층에게 일상의 필수불가결한 요소가 되었다. 푸슈킨을 비롯한 대부분의 러시아 작가들은, 그리고 러시아 귀족들은 프랑스어를 자유자재로 구사했다. 그러니까 프랑스어를 할 줄 안다는 것은 상류층과 비상류층을 가르는 척도라 할 수 있었다. 따라서 톨스토이가 프랑스어 및 프랑스적인 모든 것을 증오한다는 것은 곧 러시아 상류층의 도덕적인 타락을 증오한다는 뜻이다. 이전 시대 러시아 문화에 각인되었던 '남의 것'과 '나의 것'의 대립이 톨스토이에게서는 '부도덕한 것'과 '도덕적인 것'의 대립으로 나타나는 것이다.

음식만 해도 그렇다. 프랑스 요리를 비롯한 모든 '남의 음식'은 '부도덕'의 상징으로 나타난다. 톨스토이가 만년에 설교사로 거듭나게 되면서 남의 음식뿐 아니라 거의 대부분의 맛있는 음식은 부도덕의 상징으로 격렬한 공격을 받게 되는데, 이 점은 다음 장에서 다시 살펴보기로 하고 여기서는 우선 '남의 요리'와 부도덕의 상관성만 살펴보기로 하자.

톨스토이의 소설 중에서 프랑스 요리와 프랑스어, 그리고 프랑스 여자, 이 모든 요소가 골고루 등장하여 집중적으로 상류층의 부도덕을 암시하는 대목을 하나 꼽으라면 단연『안나 카레니나』의 레스토랑 장면이 될 것이다. 이 장면은 워낙 유명해서 톨스토이 연구자, 음식사학자, 러시아 문화사가 등등 좌우간 모든 연구자들이 한번쯤은 언급하고 지나갔다.『안나 카레니나』의 인물들은 도덕적인 부류와 부도덕한 부류로 쉽게 양분된다. 불륜을 저지르는 여주인공 안나, 그녀의 오빠이자 역시 불륜을 저지르는 스티바, 그녀의 불륜 상대인 브론스키 등은 부도덕한 부류이고 스티바의 친구인 레빈과 스티바의 처제인 키티 등은 도덕적인 인물이다.

부도덕한 스티바와 도덕적인 레빈은 어느 날 고급 레스토랑에서 식사를 한다. 톨스토이에게는 '레스토랑'이라고 하는 공간 자체가 일종의 부도덕한 공간인데, 레스토랑이 원래 프랑스를 통해 러시아에 전수된 것임을 감안한다면 별로 놀라운 일도 아니다. 레스토랑 카운터에는 천덕스럽게 화장을 한 '프랑스(!)' 여자가 앉아 있다. 부도덕한 스티바는 카운터에서 보드카를 한 잔 마시고 생선 안주를 먹고 그 프랑스 여자와 시시덕거린다. 반면 도덕적인 레빈은 "보드카를 마시지 않았다. 그 프랑스 여자가 마음에 거슬렸기 때문이었다. 그 여자는 남의 머리털과 쌀가루 파우더와 화장수로(poudre de riz et vinaigre de toilette) 만들어진 것처럼 생각되었다. 그는 마치 더러운 장소를 빠져나가듯 그 여자 곁을 떠났다." 톨스토이는 여기서 "쌀가루 파우더와 화장수"를 아예 프랑스어로 써놓아 그 '추잡한 느낌'을 강조한다.

이어서 식사가 진행된다. 타타르인 웨이터가 다가와 주문을 받는다. 이 레스토랑에서는 웨이터까지도 불쾌하게 묘사된다. 그는 "엉덩이가 커서 연미복의 뒤끝이 쩍 벌어져 있었다." 스티바는 굴을 비롯한 온갖 진미를 주문한다. 그러나 레빈은 진미에는 별로 관심이 없다. "나는 아무래도 좋아. 난 양배추국과 죽을 제일 좋아하지만 여기에는 그런 것은 없을 테지." 레빈의 태도는 되바라지고 엉덩이가 큰 타타르인 웨이터에게 모욕적으로 느껴진다. 이 고급 레스토랑에서 양배추국이 웬 말인가. 그래서 그는 묘한 뉘앙스를 풍기며 "마치 아기를 대하는 부모처럼 레빈에게 몸을 굽히며" 말한다. "죽이라면 러시아식(아 라 뤼스, à la russe)이 어떻습니까?" 물론 '러시아식 죽'이라는 것 자체가 언어도단이다. '죽'은 러시아 음식이기 때문이다. 그가 프랑스어로 발음하는 '러시아식'은 흔히 고급 요리에 덧붙여진다. 웨이터는 러시아 음식 중 가장 흔한 죽에다가 프랑스어를 덧붙임으로써 자신이 얼마나 모욕당했는가를 손님에게 전달한다.

그다음에 웨이터와 스티바가 주고받는 대화 역시 매우 재미있다.

"그러면 말이야, 굴을 스무 개······ 아냐, 그건 적을 테니 한 서른 개가량 가져오고, 그리고 근채 수프를······."

"프랭타니에 말씀이죠?" 타타르인이 말을 받았다. 그러나 스티바는 어쩐지 그에게 프랑스어로 요리 이름을 말하는 만족을 주고 싶지 않았다.

"야채의 뿌리가 든 것 말이야, 알겠나? 그다음에는 진한 소스를 친 넙치하고…… 로스트비프. 하지만 모두 좋은 걸로 해야 돼. 그리고 구운 닭도 좋겠지. 또 과일 통조림도."

타타르인은 요리 이름을 프랑스어로 말하지 않는 스티바의 말을 다시 생각하곤 되묻지는 못했지만 그 대신 주문된 요리를 전부 메뉴에서 다시 읽어보는 것으로 만족했다. "수프 프랭타니에, 보마르셰 소스를 친 넙치, 폴라르드 아 레스트라공, 마세드안 드 프류……" 이렇게 내뱉고는 곧 용수철을 장치해 놓은 사람처럼 표지가 붙은 메뉴판을 내려놓은 다음, 이번에는 다른 주류 메뉴를 집어서 스티바 앞에 내놓았다.

"무엇을 마실까?"

"난 아무거나 좋아. 아주 조금이면 돼. 샴페인이나 한잔할까" 하고 레빈은 대답했다.

"뭐, 처음부터? 하지만 그것도 괜찮겠지. 자넨 백색 봉을 한 것을 좋아하나?"

"카세 블랑." 타타르인이 말을 가로챘다.

"그럼 그건 굴과 함께 가져오게. 그다음은 그때 다시 하기로 하고."

"네, 알겠습니다. 그리고 식탁주는 뭘로 하시겠습니까?"

"메뉴를 가져오게. 아냐, 역시 늘 마시는 샤블리로 하지."

"네, 알겠습니다. 나리께서 좋아하시는 치즈를 올릴까요?"

"그렇군, 파르메산 말이지. 가져오게. 그건 그렇고 자네는 뭐 다른 걸 좋아하나?"

웨이터는 손님이 주문하는 모든 요리 이름을 프랑스어로 말함으로써("soupe printanier, turbot, sauce Beaumarchais, poulard à l'estragon, macedoine de fruits") 고급 레스토랑의 권위와 품위를 지키려고 한다. 여기서 프랑스어와 프랑스 요리는 상류층의 허위, 그리고 역겨운 상류층의 허위에 감염된 그 못지않게 역겨운 사용인의 허위를 싸잡아서 말해 준다. 그렇다면 스티바는 왜 웨이터가 프랑스어로 요리를 발음하는 것에 언짢아하는가? 여기서 부도덕한 스티바가 프랑스어에 반대하는 이유는 무엇인가?

스티바의 인간성에 미루어볼 때 무언가 민족적인 이유에서 그런 것 같지는 않다. 로트만과 포고샨의 지적처럼 어쩌면 스티바와 타타르인 웨이터는 식사를 서로 다른 미학적 척도로 가늠하고 있는지도 모른다. 요컨대 스티바에게 프랑스어란 이미 너무 진부한 언어가 되어버려 그는 식사의 '의식'을 타타르인과는 다른 관점에서 인식하고 싶기 때문에 러시아어를 고집하는 것인지도 모른다.[62] 즉 타타르인 웨이터가 고급 레스토랑의 전통을 지키기 위해 프랑스어로 말한다면 스티바는 그 전통의 진부함을 깨기 위해 러시아어를 주장한다는 뜻이다. 일리가 있는 얘기다. 그러나 어쩌면 스티바는 단순히 '아랫것'들이 프랑스어를 '나불대는' 꼴이 싫었기 때문인지도 모른다. 다시 말해서 귀족계급의 전유물이라고 생각했던 프랑스어가 이제 어중이떠중이 다 사용하는 언어가 된 것이 마뜩지 않아서 그 반작용으로 러시아어를 고집하고 있는지도 모른다. 어떤 경우든 프랑스어는 타락한 계층에 대한 기호가 된다.

아무튼 이 대목은 프랑스 여자의 추잡함, 그리고 웨이터가 사용하는 프랑스어, 그리고 손님이 먹는 프랑스 요리, 이 삼박자가 절묘하게 어우러져 부도덕의 절정을 보여주는 대목이다. 훗날 톨스토이는 여기서 한 걸음 더 나아가, 프랑스어건 러시아어건 좌우간 말로 이루어진 모든 의사소통, 그리고 프랑스 요리건 러시아 요리건 모든 맛있는 요리, 그리고 프랑스 여자건 러시아 여자건 모든 여자에 대해 말할 수 없이 불쾌한 거부감을 표명하게 된다.

II

영혼의 양식과

육체의 양식

영혼의 양식과
육체의 양식

　　러시아 음식을 이야기할 때 빼놓을 수 없
는 것으로 정교 신앙을 들 수 있다. 러시아는 988년에 비잔틴제국
으로부터 정교(Orthodox Christianity) 신앙을 받아들였다. 1917년에
공산주의 혁명이 일어날 때까지 약 9백 년이 넘는 세월 동안 정교는
러시아 국교였다. 그것은 공산 혁명 이후 오늘날까지도 러시아인들
의 정신 속에 깊이 새겨진 일종의 민족 신앙이라 불릴 수 있다. 러시
아 정교는 이토록 오랜 세월 동안 한 나라의 영성을 지배해 온 종교
인 만큼 그 민족의 일상생활, 특히 음식 문화에도 깊이 관여했다.
　　토속신앙을 지녔던 고대 러시아가 정교 국가로 거듭남에 따라
음식에 대한 이중적인 관념이 러시아 민족성에 뿌리내렸다. 러시

아인들은 원래가 먹고 마시는 것을 즐기는 민족이었다. 러시아 최초의 연대기인『원초 연대기』에 따르면 키예프 러시아의 대공 블라디미르는 이슬람교가 음주를 불허하는 바람에 동방정교를 국교로 택했다고 전해진다. 그는 또 극기보다는 먹는 즐거움과 마시는 즐거움을 이웃과 나누는 것으로써 그리스도교의 정신을 실천했다고 전해진다. 이렇게 그리스도교가 가르치는 절제와 러시아적인 식욕은 서로 어우러져 독특하게 러시아적인 식문화를 탄생시켰다.

정교는 서구 가톨릭에 비해 덜 교조적이고 덜 금욕적인 것이 사실이지만 식탐에 대한 그리스도교적 질타는 언제나 러시아 정신의 일부분으로 남아 있었다. 러시아 문화의 두 축, 즉 'pitanie(양육, 음식의 섭취, 육체의 양식)'와 'vospitanie(교육, 교양의 섭취, 영혼의 양식)'는 먹기의 즐거움과 정신적 성장 간의 대립과 공존을 무엇보다 극명하게 보여준다. 러시아 정교는 '영혼의 양식'과 '육체의 양식'을 모두 인정했다. 양자는 인간의 실존을 구성하는 두 측면이었다. 인간은 누구나 영혼의 양식과 육체의 양식 모두를 필요로 한다.

러시아 정교에서 한 해는 '금식(postnyi, fast)' 주간과 '잔치(skoromnyi, feast)' 주간으로 나뉜다. 금식은 아예 아무것도 안 먹는 지독한 단식에서 고기와 달걀, 유제품 등을 제한하는 금육에 이르기까지 여러 단계가 있는데 무려 연중 약 192일에서 216일이 금식 기간에 포함되었다. 혁명 전 러시아 달력에는 각종 축일과 금식 주간이 상세하게 표시되어 있었는데 백성들은 이 달력에 따라 엄격하게 음식을 제한했다. 물론 금식 기간 중이라 해서 기름기가 완전히 금지되었던 것은 아니다. 그렇게 하기에는 금식 기간이 너무 길었다. 사람들은 금식 기간 중에 기름기를 섭취하기 위해 여러 가지 기발한 아이디어를 짜냈다. 생선과 버섯을 다양하고 맛있게 조리하는 방법이 개발되었고 버터 대신 아마씨유, 땅콩기름, 대두유를 사용하는 음식이 창조되었다. 빵이나 파이를 만들 때도 달걀 대신 편도유를 넣어 반죽을 하고 향을 더하기 위해 장미수를 첨가했다.[63]

그러다 보니 러시아인들은 금식이 아닌 기간 동안에는 그동안 푸성귀에 길들여져 있던 위장에 소위 '기름칠'을 해야 할 필요가 있었다. 그래서 거의 미친 사람들처럼 기름진 음식을 먹어댔다. 러시아에 유난히 버터가 줄줄 흐르는 느끼한 요리가 많은 것도 이 때문이다. 버터 말이 나왔으니 말인데 러시아에는 심지어 '버터 주간'이라는 기간까지 있었다. 러시아어로 '마슬레니차(maslenitsa, maslo는 버터를 뜻한다)'라고 하는 이 기간은 서구 그리스도 문화권의 카니발에 해당된다.

카니발은 원래 그리스도교 지역에서 사순절 직전에 행해지던 전 민중적인 제전이었다. 그것은 부활 대축일 이전 사십 일 동안의 금욕적인 삶을 앞에 두고 마음껏 놀아보자는 취지의 축제였다. 사십 일 동안이나 모든 욕망을 억제한다는 것은 너무도 힘든 일이기 때문에 사람들은 사순절이 시작되기 전에 에너지를 비축하는 의미에서 실컷 먹고 마시고 춤추는 광란의 축제를 벌였다.

러시아 정교도 부활절과 사순절, 그리고 카니발을 지켰는데 그 명칭이 서구 가톨릭과는 사뭇 다르다. 러시아에서는 사순절을 "대

금식 기간(Velikii post, Great Fast)"이라 불렀다. 그러니까 그리스도의 수난을 기리는 행위의 핵심을 음식의 억제에 두었다는 뜻이다. 그리고 사순절 직전의 카니발 역시 '버터'라고 하는 음식을 붙여 이름을 지었다. 이 주간에는 아직 대금식이 시작되지 않았음에도 육류는 금지된다. 오로지 버터와 우유와 달걀만이 허용된다. 미루어 짐작건대 러시아인들은 사순절 동안 억제해야 하는 모든 것 중에서 기름기 있는 음식의 억제를 가장 고통스럽게 생각했던 것 같다. 얼마나 기름기에 주렸으면 버터 주간이라 했겠는가.

아무튼 러시아 사람들은 버터 주간 동안에 문자 그대로 버터를 잔뜩 두른 철판에 팬케이크를 지져서 배가 터지도록 먹었다. '블린'이라는 이름의 러시아 팬케이크는 적당히 번역할 말이 없어 '팬케이크'라고 부르지만 사실상 팬케이크보다 얇고, 그 맛은 우리나라의 밀전병이나 프랑스의 크레페 껍질에 가까우며, 여러 가지 고명과 함께 둘둘 말아 먹을 수도 있는 매우 독특한 음식이다. 그냥 녹인 버터에 푹 담궈서도 먹고, 사워크림을 얹어서도 먹고, 캐비아를 넣어 돌돌 말아도 먹고, 고기 다진 것을 넣어 월남쌈처럼 접어서도 먹고, 잼을 발라서도 먹고, 좌우간 그 활용도가 매우 다양한 러시아의 국민 음식이다. 러시아인들은 평소에도 블린을 먹었지만 버터 주간에는 터무니없이 기름지게, 터무니없이 많이 먹었다.

한편 '잔치 주간'을 지칭하는 러시아어 '스코롬니'는 원래 '부정한' 음식을 뜻한다. 그러니까 그 기간에 마음껏 먹어도 되는 음식인 '육고기', '우유', '버터', '달걀' 등은 엄밀히 따지자면 '부정한 음식'

이 되는 셈이다. 여기서 한 가지 짚고 넘어가야 할 것은 비록 명칭은 '부정한 음식'이라 지어졌지만 이 음식들이 실제로 부정하게 여겨진 것은 아니라는 사실이다. 유대인들이 돼지고기를 부정한 음식으로 여기는 것과는 다른 차원의 문제라는 얘기다. 사실 성서는 음식을 부정한 것과 정한 것으로 나누어 말하지 않는다. "입으로 들어가는 것은 사람을 더럽히지 않는다. 더럽히는 것은 오히려 입에서 나오는 것이다."[64]

게다가 러시아 정교는 유난히도 물질에 대해 긍정적인 입장을 취한다. 정교 신앙인들의 삶 속에서는 육체, 물질, 형태 같은 개념들이 정신, 영혼 등과 대립하지 않는다. 육체를 악으로 보는 근본주의적인 입장은 오히려 이단으로 취급된다. 정교 관점에서 보자면, 눈에 보이고 만질 수 있는 물질은 눈에 보이지 않고 만질 수 없는 관념이 현실에 나타난 것이므로 영을 담고 있는 몸이란 의미에서 존중되어야 한다. 그리스도 역시 육신을 지닌 인간이었다. 다마스쿠스의 성 요한은 물질에 관해 이렇게 말한다. "나는 나를 위해 물질이 되신, 물질을 통해 나를 구원하신, 물질의 창조주이신 그분을 경배한다."[65]

그렇다면 어째서 그렇게 엄격한 금식의 규칙이 존재했을까. 음식도 물질인데 어찌하여 특정 음식을 특정 기간 동안 금하는 일이 그렇게 중대한 의미를 지녔을까. 우선 종교적인 관점에서 볼 때 음식은 가장 기본적인 차원에서 회개와 정화의 도구다. 고기나 달걀이 그 자체로서 나쁜 것은 결코 아니다. 그러나 인간의 육체가 거룩한 영혼과 하나가 되려면 육체를 정화할 필요가 있다. 일정 기간 동안 소식과 채식을 할 경우 육체는 거룩하게 단련될 수 있다. 고기와 기름기는 정욕을 부채질하므로 정기적으로 금식을 함으로써 정욕을 다스려야 한다.[66] 요컨대 금육과 금욕은 같은 차원의 절제가 되는 것이다. 그뿐 아니라 경제사회학적인 관점에서 볼 때 금식은 먹을거리의 부족 때문에 보통 사람들이 겪는 고통을 심리적으로 경감해 줄 수 있었다. 어떤 식으로든 음식의 제한적인 섭취가 불가피한 상황에서 종교적인 금식은 매우 편리한 변명거리를 제공해 주었을 것이다.

아무튼 일 년 중 반이 넘는 기간을 금식의 날로 지켜야 했던 러시아인들은 나머지 기간에 주린 배를 채우기 위해 위장을 혹사했고, 또 위장의 혹사가 끝나면 다시 주린 배를 움켜쥐고 살아야 했다. 금식과 폭식이 번갈아가며 그들의 식생활을 지배했다. 이렇게 찢겨진 식생활은 러시아가 낳은 최대의 희극 작가이자 소설가인 고골에게서 무서울 정도로 리얼하게 재현된다. 고골은 문자 그대로 금식과 폭식 사이에서 찢겨 죽었다.

"내 뱃속의 악마"

고골(N. V. Gogol, 1809~1852년)은 지인에게 보낸 편지에서 자신의 식욕을 "악마"라고 불렀다. "내 뱃속에는 모종의 악마가 살고 있습니다. 그놈이 모든 걸 망쳐놓습니다."[67] 진짜 그랬다. 그의 뱃속에 든 악마가 그의 삶도 망치고 그의 작품도 망쳤다. 그리고 그의 목숨도 앗아갔다.

고골은 러시아 문학 전체를 통틀어서(그리고 어쩌면 러시아 역사 전체를 통틀어서) 가장 유명한 대식가이자 식도락가였다. 그가 섭취한 음식의 양은 그를 살아생전에 이미 전설로 만들어주었다.[68] 그는 어린 시절부터 먹을거리를 입에 달고 살았다. 어린 고골의 호주머니 속에는 언제나 사탕이니 꿀빵이니 하는 것들이 잔뜩 들어 있었고,

그는 심지어 수업 시간 중에도 무언가를 우물거리며 먹곤 했다.[69] 그는 또 요리하는 것을 사랑했다. 악사코프(S. Aksakov)에 의하면 그는 이탈리아 마카로니의 맛을 터득한 뒤로는 엄청난 양의 마카로니를 요리해서 지인들에게 대접했다고 한다. 자타가 공인했듯이 그는 작가가 되지 않았더라면 필경 요리사가 되었을 것이다.[70]

그러나 그의 이름을 식도락가 명단의 맨 위 칸에 올려놓은 것은 무엇보다도 음식의 양이었다. 그는 보통의 체구를 지닌 남자였지만 보통 사람보다 두 배 내지 세 배가량 더 많이 먹었고, 먹은 것을 금방 소화할 수 있는 복 받은(혹은 저주 받은) 위장의 소유자였다. 물론 푸슈킨도 대식가였고 톨스토이도 대식가였다. 그러나 고골의 대식은 뭔가 차원이 달랐다. 고골은 요즘 식으로 말해서 먹는 일에 '올인'한 사람이었다. 글쓰기 외에 그가 관심을 기울인 유일한 일이 요리와 식도락이었다. 그는 여성과 연애한 적도 없고 결혼을 한 적도 없다. 취미 생활도 별로 없었다. 오로지 먹는 일에 투신했다.

음식에 대한 고골의 열정이랄지 식탐이랄지는 그의 작품에서 고스란히 드러난다. 음식은 고골의 작품 속에서 근대의 그 어떤 다른 작가에게서보다 훨씬 큰 역할을 담당한다.[71] 깊이 들어갈 것도 없이 그저 문장 몇 개만 보아도 작가와 음식의 긴밀한 관계를 알 수 있다.

"코가 있어야 할 자리가 방금 구워낸 팬케이크처럼 매끄럽군요."
—「코」

이반 이바노비치의 머리통은 무청이 아래로 향한 무 같고 이반 니키포

로비치의 머리통은 무청이 위로 향한 무 같다. ─「이반 이바노비치와
이반 니키포로비치가 싸운 이야기」

이반 이바노비치의 집은 팬케이크를 여러 장 쌓아놓은 것처럼 보였다.
─「이반 이바노비치와 이반 니키포로비치가 싸운 이야기」

그는 마치 심리하러 등청했던 청렴한 지방재판소의 판사가 점심 식사를
하려고 음식 그릇 곁으로 가며 두 손을 부빌 때와 같은 만족스러운 표정
으로 두 손을 싹싹 부비더니 궤에서 서류를 꺼냈다. ─『죽은 혼』

물론 이 정도 비유 몇 가지 때문에 그를 가장 미식가적인 작가라
부르는 것은 아니다. 그의 단편 「옛 기질의 지주」와 널리 알려진 희
곡 『검찰관』, 그리고 대표적인 장편 『죽은 혼』은 온갖 맛있는 러시
아 음식과 우크라이나 음식에 대한 언급으로 가득 차 있다. 음식이
없이는 소설이 성립되지 않을 정도다. 음식은 문체에 활기를 더해
주는 비유로 사용될 뿐 아니라 인물의 위상과 성격을 말해 주고, 스
토리의 진행에 박차를 가해주며, 또 작가의 메시지를 함축하는 주
된 상징으로 등장한다. 오죽하면 어느 유명한 학자가 쓴 고골 연구
서에는 『고골에 관한 음식 노트(Food-Notes on Gogol)』라는 제목이
붙었겠는가.

그러나 고골의 식도락가적인 면면은 앞에서 살펴본 프랑스 식도
락가 브리야-사바랭과는 전혀 다른 특성을 지녔다. 프랑스 식도락
가가 미식을 문자 그대로 "예찬"했다면 러시아 작가는 미식을 예찬
하기는커녕 마음속 깊은 곳에서 미식에 대한 죄책감에 시달렸다.

브리야-사바랭은 음식을 즐길 수 있는 능력을 조물주의 선물이라 생각했다. "조물주는 인간이 먹지 않으면 살 수 없도록 창조하였으며, 식욕으로써 먹도록 인도하고, 쾌락으로써 보상한다."[72] 반면 고골은 엄청난 식욕을 부끄러워했고, 그 부끄러움 때문에 괴로워했고, 괴로움을 잊기 위해서 또 엄청나게 먹었다.

고골이 받은 종교교육은 고골과 음식의 관계를 더욱 복잡하게 했다. 약간 광신 끼가 있었던 고골의 어머니는 툭하면 지옥 얘기를 해서 어린 아들에게 겁을 주었다. 온갖 행위들이 다 지옥으로 가는 이유가 될 수 있었다. 그중에는 물론 탐식도 있었다. 그래서 고골은 어린 시절부터 죄의식에 사로잡혀 있었다. 게다가 그가 1821년부터 1828년까지 다녔던 네진 중학교에는 가톨릭 계열의 경건한 수도사들과 신학자들이 교편을 잡고 있었다. 그들은 예수회의 엄격한 극기를 학생들에게 주입했다. 그리하여 고골은 먹는 것에 대한 죄의식에 사로잡히게 되었고, 죄의식은 천벌에 대한 두려움으로 이어졌다.[73]

게다가 한때 러시아에서는 유언비어가 나돌았는데, 내용인즉슨 곧 세상에 종말이 오고 적그리스도가 나타날 것인 바, 적그리스도는 다름 아닌 요리사의 모습으로 등장하리라는 것이다![74] 그러니 먹기 좋아하고 요리하기 좋아하는 고골이 얼마나 공포에 질렸겠는가! 소년 시절, 그의 머릿속에 각인된 죄의식과 공포는 점점 증폭되어 결국은 러시아 문학사상 가장 엽기적인 죽음을 초래하게 된다.

고골은 1840년에 신경쇠약으로 거의 죽음의 문턱까지 갔다가 소생했다. 그때부터 그는 하느님이 내려주신 자신의 소명에 몰두하기 시작했다. 1845년에 또다시 심각한 신경쇠약에 걸렸으나 이번에도 역시 그는 되살아났고 이때부터 더욱 열렬한, 거의 광신에 가까운 신앙생활에 돌입했다. 이제 그에게 음식을 비롯하여 육신의 만족과 관계된 모든 것은 죄악이었다. '영혼의 양식'에 굶주린 작가는 '육체의 양식'을 무시하기 시작했다. 폭식, 대식, 탐식, 미식은 절식, 금식, 단식에 자리를 내주기 시작했다.

이와 더불어 고골의 글쓰기 역시 소설에서 교훈서로 전환했다. 『검찰관』, 『죽은 혼』, 「외투」, 「광인 일기」, 「코」 같은 불후의 명작을 집필했던 작가는 자기의 소명이 인류를 교화하는 데 있다고 믿었다. 죽을 뻔하다가 살아난 데는 다 뜻이 있다고 생각했다. 그래서 제2의 생을 무언가 보람 있는 일에 바치기로 결심했다. 머릿속이 교화에 대한 생각으로 꽉 들어찬 작가는 더 이상 웃기고 환상적이고, 그래서 엄청나게 재미있는 소설을 써 내려가지 못했다. 그는 괴로워했다. 지웠다 썼다를 반복하며 쓴 『죽은 혼 제2부』는 작가의 눈에 실패작으로 비쳤다. 그래서 그는 더욱 괴로웠다.

괴로워서 그랬던 걸까, 그는 문인들보다는 신비주의 종교인들과 더 자주 접촉했다. 그가 가까이 지낸 종교인들 중에서 가장 수상쩍은 사람은 정교회 신부인 마트베이였다. 그는 고골의 정신세계를 지배하면서 광적인 극기의 상태로 몰고 갔다. 가뜩이나 음식에 과민 반응을 보였던 작가는 신부의 사주를 받아 금식과 기도를 되풀이하면서 인류 교화의 환상을 더욱 공고히 굳혀갔다. 그의 거대했던 위장은 쪼그라들어갔고 심신은 점점 쇠약해져 갔다.

　고골의 말년은 비참했다. 그는 영혼의 정화를 위해 점점 더 극단적인 음식의 절제를 시도했다. 사망하기 육 개월 전부터 그는 거의 '거식증' 환자나 마찬가지였다. 그에게 단식은 정화와 속죄의 지름길이었다. 나보코프(V. Nabokov)는 고골의 단식을 가리켜 "악마를 상대로 한 개인적인 단식투쟁"이라 일컬었다.[75] 또 다른 연구자는 그의 단식이야말로 스스로에 대한 단죄라고 지적했다. 즉 먹는 것에 대해 평생 동안 품어왔던 죄책감을 털어버리기 위해 그는 음식을 거부함으로써 스스로를 벌했다는 것이다.[76]

　아무튼 그를 죽음으로 몰아간 병의 결정적인 원인에 대해서는 아직도 구구하게 논의가 되고 있다. 그러나 한 가지 확실한 것은 그가 순전히 '정신적인 이유'에서 식음을 전폐했고, 그로 인한 영양실조가 죽음을 재촉했다는 사실이다. 그의 주치의였던 타라센코프(A. T. Tarasenkov)에 따르면 "그가 음식을 거부한 것은 식욕이 없어서가 아니었다. 그의 식욕은 여전했다."[77] 요컨대 러시아가 낳은 최대의 대식가이자 미식가이자 식도락가였던 작가는 문자 그대로 굶어 죽었다. 영혼의 양식을 위해 육체의 양식을 완전히 버린 결과였다.

게걸쟁이와
공밥

　　고골의 희극 『검찰관(Revizor, 1836년)』은 사기꾼에 관한 코미디다. 수도의 하급 관리인 흘레스타코프는 도박 빚 때문에 무일푼 신세가 되어 어느 마을의 여관에 묵여 있게 된다. 그런데 그 마을의 관리들은 암행 검찰관이 내려올 것이라는 정보를 입수해 놓았던 터라 흘레스타코프를 검찰관으로 오인한다. 그래서 흘레스타코프에게 온갖 뇌물과 아부를 다 바치고, 흘레스타코프는 즐거운 마음으로 그들이 제공하는 모든 것을 받아 챙긴다. 그는 심지어 군수의 딸에게 청혼까지 하고는 유유히 마을을 떠난다. 관리들은 그가 떠난 후에야 상황을 파악하고 발을 동동 구른다. 그때 진짜 검찰관이 도착했다는 소식이 들려온다.

『검찰관』은 러시아 드라마 레퍼토리에 늘 오르는 유명한 작품이다. 당대 관료 제도에 대한 날카로운 풍자, 재치와 유머와 신랄함으로 넘쳐흐르는 대사, 그리고 우스꽝스럽기 그지없는 인물 군상 덕분에 1836년 초연 이래 오늘날에 이르기까지 줄기차게 관객들에게 즐거움을 선사해 왔다. 이 작품은 상연 당시에도, 그리고 그 이후에도 주로 사회적이고 이념적이고 정치적인 코미디로 받아들여졌다. 뇌물 수수와 직무 태만과 횡령 등등의 각종 비리와 부조리로 얼룩진 지방 관료들의 백태를 적나라하게 드러내 보여주었으니 그럴 법도 하다. 그러나 이 작품을 조금 다른 각도에서 읽어보면 음식에 대한, 그리고 죄와 벌에 대한 고골의 두려움이 이때부터 작품 속에 뿌리를 내리기 시작했으며 주인공 흘레스타코프는 관료 제도 풍자를 위한 인물이 아닌, 바로 그 두려움을 내보이는 고골의 분신임을 알 수 있게 된다.

『검찰관』은 음식으로 가득 찬 드라마다. 그래서 어떤 연구자는 "『검찰관』에서 인물과 행위는 거의 전적으로 음식에 의해, 그러니까 먹고 싶은 음식, 먹히는 음식, 그리고 소화되는 음식에 의해 동기화된다"고 주장한다.[78] 거의 같은 맥락에서 또 다른 연구자는 "『검찰관』은 고골의 드라마 중에서도 가장 요리와 가까운 작품이다. 우리가 이 작품의 초점을 요리의 테마가 발전해 나가는 모습에 맞추어 읽는다면 주인공의 역동적인 변신이 음식을 통해 전격적으로 드러나는 것을 알게 될 것이다"라고 말했다.[79] 요컨대 흘레스타코프가 하잘것없는 수도의 말단 관리에서 담대한 사기꾼이자 허풍쟁이로 변신하는 그 극적인 과정은 음식의 코드로써 설명된다는 얘기다.

그러면 이 점을 조금 꼼꼼하게 살펴보자. 『검찰관』은 5막짜리 희극으로, 고골이 쓴 「배우들을 위한 지침」에 따르면 주인공 홀레스타코프는 "스물세 살가량의 청년으로 약간 아둔한 얼간이다. 관청의 사무실에서 늘상 '멍청이'라고 불리는 족속 중의 하나다." 그런데 이 아둔한 얼간이가 뜻하지 않게 한 마을의 관료들을 완전히 속였으니 얼마나 이상한 일인가. 사실 홀레스타코프는 그들을 속일 의사가 전혀 없었다. 그냥 도박판에서 돈을 다 날리는 바람에 마을 여관에서 외상으로 먹고 자고 있었을 뿐이다. 요컨대 마을의 관료들이 이 멍청한 사나이한테 '자진해서' 속아준 것이다.

그런데 공교롭게도 이 모든 오해에 발단이 된 것은 마을의 수다쟁이 짝패인 도브친스키와 보브친스키의 점심 식사였다. 그 두 뚱뚱이는 "러시아 파이를 파는 가게 옆의 초소" 앞에서 만나 "아침부터 아무것도 먹지 못해 뱃속이 꼬르륵거리기 때문에" 여관의 식당에 들러 식사를 했다. 그런데 어느 청년이 매우 심각한 표정으로 그들이 "연어를 먹는 것을" 보더니 접시에 자꾸만 눈길을 보내는 것 아닌가. 알고 보았더니 그는 계산할 생각을 도무지 하지 않는 "상트페테르부르크에서 온 관리"라는 것이다. 그래서 보브친스키와 도브친스키는 그 청년이 검찰관이라고 확신을 하게 되고 군수 이하 모든 관료들 역시 그들의 확신에 동조를 하게 된다. 그리하여 이 희극의 모든 포복절도할 오해가 시작된다. 요컨대 만약에 도브친스키와 보브친스키가 "파이 가게 옆의 초소"에서 만나지 않았고, 뱃속에서 꼬르륵 소리도 나지 않았고, 그리하여 여관 식당에서 밥을 먹지 않았더라면 하급 관리를 검찰관으로 오인하는 일은 없었을 것이다.

그러면 그 "검찰관처럼 보이는" 청년은 왜 두 뚱보의 연어 접시를 흘끔거려 그들에게 오해를 불러일으켰을까? 물론 배가 고파서였다. 그도 그의 하인 오시프도 돈이 한 푼도 없어 벌써 며칠째 여관에서 주는 아주 하찮은 식사만으로 연명을 해온 터다. 제2막의 시작을 알리는 하인 오시프의 독백은 배고픔에 대한 하소연으로 가득 차 있다. "아, 배고파 죽겠네. 배 속에서 일개 부대 전체가 나팔을 불어제끼듯 소리가 요란하구먼. 여관 주인 놈 얘기가 이때까지 먹은 값을 치르지 않으면 더 이상 밥을 안 주겠다니 이를 어쩐다? 아이고 하느님, 수프라도 한 그릇 먹었으면! 돌덩이라도 삼킬 것만 같아." 이어서 등장하는 흘레스타코프의 대사와 독백 역시 배고픔에 대한, 거의 절규에 가까운 호소로 점철되어 있다. 그의 대사를 정리해 보자.

◇ 2장

흘레스타코프 : (거의 애원하는 투로) 아래층, 식당에…… 가서…… 말 좀 해봐. 밥 좀 먹게 해달라고…….

◇ 3장

흘레스타코프 : 배고파 미치겠네. 산책도 하고 사색도 했으니 식욕이 좀

가실까 했더니 웬걸 전혀 가시질 않아.

◇ 4장

흘레스타코프 : (여관 하인에게) 있잖은가, 여보게, 아직도 점심을 내오지 않는구먼. 좀 서둘러주게. 점심 먹은 뒤에 볼일이 있거든.

하인 : 그런데 주인 나리께서 더 이상 밥을 내주지 말라고 하셨는뎁쇼.

◇ 5장

흘레스타코프 : 이렇게까지 했는데도 밥을 주지 않는다면 그건 비열한 짓이야. 이렇게 배가 고픈 적은 한 번도 없었어. 안 되겠어. 옷가지라도 팔아야겠어. (…) 하도 배가 고파 구역질이 날 지경이군.

◇ 6장

(여관집 하인이 아주 형편없는 식사를 가져다주자 흘레스타코프는 계속해서 불평을 해댄다. 동시에 가져다준 음식을 싹싹 긁어서 다 먹는다)

흘레스타코프 : 이게 무슨 수프지? 이거 그냥 맹물 따른 거 아니야? 아무 맛도 없잖아. 고약한 냄새만 나. 이 수프는 먹기 싫어. 다른 걸 가져와. (음식을 두 팔로 감싸며) 어, 어, 어, 그대로 둬, 이 멍청아! (음식을 먹는다) 비열한 것들! 완전히 나무껍질이야. 잇새에 낀 것도 빼낼 수가 없으니. 이런 걸 먹고 나면 이빨이 시꺼메진다니까. 사기꾼들! (냅킨으로 입을 닦는다) 그런데 뭐 좀더 없냐?

7장

흘레스타코프 : 먹은 것 같지도 않아. 괜시리 식욕만 더 자극했잖아. 잔돈
이라도 몇 푼 있으면 시장에 가서 빵을 사 오라고 할 텐데.

음식의 언어는 이후에도 계속해서 스토리의 진행에 박차를 가
한다. 흘레스타코프를 검찰관으로 착각한 군수가 여관에 찾아오자
흘레스타코프는 여관의 식사에 대해 거세게 불평을 늘어놓고 그
불평을 들은 군수는 공포에 질려 그가 검찰관임을 더욱 확신하게
된다. 그리하여 군수는 그를 달래 자기 집에 초대하면서 아내에게
급히 몇 자 적는데 하필이면 종이가 없어 흘레스타코프의 계산서
에 적는다. 군수 부인이 남편의 전갈을 읽는 대목은 폭소를 자아내
기에 충분하다.

여보 급히 전하오. 내 상황은 매우 심각했지만 천만다행으로 소금에 절
인 오이 두 통, 어란 반 그릇, 1루블 25코페이카, 하느님이 보우하사 모
든 게 잘 마무리될 것 같소.

그 뒤 흘레스타코프는 군수 및 다른 관리들과 함께 자선병원장
이 베푸는 맛있는 점심을 잘 먹고 식사에 관해 담소한다. 검찰관이
라고 믿어지는 한 남자와, 한 마을의 소위 지도급 인사라는 사람들
이 주고받는 말을 들어보자.

흘레스타코프 : 식사가 아주 훌륭하더군요. 배불리 잘 먹었습니다. 그런데 매일 그렇게 식사를 하십니까?

군수 : 귀한 손님을 위해서만 일부러 마련을 하지요.

흘레스타코프 : 저는 먹는 걸 좋아하는 편입니다. 사람은 만족이라는 꽃을 따기 위해 사는 법이지요. 그 생선 이름이 뭐라구요?

아르테미 필립포비치 : (잽싸게 다가가며) 절인 대구입죠.

흘레스타코프 : 아주 맛있더군요. 그런데 우리가 식사한 곳은 어디였죠? 병원이던가요?

(…)

군수 : 가…가…각…하. 휴식을 취하시는 게 어떠실런지요? 방 안에 모든 필요한 것들을 준비해 두었습니다.

흘레스타코프 : 쉬다니. 무슨 쓸데없는 소리를……하지만 좋소. 좀 쉬도록 하지. 여러분, 대접해 준 식사는 훌륭했소. 아주 만족하오. 만족해. (응변 투로) 절인 대구여! 절인 대구여!

이런 식의 대화를 다 듣고 난 다른 관리는 감탄조로 외친다. "저분은 정말로 대단한 인물이오! 저런 분이야말로 대단한 인물이라니까! 저렇게 높으신 양반과 같이 있어본 적은 한 번도 없었소." 흘레스타코프와 자선병원장과의 대면 역시 음식 얘기로 이어진다.

흘레스타코프 : 반갑소. 편히 앉으시오.

아르테미 필립포비치 : 제가 운영을 책임지고 있는 자선병원에 모실 수 있어서 영광이었습니다.

흘레스타코프 : 아, 그렇군! 기억하오. 식사를 아주 훌륭하게 대접해 주었지.

아르테미 필립포비치 : 조국을 위해 봉사할 수 있어서 기쁠 따름입니다.

흘레스타코프 : 솔직히 말해서 이건 내 약점이기도 한데, 나는 맛있는 음식을 좋아합니다.

이 마을의 수준이 어느 정도인지는 더 이상 말이 필요 없다. 군수 및 그 휘하의 인물들은 흘레스타코프의 하인 오시프에게도 아첨을 하는데, 여기서도 먹을 것은 단연 가장 중심적인 화두다.

군수 : 여보게, 자네 식사는 잘했나?

오시프 : 배불리 먹었습니다. 진심으로 감사드립니다. 훌륭한 대접이었습니다.

(…)

군수 : 여보게, 자네는 정말이지 내 마음에 드는군. 여행길에 차 한 잔 더 마신다고 해서 나쁠 것은 없지 않은가? 날씨가 쌀쌀하니, 자 몇 루블 더 주지. 차나 한잔하게. (…) 그런데 주인 나리께서는 여행 중에 무엇을 가장 좋아하시던가?

오시프 : 형편에 따라 좋아하시는 게 다릅니다. 그렇지만 무엇보다도 대접을 잘 받는 것을 좋아하시죠. 훌륭한 손님 접대를 좋아하십니다.

(…)

군수 : 좋아, 좋아. 중요한 얘기네. 차 마실 돈을 아까 주었네만 거기 보태

서 빵 사 먹을 돈을 더 주지.

나중에 흘레스타코프가 군수의 딸에게 청혼을 하자 군수는 검찰관을 사위로 맞아 페테르부르크로 입성할 생각에 가슴이 부풀어 오른다. 이때 그는 하고많은 것 중에서 생선 요리 이름을 대면서 자신의 포부를 표현한다. "거기에는 두 가지 생선이 있다더군. 라푸쉬카와 코류쉬카라던데. 한입만 먹어도 침이 줄줄 흐른다네." 또 군수의 딸이 검찰관과 결혼하게 된 것을 축하하는 자리에서 마을의 수다쟁이는 "황금 드레스를 입으시고 최고급의 수프를 드시겠죠"라며 아양을 떤다.

그렇다면 이 모든 음식은 무슨 의미를 지니는 것인가? 어째서 이토록 강력하게 음식의 코드가 개재하는 것인가? 고골은 도대체 무슨 말을 하고 싶어 하는 것인가?

『검찰관』의 음식은 무엇보다도 주인공과 다른 인물들이 영위하는 삶의 범속성을 보여준다. 러시아어로 'poshlost''라 표기하는 범속성은 "세속적이고 헛된 욕망의 만족을 추구하는 것"을 의미한다.[80] 맛있는 음식을 먹고 좋은 옷을 입고 좋은 집에서 사는 것 그 이상의 아무런 꿈도 없는 삶, 낡고 진부한 삶, 다람쥐 쳇바퀴 돌 듯 하는 삶. 이런 것들이 모두 범속성의 범주에 들어간다. 그러니까 그것은 보통의 사람들이 그냥 그럭저럭 살아가는 삶의 가장 비루한 면면에 대한 철학적 판단인 셈이다. 아첨도, 뇌물 수수도, 담소도, 하인에 대한 대접도 모두 음식을 통해서 이루어지는 삶, 그것은 고골이 바라본 인생 일반의 한 모습이었다. 고골은 먹는 것을 제일 좋아하는 주인공과, 그 못지않게 먹는 것을 좋아하는 그의 하인, 그리고 그들을 배불리 먹여주고 자기들 역시 배불리 먹어대는 마을 관리들을 통해 인간의 삶을 극도로 삐딱한 시선으로 포착하고 있는 것이다.

이 모든 범속한 삶과 범속한 인물들 중에서도 가장 범속한 인물은 주인공 흘레스타코프다. 허풍쟁이에다 거짓말쟁이인 흘레스타코프는 범속성의 제왕으로 우뚝 솟아오른다. 그리고 그의 범속한 속내를 들춰내어 보여주는 가장 직접적인 언어는 음식의 언어다. 다음 장에서는 이 점을 자세히 살펴보자.

맛없는
거짓말

흘레스타코프는 한마디로 말해서 '허접한' 인간이다. 그가 얼마나 허접한 인간인가 하는 것은 여관 음식점의 계산서에서 드러난다. 앞에서도 언급했던 그 계산서에는 흘레스타코프가 먹은 음식이 "소금에 절인 오이 두 통"과 "어란 반 그릇"이라 적혀 있다. 당시 기준에서 어란 반 그릇은 점잖은 신사는 고사하고 가난뱅이조차도 결코 주문하지 않는 음식이다.[81] 아무리 배가 고파도 신사라면 넘지 말아야 할 선이 있는 법. 보통 사람이라면 설령 잔돈 몇 푼밖에 없다 하더라도 식당에 가서 우동 반 그릇을 주문하지는 않는다. 그냥 굶고 만다. 반면에 흘레스타코프는 배고픔을 참을 수가 없어 안면 몰수하고 팔지도 않는 '반 그릇'어치의 어란을 먹은 것이다. 그는 톨스토이의 표현을 빌려 말하자면 "입과 배의 노예"다.

두 번째로 흘레스타코프는 친구에게 보내는 편지에서 스스로의 남루한 모습을 아무렇지도 않게 떠벌린다. "자네와 내가 얼마나 궁핍했는지 기억하지? 공짜로 점심을 얻어먹곤 했지. 언젠가 한번은 돈도 안 내고 파이를 먹는 바람에 제과점 주인한테 멱살을 잡힌 일까지 있었지." 이는 흘레스타코프의 과거 중 어느 한 시점에서 일어난 불행한 일이 아니라 비천한 하급 관리들의 철학이자 일상적인 삶의 모습이다.[82] 흘레스타코프는 극 중 몇 번씩이나 자기는 "먹는 것을 좋아한다"고 자랑이라도 하듯 떠들어댄다. 그런데 그는 그냥 먹는 것을 좋아하는 게 아니다. 남의 돈으로 먹는 것, 거저먹는 것, 얻어먹는 것, 공짜로 먹는 것, 이것이야말로 그가 잘하는 일이자 즐겨 하는 일이며 그의 비천한 본성을 여실히 보여주는 일이다.

흘레스타코프의 남루한 본성은 그가 하는 거짓말에서 드러난다. 대부분의 소인배들이 그렇듯이 흘레스타코프는 군수 등등의 환대를 받으며 실컷 먹고 나자 안하무인이 된다. 그리하여 자신이 얼마나 중요한 인물인가를 보여주기 위해 거짓말을 주워섬기는데, 그 거짓말은 차마 들어줄 수가 없을 정도로 빈약하다. 그는 상트페테르부르크에 있는 자신의 집에서는 무도회가 열리는데 그 고상하고 화려함이란 이루 말로 설명할 수 없다고 해놓고, 그 예로써 수박과 수프를 언급한다. "가령 식탁 위에는 수박이 그것도 700루블짜리 수박이 차려집니다. 수프는 냄비에 담긴 채로 파리에서 배달해 옵니다."

로트만의 지적처럼 이 대목은 흘레스타코프의 빈곤한 상상력을 노골적으로 보여준다. 수박은 아무리 비싸도 어디까지나 수박이다. 그러니까 흘레스타코프는 '숫자'만 부풀렸을 뿐 의미론상의 거짓말은 지어내지 못하고 있다는 것이다.[83] 그러나 여기서 고골이 우리에게 전달하는 것은 다만 상상력이 부족한 인물상만이 아니다. 흘레스타코프의 상상력 부족은 그의 비천함과 짝을 이룬다. 그는 비천하기 때문에 제대로 된 거짓말을 지어낼 수 없다.

포흘레브킨은 이 점을 아주 자세하게 설명한다.[84] 흘레스타코프는 먹어본 적도 없고, 들어본 적도 없고, 아는 바도 없으므로 단 한 개의 요리 이름도 댈 수가 없다. 비싼 요리, 외국 요리, 프랑스 요리 같은 것들은 그에게 상상력 밖의 일이다. 그래서 하필이면 수박을 예로 드는 것이다. 수박은 흔해빠진 과일이지만 산지에서 수도로 운송하는 데 시간과 비용이 만만치 않게 들기 때문에 수도의 시장에서는 가격이 터무니없이 높게 책정된다. 시골에서는 한 3~5코페이카 하는 수박이 수도에서는 5루블로 껑충 뛰어올라 가난한 하급 관리들은 평소에 잘 사 먹지 못하는 것이다. 여기서 흘레스타코프는 과일의 가격 거품과 그것의 진짜 가치를 혼동함으로써 소시민적인 본성을 내보인다. 러시아 문학 평론에서 종종 언급되는 '흘레스타코프 기질', 즉 '하찮고 구질구질하고 모욕적인 속성'은 이 대목에서 극에 달한다.

'파리에서 공수해 오는 수프'도 마찬가지다. 이것은 순수한 난센

스다. 그러나 흘레스타코프의 '미각'과 지성의 수준에 딱 맞는 난센스다. 파리에서 공수해 올 정도면 하다못해 무슨 그럴싸한 프랑스어 이름이라도 붙어야 될 것 아닌가. 누가 그냥 수프를 파리에서 가져오는가. 이국적이고 대단히 고급스럽고 귀중한, 이를테면 송로버섯 같은 식재료를 사용한, 발음하기 어려운 이탈리아어나 프랑스어로 된 이름을 갖춘 수프라야 공수해 오는 보람이 있지 않겠는가. 그러나 그런 것은 들도 보도 못한 하급 관리이므로 흘레스타코프는 그냥 '수프'라고 하는 것이다.

어디 음식뿐인가. 흘레스타코프는 짐짓 '최고위층' 관료인 양 으스대고 있지만 최고위는커녕 그냥 고위 관료의 근처에도 가본 적이 없기 때문에 관료의 일상생활과 관련하여 그 어떤 다채로운 거짓말도 생각해 낼 수가 없다.

> 게임이 끝나면 계단을 따라 4층의 내 방으로 올라가서는 하녀에게 '마브루쉬카, 어서 외투를 줘'라고 명하지요. 아니 제가 말을 잘못했군요. 4층이 아니라 2층 벨에타쥐에 제 방이 있는데 말입니다.

흘레스타코프는 높으신 분이 하녀에게 무엇을 어떻게 명령하는지 알 수가 없다. 그래서 지극히 평범한 '외투를 줘'가 그가 생각해낼 수 있는 전부다. 게다가 거짓말 중에 실제로 자신이 살고 있는 맨꼭대기 방(올라가기 가장 어려운 곳이므로 가장 싸구려 방임에 틀림없는)을 언급하는 실수까지 저지른다. 그의 비참한 거짓말은 계속된다.

한번은 장관도 찾아왔지요. 심지어 나에게 보낸 편지의 봉투에는 '각하'라고 쓰어 있었지요.

그가 검찰관이라면 봉투에 '각하'라는 직함이 쓰여 있는 것이 당연하다. 그런데 여기서 '심지어'라는 말을 집어넣었다는 것은 그가 평소에 '각하'라 불리는 사람들에게 얼마나 선망과 부러움에 가득 찬 눈길을 보냈는가를 입증해 줄 뿐이다.

그는 또한 자기가 장관과도 푸슈킨과도 막역한 사이라고 허풍을 친다.

"저희 부처 장관은 저와 절친한 사이지요. 그분은 제 어깨를 치면서 '여보게, 우리 집에 식사하러 오게' 그런답니다."

"푸슈킨과도 가까운 사이랍니다. 종종 그 친구에게 '푸슈킨, 이 친구야, 그래 어떻게 지내나?'라고 인사를 건네곤 합니다. 그러면 '뭐, 그럭저럭 지내지, 친구'라고 대답하지요. 아주 괴짜랍니다."

그는 장관이라든가 당대 최고의 작가와 나눌 수 있는 말을 도저히 상상할 수가 없다. 그래서 그의 허풍은 초급 러시아어 회화책에나 들어갈 법한 인사말 정도에 그치고 만다. 한마디로 말해서 그의 거짓말은 비참할 정도로 재미가 없다. 그의 형편없는 거짓말, 그가 누리는 형편없는 식생활은 함께 맞물리면서 그가 얼마나 형편없는 인간인가를 말해 주는 것이다.

먹기와
쓰기

　앞에서도 잠깐 얘기했지만 고골은 어마어
마한 식욕과 그 식욕에 대한 죄의식 사이에서 찢겨진 비극적인 인
간이었다. 이는 그가 받은 가톨릭 교육, 그리고 광신적인 모친으로
부터 물려받은 억압적인 신앙심으로 설명될 수 있다. 가톨릭에서
말하는 일곱 가지 대죄(Seven Deadly Sins)는 분노, 탐욕, 나태, 교만,
정욕, 질투, 탐식 등으로 이루어진다. 그리고 그리스도교 문학의 백
미라 할 수 있는 단테(A. Dante)의 『신곡』은 탐식의 죄과를 자세하
게 묘사한다. 『신곡』은 고골이 자신의 대표작이라 할 수 있는 『죽은
혼』의 모델로 삼았을 만큼 그에게 친숙한 작품인데, 거기 그려진 지
옥의 정경과 탐식가의 말로가 섬약한 고골의 신경에 어떤 영향을

미쳤을지는 가히 짐작할 만하다.

그러나 고골의 분열된 식욕은 단순히 식욕만의 문제는 아니다. 그것은 궁극적으로 그의 분열된 정체성으로 연장된다. 고골의 자기 이미지는 양극단 사이를 오갔는데, 이러한 왕복은 혼란스러운 자기 정체성에서 출발했다. 그는 자기가 창조한 여러 문학적 인물들을 스스로와 동일시했으며 병적일 정도로 자신감을 결여하고 있었다.[85] 이 자신감 결여는 그를 극단적인 과대망상증과 극단적인 자기혐오증 사이를 정신없이 오가게 만들었다. 그는 스스로의 범속성에 대해 염증을 느꼈고, 그 범속성을 벌하고 싶었으며 동시에 신이 내린 어마어마한 사명감, 즉 인류의 교사 역할을 스스로에게 부여함으로써 그 범속성을 상쇄하고자 했다.

먹는 데 집착하는 소시민 고골과 인류의 교사 고골은 인간 고골의 두 측면을 구성하면서 그가 창조한 인물들 속에서 지속적으로 자기 복제를 했다. 하잘것없는 하급 관리이면서 장관과 맞먹는 검찰관인 척하는 흘레스타코프, 스스로를 스페인의 왕이라 칭하는 정신병자 하급 관리 포프리쉬친(「광인 일기」), 자신의 분신과 투쟁을 해야 하는 코발료프(「코」), 부유한 지주인 척하지만 무일푼인 치치코프(『죽은 혼』) 등등은 모두 작가 고골의 분신인 것이다.

이 모든 인물들 중에서도 고골과 가장 닮은 인물은 흘레스타코프다. 먹는 것에 가장 탐닉하는 인물이기 때문이다. 고골은 마치 살풀이라도 하듯이 식충이 흘레스타코프를 통해 자기 자신의 범속성을 마음껏 조롱한다. 게다가 흘레스타코프는 마치 작가 고골처럼 문학에 열망을 품고 있다고 떠벌린다.

"솔직히 말씀드리면 저 자신도 때때로 생각에 잠기는 것을 좋아합니다.
그리고 그런 생각들을 가끔 산문이나 시로 쏟아내고는 합니다."
"솔직히 말씀드리면 저는 문학으로 살아가는 사람입니다."
"친애하는 트랴퍼치킨, 나도 자네를 본받아 문학에 종사하고 싶네. 이
렇게 사는 게 지루해, 친구. 이제는 마음의 양식을 얻고 싶어. 확실히 뭔
가 고상한 일을 하고 싶다고."

그러니까 흘레스타코프는 먹기 좋아하면서도 고도의 정신적인
업적을 남기고자 하는 작가 고골에 대한 무자비하고 가차 없는 자
기 패러디인 것이다. 스스로에 대한 고골의 조소는 다음의 대사에
서 절정에 이른다.

저는 '이건 이렇게, 저건 저렇게 해!'라고 지시하려고 부처에 잠시만 들
를 뿐이죠. 거기에 쥐새끼 같은 말단 공무원이 있는데 늘 사각사각사각
문서를 베껴 쓰고 일만 하고 앉았죠.

이 장면에서 '쥐새끼 같은' 서기는 다른 사람이 아니라 실제로 페
테르부르크의 모 부서에 존재하는 흘레스타코프 자신이다. 흘레스
타코프의 과대망상적 거짓말은 자기 인격에 대한 무한한 경멸과
짝을 이룬다. "그는 내심으로는 자기 비하로 꽉 차 있기 때문에 반

대로 자신을 하늘 끝까지 찬미한다."[86]

흘레스타코프의 자아감은 아주 바닥이다. 그의 거짓말은 그가 얼마나 이 속악한 자신으로부터 도망치고 싶어 하는가를 보여준다.[87] 흘레스타코프와 마찬가지로 그를 창조한 고골 또한 작품 속에서 무한히 속악하게 복사된 자기 이미지에 조소와 경멸을 쏟아부음으로써 그 이미지로부터 도망치고자 한다. 그리고 흘레스타코프가 그러하듯이 고골은 먹기 대신 쓰기를, 육체의 양식 대신 영혼의 양식을 갈구한다. 그러나 흘레스타코프의 갈망이 일종의 허풍에 불과하다면 고골의 갈망은 진지한 것이었다. 영혼의 양식에 대한 지나치게 진지한 갈망은 결국 고골을 굶어 죽게 만들었다. 아이러니하게도 그가 먹기를 중단하자 쓰기 또한 그를 버렸다.

'옛 기질의 지주'

고골의 단편 「옛 기질의 지주(Starosvetskie pomeshchiki, 1835년)」는 매우 독특한 작품이다. 겉과 속이 완전히 다르다고나 할까. 아무튼 독자를 무척이나 교란하는 작품이다.[88] 길이도 짤막하고 배경과 등장인물도 극히 제한되어 있지만 이 자그마한 이야기의 이른바 '임팩트'는 어마어마하다. 고골이 그토록 두려워했던 범속성이 이 단편에서는 온화한 시골 지주 부부의 평화로운 삶을 통해 드러나는데, 그 드러나는 방식이 기묘한 정도를 넘어서 아주 기괴하다.

「옛 기질의 지주」는 1835년에 발표된 고골의 두 번째 작품집『미르고로드』에 실린 단편으로, 얼핏 보기에는 우크라이나 소지주들의 평화로운 삶을 그린 일종의 전원시 같은 소설처럼 여겨진다. 한 선량한(혹은 선량하게 보이는) 부부가 한평생 서로를 사랑하며(혹은 사랑하는 척하며) 곱게 늙어간다. 그들의 유일한 소일거리는 먹는 일이다. 한쪽이 죽을 때까지 그들은 사이좋게 음식을 권하며 산다. 부인이 먼저 세상을 뜨자 혼자 남은 남편은 거의 일상생활을 하기 어려울 정도로 침울해하다가 몇 년 뒤 부인을 따라 세상을 하직한다. 늙어 죽을 때까지 사이좋게 먹고 자며 사는 부부 이야기에서 잘못된 점은 별로 없어 보인다. 그것은 오히려 군건한 부부애나 평화로운 삶에 대한 찬가처럼 여겨지기까지 한다. 그러나 이상하게도 이 이야기를 다 읽고 나면 왠지 그게 아닌 것 같다는 생각이 든다. 마음이 아주 불편해진다. 간혹 이 이야기를 가리켜 사랑스러운 노부부의 평화롭고 행복한 일생을 그린 단편이라고 설명하는 사람들이 있는데 그건 결코 아니다. 노부부의 일생은 범속성이 절정에 이르렀을 때 나타나는 영혼의 지옥에 다름 아니다.

'옛 기질의 지주' 부부의 평화로운 삶이 지옥같이 끔찍하게 느껴지는 첫 번째 이유는 오로지 먹는 일만이 그들 삶의 전부이기 때문이다. 음식의 범속성은 그들의 삶에서 그 극한에 다다른다. 그들은 깨어 있는 시간의 대부분을 먹는 일에 소비한다. 그들은 오로지 먹는 것과 관련된 일만 한다. 그리고 그들의 대화는 오로지 먹는 것을 중심으로 진행된다. 그들 사이에는 자식도 없고 그들에게는 달리 해야 할 일도 없다. 식재료를 다듬고 말리고 졸이고 절이고 지지고 삶고 볶는 것, 그리고 그것을 먹고 소화하고 배설하는 것이 그들이 평생 동안 한 일의 전부다. 그들은 아침에 일어나면 커피를 마시고, 산책을 하고, 곧이어 파이와 버섯절임으로 요기를 한다. 이렇게 시작된 먹기는 하루 종일 계속된다.

점심을 먹기 한 시간 전에 아파나시 이바노비치는 한 차례 더 간식을 먹었는데 버섯과 여러 가지 말린 생선 등을 안주로 삼아 오래된 은잔에 따른 보드카 한 잔을 마셨다. 정오에는 점심을 먹으러 식탁에 앉았다. 요리와 소스 종지 외에도 식탁 위에는 옛날 요리법으로 만든 맛있는 요리에서 군침 도는 향기가 날아가지 않도록 뚜껑을 반죽으로 꼭 막은 항아리들이 여러 개 놓여 있었다. 점심 식사 중 화제는 으레 요리와 밀접하게 관련된 것이었다.

부부는 점심 식사 후에는 수박을 실컷 먹고, 간식으로 과일 만두를 먹고, 저녁 식사를 앞두고 다시 한 차례 간식을 먹고, 9시경에 저녁 식사를 한다. 그러고도 성에 안 차는지 남편은 한밤중에 일어나 배가 아프다고 투덜거린다. 아내는 배가 아프다는 사람에게 음식을 권한다. 남편은 무언가를 또 먹고 나서야 비로소 편안한 마음으로 잠자리에 든다.

그러던 어느 날 마침내 부인이 사소한 일이 원인이 되어 세상을 하직한다. 홀아비가 된 남편은 허깨비처럼 여생을 보낸다. 화자가 오 년 뒤 그 집을 방문했을 때 화자는 인간과 그의 거주 공간이 혼연일체가 되어 보여주는 황폐의 극치를 보고 경악한다. 농가는 모두 쓰러지기 일보 직전으로 기울고 말뚝과 울타리는 모두 망가져 있었다. 아주 오랜 세월 동안 철저하게 방치되었을 때만 가능한 풍경이다. 치매에 걸린 홀아비 노인의 식사 장면은 이 우울한 풍경과 쌍벽을 이룬다.

우리가 식탁에 앉았을 때 하녀가 아파나시 이바노비치의 목에 냅킨을 매주었다. 그렇지 않았더라면 실내 가운을 소스로 떡칠을 할 뻔한지라 다행이 아닐 수 없었다. 나는 그의 관심을 유도하기 위해 여러 가지 뉴스를 들려주었고 그는 예의 미소로 듣고 있었지만, 이따금 그의 시선은 완전한 무감각 그 자체였으며 그의 표정에는 아무 생각도 없는 듯했다. 그는 연신 수저로 죽을 떴지만 수저는 입이 아니라 코로 갔고 닭고기를 겨냥했던 포크는 물병을 찌르고 있었다.

노인은 이렇게 완벽하게 식물인간이 되어버렸지만, 그래도 음식에 대한 '의식'만큼은 아직도 살아 있어 다음 요리가 지체될 때면 "요리가 왜 이렇게 늦는 게야?"라고 불만을 토로한다.

그렇다면 노인이 이렇게 된 것은 무슨 까닭인가? 평생 반려였던 아내를 여의고 그 슬픔을 못 이겨 이렇게 된 것인가. 화자가 노인을 보며 "이렇게 긴 세월을 이렇듯 비통함에 젖어 살아오다니!"라고 외치는 것을 들으면 꼭 그런 것 같다. 그러나 스토리 전체를 통해 전달되는 메시지는 노부부의 애정과는 상관이 없다. 화자는 부부간의 금실이 아주 좋았다고, 서로를 끔찍하게 위했다고 '서술'하지만 그것은 그냥 서술일 뿐, 정작 두 사람 사이에 오가는 말이나 행동에서는 그 어떤 애정의 징후도 찾아볼 수 없다. 여러 연구자들이 이미 지적한 바 있듯이, 두 사람은 마치 남남처럼 상대방에게 깍듯이 존칭을 쓰고 아내는 큰소리로 웃는 법이 없고 두 사람 사이에 오가는 대화는 거의 언제나 음식과 관련된 것들뿐인데, 여기에서 어떻게 애정이니 사랑이니 하는 말을 할 수 있겠는가.[89] 노인의 비참한 말로는 무위에 젖은 삶의 당연한 귀결이다. 그리고 이 점은 이 소설의 세계를 끔찍한 지옥으로 만들어주는 두 번째 요소인 불변과 부동의 모티프와 직결된다.

요점부터 말하자면 이 소설에서 그려지는 세계는 전혀 움직임이 없는, 마치 고인 물처럼 썩어가는 세계, 반복과 습관과 무위와 불변에 함몰된 세계다. 노인은 아내에 대한 그리움이 사무쳐서 노쇠의 징후를 보이는 것이 아니다. 그는 아내가 죽기 전이나 후나 똑같이 "아무런 생각이 없이" 먹고 마시고 살 뿐이다. 아내가 죽은 후 그의 먹는 행위가 한결 더 노화되고 조금 더 주접스러워진 것은 사실이지만, 그의 사는 모습 자체에서 달라진 것은 아무것도 없다. 엄밀히 따지고 보면 그는 아내가 죽기 전에도 그런 식으로 살지 않았던가. 화자의 말처럼 그의 삶 전체는 하나의 거대한 습관, 먹고 마시고 자는, 죽음의 순간이 올 때까지 끝없이 반복되는 습관에 불과하다. "과연 열정과 습관 중 무엇이 우리를 더 좌우하는 것일까? 이 오래 지속되고 느리게 진행되며 거의 무감각한 습관에 비교하면 우리의 모든 열정은 유치하게 느껴진다."

부동과 불변은 영지의 상황에서도 그대로 반복된다. 앞에서 얘기했듯이 부인을 여읜 노인은 영지 경영에 대해 철저한 무감각으로 대하고, 그리하여 영지는 황폐 그 자체가 된다. 그 노인마저 세상을 하직하자 "거의 완전히 땅바닥까지 주저앉았던 오두막들은 이제 완전히 무너져버렸다." 그러나 사실 노부부가 살아 있던 때에도 영지는 이 못지않게 엉망이었다. 노부부의 거처도 텃밭도 산림도 전혀 관리가 되지 않은 채 방치되어 있었다. 방마다 크고 작은 그림들이 걸려 있었지만 부부는 "그 그림들이 걸려 있다는 사실조차 잊은 지 오래라서 그림 몇 점이 없어진다 해도 알아차리지 못했을 것이다." 노부인의 방은 정작 본인도 무엇에 쓸 것인지 모르는 채 그냥 모아둔 온갖 허접한 쓰레기, 이를테면 털실 뭉치라든가 낡은 옷 쪼가리라든가, 아니면 무슨무슨 꽃씨라든가 하는 것들로 가득 차 있었다. 그리고 집 안의 문이란 문은 모두 아귀가 맞지 않아 온갖 다양한 삐그덕 소리를 하루 종일 만들어냈다. 게다가 무서운 기세로 몰려드는 파리 떼는 무슨 재난 영화 같은 것을 생각나게 한다.

창유리 위에는 섬뜩한 수의 파리 떼가 무리를 지어 앵앵거리고 있었고, 그 소리는 땅벌 한 마리가 내는 굵은 웅웅 소리에 덮였다가 이따금 말벌 떼의 요란한 윙윙 소리와 합쳐지기도 했다. 이 곤충 떼거리들은 촛불을 켜는 순간 한꺼번에 잠자리를 찾아 나서서 천장을 온통 시커먼 먹구름처럼 덮어버렸다.

요컨대 영지의 상태는 노부부의 죽음을 기점으로 달라진 것이 별로 없다. 조금 더 황폐해지기야 했겠지만 노부부 살아생전에 이미 황폐는 극에 달해 있었다. 약탈도 마찬가지다. 노부부가 죽자 하녀와 하녀장과 마름과 촌장이 마치 시체를 향해 달려드는 까마귀 떼처럼 달려들어 값나가는 물건들은 모조리 약탈해 간다. 그러나 그들은 부부가 살아 있었을 때에도 역시 그랬다. 이 짧은 단편에서 사용인들이 어수룩한 노부부를 속여먹거나 명령을 무시하거나 태만과 게으름으로 일관하는 예는 중간중간 상당히 많이 언급된다.

하녀 방은 어린 처녀와 노처녀들로 가득 차 있었고, 이따금 풀헤리야 이바노브나가 장신구를 좀 만들라거나 나무 열매를 손질하라고 시키면 그들은 대부분 부엌으로 도망가거나 그냥 잠을 자버리는 경우가 많았다. (…)
풀헤리야 이바노브나는 저장용으로 남겨두기 위해서 언제나 필요한 것보다 많이 준비하는 것을 좋아했기 때문에 이 모든 것이 엄청난 양으로 조려지고 절여지고 말려졌다. 만약에 하녀들이 광으로 몰래 숨어 들어가서 나중에 온종일 끙끙 앓는 소리를 하면서 배앓이를 호소할 정도로 엄청난 양으로 배를 채워서 그 절반 정도를 없애지 않았다면 온 마당이 그것들로 넘쳐버렸을 것이다. (…)
농사일, 그리고 안마당 밖에서 벌어지는 영지 살림에 대해서는 풀헤리야 이바노브나가 참견할 여지가 별로 없었다. 마름이 촌장과 작당하여 지독한 방법으로 도둑질을 하고 있었다. 그들은 주인의 숲에 마음대로 들어가 썰매를 잔뜩 만들어서는 가까운 장에 갖다 팔곤 했다.

(…)

마름과 촌장, 이 믿음직한 두 관리인은 밀가루를 모두 주인집 창고에 운반해 놓을 필요성을 전혀 느끼지 못했고 주인에게는 절반만 있어도 충분할 것이라 여겼다. 그뿐 아니라 그 절반마저도 장에 가져갔다가 곰팡이가 피었거나 습기가 찼다는 이유로 팔지 못한 것을 가져다 놓았다.

그러니까 부부가 모두 살아 있었을 때나 한쪽이 죽었을 때나 둘 다 죽었을 때나 달라진 것은 없다는 뜻이다. 영지 살림은 언제나 사용인들 손으로 초토화되었고, 주인 부부는 언제나 무기력과 무위와 무관심과 무감각으로 대처했다는 뜻이다.

불변과 관련하여 한 가지 덧붙일 것은 부부 사이에도, 그리고 사용인들 사이에도 '아이'가 없다는 사실이다. 새로운 생명이 탄생하여 성장한다는 것은 가장 보편적인 변화의 조짐이다. 그런데 이곳에서는 아이들이 태어나지 않는다. 더욱더 이상한 것은 몇 달에 한 번꼴로 하녀들이 임신을 하는데 도무지 아이들은 태어나지 않는 것이다. "원인은 있되 결과는 없는 상황이다."[90)]

농부의 딸들은 집 안에 두고 그 행실을 엄중히 관리해야 한다는 것이 풀헤리야 이바노브나의 지론이었다. 하지만 몇 달을 주기로 처녀 중에 누군가는 꼭 배가 평소보다 불뚝 올라오기 마련인지라 그녀는 깜짝 놀라지 않을 수가 없었다. 더 놀라운 것은 항상 쿨쿨 잠을 자지 않으면 뭔가를 먹고 있는, 맨발에 짧은 회색 연미복 상의를 입고 다니는 심부름하는 소년 외에는 집 안에 장가를 안 든 남자라고는 아무도 없다는 사실이었다.

수태된 아이들의 아버지는 누구이며, 정기적으로 수태되는 생명들은 다 어디로 갔는가에 대해서는 아무런 설명도 없다. 요컨대 '옛 기질의 지주'의 세계는 이성적으로는 아무것도 설명할 수 없는 기괴한 세계다. 여기서는 아무것도 앞뒤가 안 맞는다. 서로 그토록 사랑한다던 노부부 사이에는 음식 말고는 아무런 교감도 없고, 영지는 아무도 돌보지 않지만 그래도 유지가 되고, 여자들은 정기적으로 임신을 하지만 아무도 태어나지 않는다. 한 가지 변함없는 사실은 모든 인물들이 완벽한 무위 속에서 끊임없이 먹어댄다는 사실이다.

이 이야기는 고골의 다른 작품들처럼 범속성의 끔찍함을 보여준다. 고골에게서 범속성은 "예술적 영감의 주된 원천이자 그가 몰아내려 했던 악의 현현이었다."[91] 그렇다. 범속성이 바로 악이었다. 바로 그렇기 때문에 범속함으로 일관된 옛 기질의 지주의 세계는 지옥처럼 느껴지는 것이다. 비천한 하급 관리도 아니고 사기꾼도 아니고 천박한 거짓말쟁이도 아닌, 다름 아닌 온화한 노부부의 삶을 통해 고골은 범속성에 대한 자신의 공포가 얼마나 어마어마한 것인가를 보여준다. 소러시아의 작은 마을에서 평생 먹다가 죽는 부부는 인간의 삶이란 것이 근본적으로 얼마나 범속하고 하찮은가를 웅변적으로 말해 주는 일종의 환유다. 파리 떼가 먹구름처럼 자욱한 영지에서 아무 생각도 없이, 말도 제대로 못 하며, 마구 흘려가며 음식을 입에 처넣는 노인의 모습은 어쩌면 고골이 그토록 벗어나고자 했던 미래의 자아 이미지인지도 모른다. 그 무섭도록 공허한 삶에서 벗어나고자 그는 그 못지않게 무서운 극기의 길로 들어섰다.

앞에서도 얘기했듯이 고골의 마지막 나날들은 끔찍했다. 그는 영혼의 양식을 찾아 육체의 양식을 완강히 거부했다. 그러나 그럼에도 불구하고 그는 어쩌면 아주 불행하지는 않았을지도 모른다. 적어도 그의 최후는 범속하지는 않았을 테니까.

범속한
음식

범속성의 가장 큰 특징이 무의미한 반복
이라면 무엇이고 되풀이되는 것, 반복적으로 진행되는 것은 모두
범속하게 될 가능성이 높다. 인간이 하루 세끼 찾아 먹는 식사가 범
속성의 코드가 되기 쉬운 것은 아마도 이 점에 기인할 것이다. 식사
와 범속성을 연관 지어 설명할 때 빼놓을 수 없는 것은 일상성이다.
러시아어의 일상성('byt')은 원래 아무런 부정적 함의도 지니지 않
는, 말 그대로 일상의 모습을 의미했다. 사전적 정의에 따르면 그것
은 의식주의 필요를 만족시키는 삶의 한 영역을 의미한다. 그러나
일상성이란 것이 오로지 의식주의 필요성만을 만족시키는 삶을 의
미할 때, 즉 그 어떤 정신적이고 영적이고 지적인 추구도 배제한, 오

로지 먹고 입고 자는 행위에만 의미를 두는 삶을 의미할 때 그것은 논란의 여지가 많은 개념이 된다.[92] 일군의 러시아 작가들은 이 일상성을 범속성과 같은 맥락에서 대단히 부정적으로 취급했다. 앞에서 살펴본 고골의 경우 먹고 마시는 행위의 반복으로 점철된 범속한 일상은 거의 악과 마찬가지의 개념이었다.

러시아 최대의 단편 작가이자 극작가인 체호프(A. P. Chekhov, 1860~1904년) 역시 범속한 일상의 모습을 전달했고, 그러기 위해서 빈번히 음식의 코드에 의존했다. 체호프의 거의 모든 작품에서 음식, 식사, 차 마시기 등은 범속한 일상성의 기호라고 단언해도 크게 무리가 없을 것이다.[93] 그러나 고골과 달리 체호프는 영혼의 양식을 위해 육체의 양식을 거부한 것은 아니다. 체호프는 광신적인 그리스도교 신자도 아니었고 도덕에 미친 설교사도 아니었다. 그는 냉정하고 객관적으로 현실을 직시하는 눈과, 그 현실의 핵심을 콕 찍어 표현하는 언어의 소유자였다. 음식이 범속성을 표현하는 데 사용된 코드라 해서 그가 음식 자체를 부정적으로 생각한 것은 아니라는 뜻이다. 그렇기 때문에 똑같이 범속성을 표현하고, 똑같이 음식의 코드를 사용했음에도 불구하고 고골과 체호프는 삶도 작품 세계도 판이하게 달랐다.

우선 체호프는 고골처럼 탐식과 절식 사이에서 찢겨진 채 고통스러워하는 그런 모습은 보여준 적이 없다. 체호프는 음식과 관련하여 완전히 '정상(!)'이었다. "그의 편지들은 그가 건강이 허락하는 한 음식에 대해 당대의 러시아 지식인들과 동일한 입장을 취했다는 것을 말해 준다. 그는 음식을 즐겼고 저녁 식사에는 통상 두 잔의 보드카를 반주로 곁들였다."[94]

음식에 대한 체호프의 기호는 어느 모로 보나 상식적이었다. 그는 적당히 맛있는 음식을 즐겼고 적당히 절제할 줄 알았고, 또 가끔은 스스로 요리를 하기도 했다.[95] 친구들을 초대할 경우 그는 메뉴에 세심한 주의를 기울였고 미리 친구들에게 정찬 메뉴를 적어 보낼 때도 있었다. 예를 들어 1888년 6월 1일 자 메뉴는 "폴란드식으로 조리한 철갑상어 수프, 송로버섯을 곁들인 크림소스 닭고기, 새고기 로스트, 순무 요리, 베사라비아 와인 등등"이었다.[96] 그는 채소와 육류를 골고루 먹었지만, 특히 버섯을 아주 좋아해서 버섯을 따기 위해 며칠씩 숲속을 헤매고 다니기까지 했다. 사할린과 얄타를 여행할 때 쓴 편지들은 그 지방 음식들이 얼마나 형편없는가에 대한 불평으로 가득 차 있었다. 요컨대 체호프는 식생활과 관련하여 세기말 러시아의 평범한 중산층의 관례에서 크게 어긋나지 않았다는 뜻이다.

그의 작품에서 나타나는 범속한 현실 또한 고골의 그것과는 사뭇 다르다. 체호프는 범속성을 악으로 규정하지 않는다.[97] 다음 장에서 자세하게 살펴보겠지만 체호프가 그리는 일상은 물론 지루하고 따분하고 답답하다. 때로 그것은 끔찍하다. 그 끔찍하게 범속한 현실을 읽다 보면 슬그머니 기운이 빠진다. 사람 사는 게 너무 허무하다는 생각이 들어서다. 그러나 그것은 고골의 경우처럼 괴기스럽거나 엽기적이지는 않다. 과장되거나 왜곡되어 있지도 않다. 잔잔하고 따분하고 답답한 현실이 거대한 악의 스케일로 고양되는 적은 한 번도 없다. 물론 그래서 더 리얼하고, 그래서 더 우울하게 여겨지는 일면도 없지 않아 있지만, 어쨌거나 체호프의 범속성은 훨씬 더 현실 친화적이다.

요컨대 체호프에게 음식은 범속성의 기호이지만 반드시 그런 것은 아니며, 또 음식만이 범속성의 기호인 것도 아니다. 음식은 체호프가 생각하는 범속한 삶을 묘사하는 여러 언어 중의 하나다. 다음 장들에서는 음식이 범속성을 말해 주는 몇 가지 구체적인 사례를 살펴보기로 하겠다.

체호프의
사워크림

　　체호프의 단편소설 「국어 선생(Uchitel' slovesnosti, 1894년)」은 중학교 국어 교사인 니키틴을 통해 지방 소도시의 지루한 일상성을 보여준다. 니키틴은 러시아어와 문학을 두루 가르치는 교사인데 그의 꿈은 지방 유지의 딸 마냐와 결혼해서 행복하게 사는 것이다. 마침내 그는 마냐와 결혼해 꿈에도 그리던 행복한 생활에 젖어든다. 그는 아침에 학교에 출근하여 아이들을 가르치고 점심에는 아내가 싸준 도시락을 먹고 저녁에는 퇴근하여 집으로 직행한다. 부부는 식사를 맛있게 하고 담소를 나누고 행복하게 잠자리에 든다. 이렇게 매일매일이 반복된다.

　　그러나 니키틴에게 행복의 이상으로 여겨졌던 삶은 얼마 지나지 않아 그저 범속하고 평범한 일상이 되어버린다. 니키틴은 부지불식간에 일상성의 노예가 되어 다람쥐 쳇바퀴 돌 듯하는 삶을 살고 있는 자신을 발견한다. 게다가 아주 사소한 일이 계기가 되어 자신이 일생의 목표라 생각했던, 심지어 삶의 의미라고 생각했던 결혼까지도 그냥 하찮은 사건에 불과했다는 것을 깨닫는다. 실제로 그가 아내에게 청혼했을 때 아내는 기다렸다는 듯이 승낙을 했다. 체호프는 아주 정교하게 청혼 장면을 이중적으로 만든다. 어찌나 기만적일 정도로 정교한지 자칫하면 독자는 니키틴의 열정과 마냐의 통속성 간의 괴리를 지나쳐버릴 수도 있다.

그는 숨이 가빴고 무슨 말을 해야 할지 몰랐다. 한 손으로는 그녀의 손을 잡았고 다른 한 손으로는 파란 천 조각을 잡았다. 그러나 마뉴샤는 놀라지도 당황하지도 않고 눈을 크게 뜨고 그를 바라보았다.
"괜찮다면……." 니키틴은 그녀가 나가버리지나 않을까 걱정하면서 말을 이었다. "당신에게 할 말이 있어요. …저기… 여긴 거북하군요. 나는 이대로는 견딜 수가 없습니다. …이해하겠어요, 고드프루아. 나는 견디지 못하겠습니다……. 그게 다입니다."
파란 천 조각이 바닥에 떨어졌다. 니키틴이 마뉴샤의 나머지 한 손도 마저 잡았다. 그녀의 얼굴이 창백해지고 입술이 떨렸다. 그리고 뒷걸음치며 니키틴으로부터 떨어져 벽과 장 사이 구석으로 갔다. "정말입니다. 진정으로 그렇습니다……." 그가 조용히 말했다. "마뉴샤, 진정입니다……."

<u>그녀는 머리를 뒤로 젖혔다.</u> 그는 그녀의 입술에 키스했다. 이 키스가 오래되길 바라며 그는 그녀의 뺨에 손을 댔다. 어쩌하다 그도 벽과 장 사이 구석에 서게 되었다. <u>그녀는 그의 목을 끌어안고 그의 턱에 머리를 바짝 들이밀었다.</u> (밑줄은 필자)

당시 통념으로는 미혼의 남자가 어느 집에 드나든다면 그것은 그 집 딸에게 마음이 있다는 뜻이므로 마냐와 그 가족은 필경 니키틴이 청혼하리라는 것을 미리 알고 있었을 것이다. 이 인용문만 보더라도 마냐는 이러한 열정적인 고백의 순간을 예측하고 기다리고 있었음이 분명하다. 밑줄 친 부분에서 알 수 있듯이 그녀는 니키틴을 청혼의 단계에 따라 차근차근 인도해 나간다. 오로지 니키틴만이 청혼과 승낙과 결혼에 이르는 전 과정에 지나치게 낭만적이고 소설적인 의미를 부여했던 것이다. 아무튼 니키틴은 자신과 자신의 아내가 그냥 관례에 따라 결혼했으며, 그 결혼에 일생의 행복을 송두리째 걸 만한 그 어떤 드라마틱한 의미도 있을 수 없다는 사실을 뒤늦게 깨달았다. 그는 어느 날 밤 이 하찮고 무의미한 가정생활에서 눈을 돌려 다른 세계를 바라보기 시작한다.

가정의 고요와 행복에 미소 짓고 있는 램프의 부드러운 불빛 외에도, 그리고 자신과 고양이가 평화롭고 달콤하게 살고 있는 이 작은 세계 외에도 다른 세계가 있다는 생각이 들었다. 그러자 불현듯 그 다른 세계를 열정적으로, 마음이 아프도록 갈구하기 시작했다. (…) 자기 자신을 망각하고, 이 단조로운 개인적인 행복에 무심하게 될 정도로 그를 사로잡을, 그런 무엇인가를 갈구하였다.

이 순간 이후 니키틴은 전과는 완전히 다른 사람이 되어버린다. 다음 날 아침이 되자 그는 자기가 영원히 평온을 잃었고, 이 신혼의 보금자리에서 행복하기는 불가능하다는 것을 자각했다. "환상은 끝났고 개인의 행복이나 평온과는 조화를 이룰 수 없는 새롭고 불안정하고 자각적인 삶이 이미 시작되었다는 것을 그는 깨달았다." 아내와의 삶은 더 이상 달콤하지 않았다. 그는 그토록 사랑스러운 아내에게도 적의를 느낀다. 심지어 때려주고 싶다는 생각까지 한다.

그의 내면에서 일어나는 변화에는 아랑곳없이 주변의 삶은 그냥 그렇게 흘러간다. 상냥하고 가정적인 아내는 여전히 만족한 삶을 만끽하고 있고, 신혼부부를 방문하는 장인과 처갓집 식구들은 여전히 먹고 마시고 산보하고 무의미한 얘기를 지껄이며 즐거워한다. 니키틴은 이 모든 것에 넌덜머리가 난다. 그는 이 놀랍도록 하찮은 공간을 떠나 대도시로 가 홀로 지내는 꿈을 꾼다. 소설은 그러나 여기서 딱 끝난다. 그가 진정 이 답답한 가정의 울타리를 벗어날 것인지, 아니면 그냥 눌러앉아 살 것인지에 대한 어떤 힌트도 없다. 소설은 그냥 그의 절규로 마무리될 뿐이다.

오, 나는 어디에 있는 걸까?! 주위에는 온통 범속함, 범속함뿐이로구나. 따분하고 하찮은 인간들, 사워크림이 담긴 단지들, 우유 항아리들, 바퀴

벌레들, 우둔한 여자들……. 범속함보다 더 무섭고 더 모욕적이고 더 슬픈 것은 없다. 여기를 떠나야겠다. 오늘 당장 떠나야겠다. 안 그러면 난 미쳐버릴 것이다.

니키틴의 절규에서 우리의 주목을 끄는 것은 바로 범속성과 사워크림이 동일 선상에서 언급된다는 점이다. 사워크림은 우유 단지와 따분한 인간들, 우둔한 여자들, 바퀴벌레들과 더불어 범속성의 구성 요소로 제시된다. 사실 러시아 식문화를 잠깐 살펴보면 범속성과 사워크림의 결합이 매우 자연스럽게 여겨진다. 간단히 말해서 사워크림은 러시아 요리 어디에고 사용되는 만능 양념이다. 우유를 발효시켜 만든 이 시큼털털한 맛의 걸쭉한 크림은 야채 수프에도 들어가고 고기 수프에도 들어가고 샐러드에도 들어간다. 만두 위에도 얹어지고 팬케이크에도 얹어지고 디저트 케이크 위에도 얹어진다. 오이와도 어울리고 청어와도 어울리고 버섯과도 어울리고 딸기와도 어울린다.

그러니까 즉 러시아 사람들에게 사워크림이란 한국인들에게 간장이나 된장, 고추장과 같은 의미를 갖는다고 보면 된다. 니키틴의 절규는 조르르 늘어서 있는 된장 항아리, 고추장 항아리, 간장 항아리를 보면서 답답한 일상성을 실감하는 것과 같은 맥락에서 받아들여질 수 있다. 물론 어떤 사람들에게는 사워크림 단지나 된장 항아리가 어머니의 손맛이나 어린 시절 고향 집의 추억을 불러일으키는 기호가 될 수 있겠지만, 적어도 체호프에게 그러한 노스탤지어는 없는 것 같다.

니키틴이 사워크림을 범속성의 기호로 언급하는 것은 다만 사워 크림이 러시아인들의 보편적인 음식이기 때문만은 아니다. 그것은 니키틴과 마냐의 달콤한 결혼 생활을 규정하는 대표 아이템이다. 휴일이면 니키틴은 목가적인 가정생활을 만끽하느라 별로 급하지도 않고 필요하지도 않은 일들, 이를테면 마차를 손보는 일 같은 것들을 한다. 반면에 새색시가 하는 일은 주로 우유를 사용하여 버터니 사워크림이니 하는 것들을 만드는 일이다. "마뉴샤는 세 마리의 암소에서 나오는 우유로 훌륭한 유제품을 만들었다. 그녀의 지하 저장실과 창고에는 버터를 만들기 위해 보관하고 있는, 우유가 담긴 항아리들과 발효 크림이 담긴 단지들이 많이 있었다."

이 신혼부부의 꿈같은 신혼 생활을 하필이면 '사워크림' 만들기를 통해 보여준다는 것은 결코 우연한 일이 아니다. 그것은 니키틴의 꿈같은 행복, 삶의 목표이자 이상이었던 결혼이 사실상 누구나다 먹는 사워크림과 같은 것에 불과함을 노골적으로 말해 주는 아주 잔인한 기호다. 우리 식으로 바꿔 표현하자면 새색시가 메주를 뜨고 된장을 담그는 일로써 신혼 생활을 묘사하는 것과 마찬가지다.

누구나 매일매일 먹는 사워크림이 통속적이고 진부한 일상성의 기호라면 이 소설에는 이와 관련하여 도저히 묵과할 수 없는 인물이 하나 등장한다. 그는 니키틴과 같은 학교에 근무하는 지리 선생으로 이름은 이폴리트다. 이폴리트는 과묵하고 우둔한 인물인데 그가 입을 열 경우에는 언제나 누구나 다 아는 얘기, 아무것도 새로운 것은 없는 얘기만 한다. 이를테면 날씨와 관련하여 그가 하는 말은 이렇다. "지금이 5월이니까 곧 진짜 여름이 올 겁니다. 여름은 겨울과 다르지요. 겨울에는 난로를 때야 하지만 여름에는 난로가 없어도 따뜻하답니다. 여름에는 밤에 창문을 열어놓아도 따뜻하지만 겨울에는 이중창을 해도 춥지요."

그의 말을 읽다 보면 짜증스러워 도저히 참을 수가 없다. 다음의 예들을 보자.

"옷을 입고 자면 안 됩니다. 그러면 옷이 엉망이 되니까요. 반드시 옷을 벗고 침대에서 자야 합니다."

"결혼이란 신중한 문제입니다. 모든 것을 신중하게 고려하고 생각해야지 그렇게 해서는 안 됩니다. 신중할 필요가 있죠. 특히 결혼 문제에 있어서는."

"지금까지 당신은 독신으로 홀로 살았습니다. 그렇지만 지금 당신은 결혼을 했으니 이제 둘이 함께 사는 것입니다."

"음식이 없으면 사람은 살 수가 없습니다."

만일 옹기종기 놓여 있는 사워크림 항아리가 인간으로 변신한다면 아마도 이폴리트처럼 되지 않을까. 누구나 매일 먹는 사워크림, 누구나 다 하는 결혼, 그리고 누구나 다 아는 얘기만 하는 이폴리트는 서로 어우러져 이 범속한 일상성에 일종의 견고성 같은 것을 부여해 준다. 이 세 가지 요소가 결합하여 만들어내는 일상의 철옹성 때문에 니키틴이 아무리 이 범속성에 치를 떨며 거기서 벗어나겠노라 다짐해도 그것이 결코 쉽지는 않을 것 같다는 생각이 드는 것이다.

체호프의
수박

이번에는 체호프의 단편 중에서도 가장 우수한 작품 중의 하나로 평가받는 「개를 데리고 다니는 부인 (Dama s sobachkoi, 1899년)」을 살펴보자. 1899년에 발표한 「개를 데리고 다니는 부인」은 당시 러시아 중산층이 즐겨 찾던 휴양지 얄타에서 스쳐 지나가듯 만나는 두 남녀의 이야기다. 애정 없는 결혼 생활을 하던 정숙한 유부녀 안나는 홀로 휴양지를 찾았다가 구로프라는 바람둥이 유부남을 만나 애정을 나눈다. 휴가가 끝나자 두 사람은 아무 일도 없었다는 듯이 각자 자신의 일상으로 돌아간다. 그러나 구로프는 안나를 잊지 못해 그녀를 다시 찾고 두 사람 사이에는 진정한 사랑과도 비슷한 새로운 연애 감정이 불붙는다. 그리고 여느 작품과 마찬가지로 이 작품도 딱 거기까지만 이야기를 하고 끝이 난다. 두 사람이 앞으로 각자 가정을 정리하고 새살림을 차릴 것인지, 아니면 하는 수 없이 다시 가정으로 돌아갈 것인지에 관한 어떤 힌트도 없다.

이 소설은 처음부터 톨스토이의 『안나 카레니나』를 연상시킨다. 여주인공의 이름이 안나라는 것도 그렇지만, 원래 정숙했던 유부녀가 외간 남자를 만나 가정을 버리고 불륜을 저지른다는 설정은 누가 보더라도 『안나 카레니나』를 밑바닥에 깔고 있다는 게 분명하다. 게다가 여주인공이 자기 남편을 가리켜 성실하지만 일만 아는 하인이라 칭할 때는 안나 카레니나의 남편 카레닌이 바로 연상된다. 체호프는 톨스토이를 존경하고 있었으므로 톨스토이의 스토리를 악의에 가득 차 패러디했을 것 같지는 않다. 그렇다고 거장의 대작에 대한 오마주 같지도 않다. 그렇다면 이 소설은 독자에게 어떤 메시지를 전하는가? 체호프의 의도는 무엇인가?

체호프 연구자들은 대체로 이 소설의 마지막 부분에 체호프의 의도가 집약되어 있다고 본다. 즉 그들은 뻔한 불륜 사건이 주인공들의 각성 덕분에 의미 있는 사랑의 가능성으로 변모한다는 데 관심을 모은다. 여주인공도 남주인공도 진정한 사랑에 눈을 뜨고 앞날을 기약하는 마지막 장면에서 일종의 반전을 읽어내는 연구자들도 있다.[98] 물론 그럴 수도 있고 아닐 수도 있다. 문제는 진부한 사랑의 반전을 통해 앞날의 희망 같은 것을 전달하는 것이 과연 체호프의 의도였을까 하는 점이다.

196

이 소설은 셰스토프(L. Shestov)가 규정했던 체호프의 세계, 즉 "희망 없음과 실존적 공허감"에서 크게 벗어나지 않는다.[99] 체호프는 거장 톨스토이가 장대한 서사적 스케일로 그려놓았던 '불륜 사건'을 중산층의 일상적인 일탈로 축소했고 톨스토이가 전달한 거창한 도덕적 메시지를 아예 '제로 메시지'로 돌려버렸다. 체호프식 스토리텔링의 주된 전략인 "최대의 것을 최소화하기(minimizing the maximum)"가 이 소설에도 도입된 것이다.[100] 이 "최대의 것을 최소화하기" 전략을 통해 체호프는 범속성의 극한을 보여준다. 안나와 구로프의 연애는 끝없이 진부하고 끝없이 따분하고 끝없이 범속한 삶의 한 부분이다. 요컨대 체호프의 관심사는 사랑이 아니라 범속성이라는 얘기다.

두 사람의 사랑이 진부한 것이냐 아니냐, 마지막 부분에서 암시되는 진정한 사랑의 가능성이 실현될 것이냐 아니냐, 두 사람의 불륜이 도덕적으로 허용될 수 있는 것이냐 아니냐 등등은 사실상 별로 중요한 것이 아니다. 아니 중요하다고 하더라도 이 짧은 단편에서 체호프가 그것을 논하려 시도했을 리는 없다. 이 소설에서 불륜은 누구나 다 하는 것, 일상에서 다반사로 일어나는 어떤 것이다. 『안나 카레니나』가 연상되지만 그것을 패러디하지 않는 이유는 체호프에게는 불륜, 혹은 남녀 간의 연애에 관해 윤리적인 측면에서 왈가왈부할 의사가 없기 때문이다.

체호프가 이 소설에서 말하고자 하는 것은 사랑의 범속성이다. 그렇기 때문에 사랑과 관련한 모든 것이, 이를테면 인물, 사건, 배경

모두가 대단히 통속적이다. 구로프는 19세기 말 중산층 러시아인들이 가장 애용하는 휴양지인 얄타에 2주째 묵고 있다. 그는 모스크바에 집이 있고, 자기보다 더 늙어 보이는 속물스러운 아내와 살고 있고, 아내를 전혀 사랑하지 않으며, 꽤 오래전부터 습관적으로 다양한 여자들과 바람을 피워오던 중이다. 구로프와 관련하여 참신한 것, 새로운 것, 눈길을 끄는 것은 아무것도 없다. 그는 평균적인 러시아 남성이며, 중년이며, 중산층이며, 평균적인 러시아 남자답게 바람을 피우고 있으며 평균적인 러시아 사람이 즐겨 찾는 평균적인 휴양지에 머무르고 있다. 소설에서는 그의 외모에 대한 언급조차 없다. 얄타 또한 평균적인 휴양지이며, 또 평균적인 휴양지답게 따분하다. 호텔 방은 무덥고 거리는 먼지투성이이며 바람이 몰아칠 때면 모자들이 굴러다닌다.

이곳에 어느 날 '개를 데리고 다니는 부인'이 나타난다. 이름이 안나인 이 젊은 부인은 홀로 개를 끌고 다니는데 어딘지 모르게 미숙하고 어리숙해 보인다. 그래서 그동안 닳고 닳은 여자들에 대해 내심 식상해 있던 구로프는 그녀에게 흥미가 생긴다. 무슨 큰 열정 같은 것이 있었던 것은 아니다. 단지 조금 색다르다는 것에 호기심이 동했던 것이다. 게다가 얄타에서는 하룻밤의 정사라는 것이 일종의 관례처럼 되어 있다. 많은 관광객들이 뜨내기처럼 찾아와 이름도 모르는 이성과 짧은 연애를 하고 다시 일상으로 돌아간다. 이러한 "관례에 따라" 구로프는 안나에게 접근하고, 마침내 두 사람은 안나의 호텔 방으로 간다. 그런데 다른 여자들과 달리 안나는 이러한 정사를 특별하고 심각하게 생각하고 자신이 큰 죄를 지은 듯한 태도를 취한다. 그런 모습이 구로프에게는 "기이하고 어색하게" 보인다. 이런 식의 태도에 준비가 되어 있지 않았던 구로프는 테이블 위에 놓여 있는 수박을 먹는다.

> 호텔 방의 테이블 위에는 수박이 놓여 있었다. 구로프는 한 조각을 잘라서 천천히 먹기 시작했다. 침묵 속에서 반 시간 이상이 지났다.

이것은 정말로 잊을 수 없는 대목이다. 아무리 두 사람의 관계가 관례에 따른 통속적인 불륜이기로서니 하필이면 수박이란 말인가. 하고많은 과일 중에 왜 하필이면 수박인가. 두 남녀가 호텔에 들어 정사를 벌이려는 마당에 남자가 수박을 먹는다는 것은 정말로 대단한 발상이다. 남녀의 사랑을 위한 과일, 로맨스를 위한 소도구로서의 과일, 그러니까 일종의 '에로틱한' 과일은 얼마든지 있다. 색깔과 모양이 예쁜 체리, 딸기, 포도, 아니면 하다못해 금단의 열매인 사과 정도는 마련되어야 하지 않겠는가. 그런데 수박이라니. 수박은 깔끔한 과일이 결코 아니다. 물이 뚝뚝 흐르고 씨를 툭툭 뱉어가며 먹어야 한다. 연애 중인 남녀가 우아하게 입속에 쏙 집어넣어 오물오물 먹는 과일이 아니다. 게다가 그런 수박을 통째로 칼과 함께 테이블에 갖다 놓은 것을 보니 이 호텔은 고급과는 거리가 있어 보인다. 고급 호텔이라면 수박을 잘 잘라서 씨를 발라 과일 칵테일을 만들어 먹기 좋게 서빙했을 것이다.

수박과 관련해서는 할 말이 더 있다. 수박은 얄타 지방의 특산물이다. 그 지방에서 가장 흔하고 가장 싼 과일이 수박이다. 중년의 중산층 남자가 평균적인 휴양지의 평균적인 호텔 방에서 흔하디흔한 과일을 잘라 먹는 상황에서 무슨 그렇게 대단한 사랑을 기대할 수 있겠는가. 아니나 다를까, 이 상황에서 여자가 지껄이는 얘기는 너무나 진부해서 들어주기가 민망할 정도다.

"제가 무엇으로 변명하겠어요? 저는 천하고 나쁜 여자인 걸요. 저 자신을 경멸하는데 뭘 변명하겠어요. 저는 남편이 아니라 저 자신을 배반한 거예요. 지금뿐 아니라 오래전부터 그랬죠. 제 남편, 그래요, 정직하고 선량한 사람이죠. 하지만 하인인 걸요! 그 사람이 무슨 일을 어떻게 하는지 저는 몰라요. 하지만 그 사람이 하인 같은 사람이란 것만은 알죠. (…) 당신은 이해하지 못하시겠죠. 하지만 맹세코, 저는 더는 견딜 수가 없어, 무슨 일이라도 벌일 것 같아, 어떻게 할 수가 없어, 남편에게 아프다고 말하고 이곳에 온 거예요. 여기서 정신없이 미친 듯이 걸어 다녔죠. 보세요, 저는 저속하고 타락한 여자가 되어버렸어요. 누구나 경멸해도 되는 그런 여자가." 구로프는 이내 듣는 일이 지루해졌다. 이 자리에 어울리지 않는 갑작스러운 참회. 그리고 그 순진한 말투가 그를 짜증나게 했다.

구로프가 짜증을 내는 것은 당연하다. 안나는 이 누추한 호텔 방에서 마치 책을 읽듯 진부한 이야기를 늘어놓고 있다. 감상주의 소설 속에 등장하는 순진한 처녀가 순결을 잃고 뇌까리는 참회의 넋두리처럼 들린다. 기묘하게 앞뒤가 안 맞는 대사다. 요컨대 안나의 순진함은 진부함의 또 다른 버전일 뿐이다. 안나의 넋두리와 구로프의 수박은 정말로 잘 어울리는 한 쌍의 기호들이다. 진부하게 순진한 여자와 진부하게 통속적인 남자는 그 뒤로도 계속해서 진부한 연애를 한다. 드라마틱한 열정도 없고, 감정의 승화도 없고, 속 깊은 대화도 없고, 그렇다고 해서 육체적인 무슨 쾌락도 없는, 그야말로 지리멸렬하기 짝이 없는 그런 관계가 지속된다.

두 사람이 얄타 근교의 해안 도시에 갔을 때 바라보이는 풍경은 이 소설에서 체호프가 전달하려고 하는 핵심 메시지를 담고 있다. 이 대목에서 화자는 내레이션을 멈추고 갑자기 체호프 자신이 된 듯 심각하게 인생의 허무를 이야기한다.

새벽안개 속에서 어렴풋이 얄타가 보이고 산 정상에는 흰 구름이 걸려 있었다. 나뭇잎 하나 흔들리지 않았고 매미들이 울고 있었다. 아래에서 들려오는 단조롭고 공허한 바닷소리가 우리 모두를 기다리고 있는 영원한 잠, 평온에 대해 말하고 있었다. 그렇게 아래에서는 바닷소리가, 이곳에 아직 얄타도 오레안다도 없었던 때에도 울렸고 지금도 울리고 있고 우리가 없어진 후에도 똑같이 무심하고 공허하게 울릴 것이다. 어쩌면 바로 이 변화 없음에, 우리 개개인의 삶과 죽음에 대한 완전한 무관심에 비밀이 담겨 있는지도 모른다. 우리의 영원한 구원에 관한, 지상의 삶의 끊임없는 운동에 관한, 완성을 향한 부단한 움직임에 관한 비밀 말이다.

항구하게 반복되는 밀물과 썰물처럼 구로프와 안나는 만나고 헤어진다. 그들의 이별 장면 역시 여느 불륜 커플의 이별 장면과 별반 다를 것이 없다. 그녀는 말한다. "저는 떠나야 돼요. 그럴 수밖에 없는 운명이니까요." 기차가 출발하기 직전에 그녀가 하는 말 역시 다른 사람들이 하는 말과 크게 다르지 않다. 즉 별다른 의미가 없다는 뜻이다. "당신을 생각하게 될 거예요. ……잊지 못할 거예요. 안녕히 계세요. 잘 지내시길 빌겠어요. 제가 좋은 기억으로 남길 바라요. 우리는 영원히 헤어지는군요. 하기야 그래야 하겠죠. 다시는 만나서는 안 되니까. 그럼 안녕히 계세요."

이 단편소설의 전반부는 이렇게 끝난다. 그런데 이렇게까지 범속한 연애 사건의 후반부에서는 반전이 일어난다. 두 사람 사이에 무언가 진짜 사랑 같은 것이 싹트는 것이다. 그러나 따지고 보면 이 반전이란 것도 사실은 예측된 반전이기는 하다. 무언가 반전이 예비되어 있지 않다면 굳이 후반부가 있을 까닭이 없다. 음식을 가지고 말하자면 소설의 전반부가 수박으로 설명될 수 있다면 후반부는 철갑상어로 설명된다. 가장 싸고 흔한 수박 대신 후반부에서는 비싸고 고급스러운 철갑상어가 등장한다. 철갑상어 이야기는 다음 장에서 이어진다.

체호프의
철갑상어

여름은 끝났다. 휴양지의 연애도 끝났다. 안나도 구로프도, 그리고 얄타에 놀러 왔던 사람들도 모두 자신의 일상으로 돌아간다. 이것으로 끝일 줄 알았는데 구로프에게 이상한 일이 생긴다. 그는 안나를 잊을 수가 없다. 어떻게 된 영문인지 자기도 모른다. "눈을 감으면 그녀가 생생하게 보였다. 이전보다 더 아름다웠고 젊었으며 사랑스러웠다. 그 자신도 얄타에 머물 때보다 더 멋진 듯했다." 그리하여 앞에서도 잠깐 언급했듯이 그는 안나와 다시 만나 밀회를 갖는다. 그리고 두 사람은 서로를 진심으로 사랑하기 시작한다.

러시아적인 범속성을 예리하게 파헤친 스베틀라나 보임(S.

Boym)은 바로 이런 점 때문에 이 소설을 "범속성에 관한 담론의 재평가"라 칭한다.[101] 그녀는 이 소설이 통속적인 로맨스가 아니라 다정하고 따사로운, 열린 엔딩의 러브 스토리로 마무리된다고 본다.

그러나 체호프가 사용하는 몇 가지 디테일은 이러한 해석을 의심스럽게 만든다. 주지하다시피 체호프에게 사소한 소재들, 사소한 디테일은 스토리 구성의 필수적인 원칙이다.[102] 이 소설에서도 체호프는 철갑상어와 잉크스탠드와 회색 모포를 통해 두 인물 간에 재개된 진실한 사랑의 감정 역시 진부한 일상의 일부분임을 보여준다. 우선 철갑상어부터 살펴보자.

구로프는 모스크바 집에 돌아와서도 안나를 잊지 못한다. 그런데 이것이 조금 이상하다. 구로프와 안나 간에 얄타에서 있었던 정사는 앞에서 언급했듯이 그저 고만고만한 일탈이었다. 따라서 구로프가 안나를 잊지 못하는 것은 앞뒤가 안 맞는다. 구로프 역시 이 점을 이상하게 생각한다. 자기와 안나 사이에 무언가 낭만적인 것이 있기나 했는지, 자신이 사랑을 하긴 한 것인지 도통 알 수가 없다. 그는 누군가에게 자신의 연애담을 털어놓고 싶어진다. 그래서 그는 카드놀이를 같이한 동료에게 얄타에서 아주 매력적인 여성과 알게 되었노라고 털어놓는다. 그런데 상대방은 거기에 대해서는 아무 대꾸도 없고 뚱딴지같이 "조금 전 당신이 한 말이 옳았어요. 그 철갑상어 요리는 냄새가 좀 났어요"라고 대꾸한다.

구로프가 속한 세계에서는 휴양지에서의 연애 사건이란 약간 맛이 간 철갑상어 요리나 마찬가지란 뜻이다. 바로 이 대목에서 구로프는 화가 확 치밀어 오르며 각성 비슷한 것을 한다. "정말 의미 없는 밤들, 흥미도 가치도 없는 나날들이다! 미친 듯한 카드놀이, 폭식, 폭음, 끝없이 이어지는 시시한 이야기들, 쓸데없는 일과 시시한 대화로 좋은 시간과 정력을 빼앗기고 남는 것은 꼬리도 날개도 잘린 삶, 실없는 농담뿐이다. 정신병원이나 감옥에 갇힌 듯 벗어날 수도 도망칠 수도 없다!"

19세기 말을 기준으로 했을 때 철갑상어는 고급 요리에 속한다. 그러나 그렇다고 해서 최상류층만이 먹을 수 있는 희귀성 요리는 아니다. 중산층 정도면 클럽이나 레스토랑에서 쉽게 먹을 수 있는 그런 요리다. 게다가 냄새가 좀 나는 것을 보니 상등품은 아닌 것 같다. 상하기 직전의 생선 요리와 얄타에서의 낭만적 일탈의 동질성은 구로프가 속한 세계의 적당히 통속적이고 적당히 타락한 분위기를 말해 준다. 구로프가 화를 내는 것은 상대방의 표현이 모욕적이어서 그런 것도 있지만, 그보다는 실제로 그 자신도 바로 이러한 분위기에 젖어 살아왔기 때문이다. 맛이 약간 간 철갑상어는 그가 얄타에서 먹었던 수박의 모스크바 버전이다.

이때부터 구로프는 삶에 염증을 느끼기 시작한다. 직장에서의 일도 귀찮고 아이들도 귀찮고 그냥 매사가 귀찮다. 무슨 대단한 각성을 경험해서 그런 것은 아니다. 톨스토이나 톨스토이가 그린 도덕적 주인공들이 그러했듯이 어마어마한 도덕적인 거듭나기를 겪고 있는 것도 아니다. 방탕과 폭음과 폭식과 놀음으로 점철된 허접한 삶에 구로프는 넌덜머리를 내고 있지만 지각변동과도 같은 뼈

아픈 반성을 하고 있는 듯 보이지는 않는다. 그는 그저 그 나이 또래 남자들이 늘 그렇듯 중년의 위기를 겪고 있을 뿐이다! 그리고 중년의 위기를 겪으면서 일부 남자들이 그러하듯 그는 무언가 신선한 자극, 이를테면 젊고 참신한 여성을 그리워하고 있는 것뿐이다. 그게 다.

그러므로 이후 구로프가 안나의 집이 있는 지방 소도시를 찾아가고 그녀와 재회하고 밀회를 거듭하고 하는 것은 모두 지극히 진부하고 통속적인, 중년의 위기를 겪는 남자들이 으레 저지르는 통과의례처럼 보인다. 거기에다가 굳이 정신적인 무슨 의미 같은 것을 부여할 여지는 거의 없다. 두 남녀의 사랑을 참된 사랑 어쩌고 하며 미화할 이유도 별로 없다. 구로프는 머리가 세기 시작한 지금 진심으로 생전 처음 누군가를 사랑하게 되었다고 확신한다. 그러나 그런 확신은 늙어가는 뚱뚱보 아내와의 가정생활에 신물이 난 대부분의 중년 남자가 자기보다 스무 살 어린 여자를 만날 때면 늘 하는 것 아닐까.

소설의 후반부에서 그려지는 두 남녀의 재개된 사랑이 범속성 이상이 결코 아님은 구로프의 호텔 방에서 다시 한 번 확인된다. 그는 안나가 살고 있는 소도시에서 가장 좋은 호텔 방을 잡는다. 그런데 그 가장 좋은 호텔 방이라는 것이 싸구려 모텔 수준이다. 바닥에는 군복 천으로 만든 회색 카펫이 깔려 있고 탁자 위의 잉크스탠드는 먼지로 인해 회색빛이다. 게다가 "잉크스탠드에 장식된 말 탄 기수의 상은 목이 떨어져 나간 채 모자를 든 손을 치켜들고 있었다."

참으로 기운 빠지게 하는 풍경이다. 더 이상 무슨 말이 필요하겠는 가. 이 세상에 태어나서 처음으로 하는 진정한 사랑을 위한 호텔 방 치고는 정말 너무 누추하다. 이 소설을 설명하면서 나보코프 역시 바로 이 잉크스탠드에 주목한다. 그의 표현을 빌려 말하자면, 이 잉 크스탠드는 "진정한 문학 속에서 아무것도 아닌 것이자 모든 것인" 사물이다.[103]

이것뿐이 아니다. 이어지는 대목에서도 체호프는 계속 회색 빛 깔과 싸구려 물건과 '평균적임'을 언급함으로써 두 사람의 사랑이 펼쳐지는 배경을 암울하고 께느른하고 진부하게 만든다. 안나의 집 앞에는 못질을 한 회색 울타리가 처져 있고, 안나는 회색 드레스 를 입고 있으며, 구로프는 호텔 방에서 "회색의 싸구려 모포가 덮 인 침대"에 걸터앉아 짜증을 부린다. 그가 안나를 만나기 위해 달려 간 극장에서는 보잘것없는 오케스트라와 이류급 바이올린 주자가 연주를 한다. 구로프와 만났을 때 안나가 하는 말 역시 싸구려 소설 책의 대사 수준을 벗어나지 못한다. "저는 언제나 당신을 생각했어 요. 당신 생각으로 살았어요. 그렇지만 잊으려, 잊으려 했는데 도대 체 왜 오셨어요?" "저는 행복했던 적이 없어요. 지금도 불행하지요. 그리고 앞으로도 절대 행복하지 못할 거예요. 절대로! 더 이상 저를 괴롭히지 말아주세요!"

이런 식으로 두 사람은 극장에서 재회한 뒤 밀회를 계속한다. 소 위 이중생활이 시작된 것이다. 화자는 구로프의 이중생활을 공적 인 생활과 비밀스러운 생활로 나누어 설명한다. 그의 가식과 껍데

기만 남은 삶이 공개되는 것은 공적인 삶이고, 그가 정직해질 수 있는 삶은 비밀스러운 삶이다. 비밀스러운 삶은 "소중하고 흥미로우며 반드시 있어야만 하는 삶"이다. 상당히 쾌씸하게 들리는 대목이다. 그는 비밀스러운 삶 속에서는 스스로에게 정직할 수 있다지만, 어쨌거나 그는 가족과 아내의 눈을 속이며 다른 여자와 연애를 하고 있는 것이다. 폭음과 놀음과 허위로 얼룩진 삶이 혐오스러운 것이라면, 그것을 견딜 수 없어 싸구려 모텔 방에서 젊은 여자와 뒹구는 것 역시 혐오스럽다. 아니, 후자는 전자의 연장이자 전자의 일부분이다. 그와 안나의 밀회는 "냄새나는 철갑상어, 망가진 잉크스탠드, 회색 모포가 덮인 싸구려 침대, 이류급 바이올린 주자"를 통해 전달되는 것 그 이상도 이하도 아닌, 범속성 그 자체다.

소설의 마지막 부분에서 두 사람이 몰래 만나는 장면은 얄타에서의 호텔 방 장면과 놀랍도록 유사하다. 얄타에서 안나가 눈물을 흘리며 지루한 넋두리를 하는 동안 구로프는 기다리면서 수박을 먹었다. 모스크바 호텔 방에서도 안나는 눈물을 흘린다. 그리고 그는 역시 기다린다. 이번에는 기다리면서 차를 마신다.

그녀는 우느라 말을 할 수 없었다. 몸을 돌려 손수건으로 눈을 가렸다. '울라고 내버려둬야지. 앉아서 기다리면 돼.' 그렇게 생각한 그는 안락의자에 앉았다. 잠시 후 그는 벨을 눌러 차를 주문했다. 그가 차를 마시는 동안 그녀는 창문을 향해 서 있었다.

그는 문득 호텔의 거울에 비친 자기 자신의 모습을 보고 절망한다. 머리는 세기 시작했고 최근 들어 한층 더 나이 들고 추해 보이는 중년 남자의 모습이 눈에 들어온다. 그는 여자에게 연민을 느낀다. "분명히 곧 자신의 삶처럼 시들고 바래질 이 생명에 그는 연민을 느꼈다." 요컨대 두 사람은 다시 만난 뒤 참된 사랑을 찾은 듯이 보이지만 사실상 달라진 것은 아무것도 없다. 그리고 어쩌면 앞으로도 별로 달라질 것은 없을 것 같다. 끝없이 되풀이되는 범속한 현실만이 있을 뿐이다. 두 사람이 진짜로 사랑에 빠진 것일 수도 있다. 그러나 문제는 그러거나 말거나 그것이 별로 크게 중요하게 느껴지지 않는다는 점이다. 그리고 중년의 나이에 젊은 여자에게서 참된 사랑을 찾았다고 확신하는 구로프의 삶이 전혀 긍정적으로 보이지 않는다는 점이다. 두 사람은 늙어갈 것이고, 누추한 호텔 방에서 정기적으로 만나 '참된 사랑'을 확인할 것이고, 그 확인하는 행위마저도 시간이 흐르면 매력을 상실할 것이다.

많은 연구자들이 이 소설의 후반부를 긍정적으로 해석한다. 어떤 연구자는 거기서 사랑에 빠진 사람의 시선, 시적임, 다정하고 부드러운 색조를 읽어내고,[104] 또 어떤 연구자는 파괴될 수 없는 희망을 읽어낸다.[105] 그러나 이제까지 살펴보았듯이 그런 주장에 대한 근거는 희박하다. 반복해서 말하지만 이 소설은 전반부건 후반부건 모두 철저하게 산문적이고 상투적이고 회색빛이다. 이것은 범속성에 관한 가슴 시리도록 아픈 보고서다.

육식과
채식[106)

이 책의 I부 말미에서 우리는 톨스토이가 프랑스 요리와 프랑스적인 모든 것을 얼마나 혐오했는가를 살펴보았다. 그런데 만년의 톨스토이는 프랑스적인 것뿐 아니라 요리라는 것 자체를 혐오했다. 고골과 체호프에게서 음식이 범속한 현실을 전달하는 언어였다면 톨스토이에게서는 도덕을 설교하는 언어로 작용한다. 그에게 소박한 음식은 선의 언어였고 정교한 요리는 악의 언어였다. 요리는 육체의 양식이었고 도덕은 영혼의 양식이었다. 그가 중년 이후 채식주의자가 되었다는 것은 널리 알려진 사실이지만 음식에 대한 톨스토이의 '이념'은 채식과 육식의 대립을 넘어선다.

톨스토이는 여러 저술을 통해 채식의 중요성을 강조했지만 그가 채식 자체를 본격적으로 다룬 것은 「첫걸음(Pervaia stupen', 1892년)」이라는 제목의 에세이다. 「첫걸음」은 원래 19세기 영국 인문주의자 하워드 윌리엄스(Howard Williams)가 쓴 『다이어트의 윤리(The Ethics of Diet, 1883년)』의 러시아어 번역본을 소개하는 일종의 '서문'으로 기획되었다. 『다이어트의 윤리』는 헤시오도스에서 쇼펜하우어에 이르기까지 고금의 사상가 및 작가들이 육식의 폐해에 관해 쓴 글을 모은 책으로 런던에서 출간되자마자 채식주의자들의 열렬한 호응을 얻었다. 이전부터 "사람은 누구나 엄격한 식생활을 해야 한다. 음식에 관한 책이 필요하다"라고 생각했던 톨스토이는 1891년에 이 책을 읽고 그 내용에 깊이 공감하여 러시아어 번역을 기획하는 동시에 미리 서문을 집필했다. 그러나 여러 가지 사정으로 인해 번역 작업이 차일피일 미루어지자 톨스토이는 1892년에 서문만을 독립적인 에세이 형식으로 발표했고, 그 이후 「첫걸음」은 채식주의 고전 중의 하나로 읽히기 시작했다.

「첫걸음」의 취지는 세 가지로 요약된다. 첫 번째는 윌리엄스처럼 도축을 반문명적인 행위라 규탄하는 것이다. 사실 그가 채식 관련 저술을 수집, 편찬한 이유는 도축의 "잔인성과 야만성, 죄스러운 생명의 낭비, 그리고 도덕을 문란케 하는 영향력"을 독자에게 알리기 위해서였다.[107] 톨스토이의 채식주의 역시 어느 정도는 윌리엄스의 입장에 동조한다. 그의 채식주의 저변에는 반폭력, 반살생의 인도주의가 깔려 있다는 것이 연구자들의 생각인데, 톨스토이가 육

식을 중단한 것과 사냥을 중단한 것은 거의 같은 시기라는 사실이 그 주장을 뒷받침해 준다.[108]

두 번째는 채식을 통한 금욕주의의 확산이다. "금욕주의와 자기 완성에 대한 톨스토이의 끈질긴 추구라는 맥락 없이는 그의 채식주의를 제대로 논할 수 없다."[109] 육식과 정욕의 동일시는 톨스토이의 저술 곳곳에서 발견된다. 유독 정욕이 넘쳐흐르는 인물들(그러니까 나쁜 인간들)만이 고기를 마구 먹는다. 정욕을 다스리기 위해서는 육식을 중단해야 한다.『크로이체르 소나타』는 육식과 육욕의 상관성을 명료하게 설명한다.

사실 별로 일도 하지 않으면서 많은 음식을 먹는 것은 육정을 체계적으로 자극하는 것과 다를 바 없지요. (…) 올봄에 우리 집 부근에서 농부들이 철로 기반을 다진 적이 있었습니다. 보편적인 농부의 음식은 흑빵, 크바스, 그리고 양파입니다. 평범하지만 이걸 먹고 농부는 생기를 얻고 민첩하고 건강하게 농사일을 하지요. 철로 일을 하면 죽과 400그램가량의 고기를 제공받습니다. 대신 근 500킬로그램이나 나가는 손수레와 16시간 동안 씨름해야 합니다. 딱 알맞은 양이지요. 그런데 우리는 어떻습니까? 저마다 800그램가량의 쇠고기와 야생의 새고기, 그리고 열량이 풍부한 온갖 음식과 술을 먹어대니 그게 다 어디로 가겠습니까? 정욕이 넘치는 거죠. 그리고 한 번 그리로 향하게 되어 안전판이 열리면 만사형통이죠.

물론 육식이 정욕과 연관된다는 것은 톨스토이만의 생각은 아니다. 어느 문화권에서든 남성의 시각에서 여성을 '맛있는 음식', 즉 집어삼키는 음식으로 간주하는 관례는 여러 연구자들이 이미 지적한 바 있다. "음식은 오감 중의 네 가지 감각, 즉 시각, 촉각, 미각, 후각에 호소한다. 잘 치장한 여성 역시 눈을 즐겁게 하고, 기분 좋게 만져지고, 그 향기는 코를 자극하며, 딸기 맛이 나는 립스틱을 바른 입술은 혀에 관능적인 맛을 선사한다. (…) 여성과 음식이 중첩될 수 있다면 먹는 행위와 섹스 또한 중첩될 수 있다."[110] 어떤 연구자는 아예 육식을 '성의 정치학'이라 규정하기도 한다. "고기는 동물과 여성을 지배당하고 먹히는 대상으로 삼는 성의 정치학을 대표한다."[111]

「첫걸음」의 세 번째 취지는 완덕의 성취다. 사실 이것이 이 에세이의 가장 중요한 메시지이자 톨스토이가 주장하는 바의 핵심이다. 완덕에 이르기 위해서 인간은 가장 저급한 단계의 덕부터 완성해야 하는데, 음식은 이 가장 저급한 단계의 덕과 연관된다. 만일 인간이 먹는 것을 절제하지 못한다면 그는 다른 것도 절제하지 못하며, 결국 인생 자체를 망가뜨리게 된다는 것이 톨스토이의 생각이다. 육식을 자제하고 소박한 채식 위주의 식생활을 한다는 것은 완덕에 이르는 '첫걸음'이다. 그러니까 이 에세이는 단순히 고기를 먹을 것이냐, 야채를 먹을 것이냐의 문제가 아닌, 그보다 훨씬 포괄적인 '어떻게 먹어야 잘 사는 것인가'에 대한 탐구이며, 그 탐구의 끝은 결국 톨스토이의 도덕론 전체와 맞물리게 된다.

니키티나(N. A. Nikitina)에 의하면, 톨스토이는 젊은 시절 파리의 유명한 레스토랑을 두루 섭렵했다. 파리의 최고급 식당인 "필리프 레스토랑(Restaurant Philippe)", "위대한 위장 클럽(Club des Grands Estomacs)", "파리의 쾌락(Les Plaisires de Paris)", "맹인 카페(Cafe de Aveugles, 장님 악사들이 연주하기 때문에 이런 이름을 가지게 되었다)" 등등이 그가 즐겨 찾았던 고급 식당이다. 그는 맛있는 음식을 탐했을 뿐만 아니라 언제나 엄청난 양의 음식을 소화해 낼 수 있었다. 그는 항상 굶주린 사람처럼 너무 빨리, 너무 게걸스럽게 먹어대곤 했다. 나이 마흔에 치아를 다 잃고 나서도 여전히 빨리 많이 먹었다. 의사들은 그가 제 나이에 걸맞지 않은 식생활을 하고 있다고 우려했다. 한번은 건장한 성인 두 명이 배불리 먹을 수 있을 만큼의 팬케이크를 먹고 병이 난 적도 있다.[112]

그러니까 톨스토이는 미식가이자 대식가이자 탐식가였다는 얘기인데, 아이러니하게도 「첫걸음」은 바로 이 미식, 대식, 탐식에 대한 비난으로 가득 차 있다. 「첫걸음」은 사실 채식을 촉구하는 글이 아니다. 그것은 고기로 만들어진 음식뿐 아니라 온갖 종류의 아름다운 음식, 치장된 음식, 공들인 음식, 맛있는 음식의 해악 및 그것에서 출발하는 인간의 도덕적 해이를 규탄하는 글이다. 설령 야채와 과일로만 조리된 음식이라 할지라도 그것이 정교한 조리 과정을 거친 것이라면 톨스토이의 분노를 자극했다는 뜻이다. 다음 장에서는 「첫걸음」에서 톨스토이가 주장하는 바의 완덕에 이르는 길을 음식의 코드로써 풀어보자.

완덕에 이르는
식사

「첫걸음」에서 톨스토이가 전달하고자 하는 절제의 미덕은 크게 두 가지로 나누어진다. 첫 번째는 완덕을 향한 첫걸음으로서 음식을 절제하는 일이고, 두 번째는 쾌락으로서의 식사를 중단하는 일이다. 그런데 이 두 가지는 각각 독자적인 일이 아니다. 그것들은 서로 연결되어 있으며, 또한 음식 자체의 경계를 넘어 올바른 삶이라고 하는 전반적인 콘텍스트와도 연결된다. 두 경우 모두 육식이냐 채식이냐는 가장 중요한 이슈가 아니다.

우선 절제의 미덕부터 살펴보자. 톨스토이에게 탐식은 항상 인간의 생활 습관 전체를 총괄하는 도덕성과 관련된다. 그는 인간이 도덕적으로 완벽한 삶을 영위하기 위해서는 일정한 단계를 밟아야 한다고 운을 뗀다. "인류의 모든 도덕 교사들은 — 종교적이건 아니건 — 올바른 삶에 필수 불가결한 자질을 습득하는 데는 일정한 순서가 필요하다는 점을 인정했다." 그런데 이 순서에서 가장 기본이 되는 첫 단계는 '절제'다. "보다 높은 덕성을 획득하기 위해서는 우선 이교도들이 말하는 바의 절제, 혹은 자기 관리, 아니면 기독교인들이 말하는 자기희생을 획득하고 끊임없는 노력을 경주하여 점진적으로 최고의 덕을 얻는 데 성공해야 한다."

톨스토이에게 절제 혹은 자기 관리가 그토록 중요한 이유는 인간이 편안하고 사치스러운 삶에 익숙해진 채 지속적으로 그러한 삶을 고집하는 한 더 훌륭한 단계로 성숙해 나아갈 수 없기 때문이다. 편안하고 사치스러운 삶은 인간을 유약하고 게으르고 게걸스럽고 정욕으로 넘치는 존재로 만든다.

인간이 욕망에 집착하고, 그리고 그러한 욕망의 삶이 훌륭한 삶이라고 생각하면서 훌륭하고 유용하고 공정하고 사랑으로 넘치는 삶을 영위할 수 있다는 착각은 너무나 놀라워서 내 생각에 후대 사람들은 오늘의 사람들이 '훌륭한 삶'이란 말로 무엇을 의미했는지 도저히 이해하지 못할 것이다. 즉 우리 상류계급에 속하는 대식가와 유약한 인간과 게으른 색정광들이 훌륭한 삶을 영위했다고 말할 때 말이다. (…) 사치스러운 삶을 사는 인간이 올바른 생활을 하기란 불가능하다. (…) 우리는 사치스러운 삶을 사는 데 익숙한 유약한 인간이 훌륭한 사람이라는 둥, 훌륭한 삶을 영위하고 있다는 둥 그런 말을 한다. 그러나 그런 인간은 — 여자건 남자건 — 비록 가장 사랑스러운 성격상의 자질들, 온순함, 좋은 성격 등을 소유하고 있다 하더라도 좋은 삶을 영위할 수 없다. 아무리 훌륭한 재질의 철로 만들어진 칼이라 하더라도, 그리고 아무리 훌륭한 장인이 만든 칼이라 할지라도 벼리는 과정, 즉 준비 과정을 거치지 않으면 그 칼은 잘 자를 수 없는 것과 마찬가지다.

그러면 편안하고 사치스러운 삶이란 어떤 것일까. 그것은 당대 대부분의 귀족들과 중산층 이상 계급의 신사 숙녀들이 영위하는 일반적인 삶이다. 톨스토이의 묘사를 읽어보자. 깨끗하고 쾌적한 침실에서 깊은 잠을 자고 상쾌한 기분으로 일어나 여러 가지 비누를 사용해 씻고 거울과 빗 등등을 사용해 아침 단장을 한다. 여성의 경우는 조금 더 시간이 걸리고 조금 더 복잡하다. 무슨 레이스니 코르셋이니 리본이니 핀이니 브로치니 하는 것들이 동원된다. 그런 다음에는 아침 식사가 시작된다. 엄청난 양의 설탕과 더불어 마시는 차와 커피, 최고로 곱게 도정된 새하얀 밀가루로 만든 빵, 그리고 '돼지 살점'이 식사 메뉴다. 거기에 이어지는 것은 시가와 담배, 그리고 아침 신문이다.

그런 다음 사업상의 일을 보기 위해 마차를 타고 시내 어딘가로 가서 조금 후에는 도살한 짐승과 새와 물고기로 이루어진 점심을 먹는다. 그다음에는 아주 '소박한' 저녁 식사, 즉 세 가지 코스와 디저트와 커피로 이루어진 식사가 이어지고, 식사 후에는 카드 게임, 음악회, 극장, 독서, 그리고 아주 부드럽고 탄력성 좋은 안락의자 위에서 진행되는 담소 등이 이어진다. 그리고 다시 차가 서빙되고, 다시 늦은 저녁 야식이 제공되고, 다시 깨끗한 침구로의 행차가 이어진다. 이런 식의 게으르고 유약한 삶은 반드시 절제를 필요로 한다. 그리고 절제하기 위해서는 반드시 먹는 양을 줄여야 한다.

톨스토이가 음식의 절제를 부르짖는 이유는 그것이 인간을 욕망에서 자유롭게 해주기 때문이다.

인간의 욕망이란 여러 가지이며 인간이 성공적으로 그것들과 투쟁하기 위해서는 가장 근본적인 것들부터 대상으로 삼아야 한다. 그러니까 좀 더 복잡한 욕망을 불러일으키는 일차적인 욕망부터 다스려야지, 그 일차적인 것에서 유발되는 복잡한 것들부터 손을 대서는 안 된다는 뜻이다. 복잡한 욕망이란 이런 것들이다. 육체를 꾸미는 것, 스포츠, 오락, 쓸데없는 수다 떨기, 호기심 같은 것들이다. 근본적인 욕망이란 식탐, 게으름, 정욕이다. 만일 이런 근본적인 욕망들과 투쟁을 시작하려 한다면 거기에도 순서가 있음을 알아야 한다. 그 순서는 사물의 본질 및 전통적인 인간의 지혜에 의해서 결정된다. 지나치게 많이 먹는 인간은 게으름과 투쟁할 수 없으며, 지나치게 많이 먹으며 또한 게으른 인간은 정욕과 싸울 수 없다. 그러므로 일체의 도덕적 가르침에 따르자면 절제를 향한 몸부림은 탐식이라는 욕망과의 투쟁에서 시작되어야 한다. 즉 절식이야말로 절제의 첫걸음이다. (…) 훌륭한 삶의 첫 번째 조건이 절제이듯, 절제의 첫 번째 조건은 절식이다. (…) 절식은 훌륭한 삶의 필수불가결한 조건인 반면 탐식은 그 반대, 즉 나쁜 삶의 첫 번째 징후이다.

여기까지의 주장에서 육식은 한 번도 언급되지 않는다. 즉 톨스토이에게 중요한 것은 고기를 먹고 안 먹고의 문제가 아니라 실컷 먹고, 마냥 게으름을 피우고, 마음껏 성욕을 발산하는 삶을 어떻게 개조할 것이냐의 문제다. 물론 절제의 첫걸음으로서의 절식은 톨스토이 고유의 주장이라고 보기 어렵다. 대부분의 종교 지도자들은 언제나 완덕의 길로 가기 위해 절식 및 단식을 행했다. 어떤 종교든 배불리 먹고 마시며 도를 닦는 수도사의 모습은 상상하기가 어렵다. 그렇다면 「첫걸음」에서 톨스토이가 진정으로 전달하고자 하는 것은 무엇인가? 그것은 바로 미식에 대한 증오심이다. 미식이란 배고픔을 덜기 위해 먹는 것이 아니라 쾌락을 위해 먹는 것을 이르는 말이다. 미식가를 식도락가라고 명명하기도 한다. 톨스토이 음식론의 핵심은 바로 이 쾌락을 위한 음식, 도락을 위한 음식에 대한 대단히 깊은 증오감에 있다.

톨스토이에 따르면 음식과 관련하여 우리가 가장 경계해야 하는 것은 바로 쾌락으로서의 먹기다. 모든 미식이 지양되어야 하는 이유는 그것의 핵심이 쾌락이기 때문이다. 대부분의 사람들에게 먹는 것은 가장 주된 쾌락이다. 부자만 그런 것이 아니다. 가난한 사람 역시 돈이 없어 그렇게 못 할 뿐이지, 그들 역시 돈만 생기면 어떻게 해서든 맛있는 것을 최대한 먹으려 한다. "가장 가난한 사람에서 가장 부유한 사람에 이르기까지 먹는다는 것은 가장 주된 목적, 우리 인생의 가장 주된 쾌락이다." 톨스토이의 말을 계속 들어보자.

부자들의 삶을 보고 그들의 대화를 들어보라. 얼마나 숭고한 주제들이 그들을 사로잡고 있는지 보라. 철학이며 시며 예술이며 부의 분배며 복지며 청년 교육이며 등등. 하지만 대부분의 경우 이건 다 협잡이다. (…) 남녀 대부분의 진정한, 그리고 생생한 관심사는 먹는 것이다. 특히 청소년기 이후에 그렇다. 어떻게 먹을까, 무엇을 먹을까, 어디서, 언제? (…) 여행 중에도 마찬가지다. 여행객의 경우 그건 특히나 더 명백하다. '박물관이니 도서관이니 의사당이니 하는 것은 참 멋지군! 그런데 참, 밥은 어디서 먹지? 이 동네에서 제일 맛있게 하는 곳이 어디지?'라고 묻는 것이 일반적이다. (…) 사람들의 마음속을 들여다볼 수 있다면 그 속에서 무엇을 발견할 수 있을 것 같은가? 아침 식사, 저녁 식사에 대한 욕구이다.

요컨대 음식에 대한 욕구는 인간의 가장 원초적인 쾌락 중의 하나이지만, 바로 이 쾌락으로서의 먹기를 극복해야만 인간은 완덕에 이를 수 있다는 것이다. 오로지 도덕의 가장 하단에 위치한 사람들만이 쾌락이야말로 음식의 의의라 생각한다. "우리 미각의 만족감은 결코 음식의 가치를 판단하는 데 근거가 되는 것이 아니다. 따라서 카옌의 후추나 림부르흐의 치즈나 알코올 따위가 첨가된 식사가 바로 우리 입에 맞고 우리 마음에 든다고 해서, 그것이 제일 좋은 음식이라고 결정할 권리는 우리에게 없다." 음식은 인간이 생존할 수 있도록 영양분을 제공해 주는 데 그 의의와 목적이 있는 것이지, 인간에게 쾌락을 선사하기 위해 있는 것이 아니다. "음식의 목적이나 사명이 쾌락에 있다고 생각하는 사람들은 음식의 참다운 의미를 알지 못한다."

그렇다면 즐거움(쾌락, 도락)을 위해 먹는 것이 어째서 나쁜 것인가? 먹는 것은 인생의 큰 낙인데 왜 그것을 그토록 억눌러야 한다고 주장하는 것인가? 톨스토이의 답은 이렇다. 쾌락을 위한 음식이 나쁜 이유는 쾌락의 만족에는 끝이 없기 때문이다. "만일 인간이 먹는 즐거움을 사랑한다면, 그리고 그 즐거움을 사랑하도록 스스로에게 허락한다면 (…) 그 즐거움을 증폭시키는 일에는 한계가 없다. 그것은 끝을 모르고 자라난다. 필요에는 끝이 있지만 쾌락에는 끝이 없다." 톨스토이는 쾌락을 위한 음식이 어떻게 발전해 나가는가를 다음과 같이 기술한다.

빵은 필요하면서도 충분한 음식이다. (이는 수백만의 힘세고 활기차고 건강하고 부지런한 사람들이 오로지 귀리 빵만 먹고산다는 사실에서 입증되었다.) 그러나 빵에다 약간의 향미를 더하면 조금 더 맛이 좋다. 고기 국물에다 빵을 적셔 먹어도 참 좋다. 고기 국물에 야채를 한 가지 넣으면 더 좋고, 몇 가지 야채를 넣으면 그보다도 더 좋다. 고기는 좋다. 그러나 국으로 하기보다는 굽는 것이 더 맛있다. 그런데 버터를 발라 구우면 더 좋고 약간 덜 익게 구우면 그보다 더 좋고 특정 부위만 구우면 그보다도 더욱더 좋다. 여기다 야채와 겨자를 더해보자. 그리고 와인도 좀 마셔보자. 붉은 와인이면 더 좋다.

이것이야말로 「첫걸음」에서 톨스토이가 말하고자 하는 음식론의 핵심이자 그의 사상 전체의 핵심이다. 즉 인간이 생명을 유지하기 위해 꼭 필요한 것 이상의 것을 탐할 때 그것이 음식이건 재물이건 성(性)이건, 아니면 예술이건 도덕의 타락이 발생한다. 톨스토이에 의하면 인간이 배고픔을 해결하기 위해서는 빵과 물과 야채만 있으면 된다. 그러나 인간이 쾌락을 좇기 시작하면 차츰차츰 거기에 군더더기가 붙고, 비용이 요구되고, 온갖 종류의 '미학화(esteticization)'와 '의식화(ritualization)'가 뒤따른다.[113] 이런 미학화는 '과잉(izlishestvo)'이며 과잉은 악이다.

요컨대 좋은 음식이란 만인이 즐길 수 있고 만인에게 활력과 양분을 제공해 줄 수 있는 음식이며, 식자재의 구입이나 조리 과정이 단순해서 비용이 적게 드는 음식이다. 그런 음식은 또 일반적으로 '맛있는' 음식이기도 하다. "보통 사람들은 변태적인 미각을 가진 식도락꾼들이 즐기는 썩은 치즈나 악취를 풍기는 새고기 따위의 음식을 좋아할 리 없지만 빵이나 과일은 사람들의 비위에 맞기 때문에 비로소 맛이 있다고 할 수 있다." 정교한 음식, 손이 많이 가는 음식, 미식가들만이 즐길 수 있는 음식은 '나쁜' 음식이다. 이것들은 모두 '과잉'이므로 단지 음식의 영역에서뿐만 아니라 인생을 살아가면서 언제나 피해야 하는 것들이다. 그래서 톨스토이는 최후의 인생론인『인생의 길』에서 이 점을 다시 한 번 강조한다.

세상 사람들이 배고플 때에만 음식을 먹고, 단순하고 순수하고 건강한 먹을거리만 먹는다면 어떤 병도 앓지 않을 것이다. 그리고 그들은 갖가지 욕망과 싸우기가 훨씬 쉬워질 것이다. (…) 우리가 건강하게 활동할 힘을 유지하기 위해 필요한 음식물은 모두가 간단하고 값싼 것들이다. 빵, 과일, 야채, 물 등이 모두 그러하다. 이것들은 어디에나 흔히 있다. 여름철의 아이스크림처럼 그렇게 손이 가는 음식물을 만드는 것만이 어려운 것이다. (…) 굶어 죽는 사람은 거의 없다. 훌륭한 음식을 지나치게 먹고 움직이지 않아서 병에 걸려 죽는 사람이 훨씬 많다. (…) 입과 배의 욕망의 노예는 언제나 노예이다. 자유의 몸이 되고 싶다면 만사를 제쳐 놓고 제일 먼저 입과 배의 욕망에서 벗어나야 한다. 이것과 싸워야 한다. 배고픔을 다스릴 목적으로 식사를 하되 쾌락을 얻기 위해서는 먹지 말아야 한다.

톨스토이에게 결국 음식이란 가장 기본적인 생존의 조건이어야 하며, 그 이상이 될 때 도덕의 타락이 발생한다는 얘기다. 단순하고 소박한 빵과 물과 야채 같은 것들은 인간이 도덕적인 삶을 살아가는 데 필요충분조건이다. 이 경우 음식은 거의 '영혼의 양식'이나 마찬가지가 된다. 반면 술과 고기와 별미와 별식과 온갖 산해진미는 전적으로 '육체의 양식'에 속하는 개념이며, 그렇기 때문에 부도덕의 기호가 된다.

음식은 기본적으로 자연과 문화 양쪽에 걸쳐 존재한다. 요컨대 식재료는 자연의 영역에 속하지만 그것을 조리하고 서빙하는 것은 문화의 영역에 속한다. "음식은 자연과 문화 사이에 존재한다. 음식의 선택만큼 자연과 문화의 경계에서 절묘하게 왔다 갔다 하는 인간 행위는 없다."[114] 먹는 행위가 자연의 영역에 속한다면 '식사'라는 것은 문화의 영역에 속한다. 그래서 "누구나 먹지만 식사는 아무나 하는 것이 아니다"라는 얘기가 나오는 것이다.[115] 그러나 톨스토이의 주장은 오로지 한 가지 체험, 즉 자연의 영역에 속하는 음식의 체험만을 인정한다. 톨스토이는 식사가 아닌 '아무나' 할 수 있는 먹는 행위, 즉 배고픔을 덜어주는 음식의 섭취만을 인정한다. 톨스토이의 주장에 일리는 있지만 그것이 기이하게 들리는 이유는 불균형 때문이다. 그는 자연의 영역에만 머무를 것을 주장함으로써 오히려 대단히 부자연스러운 음식의 이념을 창조했다.

특별
요리

　　톨스토이의 과격한 음식 이념을 읽다 보
면 불현듯 미국 작가 스탠리 엘린(Stanley Ellin, 1916~1986년)의 「특
별 요리(The Specialty of the House, 1967년)」가 생각난다. 앞에서 얘
기했듯이 톨스토이가 미식에 대해 그토록 화를 냈던 이유는 미각
의 충족에는 끝이 없기 때문이다. 인간이 점점 더 맛있는 음식을 탐
하다 보면 그 끝을 알 수 없게 되고, 결국 타락의 나락으로 떨어지게
된다는 것이다. 「특별 요리」는 이 미식 추구의 끝을, 그 확실한 결말
을 보여준다는 점에서 톨스토이를 생각나게 한다. 「특별 요리」는
추리소설로 분류되는 단편으로 추리소설 마니아라면 다 아는 고전
이다. 무슨 대단한 서스펜스가 있는 것도 아니고, 그렇다고 소설 말

미에 제시되는 반전이 아주 극적인 것도 아니지만(사실 소설 중반부터는 대략 어떻게 끝날지 감이 온다), 그래도 이 짧막한 소설은 꽤 오랫동안 기억에 남을 만한 소설이다. 어떤 독자는 이 소설을 가리켜 "완벽한 단편"이라 극찬하기도 했다.

내용부터 살펴보자. 주인공 코스틴은 미식가인 사장 래플러의 오른팔이다. 사장 래플러는 코스틴과 함께 식사하는 것을 대단히 즐거워한다. 식사는 그에게 부하 직원과의 소통 행위다. 그는 맛있는 음식을 먹고 그것을 다른 사람과 나누는 것이야말로 소통 행위라고 굳게 믿는다. "이처럼 훌륭한 스빌로즈의 요리 맛을 알면서도 그것을 아무와도 함께 나누지 못한다는 것은 마치 훌륭한 걸작 예술품을 어떤 방에 집어넣고 잠가버려 아무에게도 보여주지 못하는 것과 같은 것이라네."

래플러가 부하 직원 코스틴을 데리고 간 레스토랑은 '스빌로즈'라는 곳으로 겉보기에는 그저 고만고만한 작은 식당이다. "되도록 손님들끼리 상대방을 의식하지 않도록 놓인 테이블의 수는 기껏해야 여덟 개 내지 열 개 정도였다. 어느 테이블에나 손님이 있었으며, 몇 안 되는 종업원이 조용하고도 경쾌하게 주문을 받으며 테이블 사이를 돌아다녔다."

이 레스토랑은 여러 가지 면에서 좀 특별하다. 우선 회원제로 운영되고 있는 것도 아닌데 알음알음으로 찾아오는 손님만 받으며 여성은 입장할 수 없다. 고객이 메뉴를 보고 요리를 선택할 수 있는 자유도 없고 소금이나 후추를 넣을 자유도 없다. 그리고 이 레스토랑에서는 물 이외의 그 어떤 음료도 마실 수가 없다. 담배도 피울 수 없다. 그저 주방장이 그날그날 만들어주는 대로 먹어야 한다는 얘기다. 이 레스토랑의 테이블에는 소금이나 후추, 혹은 소스 병이 아예 없다.

이토록 기이한 레스토랑의 원칙에 대해 코스틴이 항의하자 벌써 몇 년째 이곳의 단골인 래플러 사장은 일종의 '미식 철학'을 주워섬긴다. "자극성이 강한 것과 마취성이 있는 것을 번갈아 섭취한다는 것은 미각의 섬세한 밸런스를 시소처럼 움직여서 음식을 맛보는 순수한 능력을 손상시키게 되지." 그래서 미식의 절정은 단순함으로 통한다는 것이 사장의 논지다. 그는 미식과 포식을 구분한 뒤 포식이란 무턱대고 먹는 것이지만 미식이란 소박함에서 쾌락의 절정을 체험하는 거의 '도'의 경지에 이르는 것이라고 주장한다. "참된 미식가가 존중하는 것은 간소함일세. 보잘것없는 옷을 입고 잘 익은 올리브 열매의 맛을 본 고대 그리스인이라든가, 아무것도 없는 방에서 한 송이 꽃이 보여주는 아름다운 곡선에 정신을 잃는 일본인이라든가 미식의 진수는 그런 데 있는 걸세."

격분해서 치를 떠는 톨스토이의 모습이 보이는 듯하다. 래플러가 말하는 소박함이란 톨스토이가 말하는 소박함의 정반대편 극단이다. 톨스토이가 미(혹은 쾌락)의 추구를 중단하고 소박한 식사를 하라고 권장했다면, 래플러는 미(혹은 쾌락)를 추구하다 못해 결국은 가장 소박한 음식이 가장 맛있는 음식이라는 결론에 도달한 것이다. 그러니까 래플러는 그냥 자기가 맛있는 음식을 탐한다고 말하면 될 것을, 거기에다 이론과 철학을 덧씌워 식탐에 무언가 큰 의미라도 있는 듯이, 먹는 행위에 무슨 큰 미학적인 동기라도 있다는 듯이 떠벌리는 것이다. 래플러는 한술 더 떠서 그토록 맛있는 음식을 제공하는 레스토랑 주인 스빌로는 "인류 문화의 정점에 오른 사람"이라고까지 상찬한다.

처음에는 냉소적이었던 코스틴도 정작 음식이 날라져 오자 완전히 감동의 도가니에 빠진다. 곁들인 야채도 없이 그저 아주 단순하게 조리된 고기 요리였을 뿐인데 그 맛이란 것이 거의 황홀경 수준이다. 고기의 맛에 대한 엘린의 묘사가 참으로 인상적이다. 단언컨대 러시아 소설에 음식이 그토록 많이 등장하건만 이 정도로 요리의 맛을 설명한 예는 단 한 건도 없었다.

코스틴은 어이가 없는 듯이 눈썹을 추켜올리며 야채며 파란 것이라고는 전혀 곁들이지 않은 짙은 소스에 담근 불고기를 보았다. 술술 피어오르는 김은 사람을 애타게 하는 미묘한 향기를 띠고 콧구멍을 간지럽혔으며 입속에 침이 돌게 했다. 그는 한 조각을 마치 모차르트 작곡의 복잡한 교향곡을 분석하듯 천천히 생각하면서 씹었다. 바싹 탄 바깥쪽의 짙은 맛에서부터 시작하여 물어뜯은 턱의 압력으로 설익은 중심부에서 스며 나오는 담백하고 기묘하며 영혼을 녹이는 듯한 피의 맛에 이르기까지 변화는 정말 뭐라고 표현할 수 없는 기막힌 맛이었다. 그것을 씹어 삼키자 굶주린 짐승처럼 또 한 조각을 입에 넣었다. 그리고 또 한 조각. 상당히 애쓰지 않으면 빨리 또 한 조각을 먹고 싶어 모처럼의 진미를 천천히 맛볼 겨를도 없이 삼켜버릴 것만 같았다. 접시의 바닥이 보이기까지 완전히 입속에 휩쓸어 넣었을 때 비로소 그는 자기도 래플러도 단 한마디 말도 없이 숨도 쉬지 않고 후식까지 다 끝마쳤음을 알았다.

무엇을 어떻게 넣고 조리했기에 이 고기 요리가 사람을 "굶주린 짐승"처럼 만드는지는 알 수 없지만, 좌우간 코스틴은 래플러가 한 말이 모두 과장이 아님을 인정한다. 그런데 래플러는 이 요리는 그저 시작에 불과하다고 말함으로써 코스틴을 더욱 놀라게 한다. 오늘의 요리는 이 집의 소위 '특별 요리'에 비하면 아무것도 아니라는 것이다. 어떤가, 독자 역시 가슴이 설레지 않는가. 엘린이 준비한 특별 요리가 어떤 것인지 정말로 호기심이 생기지 않는가. 래플러는 말한다. "만일 내가 자신을 전혀 억제하지 않고 그 요리에 대해 느끼고 있는 대로 말한다면 자네는 나를 아마 미치광이라고 생각할 걸세. 그러나 나는 사실 그것을 생각하는 것만으로도 미칠 것만 같네. 기름진 갈비도 아니고 질긴 닭고기도 아닐세. 그런 것이 아니라 아주 진기한 종류의 양고기 중에서도 가장 좋은 고기야. 원산지의 이름을 따서 아밀스턴 양이라고 하지."

아밀스턴은 아프가니스탄과 러시아의 경계에 있는 조그만 마을인데 여기에 아주 희귀한 품종의 양 떼가 자라고 있다고 한다. 스빌로는 이곳을 왕래할 수 있는 특권이 있어 가끔씩 거기 가서 양고기를 구해 온다고 한다. 그런데 워낙 귀한 고기라서 특별 요리가 제공되는 경우는 아주 드물다. 고객들 사이에만 알려져 있는 이 특별 요리는 철저하게 비밀에 붙여져 어중이떠중이 그 맛을 보고자 몰려 오는 일은 일어나지 않는다. 그러니까 스빌로는 소수의 엄선된 미식가들, 맛이 무엇인지 아는 사람들만을 상대로 특별 요리를 제공하며, 입장이 허락된 고객들은 그야말로 세상에서 가장 맛있는 요리를 지속적으로 먹을 특권을 누리기 위해 이 요리에 관한 정보를 타인과 공유하지 않는다는 뜻이다. 코스틴의 경우 래플러의 각별한 총애를 받았기에 여기 오는 영예를 누리게 된 것이다.

코스틴이 레스토랑에 처음 발을 들여놓은 지 두 주째 되는 날, 드디어 아밀스턴 양고기로 만든 특별 요리가 제공되었다. 종업원이 은근한 목소리로 "오늘 밤에는 특별 요리입니다"라고 말하자 코스틴은 기대감으로 인해 숨이 멈출 것만 같다. 이날은 주인 스빌로도 코스틴에게 와 인사를 하며 직접 특별 요리를 서빙한다. 코스틴은 요리에 온 신경을 집중하여 한 입 베어 문다.

그는 포크 끝을 멍한 눈초리로 바라보며 숨을 죽여 말했다.

"아니 이건!"

"맛있지요, 생각했던 것보다?"

코스틴은 황홀함을 참으려는 듯 고개를 내저었다.

"처음으로 아밀스턴 양고기의 맛을 본 자는, 사람이 자기 영혼을 들여다볼 수 있다면 틀림없이 이럴 거라고 생각하겠지요."

"그럴지도 모르지요." 스빌로는 냄새가 나는 뜨뜻한 숨결이 코스틴의 콧구멍을 간지럽힐 정도로 코스틴에게 얼굴을 바싹 갖다 댔다. "정말 자좁고 어두침침한 레스토랑, 몇 안 되는 소위 '단골' 고객들이 앉아 거의 이야기도 나누지 않으며 오로지 먹는 일 한 가지에만 집중한다. 아주 좋게 보면 특별한 신을 섬기는 밀교의 은밀한 회합과 같고, 나쁘게 보면 극한의 쾌락을 탐구하는 아편굴이나 매음굴을 연상시킨다. 이곳에 오는 단골손님들은 모두 미각의 절정을 추구하는 사람들이다. 그들은 단순한 고기 요리 한 가지만을 먹지만 그것이 그들의 '절대 미각'을 만족시킨다. 톨스토이가 미각의 추구에는 끝이 없다고 했는데 이 정도면 거의 그 끝이 아닌가 싶다.

이것저것 많이 넣거나 조리법을 복잡하게 바꾸거나 하지 않고, 오히려 모든 양념과 조리법을 단순화하여 고기 자체의 참맛을 느끼게 하는 이 특별 요리. 그 맛을 생각만 해도 멀쩡하던 사람이 미치게 되는 요리. 그것이 목구멍을 통해 넘어갈 때면 꼭 자신의 영혼을 들여다보는 듯한 느낌을 불러일으키는 맛. 스빌로의 레스토랑 주방장은 도대체 무슨 짓을 한 것인가. 아밀스턴 양고기의 진짜 정체는 무엇인가. 이 소설이 스릴러이므로 더 이상 내용을 얘기해서는 안 될 것 같지만 대부분의 독자들은 어쩌면 눈치를 챘을 것이다. 혹시 하는 마음에서 힌트를 드리자면, '특별 요리'가 제공되기 전날쯤에는 이 레스토랑 고객 중 한 사람이 반드시 사라진다. 연고도 없이 홀로 쓸쓸히 살아가던 고객 중 한 사람이……

도스토예프스키의
식성

    음식과 관련하여 도스토예프스키(F. M.
Dostoevsky, 1821~1881년)의 전기는 별로 말해 주는 것이 없다. 투르
게네프와 고골과 톨스토이가 잘 알려진 미식가이자 대식가였던 것
과는 아주 대조적이다. 어떤 전기를 들춰보아도 도스토예프스키가
미식을 즐겼다는 언급은 없다. 물론 평생 동안 돈에 허덕이며 살았
던 사람이니 식도락을 추구할 여유가 없었을 것이다. 지상에 살아
있던 시간의 대부분을 곤궁에서 벗어나기 위해 글을 써야 했던 사
람, 도박에 미쳐 모든 것을 저당 잡히며 살아야 했던 사람, 때로는
며칠 동안 빵 한 조각으로 버텨야 했던 사람이 무슨 겨를에 미식을
찾아 돌아다녔겠는가.

그러나 몇 가지 소소한 자료들은 그가 젊은 시절부터 술을 마시거나 흥청거리는 모임에 대해 뜨악하게 생각했다고 전해준다.[116] 당시 러시아 젊은이로서는 예외적인 모습이다. 물론 그가 낭비벽으로 인해 클럽에서 돈을 물 뿌리듯 쓴 경우도 있었지만 그것은 낭비를 위한 낭비였을 뿐이다. 대체로 그는 아주 가까운 친지들하고만 소박하고 즐겁게 식사하는 것을 좋아했다. 그와 친구들은 시내에 있는 프랑스 호텔(Hotel de France)의 레스토랑에서 조촐한 식사를 즐기곤 했는데, 1인당 2루블을 넘지 않는 식사였고 한두 잔의 보드카가 고작이었다. 그나마 도스토예프스키는 보드카를 마시지 않아 약간의 샴페인으로 넘어가곤 했다.[117]

도스토예프스키의 식성에 관해 거의 유일하게 정보를 제공해 주는 사람은 그의 두 번째 부인 안나 그리고리예브나다. 안나 부인의 회고록에서는 아주 드물게 거장이 무슨 음식을 먹었는가가 언급된다. 다음은 두 사람의 연애 시절 에피소드다.

차를 마시고 나면 우리는 구석 소파에 앉았다. 우리를 갈라놓은 작은 탁자에는 여러 가지 과자들을 놓아두곤 했다. 표도르 미하일로비치는 매일 저녁 '발레(그가 좋아하는 제과 회사)' 상표가 붙은 사탕을 가져왔다. 그의 어려운 형편을 아는 내가 사탕을 가져오지 말라고 우기자 그는 약혼녀에게 선물을 주는 것은 미풍양속이라며 이를 깨뜨려서는 안 된다고 했다. 나는 언제나 표도르 미하일로비치가 좋아하는 배와 건포도, 대추야자 열매, 말린 살구, 절인 과자 등을 조금씩, 하지만 언제나 신선하고 맛깔스럽게 내어놓았다. 나는 표도르 미하일로비치가 즐길 만한 특별한 무언가를 찾아내기 위해 상점들을 돌아다녔다. 그는 감탄하면서 나 같은 미식가만이 이토록 맛있는 것들을 찾아낼 수 있는 거라고 강변했다. 그러면 나는 지독한 미식가는 바로 당신이라고 주장했다. 결국 우리는 누가 더 지독한 미식가인지 결론을 내리지 못하곤 했다.[118]

미식이란 말이 참 무색해지는 대목이다. 우리는 앞에서 러시아 작가들이 언급한 여러 요리들을 살펴보았다. 굴과 프랑스산 샴페인과 로스트비프, 보마르셰 소스를 친 넙치, 연어와 철갑상어, 영계와 버섯을 다져 넣은 파이, 송로버섯을 곁들인 고기, 거위간 요리 등등. 이 정도는 되어야 그래도 미식이라는 말을 할 수가 있다. 그런데 이 늙고 가난한 작가와 그를 진정으로 사랑하는 젊은 처녀는 사탕과 배와 말린 살구를 가리켜 '미식'이라며 좋아하고 있다! 이 대목에서 우리가 알 수 있는 것은 도스토예프스키의 식성이 아니라 두 사람이 얼마나 서로를 사랑했는가 하는 점이다.

안나 부인이 음식을 언급하는 대목은 두 사람이 빚쟁이를 피해 드레스덴에 머물 때의 회고록에도 나온다. 여기서도 도스토예프스키의 아주 소박한 식생활을 엿볼 수 있다.

3시에 미술관이 문을 닫으면 우리는 가까운 레스토랑에 점심을 먹으러 갔다. '이탈리아 시골 마을'이라는 레스토랑이었는데, 지붕이 있는 회랑이 강 위로 바로 돌출해 있는 곳이었다. 레스토랑의 커다란 창밖으로는 엘바 강 양안의 풍경이 한눈에 들어왔다. 날씨가 좋을 때면 여기서 점심을 먹으면서 강에서 벌어지는 온갖 일들을 구경하는 것이 커다란 즐거움이었다. 이 레스토랑의 음식은 비교적 저렴한 편인데도 매우 맛있었다. 포도르 미하일로비치는 매일같이 '담청색 장어' 1인분을 주문했다. 그가 무척 좋아하는 음식인 데다, 이곳에 오면 막 낚아 올린 장어로 요리를 한다는 것을 알고 있었기 때문이다. 그가 즐겨 마신 것은 백포도주였는데 당시 돈으로 반병 가격이 5코페이카였다.[119]

정갈한 작은 식당, 과히 비싸지 않지만 신선한 생선 요리, 주머니 사정이 여의치 않은 부부가 주문한 백포도주 반병. 식도락과는 거리가 한참 멀다. 적어도 도스토예프스키가 톨스토이의 주인공들처럼 피가 뚝뚝 흐르는 비프스테이크를 게걸스럽게 씹으며 포도주를 벌컥벌컥 들이마시지 않은 것만은 분명하다. 그건 그의 경제 사정과는 별로 상관이 없는 일이다. 고골이 그린 흘레스타코프를 통해 알 수 있듯이 땡전 한 푼 없는 사람도 얼마든지 먹는 것에 집착하는 모습을 보일 수 있다. 톨스토이가 적절하게 지적한 것처럼 먹을 것에 걸신들린 듯이 달려드는 것은 빈부의 문제도 아니고 학력의 문제도 아니다. 가난한 사람도 여건만 개선되면 언제라도 먹는 쾌락에 탐닉한다. 그래서 톨스토이는 "입과 배의 노예는 언제나 노예다"라고 일침을 가한 것이다.

도스토예프스키는 한 번도 식도락이라는 것을 알지 못했다. 그는 그야말로 살기 위해서 먹는 사람이었다. 톨스토이가 상당히 좋아꼈을 식습관이다. 그리고 그는 인간의 영혼을 탐색하느라 바빠서 인간이 무얼 먹고사는지에 대해서는 관심을 기울일 여유조차 없었다. 그래서 그는 오히려 다른 작가들보다 음식에 대해 관대했다. 채식을 해야 한다고 주장하지도 않았고 도락을 위한 음식은 부도덕한 것이라고 울부짖지도 않았다. 생애의 많은 시기에 그는 원하지도 않았던 소식(小食)으로 시달렸을 터라 굳이 소식을 주장할 필요도 없었다.

그의 작품에서는 음식이 어떤 관념을 전달하기 위한 코드, 이를테면 체호프의 소설에서처럼 범속성 같은 것을 전달하기 위한 코드로 기능하는 경우도 많지 않다. 앞에서 언급했던 르블랑 교수는 "도스토예프스키에게 음식과 섹스는 권력과 지배와 통제의 욕구에 다름 아니며, 먹는 것과 성행위는 쾌락이 아닌 폭력 행위를 의미한다"라고 주장한다.[120] 그러나 르블랑이 주장하는 것은 오히려 우리가 앞에서 살펴보았듯이 톨스토이의 경우에 훨씬 더 들어맞는다. 톨스토이야말로 육식과 정욕을 싸잡아 비난했던 사람 아닌가. 도스토예프스키는 음식에 그런 의미를 부여한 적이 없다. 독실한 신앙인이어서 그랬던지 그는 성서의 가르침을 그대로 따랐다. 요컨대 그에게 중요한 것은 입에서 나오는 것이었지 입으로 들어가는 것은 아니었다는 얘기다.

입에서 나오는 것과
입으로 들어가는 것

『카라마조프가의 형제(Brat'ia Karamazovy, 1880년)』는 주지하다시피 선과 악에 관한 소설이자 갱생과 부활에 관한 소설이다. 인물들은 대략 영혼의 부활 가능성을 보여주는 진영과 무신론을 주장하는 진영으로 나누어진다. 전자에 속한 인물로는 주인공 드미트리, 알료샤, 조시마 장로 등이고 후자에 속한 인물로는 이반, 스메르쟈코프, 페라폰트 신부 등이다. 이 중에서도 특히 음식과 관련하여 눈길을 끄는 인물은 암자에서 홀로 극단적인 고행을 하며 도를 닦는 페라폰트 신부다. 신부라는 사람이 무신론을 대변한다니까 이상하게 들리겠지만, 바로 이런 점이 도스토예프스키식 인물 구성의 매력이다. 특히 가장 선하고 가장 거룩한 인물, 소설 속에서 거의 그리스도와도 같은 위상을 지닌 인물인 조시마와 광신에 가까운 극단적 수도 생활을 하는 페라폰트 신부는 많은 점을 축으로 대립하는데 음식은 그 많은 축들 중의 하나다.

조시마 장로는 마을 사람들의 존경을 받는 온화한 노인으로 소설 중간에 도입된 그의 일대기, 그의 설교, 그리고 알료샤가 꾸는 그의 꿈 등은 다 같이 어우러져 영혼의 갱생이라고 하는 도스토예프스키의 메시지를 전달한다. 그런데 이토록 '영적인' 역할을 담당하는 조시마 장로는 음식에 관해서는 거의 아무런 설교도 하지 않는다. 고기를 먹지 말라든가, 탐식을 경계해야 한다든가 하는 얘기는 그의 설교에 안 들어 있다. '호의호식과 음욕과 탐욕과 폭식과 허영에서 벗어나 영혼의 자유를 획득하라'는 다분히 두루뭉술한 설교는 할망정 음식 자체만을 놓고 이거 먹어라, 저거 먹어라 하지는 않는다는 얘기다. 그가 기거하는 수도원의 원장이 베푸는 식사는 '수도'라는 말이 무색할 정도로 고급스럽다.

식탁보는 깨끗했고 접시들은 빛이 났다. 그 위에는 아주 잘 구운 세 종류의 빵과 포도주 두 병, 수도원의 질 좋은 꿀 두 병, 이 근교에서는 꽤 이름이 있는 수도원의 크바스가 담긴 커다란 유리 주전자가 놓여 있었다. 보드카는 전혀 눈에 띄지 않았다. 나중에 라키틴은 그때 다섯 가지 요리가 준비되어 있었다고 귀뜸해 주었다. 철갑상어 수프와 생선으로 만든 만두, 이어서 특별한 조리법으로 만든 생선찜, 그리고 나서는 연어로 만든 커틀릿과 아이스크림과 과일 음료, 그리고 마지막으로 흰 젤리 비슷한 푸딩이 마련되었다고 한다.

반면 같은 수도원 소속의 수도사이자 종종 조시마 장로와 비교되곤 하는 페라폰트 신부는 완전한 극기로 이름을 떨치고 있다. 그는 최고령의 수도사로 암자의 양봉장 뒤편에 있는 다 쓰러져 가는 목조 오두막에 기거하면서 오로지 물과 빵만 먹으며 살고 있다. 그는 사흘에 약 800그램의 빵 이외에는 아무것도 먹지 않는다고 알려져 있다. 그러나 극도로 적게 먹고 있음에도 불구하고 그는 싱싱하고 건강하고 정정해 보인다. 그는 심지어 그 얼마 안 되는 빵까지도 거부할 생각을 하고 있다. 자기가 무슨 광야의 그리스도라도 되는 듯 숲속에서 자라는 버섯과 산딸기만 있으면 된다는 것이다. 이 놀라운 노인은 성령과 이야기를 하고 온갖 마귀들을 다 알아본다. 특히 그는 수도원장에게 달라붙은 마귀를 "그 더러운 뱃가죽 속에 들어앉아 있는 놈"이라 묘사함으로써 수도원장의 식생활에 대한 노골적인 경멸을 표시한다.

이렇게 극단적인 절식을 통해 신앙심을 증명하는 페라폰트 신부는 조시마 장로가 세상을 하직하자 대중의 관심을 한 몸에 받게 된다. 그 이유는 이렇다. 마을에서 가장 존경받던 조시마 장로의 죽음이 임박하자 사람들은 그가 반드시 사후에 모종의 기적을 보여줄 것이라고 기대한다. 살아 있을 때 이미 성자처럼 숭앙받던 수도사이므로 그들은 사후 기적을 통해 자신들의 숭앙이 옳았다는 것을 확인하고 싶은 것이다. 당시에 성인임을 입증할 수 있는 가장 흔한 사후 기적은 시신에서 시취가 나지 않는 것, 즉 시신이 썩지 않는 것이다. 그런데 조시마 장로는 놀랍게도 시취가 안 나기는커녕 오히려 보통 사람의 시신보다도 더 빨리 부패함으로써 마을 사람들을 경악케 한다. 그리하여 사람들의 분노와 비난과 성토가 쏟아져 나온다. 사람들은 조시마 장로가 살아생전에 아무거나 막 먹었다며 비난한다. "재계를 엄격하게 지키지도 않았고 단 음식을 용납했으며 차와 함께 체리잼도 먹었고 그런 것을 너무 좋아해서 귀부인들이 보내기도 했다잖아. 고행자가 차를 마시다니 그게 될 말이야?"

이렇게 조시마 장로에게 '배신'당한 사람들은 페라폰트 신부에게로 존경의 화살을 돌린다. 기적에 대한 큰 기대를 접을 수밖에 없는 대중에게는 극단적인 절식을 한 페라폰트 신부야말로 진정한 성인처럼 여겨진다. 조시마의 시취 소문이 퍼져 나가자 페라폰트 신부는 몸소 암자에서 나와 큰소리로 조시마 장로의 식생활에 대한 비난을 퍼붓는다. "귀부인들이 호주머니에 넣어주는 사탕에 현혹되었고 차에 잼을 넣어 마셨고 단 음식으로 배를 가득 채워 무리하게 혹사했으며 머리는 오만한 생각으로 가득했으니……. 그런 까닭에 이런 수치를 겪게 되는 거야."

그러나 소설은 이 페라폰트 신부의 극기가 궁극적으로는 조시마에 대한 자격지심, 그리고 조시마 장로가 뭇 사람의 존경을 받는 데 대한 질투심, 그러니까 지극히 개인적인 억하심정에서 나온 치졸한 행위임을 보여준다. 그는 죽은 조시마 장로를 헐뜯고, 자신의 무식함을 변명하고, 자신의 낮은 수도 서열이 서러워 통곡한다. "자네들은 학자라지! 그래서 그 알량한 지식으로 나의 천박함을 비웃으며 우쭐대시는군." "내일 아침이면 이 사람을 위해 '구원자이시며 보호자'라는 송가를 부를 테지. 영광스러운 찬송가를. 하지만 내가 숨을 거두면 고작해야 '지상의 기쁨'이란 보잘것없는 찬송가를 불러주겠지." 욕설을 퍼붓고 울부짖고 발작을 일으키는 그 모습은 정말로 가관이다. 그가 사방팔방에서 악마를 보았다며 떠들어대고 악마를 내쫓아야 한다고 울부짖을 때 젊은 사제는 정곡을 찌르는 말을 내뱉는다. "악마들을 몰아내신다지만 어쩌면 신부님 자신이 악마에게 봉사하고 있을지도 모르지요."

요컨대 '아무거나 막 드신' 조시마 장로와 극도로 절식한 페라폰트 신부의 식생활상의 대립은 불신과 진정한 신앙이 아닌, 악과 선의 대립이 아닌, 무분별과 절제의 대립이 아닌, 부도덕과 도덕의 대립이 아닌 겸손과 교만의 대립으로 전변되어 나타난다. 페라폰트 신부가 빵과 물만 먹은 것은 신앙심에서가 아니라, 결국 치사한 사적 권력욕과 증오에서 비롯된 것이다. 페라폰트 신부는 소설 속의 다른 인물들, 이를테면 교만한 이반, 사회에 대한 적개심으로 가득 찬 스메르자코프처럼 자신의 욕망을 포장하고 합리화하기 위해 '이념'을 떠벌린다. 이반이 고상한 인류애를 말하는 것이나, 스메르자코프가 무신론을 주장하는 것이나, 신앙으로 똘똘 뭉친 페라폰트가 빵과 물만 먹고사는 것이나 결국 들춰보면 다 한가지라는 얘기다.

도스토예프스키에게 중요한 것은 진실로 '입으로 들어가는 것'

이 아닌 '입에서 나오는 것'이었다. 사실 음식이 무슨 잘못이 있겠는가. 음식은 음식일 뿐이다. 음식을 절제하는 것은 다만 어떤 특정 음식을 멀리하는 것, 혹은 음식을 적게 섭취하는 것을 의미하는 것이 아니다. 러시아 정교에서 존경받는 성인 중의 한 사람이자 도스토예프스키가 깊이 사랑했던 초대 교부인 성 요한 크리소스톰(St. John Chrisostom, 요한 금구)의 가르침이야말로 도스토예프스키가 페라폰트 신부와 관련하여 하려던 말이 아니었나 싶다.

금식이 단지 음식을 절제하는 것이라고만 여기는 사람은 잘못 알고 있는 것이다. 진실한 금식은 악을 멀리하는 것, 혀에 재갈을 물리는 것, 화를 억제하는 것, 음욕을 진정시키는 것, 중상과 거짓과 서약 위반을 하지 않는 것 등등을 말한다. 금식이 좋은 것은 금식이 잡초와 같은 우리의 죄를 억누르고, 꽃과 같은 진실을 고양시키기 때문이다. 만일 네가 원해서 금식을 시작했다면 그때는 슬퍼하지 말고 기뻐하라. 왜냐하면 금식이 네 영혼에서 독을 제거해 줄 것이기 때문이다. 금식할 때에 영혼은 더 평온해지고, 어떤 것에도 괴로워하지 않게 되고, 짐이 되는 모종의 욕망으로 인해 짓눌림을 당하지도 않게 되기 때문에 특히 이 기간 중에 집중하여 기도를 할 수 있다.[121]

생명의
양식

　　　　　　도스토예프스키는 음식에 특정한 의미를
부여하는 일을 거의 하지 않았지만 빵만은 예외다. 빵은 그의 문학
에서 매우 중요한 상징적 의미를 지닌다. 주지하다시피 그리스도
교권 나라들에서 빵은 즉각적으로 '일용할 양식', '생명의 양식', '그
리스도의 몸'을 연상시킨다. 독실한 그리스도교인이었던 도스토예
프스키에게서도 역시 빵은 일차적으로 종교적 상징이다. 특히 그
의 종교적 사색을 집대성한 마지막 소설 『카라마조프가의 형제』에
서 빵은 다소 노골적이다 싶게 그리스도교적 함의를 지닌다.

　빵과 그리스도교의 상징성은 너무나 광범위한 주제이며, 또 너
무도 잘 알려진 주제이므로 여기서는 그 핵심만 간단히 정리해 보

기로 하자. 그리스도교권에서 빵은 성찬의 전례를 구성하는 가장 중요한 물질이자 상징으로 그 기원은 구약시대로 거슬러 올라간다. 구약시대의 신은 이스라엘 사람들에게 하늘의 빵 '만나'를 내려 주었다고 전해진다. 「출애굽기」에 따르면 이스라엘 백성은 광야를 방황하던 사십 년 동안 만나를 먹었는데 "그것은 고수 씨같이 희었고 맛은 벌꿀 과자 같았다". [122] 이 만나를 가리켜 '천사의 빵(panis angelicus)'이라 부르기도 한다.

구약시대의 만나는 신약시대로 오면 "사천 명을 먹이신 기적"에 피소드로 이어진다.

> 예수께서 '빵이 몇 개나 있느냐?' 하고 물으셨다. 그들이 '일곱 개가 있습니다' 하니까 예수께서는 사람들을 땅에 앉게 하시고 빵 일곱 개를 손에 들고 감사의 기도를 드리신 다음 떼어서 제자들에게 주시며 나누어 주라고 하셨다. 제자들은 시키는 대로 나누어 주었다. 또 작은 물고기도 몇 마리 있었는데 예수께서는 그것도 축복하신 후에 나누어 주라고 하셨다. 군중은 모두 배불리 먹었다. 그리고 남은 조각을 주워 모으니 일곱 바구니가 되었고 먹은 사람은 약 사천 명이었다. [123]

그러나 빵이 그리스도교의 핵심 상징이 된 것은 무엇보다도 최후의 만찬 때문이다. 성서에 따르면 "그들이 음식을 먹을 때에 예수께서 빵을 들어 축복하시고 제자들에게 나누어 주시며 '받아먹어라, 이것은 내 몸이다' 하시고, 또 잔을 들어 감사의 기도를 올리시고 그들에게 돌리시며 '너희는 모두 이 잔을 받아 마셔라. 이것은 나의 피다. 죄를 용서해 주려고 많은 사람을 위하여 내가 흘리는 계약의 피다. 잘 들어두어라. 이제부터 나는 아버지의 나라에서 너희와 함께 새 포도주를 마실 그날까지 결코 포도로 빚은 것을 마시지 않겠다' 하고 말씀하셨다."[124]

러시아 정교와 로마 가톨릭은 최후의 만찬을 기념하는 성사인 '성체성혈' 성사를 전례의 핵심으로 간주해 왔는데, 그 취지는 빵과 포도주(즉 음식)를 통한 수직적 일치와 수평적 일치로 요약할 수 있다. 요컨대 그리스도교에서 빵은 하느님이 내려주시는 은총의 선물이며 모든 사람이 먹는 인류 보편의 식사다. 그것은 또한 그리스도의 성스러운 몸(성체)이며, 그것을 먹는 사람과 그리스도를 이어주는 신비한 고리이며, 또 그것을 먹는 모든 사람들을 하나로 엮어주는 친교의 먹을거리다. 성체를 영하는 회중은 '그리스도의 몸'과 하나가 되고, 그럼으로써 부활의 대열에 참여하게 되며, 다른 한편으로 쪼개진 빵은 회중을 '하나이신 그리스도의 몸'으로 일치시켜 준다.[125] 초대 교회에서 미사를 '빵 나눔(Fractio Panis)'이라 부른 것은 이와 같은 맥락에서였다.[126] 즉 빵은 인간과 신, 인간과 인간을 이어주는 가장 든든하고 가장 기본적인 연결쇄라는 얘기인데, 이를 신학적으로 표현하면 "몸과 피의 성사는 우리의 본성과 그리스도 본성 간의 일치, 그리고 동시에 우리의 본성과 모든 교회 일원들 간의 일치의 실현"이라 말할 수 있다.[127]

이렇게 그리스도교적인 맥락에서 보자면 빵은 육체의 양식인 동

시에 영혼의 양식이 되는 아주 신기한 음식이라 할 수 있다. 그것은
실제로 인간이 먹는 음식(물질)이고, 또 그 물질을 넘어서는 거룩한
상징이다. 성 토마스 아퀴나스가 쓴 성가의 제목인「생명의 양식」
은「천사의 빵(Panis Angelicus)」에 대한 우리말 번역인데 그 내용은
빵의 이중적인 본질, 즉 지상적인 동시에 천상적인 본질, 육체적인
동시에 정신적인 본질을 잘 표현한다.

천상의 빵이
인간의 빵이 되는구나.
천상의 빵은
모든 형태에 종지부를 지으니
얼마나 오묘한가.
가난하고 비천한 종이
주님을 먹는구나.

러시아 작가들 중에서 이 고전적인 해석을 가장 성실하게 따른
사람은 도스토예프스키다.『카라마조프가의 형제』에 등장하는 어
린 소년 일류샤의 스토리는 빵의 이중적인 특성을 매우 분명하게
보여준다. 가난한 이등 대위 스네기료프의 아들인 일류샤는 중병
에 걸린다. 가난에서 오는 영양 부족이 원인이겠지만 그의 발병에
는 매우 심리적인 원인도 가세한다. 한동네 사는 살인범 스메르자
코프가 이 무고한 어린아이를 꼬드겨서 강아지에게 장난질을 치게

한다. 스메르자코프는 아이에게 "말랑말랑한 빵 조각에다가 바늘을 집어넣은 다음 굶주린 개한테 던져주면 그 개는 씹지 않고 그냥 삼킬 테니 그때 무슨 일이 일어나는지 잘 보라고 했다." 일류샤와 스메르자코프는 작당을 해서 바늘 넣은 빵을 굶주린 개 주치카에게 던져주었고, 개는 꿀떡 삼킨 뒤 미칠 듯이 비명을 지르며 도망갔다. 이 사건은 일류샤에게 잊지 못할 충격이었다. 양심의 가책 때문에 괴로워하던 중 일류샤는 중병에 걸린다. 병석에 누운 아이는 "아빠, 내가 아픈 것은 그때 주치카를 죽였기 때문이에요. 그래서 하느님께서 날 부르시는 거예요" 하며 흐느낀다. 얼마 후 죽은 줄 알았던 주치카는 살아 있었음이 밝혀지지만 아쉽게도 소년은 병을 이겨내지 못하고 세상을 하직한다.

이 에피소드는 인간 스메르자코프의 본질을 드러내 보여주는 매우 중요한 이야기다. 도스토예프스키는 아버지를 살해하고, 배다른 형에게 누명을 씌우고, 스스로는 자살하는 카라마조프의 서자 스메르자코프를 무신론의 추악한 대변자로 그리기 위해 그에게 온갖 흉악한 특성을 다 부여한다. 그는 살인범이므로 당연히 흉악하다. 그러나 그를 흉악하게 만들어주는 것은 살인뿐만이 아니다. 그는 어린 시절부터 고약한 동물 학대 취향을 보인다. 고양이를 죽인 다음 장례식 놀이를 하는 어린아이의 모습은 더 이상 말이 필요 없을 정도로 끔찍하다. 그의 또 다른 특성은 완벽한 무감각이다. 그는 아무에게도 아무런 감정도 없다. 자신에게 서자이자 하인이라는 신분을 부여한 세상을 향해 냉소와 분노를 발산할 뿐이다. 그는 소설을 읽어도 재미있다는 느낌을 못 얻으며 기름 발라 넘긴 머리와 잘 닦아 신은 구두가 곧 문화라고 믿는다. 그는 모든 것을 조롱한다. 아버지도 조롱하고 형제도 조롱하고 하느님도 조롱한다. 아마 도스토예프스키가 생각한 무신론자의 가장 저열하고 흉악한 버전이 스메르자코프일 것이다.

이러한 스메르자코프가 빵에다가 바늘을 넣어 강아지에게 주라고 어린아이를 사주하는 것은 온갖 악을 다 함축하는 행위다. 첫째, 도스토예프스키에게 빵은 일용할 양식이자 생명의 양식이며 궁극적으로는 그리스도의 몸, 곧 성체(Corpus Christi)다. 그러므로 빵에다가 바늘을 넣는 행위는 그 자체만으로도 신성모독적인 행위다. 그것은 그리스도를 찌르는 행위나 마찬가지다. 이와 관련하여 우리가 상기해야 하는 것은 러시아 전통문화 속에서 칼로 빵을 자르는 것이 금기시되었다는 사실이다. 빵은 언제나 손으로 "나누고 쪼개는 것(lomat')"이지 칼(혹은 여타의 금속)로 "베고 자르는 것(rezat')"이 아니다.[128] 이러한 금기의 밑바닥에 깔린 것은 빵이 곧 생명이라는 생각이다. 따라서 스메르자코프의 행동은 그리스도교의 맥락을 떠나서도 생명에 대한 지극한 모독을 함축한다.

둘째, 바늘 넣은 빵을 강아지에게 주는 것은 말 못하는 짐승에 대한 학대다. 셋째, 호기심 많은 어린아이를 사주하여 그런 행동을 하도록 조장하는 것은 어린이에 대한 학대다. 일류샤가 병이 나서 죽는 것은 물론 일차적으로 빈곤에서 비롯된 것이지만 아이가 겪었을 정신적인 고통 또한 무시할 수 없다. 즉 스메르자코프는 생명을 모독하고 짐승을 학대하고 어린이를 죽게 한 장본인이다. 그의 행위가 갖는 반그리스도교적 의미는 조시마 장로의 설교를 통해 조목조목 확인된다.

하느님의 모든 피조물을 사랑하십시오. 세상의 모든 것들을, 모래 한 알에 이르기까지 말입니다. 나무 잎사귀 하나, 하느님의 햇살 하나까지도 사랑하십시오. 모든 동물들, 식물들을 사랑하십시오. 모든 사물들을 사랑하게 되면 그 사물들 속에서 하느님의 숨은 뜻을 발견하게 될 것입니다. (…) 특히 아이들을 사랑하십시오. 왜냐하면 아이들은 죄를 짓지도 않았고 마치 천사와 같으며 우리들을 감동시키기 위하여, 우리 마음의 정화를 위하여 살고 있으며 우리들의 지표와도 같기 때문입니다. 어린애를 모욕하는 자에게는 슬픔이 닥칠 것입니다.

스메르자코프가 생명의 양식이자 생명 그 자체인 빵을 모독하고 파멸을 향한 나락으로 떨어진다면, 일류샤는 많은 이들에게 갱생의 희망을 전하면서 숨을 거둔다. 일류샤는 죽기 전에 아버지에게 이렇게 당부한다. "아빠, 제가 죽거든 제 무덤에 흙을 덮을 때 빵을 부수어 뿌려주세요. 참새들이 날아오게 말이에요. 참새들이 날아오는 소리를 들으면 나는 혼자가 아니라는 사실을 깨닫게 될 테니 즐거울 거예요." 그의 아버지는 아들의 유언에 따라 실제로 빵을 잘게 쪼개어 무덤에 뿌려준다. 여기서 빵은 대단히 중요한 상징적 기능을 수행한다. 바흐친(M. Bakhtin)이 카니발 문학을 논하며 지적하듯이 "빵을 땅에다 버리는 것은 파종이며 수태다."[129] 요컨대 일류샤는 죽지만 무덤가에 뿌려진 빵은 새들의 먹이가 되어줌으로써 삶과 죽음을 연결하고, 더 나아가 새로운 생명의 수태를 상징하게 된다.

일류샤의 장례식이 끝나고 일류샤의 친구들이 빵(팬케이크)을 먹는 것 역시 동일한 맥락에서 해석될 수 있다. 장례식에서 추모객들이 빵(팬케이크)을 먹는 것이 "아주 오래되고 영원히 지속될 좋은 전통"으로 간주되듯이 소년들은 빵을 먹으며 죽은 친구를 항구히 기억한다. 이 모든 것에 미루어 일류샤의 죽음과 관련된 빵은 성체성사 때의 '그리스도의 몸'처럼 삶과 죽음을 연결해 주고 살아 있는 모든 생명을 하나로 묶어준다고 말할 수 있다. 그리고 바로 이 대목에서 도스토예프스키가 제사로 인용했던 「요한의 복음서」가 의미하는 바가 분명하게 드러난다. "정말 잘 들어두어라. 밀알 하나가 땅에 떨어져 죽지 않으면 한 알 그대로 남아 있고 죽으면 많은 열매를 맺는다."[130]

옛 음식과

새 음식

굶주림

1917년의 공산주의 혁명은 러시아인들의 모든 것을 바꿔놓았다. 음식도 예외는 아니다. 혁명을 기점으로 해서 러시아 사람들의 식생활은 완전히 달라졌다. 음식에 대한 관념도 관념이지만 당장 하루 세끼 먹는 식사의 메뉴, 식재료의 구입, 조리법, 먹는 장소 등이 혁명 전과는 현격한 차이를 보이기 시작했다. 음식은 이제 혁명 전과 후, 과거와 현재, 옛것과 새것을 표현하는 중요한 코드 중의 하나로 부상한다.

소비에트 시대 음식을 특징짓는 가장 중요한 두 가지 요소는 식량 부족과 식생활의 집단화라 할 수 있다. 그중에서도 식량 부족은 소비에트 시대 전체에 걸쳐 나타난 아주 끈질긴 특성이었다. 혁명과 내전 기간 동안 러시아인들이 겪은 무시무시한 굶주림, 그리고 그 이후에도 지속된 고질적인 식량 부족은 새로운 소비에트 국가의 정책에 일찌감치 방향을 제공했다. 물론 식량 부족이 혁명과 내전 시기만의 문제는 아니었다. 따지고 보면 애당초 혁명이 일어난 것 자체가 '빵' 때문이었다. 혁명이 기치로 내걸었던 것은 전 국민이 배불리 빵을 먹을 수 있는 국가의 건설이었다. 결국 그것이 굶주린 국민에게 먹혀들었기 때문에 혁명은 성공했다. 그러나 혁명은 더욱 극심한 빵의 부족을 가져왔고 혁명이 성공한 후에도, 그리고 새로운 국가가 완전히 자리를 잡은 후에도 식량 부족은 마치 네메시스처럼 새로 탄생한 공산주의 국가를 따라다녔다.

볼셰비키들은 임시정부를 비난하기 위해 식량 부족을 쟁점화했다. 그러나 그들의 혁명은 오히려 위기를 더 악화시켰다. 내전 기간 동안 내내(1918~1921) 지속된 훨씬 심각한 식량 부족이 러시아 도시 생활의 영구적인 특성이 되어버리고 말았다. 1917년 임시정부가 도입하여 러시아 식생활의 표준이 되다시피 한 식량 배급 제도는 볼셰비키에 의해 1921년까지 지속되었다. 그러나 1917년 3월에 일인당 일일 빵 배급량이 1파운드로 정해졌던 것에 반해 1919년 여름에는 8분의 1파운드까지 내려갔다.[131]

사정이 이렇다 보니 당장 먹을 빵을 확보하기 위한 여러 가지 편법들이 생겨났다.

식품 가격이 급등하였다. 1918년 1월과 4월 사이에 모스크바의 감자 가격은 배로 뛰었으며 호밀 가루는 4배로 치솟았다. 페트로그라드의 식량 배급은 하루 900칼로리로 떨어졌다(당시 육체노동을 하지 않는 사무직원의 경우 하루 2,300칼로리가 기준치였다). 보잘것없는 영양 섭취와 누적되는 피로로 인해 노동자들의 생산성도 떨어졌다. 부족한 배급량을 보충하기 위해 많은 사람들이 좀도둑질을 했고 암시장을 이용하거나 물물교환을 위해 시골에 내려갔으며, 내려갔던 사람들 중 시골에 친척이 있거나 아직도 연고권을 가지고 있던 사람들은 아예 그곳에 정착해 버리기도 하였다.[132]

더욱이 1920년과 1921년에는 지독한 가뭄까지 발생하여 러시아는 완전히 초토화되었다. 1920년과 1921년의 가뭄으로 인한 대기근은 대재앙의 종막을 장식했다. 10월 혁명 이후 몇 년간 전염병과 굶주림과 전투와 처형과 경제의 붕괴는 약 2천만 명의 목숨을 앗아갔다.[133] 그중에서 굶주림으로 인해 죽은 사람만 무려 5백만 명이었다.[134]

이런 상황이다 보니 혁명기 러시아에서 "영혼의 양식"이니 "육체의 양식"이니 하는 것은 배부른 시절의 꿈같은 얘기였다. 그러한 이분법 자체가 거의 범죄적인 발상이었다. 이제는 양식이 있느냐 없느냐만이 문제였다. 양식이 있으면 살고 없으면 죽는, 아주 단순한 논리만이 있을 뿐이었다. 영혼의 정화를 위한 자발적인 금식이니 단식이니 절식이니 소식이니 채식이니 하는 것들, 예컨대 톨스토이가 주장했던 것들은 어떻게 보면 다 먹고살 만하니까 나온 얘기였다. 채식이란 것은 육식이 가능할 때 선택할 수 있는 음식이다. 사람이 굶어 죽어가는 판에 동물의 생명 보호 같은 것을 말한다는 것 자체가 모욕이다. 만일 혁명 이후 시대에 채식이란 말이 가능했다면 그것은 오로지 채식에 대한 패러디로서만 가능했다. 만일 톨스토이가 1920년까지 살아 있었더라면 그는 절제에 관한 자신의 주장을 철회했을 것이다. 절제란 말은 소비에트 사회에서 존재할 수 없는 단어였다. 압도적인 굶주림 앞에서 음식에 대한 그 어떤 이념도 설명도 관념도 다 사치였다. 과거에는 '남의 음식'이었던 프랑스 요리, 그리고 과거에는 죄스러운 탐식의 기호일 수 있었던 진수성찬이 이제는 빈곤한 현재와 대립되는, 유토피아적인 '옛 음식'의 기호가 되었다.

게다가 식량난은 사람들의 생각 자체를 완전히 바꿔놓았다. 보레로(M. Borrero)가 아주 적절하게 지적했듯이 워낙 먹을 것이 없다 보니 사람들은 아예 항의를 하거나 저항을 할 생각조차 할 수 없었다. 그들을 지배한 것은 더 이상 분노가 아니라 공포였다. "1919년의 배고픈 군중은 1917년의 배고픈 군중과는 다른 사람들이었다. 정치적인 저항은 생존을 위한 몸부림만큼 중요하지 않았다. 사람들은 최선을 다해 — 사적인 거래를 하거나, 시골에 다녀오거나, 불법 혹은 합법적으로 여분의 배급 카드를 얻거나, 물물교환 혹은 항시 존재하는 암시장을 통하거나 해서 — 국가가 제공하는 식량 정책을 보강했다."[135] 이제는 국가정책이 어떠니 저떠니 할 여유가 없었다. 적군이니 백군이니 가릴 겨를도 없었다. 대부분의 보통 사람들에게는 이데올로기보다는 일단 살아남는 것이 급선무였다.

보리스 필냐크(Boris Pilnyak, 1894~1938년)의 『벌거벗은 해(Golyi god, 1921년)』는 1920년, 즉 "죽음이 출생이나 삶보다 더 자연스러운 시절"을 배경으로 하여 혁명에 대한 다양한 인물들의 다양한 시각을 보여주는 소설이다. 소설 속의 어느 인물은 당시의 굶주림을 이렇게 묘사한다.

> 도시에서 빵은 사라졌으며 불은 꺼져버렸다. 도시의 물은 말랐고 도시는 온기를 상실했다. 심지어 개와 고양이도 사라졌으며(다만 쥐들만이 번성했는데 그것은 숨겨둔 음식을 먹기 위해서였다), 아이들이 양배추 국에 넣기 위해 땄던 근교의 엉겅퀴마저 사라졌다. 숟가락도 없는 식당에서는 중절모를 쓴 노인과 모자를 쓴 노파들이 몰려와 뼈만 남은 손으로 접시에 남은 음식 찌꺼기를 경련을 일으키듯 거머쥐었다. 십자로와 성당 앞과 성소 앞에서 부랑아들은 썩은 빵과 썩은 감자를 끔찍하게 비싼 값으로 팔았다. 사람들은 서류상으로는 매장 허가가 났지만 매장할 틈이 없었던 시체를 수백 구씩 성당으로 끌고 왔다. 기아와 매독과 죽음이 도시를 배회했다. 말을 잃은 자동차들은 임종의 고통에 괴로워하며 거리를 질주했다. 사람들은 빵과 감자를 꿈꾸며 과격해졌다. 그들은 배가 고팠고 불도 없이 앉아 있었으며 얼어 죽었다.

남자들은 죽지 않기 위해 다른 사람을 죽였고 여자들은 한 덩어리의 빵을 위해 병사들에게 몸을 팔았다. 도시 주민들을 "훔친 물건을 시골로 가져가 굳은살 박인 손으로 얻은 빵과 바꾸기 위해서, 오늘 죽지 않기 위해서, 죽음을 한 달 뒤로 연기하기 위해서" 약탈을 했다. 그리고 그들 대부분은 결국 죽어갔다.

극심한 식량난이 "영혼의 양식"과 "육체의 양식"의 대비를 "양식의 부재(ne-pitanie)"와 "양식의 존재(pitanie)" 간의 대비로 바꿔 놓았다면, 소비에트 시대 식문화의 또 다른 특성인 식사의 집단화는 "공적인 식사(obshchestvennoe pitanie)"와 "사적인 식사(chastnoe pitanie)"의 대립을 파생시켰다. 공산주의 정권은 모든 식사를 공동화한다는 이상을 가지고 있었다. 모든 식사를 국가가 장악하고 국가의 경제계획에 맞추어 조절한다는 생각은 공산주의 이념에 부합했다. 그러나 식사의 집단화가 단지 공산주의 이념에 부합하는 정책이기 때문에 추진된 것만은 아니다. 그것은 사실상 부족한 식량 문제를 해결할 수 있는 거의 유일한 대안처럼 여겨졌다. "사적인 레스토랑 및 개개인의 주방에서 요리를 준비한다는 것은 노력과 연료와 식재료와 비용의 불필요한 낭비를 의미했다."[136]

그것은 단순한 산수였다. 공동 구매가 싸게 먹힌다는 것은 누구나 다 아는 일이다. 그리하여 1917년 이후 국가가 운영하는 공동 식당이 우후죽순처럼 생겨났다. 이제 "사적인 식사"와 "공적인 식사"의 대립은 "옛 식사"와 "새로운 식사", "개인주의적인 식사"와 "공동체적인 식사", "비효율적인 식사"와 "효율적인 식사", 그리고 "부르주아적인 식사"와 "프롤레타리아트적인 식사"의 대립으로 연장되

었다.[137)]

소비에트 시기 음식의 두 가지 특성, 즉 고질적인 식량 부족과 식사의 집단화는 아이러니하게도 음식에 그 본연의 가치를 되돌려주었다. 음식은 인간의 생존과 직결된 것, 문자 그대로 '생명의 양식'이 되었다. 보통 사람들에게 음식은 더 이상 욕구가 아닌 필요의 문제였다. 전통적으로, 그리고 보편적으로 러시아 사람들이 먹어온 음식, 평범하고 소박한 한 끼 식사, 어쩌다가 맛볼 수 있는 한 점의 고기구이, 어렵사리 구한 식재료로 마련한 가족 만찬, 공동 식당이 아닌 집에서 먹는 밥. 보통 때라면 아무것도 아니었을 이런 것들의 소중한 가치가 소비에트 시기 러시아 작가들의 펜 아래에서 장엄하게 되살아났다.

음식은 — 한 조각의 빵이건, 아니면 진수성찬이건 — 소비에트 문학에서 생명과 인간의 존엄성과 영원히 사라질지도 모르는 인간의 근본적인 가치들을 상징하는 가운데 '영혼의 양식'으로 승화된다. 요컨대 소비에트 시대의 음식은 그 원래의 기능, 즉 '일용할 양식'의 기능을 회복함으로써 오히려 고도로 정신적인 차원으로 올라간다. 불가코프에서 파스테르나크와 솔제니친에 이르기까지 러시아의 문인들에게 당장의 허기를 채워줄 한 끼 식사와 예술적인 영감은 동의어였다.

음식에 관해 쓰기,
혹은 음식으로써 쓰기

    1920년대 러시아 문학은 '신세대'와 '구세대'의 첨예한 대립을 주된 모티프로 삼는다. 혁명과 내전이 종식되고 자본주의의 일정 부분을 수용하는 신경제정책이 도입되면서 사회 분위기는 한결 이완된 모습을 보였다. 사람들은 지나간 옛 시절을 그리워하는 부류와 새로운 시대의 흐름에 적극적으로 동참하는 부류로 나누어졌고, 작가들은 다양한 방식으로 그들의 모습을 작품 속에 담아냈다.

    1927년에 발표된 유리 올레샤(Iurii Olesha, 1899~1960년)의 『질투(Zavist', 1927년)』는 구시대의 가치와 신시대의 가치를 전면에 내세워 탐구한다는 점에서 전형적인 1920년대 산문이라 할 수 있다.

등장인물들은 아주 분명하게 두 그룹으로 나뉜다. 주인공 카발레로프와 이반 바비체프는 사랑이니 몽상이니 하는 구닥다리 감정에 아직도 집착하는, 새로운 시대에는 전혀 맞지 않는 시대착오적인 인물군이다. 그 반대편에 서 있는 인물은 안드레이 바비체프와 볼로자 마카로프인데, 그들은 소비에트 사회의 건설에 몸과 마음을 다 바쳐 '올인'하는, 이른바 새로운 시대의 대표자들이다. 양자는 여러 가지 다양한 대립을 보여준다. 이를테면 전자가 감정과 불합리성과 낭만과 몽상을 대변한다면 후자는 공리주의와 합리주의와 건설과 이성을 대변한다. 전자가 과거를 지향한다면 후자는 미래를 지향한다. 전자가 중산층과 소시민과 귀족을 대표한다면 후자는 프롤레타리아트를 대변한다.

이러한 대립을 전달하는 코드 중에서 가장 두드러진 것은 단연음식이다. 『질투』는 고골의 소설들을 연상시킬 만큼 음식에 대한언급으로 충만해 있다. 음식은 비유, 인물의 성격, 당대 세태 묘사, 작가의 메시지 등 소설의 거의 모든 층위에 골고루 스며들어 있어 이 작품을 말하면서 음식을 간과하기란 거의 불가능하다.

우선 소설의 주된 대립쌍인 '구시대'와 '신시대'의 문제부터 살펴보자. 소설의 내용은 다음과 같다. 주인공 카발레로프는 남달리 예민한 관찰력과 표현력을 지닌 지적인 인물이다. 그는 새로운 소비에트 시대에 적응하지 못하고 하는 일 없이 술집을 전전한다. 어느날 술집에서 소란을 떨다가 거리로 내팽개쳐진 그를, 지나가던 식품생산연합 감독인 안드레이 바비체프가 거두어 자기 집에 기숙하게 한다. 안드레이는 그에게 가끔 교정이니 잔심부름이니 하는 것을 시키며 숙식을 제공한다. 안드레이에게는 이반이라는 형이 있는데, 그는 지나간 시대를 그리워하며 온갖 주책맞은 일을 다 하는 술주정뱅이다. 한편 안드레이는 젊은이 마카로프에게 멘토와도 같은 역할을 한다. 그는 20세기의 에디슨이 되기를 꿈꾸는 전형적인 소비에트식 청년이다.

카발레로프는 이반과 한편이 되어 안드레이와 마카로프를 비난한다. 그들의 눈에 비친 안드레이와 마카로프는 감정도 낭만도 아무것도 없는 기계 같은 족속들이다. 반면 안드레이와 마카로프에게 카발레로프와 이반은 아무짝에도 쓸모없는 인간 낙오자들일 뿐이다. 소설은 몇 가지 에피소드를 통해 이 두 진영의 대립을 보여주다가, 결국 카발레로프와 이반이 늙고 추한 과부 여자와 동숙하게 되는 비참한 상황으로 마무리를 짓는다.

음식과 관련하여 이 두 진영의 가장 두드러진 특징은 한쪽이 실질적인 '먹기'를 대표한다면 다른 한쪽은 먹기의 은유를 대표한다는 사실이다. 안드레이는 실제로도 잘 먹고, 새로운 먹을거리를 개발하려 노력하고, 훌륭한 식당을 구상한다. 그는 "입으로 들어가는 것"의 가장 실용적이고 공리적인 측면에 몰입한다. 반면 카발레로프는 입에서 나오는 말로써 음식의 비유를 구축하는 데 일조한다. 그에게 음식은 신선한 비유의 소재가 된다. 신세계 건설에 실질적으로는 아무것도 기여하지 못하는 그는 낙오자이며 사회 부적응자다. 그러나 그의 유창한 언변, 화려한 메타포, 새롭고 신선하게 사물을 보는 방법은 안드레이의 건조한 말과 끊임없이 대비된다. 러시아 문학과 음식을 연구한 르블랑은 『질투』의 음식을 권력과 성(性)의 상관관계 속에서 해석한 바 있다. 그의 지적에 따르면, 안드레이가 대식을 통해 권력에의 의지를 드러내 보인다면 카발레로프는 상상력의 권력을 추구한다.[138] 어느 정도 일리가 있는 지적이지만 양자의 대립은 이것보다 조금 더 복잡하다.

안드레이는 물론 많이 먹는다. 그는 식사가 아닌 간식으로 성인 여럿이 식사로 소화할 만큼의 음식을 흡수한다.

그는 대식가이다. 그는 식사는 밖에서 한다. 어제저녁, 집에 돌아온 그는 시장기가 돌자 간식을 먹기로 결정했다. 찬장에는 아무것도 없었다. 그는 밖으로 나갔다(길모퉁이에 가게가 있다). 그리고 한 보따리 싸 들고 돌아왔다. 햄 250그램, 물고기 한 통, 고등어 통조림, 커다란 빵 한 덩어리, 커다란 반달 모양의 네덜란드 치즈, 사과 네 개, 달걀 한 줄, '페르시아의 완두'표 마멀레이드. 그는 달걀 프라이와 차를 주문했다(이 건물의 부엌은 공동으로 사용되며 두 명의 조리사가 교대로 근무한다). "자, 들게나. 카발레로프." 그는 내게 권했다. 그리고 자신도 음식에 덤벼들었다. 그는 프라이팬째 놓고 에나멜 칠을 벗겨내듯 흰자위는 떼어내면서 달걀을 먹었다. 그는 충혈된 눈에다가 코안경을 썼다 벗었다 했다. 쩝쩝 소리를 냈고, 콧김을 씩씩 내뿜었고, 두 귀를 움찔거렸다.

네덜란드제 치즈, 햄, 고등어 통조림, 달걀부침, 마멀레이드……

대기근의 끔찍한 기억을 가지고 있는 사람들에게 이것은 황홀한 음식의 퍼레이드다. 이 음식들은 뚱뚱한 안드레이의 뱃속으로 들어가 그의 권력욕을 상징하는 기호로 변하는 것만은 아니다. 이 음식들은 그 자체로서 풍요를 상징한다. 불철주야 일하는 안드레이와 그의 소비에트 동료들이 미래의 소비에트 시민에게 가져다줄 음식들, 굶주림의 악몽을 말끔히 씻어줄 진수성찬의 비전이다.

반면에 카발레로프가 먹는 음식은 이를테면 과거의 '부스러기들'이다. 르블랑은 안드레이의 대식만을 강조하지만 반대 진영의 식사가 소식인 것은 결코 아니다. 그들도 역시 끊임없이 먹어댄다. 다만 그들의 식사는 안드레이의 식사에 비해 훨씬 초라하다. 그들의 식사는 미래를 향해 나아가는 신세계와 걸맞지 않는다. 그들은 구시대의 잔재인 선술집과 노점상에서 식사를 하고 시시껄렁한 술집을 전전한다.

카발레로프와 관련된 먹을거리 및 식사는 하나같이 구질구질하고 구시대적이고 누추하다. 그는 노파가 집에서 만들어 길바닥에서 파는 고기만두를 힐끗거리고, 투실투실한 과부의 비위생적인 부엌과 같은 층의 방에서 살며, 노동 회관에서 라이스 크로켓을 사먹고 노점상에서 달걀과 빵을 사 먹는다. 카발레로프가 '스승'으로 모시는 늙은 이반 역시 주접을 떨며 먹는다. "그는 새우를 좋아했다. 그의 손 아래로 새우의 시체가 흩어지곤 했다. 그는 칠칠치 못한 인간이었다. 선술집의 냅킨과 유사한 그의 셔츠는 늘 앞가슴의 단추가 풀어진 채였다. 그는 주먹을 깨끗이 핥았다. 그리고 커프스 속을 들여다보더니 거기서 새우 조각을 끄집어냈다."

구시대와 신시대는 이렇게 다른 방식으로 다른 종류의 음식을 섭취한다. 전자를 '옛 음식'으로, 후자를 '새 음식'으로 간주한다면 양자의 경쟁에서 누구라도 후자의 손을 들어줄 것이다. 그런데 양자의 대립을 "입으로 들어가는 것"의 차원이 아닌 "입에서 나오는 것"의 차원으로 연장시키면 얘기가 달라진다. 안드레이는 '비유'라는 것 자체를 모른다. 그는 언제나 실용적인 글을 쓴다. 서류, 혹은 업무와 관련된 편지가 그가 쓰는 글의 다다. 그런 글에서 비유를 사용할 이유는 없겠지만. 어쨌거나 안드레이의 글들은 너무도 삭막하고 평범하고 평면적이다. 그는 소비에트 관료이며 그에게는 실용성이 상상력을 압도한다.

포민스키 동무!

제1급 식사(그리고 50코페이카짜리와 75코페이카짜리 식사도 해당됩니다)에 고기가(개인 음식점에서 하듯이 정갈하게 저며진) 포함되도록 지시하십시오. 반드시 요구대로 하셔야 합니다. 그리고 1) 맥주 안주가 접시 없이 그대로 공급된다는 것. 2) 콩이 잘고 물기가 충분히 차지 않았다는 것—이것이 사실입니까?

(…)

따라서 가축의 도살 시 수집되는 피는 식품에, 즉 소시지 제조 등에 사용되거나, 아니면 투명하고 검은 알부민, 접착제, 단추, 염료, 그리고 비료, 가축, 새, 물고기의 사료 생산에 이용될 수 있다. 모든 종류의 가축에서 가공 전의 지방과 내장의 지방성 폐물은 지방성 식품, 즉 라드, 마가린, 인공유 등으로 가공될 수 있다.

반면 상상력과 비유와 유려함과 독특한 문체의 사나이 카발레로프는 음식에 관해 쓰는 대신 음식을 가지고 글을 쓴다. 그 음식은 그의 글 속에서 멋진 비유로 재생된다. 팬케이크와 빵과 달걀과 케이크는 그의 몸을 살찌우는 대신 그의 감각과 표현과 상상력을 살찌운다.

쇠로 만들어진 대야 속으로 떨어지는 비누 거품은 마치 러시아 팬케이크처럼 지글거린다. 내가 서 있는 높이에서 모터보트는 가로로 잘라진 거대한 아몬드를 닮은 어떤 것처럼 보인다. 아몬드는 다리 밑으로 사라진다.

탁자 위에 불투명한 컵이 놓여 있었고, 그 옆에는 히브리 글자를 닮은 비스킷이 담긴 접시가 있었다.

그는 냄비같이 생긴 모자를 벗어 케이크처럼 부둥켜안고 간다.

돌담에는 구멍이 뚫려 있었다. 오븐에서 끄집어낸 몇 덩어리의 빵처럼 돌멩이 몇 개가 빠져 있었다.

그것에 대해 얘기하노라면 언제나 가슴이 끓는 물속의 계란처럼 뛴답니다.

올레샤의 의도는 무엇일까. 그가 지지하는 것은 구시대인가, 신시대인가. 이 소설은 가치의 문제를 다루고 있지만 실제로 작가는 판단을 유보하는 듯이 보인다. 풍요를 상징하는 안드레이의 삭막한 글쓰기와, 글은 유려하지만 초라한 먹을거리를 상징하는 카발레로프. 둘 다 썩 탐탁하게 여겨지지는 않는다. 상상력은 없는 소비에트 관료와 상상력만 풍부한 건달, 이 두 사람은 모두 패러디처럼 여겨진다. 어쩌면 올레샤는 이 두 진영 중 어느 한쪽이 옳다는 얘기를 하기 위해서 이 소설을 쓴 것은 아닐지도 모른다. 이 두 진영 모두가 소비에트 시대에는 필요하다는 얘기를 하려고 했던 것은 아닐까. 다음 장에서 살펴볼 공동 식당의 테마는 이 점을 좀더 구체적으로 보여줄 것이다.

공동
식당

신시대를 대표하는 안드레이의 꿈은 전 국민이 저렴한 가격으로 훌륭한 식사를 할 수 있는 위생적이고 효율적인 국영 식당을 개업하는 일이다. 그 국영 식당의 이름은 '25코페이카'다. "가장 위대한 식당, 가장 위대한 취사장, 두 가지 요리를 갖춘 식사가 단돈 25코페이카밖에 안 나가는 식당"이다. 코페이카는 이제는 사라진 구시대 화폐단위인데 당시의 25코페이카는 지금 우리 돈으로 약 2천 원 정도다. 그러니까 안드레이가 꿈꾸는 식당은 '2천 원 식당' 정도로 생각하면 된다. 그의 꿈은 당대 소비에트 국가가 추진하고 있던 사업을 정확하게 반영한다. 올레샤는 이 점에서 대단히 '사실주의적'이라 할 수 있다.[139]

앞에서도 설명했다시피 볼셰비키들은 개인 레스토랑과 가정집 주방을 없애고 전 국민이 국가가 운영하는 식당에서 식사를 하게 한다는 어마어마한 생각을 품고 있었다. 식사의 국영화 정책은 어느 시점까지는 정착이 되는 듯싶었다. 모스크바에서 가장 고급스러운 레스토랑 중의 하나로 손꼽히던 "야르"는 매일 1만5천 명의 어린이들에게 식사를 제공할 수 있는 "주방-공장"으로 변모했다. 1918년 11월에는 페트로그라드에 있는 모든 개인 레스토랑이 국영 카페테리아로 전환되었다.[140]

1920~1921년의 대기근 후 신경제정책이 도입되면서 식사의 국영화 정책은 다소 주춤했다. 사정은 이렇다. 대기근을 겪은 신생국가에서 가장 시급한 문제는 먹는 일이었다. 공산주의 국가는 하루빨리 국민의 입과 배를 달래주어야 했다. 그러나 국가가 도시 시민에게 유일한 음식 및 식료품 공급원이 되어야 한다는 생각은 더 이상 지속하기가 불가능했다. 일단 먹을 것이 너무나 부족했다. 이러한 상황에서 국가가 국민의 모든 식사를 조직하고 공급하고 통제한다는 발상 자체가 지나치게 이상적인 것으로 판명되었다. 그리하여 신경제정책 기간 동안에는 내전 시기에 엄격하게 금지되었던 개인 레스토랑 사업이 어느 정도 허용되었다.

그러나 식사의 국영화라는 것은 소비에트 국가의 숙원 사업이었다. 신경제정책 이후 지속적인 노력 끝에 1933년경에는 전국 노동자의 75퍼센트가 국영 음식 서비스를 제공받았다. 거대한 공장을 방불케 하는 식당(kukhni-fabriki, tsekhi pitaniia), 자동 음식판매 식당 등이 수천 명에게 일시에 식사를 제공하기 위해 고안되었다. 1929년부터 1933년까지 그런 대형 공장형 식당은 15개에서 105개로 증가했고 카페테리아 연합은 153개에서 533개로 현격하게 증가했다.[141]

안드레이가 『질투』에서 건설하고자 하는 '25코페이카'는 바로 이러한 대형 국영 식당을 정확하게 설명해 준다. 화자의 표현을 빌려 말하자면 "취사장들에게 전쟁이 선포되었다. 천 군데의 취사장이 항복했다고 간주될 수 있을 것이다. 그는 가내 요리, 소량으로 판매되는 식품, 낱개로 판매되는 병들에 종지부를 찍을 것이다. 그는 모든 고기 가는 기계, 스토브, 프라이팬, 수도꼭지들을 통합할 것이다. 원한다면 이것은 취사장의 산업화라고 불리어도 좋을 것이다." 실제로 화자의 어조는 1920년대에 출간된 다양한 팸플릿의 어조와 내용을 연상시킨다. 예를 들어 1923년에 코자니(P. Kozhanyi)가 쓴 팸플릿인 「개인 주방 타도하자!(Doloi chastnuiu kukhuniu!)」는 "주방은 여성의 몸과 영혼을 기형적으로 만들었다. 노동하는 여성들을 위해 개인 주방은 우리들의 암울했던 과거 전체와 함께 가급적 빨리 매장되어야 한다"고 촉구했다.[142]

안드레이 바비체프와 같은 성을 가진 실존 인물 V. V. 바비체프가 1927년에 제작한 팸플릿도 비슷한 이야기를 언급한다. "오븐과 부젓가락과 다리미와 냄비는 여성 해방과 계몽의 적이다. 가정에서 제공되는 식사는 착취. 남편 및 식솔들은 여성과 주부 및 조리 노동자들의 착취자들이다. 이제 프라이팬과 냄비와 믹싱 볼에 대한 완강한 전쟁을 시작해야 한다. 반(反)주방 전선을 결성해야만 한다. 의식 있는 여성 군단을 최대한 많이 전선에 동원해야 한다."[143]

이렇게 값싸고 훌륭한 공동 식당을 기획하는 안드레이의 반대편에는 카발레로프와 이반이 있다. 카발레로프는 식품생산연합의 감독이자 대형 국영 식당을 기획하는 안드레이에 대한 질투를 감출 길이 없다. 그는 아무것도 건설하지 못한다. 건설에 대한 계획도 없고 건설을 할 만한 지위도 없다. 그는 일종의 식객처럼 식품생산연합의 감독에게 빌붙어 빵 부스러기를 얻어먹으며 살아갈 따름이다. 안드레이가 구상하는 장대한 스케일의 위생적이고 쾌적하고 효율적인 식당에 비하면 그들이 전전하는 선술집은 너무도 초라하다. 안드레이의 긍정적인 비전에 비하면 술에 취해 장광설이나 늘어놓는 그들은 패자 이상은 아무것도 아니란 생각이 든다.

그러나 안드레이는 '상상력'이 부족하다. 그는 자신의 비전을 시민들에게 전달할 수 있는 수사를 구사하지 못한다. 그래서 공동 식당이 필요하다는 얘기를 하러 변두리 아파트에 들르지만 성난 주부들의 항의만 받고 자리를 뜬다. 그러나 카발레로프는 아무것도 건설하지 못하는 대신 말로써 건설의 비전을 설파할 수 있다. 그는 '내가 만일 식품생산연합의 감독이었더라면 이렇게 말했을 텐데' 라며 상상 속에서 연설을 한다.

여성 동무들! 우리는 당신들한테서 그을음을 제거해 드리겠습니다. 여러분들의 콧구멍의 연기를 씻어드리고, 귀에서 소음을 없애드리겠습니다. 그리고 감자 껍질이 눈 깜빡할 사이에 기적처럼 저절로 벗겨지도록 하겠습니다. 우리는 여러분들이 부엌에서 도둑맞은 시간을 되돌려드리겠습니다. 따라서 여러분들은 자신의 생의 절반을 되돌려 받게 되는 것입니다. 저기 계신 젊은 부인, 당신은 남편을 위해 수프를 끓이고 있습니다. 당신은 한 냄비의 수프를 위해 하루의 절반을 소모하고 있는 것입니다! 우리는 냄비의 수프를 번쩍거리는 바다로 만들어놓겠습니다. 야채 수프가 대양처럼 흐를 것입니다. 죽이 산처럼 쌓일 것입니다. 젤리가 빙하처럼 기어 다닐 것입니다! 제 말씀을 들어주십시오! 우리는 여러분께 약속합니다. 타일 바닥은 햇빛으로 가득찰 것입니다. 청동의 주전자가 불처럼 타오를 것이며, 접시는 백합처럼 청결할 것이며, 우유는 수은처럼 진할 것이며, 수프의 냄새는 너무도 향기로워 탁자 위의 꽃들이 시기할 정도가 될 것입니다.

안드레이는 죽었다 깨어나도 이렇게 말을 할 수 없다. 또 카발레로프는 죽었다 깨어나도 이런 국영 식당을 기획할 수 없다. 그러니 두 사람이 함께한다면 완벽하지 않을까. 올레샤도, 그리고 그가 창조한 인물인 카발레로프도 미처 생각하지 못했겠지만 소비에트 국가에서 요구하는 예술가는 바로 이런 예술가가 아니었을까 한다. 공동 식당과 관련하여 『질투』가 보여주는 신세대와 구세대의 대립은 '공동 식당 대 개인 식당'이 아니라 '실제의 공동 식당 대 말 속의 공동 식당'이다.

대체
음식

『질투』의 안드레이가 구상하는 대형 국영 식당은 현실에서 실패로 끝났다. 그것은 값싸고 맛있고 영양 많은 식사를 전 국민에게 제공한다는 취지도, 그리고 수천 년 동안 부엌에서 혹사당해 온 '여성 동무들'을 해방시킨다는 취지도 모두 실현하지 못했다. 국영 카페테리아는 대부분이 형편없는 음식을 제공했다. 지저분한 취사장에서 싸구려 식재료를 써서 비전문가들이 아무렇게나 막 조리한 음식이 서비스 정신이 무엇인지도 모르는 사람들에 의해 파리가 들끓는 홀에서 제공되었다.[144) 그것은 평균적인 러시아인이 별다른 대안이 없으므로 주린 배를 채울 수 있는, 그냥 그렇고 그런 공간일 뿐이었다. 초기 볼셰비키들이 꿈꾸었던

"화목하고 단란한 공동체적 삶"의 토대로서의 공동 식탁과는 거리
가 멀어도 한참 멀었다.[145]

그뿐만이 아니다. 공동 식당은 여성의 짐을 덜어준다는 그 숭고
한 사명도 완수하지 못했다. 국영 식당에 동원된 노동력의 대부분
은 여성들이 충당했다. 과거에는 개인 주방에서 일하던 여성들이
이제는 대규모 국영 주방에서 일한다는 것이 다를 뿐, 밥하고 설거
지하는 것은 여전히 여성들의 몫이었다. 더욱 나쁜 것은 그렇게 일
을 한 여성들은 파김치가 되어 귀가한 후 공동 식당에서 허접스러
운 식사를 한 가족들을 위해 '진짜' 요리를 해주어야 했다. 여성들
의 부엌일은 두 배가 되었다.[146]

한편 소비에트 국가는 국민의 위장과 배를 달래주기 위해 국영
식당과 더불어 또 한 가지 사업을 추진했다. 그것은 대체 음식의 발
명이었다. 내전은 종식되었지만 가뭄 같은 자연재해는 언제라도
발생할 수 있었다. 소비에트 국가의 존속은 상당 부분 식량 확보에
달려 있었다. 통계자료에 따르면 1929년부터 1932년 사이에 레닌
그라드, 오데사, 하르코프, 로스토프, 노보시비르스크, 보로네주, 이
바노보에 일곱 개의 새로운 영양학 연구소가 설립되었다. 연구소
들은 합성 음식(인조 음식, 특히 지방질 부족을 해소하기 위한 합성 지방)
의 개발, 영양학, 그리고 새로운 단백질원, 대용식 등의 개발을 위해
여러 연구와 실험을 시행했다.[147]

새로운 음식 개발에 대한 소비에트 정부의 열의는 『질투』에도 그
대로 반영된다. 안드레이의 꿈이 대형 식당의 개발이라는 말은 앞

에서도 했지만 그 못지않게 중요한 꿈은 새로운 소시지의 개발이다. 소시지의 개발은 거의 성공 단계에 이른다. 그는 값싸고 위생적이고 영양 많은 특별한 소시지 제조를 위한 여러 가지 실험을 진두지휘한다. 그리고 마침내 소문만 나돌던 그런 소시지 제조에 성공한다. "마침내 신종 소시지가 완성되었다. 신비스러운 인큐베이터로부터 야무지게 속이 찬 뚱뚱한 내장이 코끼리 코처럼 무겁게 요동치며 기어 나왔다."

이 소시지의 생긴 모습은 여느 소시지나 다를 바가 없다. 커다랗고 묵직한 덩어리의 끝에서 잘라낸 통통하고 매끄럽고 둥근 조각. 쪼글쪼글한 끝은 꼬리처럼 가느다란 끈으로 잘끈 동여매져 있다. 여느 소시지처럼 생긴 소시지다. 무게는 1킬로그램이 약간 넘을 정도, 땀이 송골송골 맺힌 것 같은 표면, 누렇게 변하고 있는 피하지방의 거품들, 잘린 면에도 흰색 반점 같은 지방이 있다. 그런데 여기서 한 가지 주목할 것은 과연 이 소시지가 '자연산'인가 하는 점이다. 유대인 샤피로는 바비체프의 소시지를 가리켜 "상하지 않는 소시지"라 명명한다. "나는 바비체프 동무의 소시지에 찬사를 보냈어요. 그건 하루 만에 상하는 소시지가 아닙니다. 그렇지 않았더라면 찬사를 보내지도 않았을 거예요. 우리는 오늘 그걸 먹을 겁니다. 햇볕에 내놓아도 돼요. 걱정 말고 이글거리는 햇볕에 내놔요."

대체 뭐로 만든 소시지이기에 한여름에 햇볕에 내놔도 상하지 않는단 말인가. 1920년대는 요즘처럼 인스턴트식품이니 방부제니 하는 것이 보편화되지도 않았을 시절이다. 그래서 부쩍 이 소시지가 소위 말하는 '합성' 고기가 아닐까 하는 생각이 든다. 물론 작품 속에서 올레샤는 인조고기니 합성 단백질이니 하는 것은 언급하지 않는다. 그러나 당대 기록에 미루어 보건대 바비체프가 만드는 소시지는 합성고기를 위한 여러 실험들을 반영한다고 여겨진다.

1920년대, 소위 말하는 "음식 기술자들(food technologists)"은 고질적인 영양 부족의 개선책으로 합성 음식의 개발에 몰두했다. 그들은 아미노산과 글루코스를 합성하는 데 성공했지만 지방질 합성에는 성공하지 못했다. 그러나 성공적이었던 아미노산도 역시 실생활에 사용될 수 없었다. 합성하는 데 드는 비용이 너무 높아서 그걸 먹을 이유가 없었기 때문이다. 나중에는 단백질 섭취를 위해 콩 생산 활성화 정책이 촉진되고 콩 단백질이 추출되었지만, 콩 단백질로 만든 대체식은 너무나 맛이 이상해서 사람들의 질시를 받았다.[148]

이러한 상황에 미루어 보건대 안드레이 바비체프가 만드는 데 성공한 소시지는 아마도 인공 고기를 사용했을 것으로 짐작된다. 그는 거기에 만족하지 않고 더욱 기름기가 많고("한입 깨물면 기름기가 쭉 터져 나오는"), 그러면서도 가격은 더욱더 저렴한 소시지 개발을 위해 중단 없이 전진할 것이다. 안드레이의 적대 진영에 속한 카발레로프가 이 소시지를 지독하게 증오하는 것은 다만 그것이 안드레이의 업적이어서만은 아니다. 옛 시절의 낭만을 사랑하는 그는 본능적으로 그 불합리한 음식을 증오한다. 값싸고 맛 좋고 상하지 않는 소시지는 어딘지 수상하다. 그것은 기계-인간이 되고자 하는 마카로프처럼, 그리고 세월이 지나도 썩어 없어지지 않는 쇠붙이들처럼 어딘지 기묘하게 부자연스럽다. 그래서 카발레로프는 그것이 무슨 악귀라도 되는 듯 강물 속에 내팽개쳐버리고 싶어 한다. 상하지 않는 소시지는 카발레로프와 이반이 선술집이나 길거리에서 사 먹는 '옛 음식'들, 이를테면 새우니 빵이니 하는 것들과 대립하는 대표적인 '새 음식'으로서 다가올 미래를 예고해 준다. 인공 단백질에서 예고되는 미래의 음식은 다음 장에서 살펴보기로 하자.

미래의
식사

 인생의 거의 모든 영역에 관심이 지대했던 톨스토이는 1889년에 쓴 『예술이란 무엇인가』의 마지막 장에서 당대에 거론되고 있던 인공 음식을 개탄한 바 있다. 그는 진정한 예술의 가치와 의의 등등에 관해 마무리를 짓다 말고 갑자기 과학 얘기를 꺼내더니 이어서 음식 얘기를 한다.

현대 과학이 그 본래의 목적에서 얼마만큼 동떨어져 있는가는 일부 과학자가 표방하고 대다수의 학자도 별다른 부정을 하지 않고 그대로 인정하고 있는 그 이상을 보면 놀라우리만큼 분명히 알게 될 것이다. 이러한 이상은 1000년 후나 3000년 후의 세계에 관해서 쓴 통속적인 잡지에 실려 있을 뿐만 아니라 자칭 진지한 학자로 자처하는 사회학자도 이를 추종하고 있다. 그 이상이란 음식물을 농업이나 목축에 의해 토지에서 얻는 대신 실험실에서 화학적 방법으로 만들게 되어 인간의 노력은 대부분 자연력의 이용으로 대체될 것이라는 것이다. 인간은 현재처럼 자기가 기르는 닭이 낳은 알이나, 자기 밭에서 재배한 곡식이나, 몇 해나 걸려서 길러내 눈앞에서 꽃피고 열매를 맺은 나무에서 딴 사과 따위는 먹지 않게 되고, 그들도 한몫 맡을 협동 노동에 의하여 화학 공장에서 만들어지는 맛 좋고 영양이 풍부한 음식을 먹게 된다는 것이다. 그래서 모든 인간은 일을 할 필요가 거의 없어지고, 따라서 누구나 마치 상류 지배 계급이 현재 누리고 있는 것과 같은 한가로운 시간을 넉넉하게 갖게 된다는 것이다. 현대의 과학이 얼마나 그 정도에서 벗어나 있느냐 하는 것을 이러한 이상만큼 뚜렷이 보여주는 것은 없다.

톨스토이가 여기서 지탄하고 있는 것은 인공 음식과 그로 인해 도출될 수 있는 평등한 사회의 이상인데, 이는 볼셰비키들의 주장을 삼십 년 가까이 앞서 예고한다고 볼 수 있다. 공동의 노동과 공동의 식탁, 그리고 인공 음식 덕분에 단축되는 공동의 노동, 그로 인한 여유와 평등, 이런 것들이야말로 일부 낭만적인 공산주의자들의 이상이었다. 그러나 톨스토이는 바로 그러한 이상이야말로 기형적인 과학의 일그러진 이상이라고 지탄하는 것이다.

예브게니 자먀틴(Evgenii Zamyatin, 1884~1937년)은 1920년에 쓴 『우리들』에서 톨스토이의 경고를 한 걸음 더 발전시킨다. 『우리들

(My, 1920년)』의 배경이 되는 것은 29세기, 바로 톨스토이가 말한 "1000년 후"의 세계다. 톨스토이가 우려했던 "정도에서 벗어난" 과학 문명이 궁극에 달한 시점이다. 이 작품은 무척이나 다양한 해석을 허용하지만, 적어도 하나의 층위에서는 공산주의 이념이 극에 이르렀을 때 나타날 수 있는 끔찍한 악몽을 펼쳐 보여준다. 이 작품으로 인해 자먀틴에게 "반혁명"의 낙인이 찍힌 것은 너무도 당연한 결과였다.

『우리들』의 세계는 첫째, 만민이 '나름대로' 평등한 세계다. 전 국민이 동일한 옷을 입고 동일한 생각을 하고 동일한 형태의 집에서 살며 동일한 시간표에 따라 노동한다. 모든 것이 계획에 따라 진행된다. 이것은 평등이라기보다는 균등 혹은 획일화라 해야 옳지만, 아무튼 국민은 모두 행복하다. 그들에게는 아무런 선택권도 없고, 그들의 일거수일투족은 보안 요원의 감시를 받고, 국가의 주요 사업은 만장일치로 채택되고, 모든 것은 지도자 혼자 처리한다. 여기서는 식사마저도 획일화된다. 그들은 동일한 시간에 동일한 방식으로 동일한 횟수만큼 씹으며 식사를 한다. 자먀틴은 내전이 끝나기도 전에 이 작품을 구상했지만 거의 악의가 느껴질 정도로 가차없이 공산주의가 지향하는 "함께 일하고 함께 먹는" 사회의 이상을 패러디한다. 모든 사람이 같은 곳에서 같은 음식을 같은 횟수만큼 씹어 먹는 장면에서 공동 식당의 낭만적인 비전은 여지없이 허물어진다.

『우리들』의 두 번째 특징은 과학만능주의다. 이곳의 모든 것은 과학적으로 처리된다. 인간은 마침내 과학의 힘으로 자연을 완전히 정복했다. 이곳은 유리의 벽으로 외부의 자연과 완벽하게 차단되어 있으며, 여기서는 심지어 하늘까지도 "살균한 듯이" 깨끗하다. 인간의 의식주는 과학적으로 깔끔하게 처리되었으며 양육, 건강, 교육, 위생 또한 과학적으로 처리되어 완벽하다. 무엇보다도 인간의 삶의 가장 근본적이고 가장 단순하면서, 또한 가장 복잡한 일인 식사가 이곳에서는 인공 음식에 의해 가뿐하게 해결되었다. 주인공의 말을 들어보자.

고대의 현자 중 누군가가 틀림없이 다음과 같은 현명한 애기를 했다. "사랑과 굶주림이 세계를 지배한다." 세계를 정복하기 위해서는 세계의 지배자를 정복해야 한다. 우리의 선조들은 비싼 대가를 치르고서 마침내 굶주림을 정복했다. 나는 여기서 도시와 농촌 사이에 있었던 저 위대한 200년 전쟁을 말하고자 하는 것이다. 아마도 종교적인 편견 때문이었겠지만 미개한 그리스도교인들은 자신들의 "빵"(이 용어는 다만 시적인 은유의 형태로만 우리에게 전해져 왔다. 이 물질의 화학적 성분은 알려진 바 없다)에 고집스럽게 매달렸다. 그러나 단일 제국이 건국되기 35년 전에 현재 우리가 먹는 석유 식품이 발명되었다. 지구 인구의 10분의 2만이 살아남은 것은 사실이다. 그러나 덕분에 천 년간 누적되어온 더러움을 깨끗이 씻은 지구의 표면은 얼마나 빛나게 되었는가. 그 덕분에 인류의 10분의 2는 단일 제국의 궁전에서 지극한 행복을 누리게 되었지 않은가.

자먀틴은 소비에트 사회에서 아직 인공 식품의 개발이 시작되기도 전에 과학 만능 풍조가 극에 이르면 자연적인 식재료로 만든 음식이 사라질 것으로 내다보았다. 그런 의미에서 그의 "석유 음식"은 톨스토이의 "화학 공장에서 만들어진 음식"과 올레샤의 "썩지 않는 소시지"를 이어주는 가교 역할을 한다고 볼 수 있다. 그러나 여기서 중요한 것은 단순히 화학적이고 과학적이고 인공적인 식재료의 타당성 문제가 아니다. 자먀틴의 과학 만능 사회에서는 자연 식재료의 사라짐과 더불어 식사의 의미도 사라졌다. 식사와 음식은 전혀 다른 개념이지만 이 나라에서는 음식의 의미만 있고 식사의 의미는 없어졌다. 즉 유기체가 생존하기 위해 흡수해야 하는 양분으로서의 음식은 존재하되 식사와 관련된 가족, 우의, 사랑, 따사로움 같은 모든 고전적인 관념은 없다. 『우리들』의 세계가 악몽처럼 느껴지는 것은 이런 점 때문이다.

집밥

소비에트 사회에서 공동체적 삶의 이상은
결국 다시 집으로 돌아갔다. 혁명 이후 모스크바에서 '집'은 구체적
인 거주지가 아닌 향수에 젖은 꿈이다. 그것은 아늑하고 다정한 가
정과 정신적인 자유를 엮어준다.[149] 이것이 비단 혁명 후 모스크바
만의 이야기일까. 현대인에게 집이란 이제는 사라진 것, 아름답고
아늑하고 자유로운 모든 것을 상징하는 것 아닐까. 공동 식당에서
먹는 밥의 반대편에 있는 것은 물론 집밥이다. 그러나 이 집밥이란
게 과연 무엇인가. 집에서 먹는 밥, 가족과 함께 먹는 밥이 집밥인가.
이제부터 꽤 길게 소비에트 문학 속의 집밥 이야기를 할 예정이므로
잠시 한숨 돌리는 의미에서 박완서의 『아주 오래된 농담(2000년)』

에 나오는 집밥을 살펴보자.

소설은 성공한 의사 영빈이 학창 시절 흠모했던 현금과 재회하면서 벌이는 밀회를 중심으로 가족의 붕괴 문제를 다각도에서 탐색한다. 영빈과 만난 시점에서 현금은 이미 한 번 결혼을 했던 상태다. 그녀의 결혼을 파탄으로 몰고 간 것은 집밥이었다. 현금은 풍족한 삶을 위해 부유한 사채업자의 아들과 결혼했다. 그는 즐기면서 살고자 했고 현금 역시 거기 동의했다. 그러나 내심 그녀만의 원칙이 있었다. 그것은 우선 "그와 쾌락은 공유하되 다른 공유물은 갖고 싶지 않다"는 것이었다. 그래서 그녀는 피임을 했다. "또 하나는 아무리 그가 원해도 나 하기 싫은 것은 안 하고 사는 거였다. 나는 그를 위해 밥 짓고 반찬 만들기가 싫었다."

그 집은 파출부가 모든 것을 다 하고, 부부는 맛있는 집은 어디고 찾아다녔고, 집들이란 것도 출장 요리사를 불러 했다. 그녀는 남편을 위해 밥 짓기가 싫었다. 그렇게 살던 어느 날, 부부의 식도락에 권태기가 찾아왔다. 파출부는 마침 휴가 중이었다. 남편이 아내에게 "마누라가 지은 밥 한 끼 먹어보는 게 소원"이라고 "색다른 주문"을 한다. 아내는 "그의 당연한 요구를 꼴값하고 있다고 생각했다."

아내가 자기는 밥할 줄 모르니까 나가 먹자고 해도 남편은 막무가내다. 가정부가 한 밥은 하숙집 밥이라며 고집을 피운다. "어디서 들은 풍월인지 하숙 밥 너무 오래 먹으면 골속에서도 뱃속에서도 진기가 빠져버린다는 소리도 못 들었느냐, 지금 내가 바로 그런 심각한 영양 부족 상태라고 엄살을 부렸다." 그래도 아내는 밥을 안 만들고 둘 다 굶으며 며칠을 버틴다. "나도 같이 굶으면서 그를 위해 밥을 짓기는 죽어도 싫다는 내 마음을 섬뜩하도록 명료하게 들여다보고 있었다." 이 일을 계기로 그들 사이는 영원히 갈라진다. 그들은 얼마 후 '쿨하게' 이혼한다.

이 에피소드에서 밥을 짓는다는 것, 그리고 밥을 집에서 먹는다는 것은 진정한 기쁨을 의미한다. "우리 사이에 쾌락은 있었지만 기쁨은 없었다. 쾌락은 자꾸 탐하면 물리게 돼 있다. 우린 다 같이 지쳐가고 있었다. 우리에게 결핍된 건 기쁨이었다."

집밥이 꼭 가족이 함께 먹는 밥만을 의미하는 것은 아니다. 현금이 슈퍼마켓에서 만난 어느 독신 직장 여성은 이렇게 말한다. "그런 것만 먹고는 못 버텨요. 집밥을 먹어야지. 오래 직장 생활을 하다 보면 집밥만 한 보약은 없다는 걸 알게 되지요."

현금은 기쁨을 공유할 수 없는 남자와 이혼하고 혼자 집에서 밥을 만든다. "밥을 안치고 나서 몇 가지 반찬을 만들기 시작했다. 밥이 뜸 드는 냄새와 된장찌개, 굴비 굽는 냄새가 어우러지면서 이곳이 바로 사람 사는 집구석이로구나 하는 생각이 들었다."

현금은 영빈과 내연 관계를 맺은 상황에서 영빈을 위해 밥을 짓는다. 딱히 영빈을 사랑하는 것이 아님에도 현금은 그가 찾아오는 공간을 '집'으로 만든다. 정상적으로 결혼한 남편을 위해서는 단 한 끼도 밥을 짓지 않은 그녀가 자신만을 위해서, 그리고 어차피 떠나보낼 내연남을 위해서는 밥을 짓는다.

집밥이란 그러니까 가족이 함께 먹는 밥을 의미하는 게 아니다.

그것은 존재의 가장 근원을 지지해 주는 일종의 '생명의 양식'과도 같은 개념이다. 한국 문학을 대표하는 노작가가 쓴 『아주 오래된 농담』은 가족과 함께 먹는 소박한 한 끼 식사의 가치를 찬양하는 소설이 아니다. 그것은 가족이라는 껍질 안에 도사리고 있는 빈 공간을 들쑤셔낸다. 현금의 가정도, 영빈의 가정도, 영빈의 동생의 가정도, 영빈과 그의 어머니가 만든 가정도, 모든 가정이 껍질이다. 그런데도 '집밥'의 관념은 꿋꿋하게 남아 있다.

닥터 지바고의
오리고기

　　보리스 파스테르나크(Boris Pasternak, 1890~1960년))의 『닥터 지바고(Doktor Zhivago, 1957년)』는 노벨문학상을 수상한 작품임에도 불구하고 종종 소설적 결함을 지적당해왔다. 그 결함들 중 가장 자주 입에 오르내린 것은 과도한 우연성이다. 물론 소설이라고 해서 완벽한 개연성과 완벽한 인과율을 갖추어야 하는 것은 아니다. 추리소설이라면 몰라도 그 외의 소설은 꼭 앞뒤가 딱딱 맞아야 하는 것은 아니다. 그러나 그렇다고 해도 『닥터 지바고』는 너무나 우연의 일치가 많다. 예를 들어보자. 러시아혁명 당시 러시아 인구는 약 1억 3천 정도였다. 그중에서 혁명 전 어느 레스토랑에서 우연히 스쳐 지나갔던 남자와 여자가 야전병원에서 다시 만나게 될 확률은 얼마일까. 그 남자가 여자의 엄마의 양장점에서 일하던 하녀와 모스크바에서 만나게 될 확률은 얼마일까. 아니 그건 그럴 수 있다손 쳐도, 바로 그 두 남녀가 기약도 없이 헤어졌는데 몇 년 뒤 우랄 산맥에 있는 작은 마을의 도서관에서 딱 마주칠 확률은 얼마나 될까. 그리고 그 남자가 빨치산에게 잡혔는데 하필이면 빨치산 대장이 여자의 남편일 확률은 얼마나 될까. 뭐 매사가 다 이런 식이다.

그런데 파스테르나크를 위해 굳이 변명을 하자면, 그의 관심사는 인과적으로 흠집 하나 없는 소설을 쓰는 것이 아니었다는 말을 하고 싶다. 파스테르나크에게 인생은 예기치 않은 기쁨과 우연의 일치와 기적과 선물로 가득 찬 것이었다. 삶 속에서 일어나는 일들은 설명을 불허한다. 그냥 일어나는 것이다. 그냥 주어지는 것이다. 아니 삶 자체가 선물이다. 선물은 대가를 치르고 받는 것이 아니다. 거저 주어지는 것이 선물이다. 그리고 선물은 고마운 마음으로 받는 것이지, 이거 달라 저거 달라 떼를 써서 얻어내는 것이 아니다. 『닥터 지바고』는 삶에 관한 소설이다. 우리의 삶 자체가 얼마나 우연과 기적으로 가득 찬 놀라운 선물인가 하는 것을 보여주는 소설이다. 그래서 소설에 나타난 우연의 일치는 사실상 오점이라 보기 어렵다.

흥미로운 것은 바로 이 선물로서의 삶이라고 하는 것을 보여주기 위해 파스테르나크는 지바고로 하여금 여러 가지 물질적인 선물을 받도록 이야기를 이끌어 나간다는 사실이다. 지바고는 어려운 일이 닥치면 언제나 즐거나 잠 속으로 빠져든다. 경제력도 별로 없다. 그런데도 그 어려운 전쟁과 혁명과 내전의 시기를 무사히 살아남는다. 무수한 사람들이 꼭 필요한 시점에 나타나 그에게 공짜로 도움을 주고 선물을 준다. 오리고기도 그중의 하나다.

지바고는 야전병원에서의 근무를 마치고 야간 급행열차에 몸을 싣고 집으로 돌아간다. 1917년의 가을이다. 러시아 전역에 혁명의 전조가 깔려 있다. 그와 같은 칸에는 사냥꾼처럼 보이는 조금 이상한 금발 머리 청년이 타고 있는데, 어떤 때는 말을 걸어도 묵묵부답이지만 또 어떤 때는 이상한 음성으로 묻지도 않은 말을 끝없이 쏟아낸다. 지바고는 처음에 당황하지만 나중에 청년이 농아라는 것을 알고는 모든 것을 납득한다. 청년은 유명한 혁명가의 조카라고 하면서 유행하는 여러 가지 혁명 사상에 허풍을 뒤섞은 황당한 이야기를 주절거려서 지바고를 질리게 한다. 그런데 이 이상한 청년, 지바고와는 말도 안 통하고 생각도 다른 농아 청년이 헤어질 때가 되자 갑자기 사냥 주머니에서 자기가 잡은 들오리 한 마리를 꺼내더니 지바고에게 받으라고 강권한다. 지바고는 거듭 사양했지만 결국 오리를 받는다.

혁명을 전후한 시기에 얼마나 먹을 것이 부족했는가 하는 것은 앞에서 이야기했다. 빵 한 덩어리 때문에 사람을 죽이기도 하는 그런 상황이었다. 고기라는 것은 꿈도 꿀 수 없던 시절이었다. 그런데 생전 처음 만난 귀머거리 청년이 고기를 선사한 것이다! 여기서 지바고가 받은 오리고기가 선물로서의 삶의 상징이라는 것은 너무도 자명하다. 그가 모스크바에 도착해 보니 도시는 폐허가 되어 있었다. 노점상들은 모두 문을 닫았고 노인들이 유령처럼 여기저기 서서 쓸모도 없는 물건들을 팔고 있었다. 곰팡이 냄새가 나는 배급 빵, 지저분한 설탕 덩어리 같은 것들이 무섭게 비싼 가격으로 거래되고 있었다. 그런 판국에 지바고가 고기를 가지고 귀향하게 되었으니 정말로 횡재와도 같은 것이었다. 지바고의 부인 토냐는 외친다. "어디서 구했지요? 믿어지질 않는군요." 부부는 당장 사람들을 초대해서 오리고기 파티를 열기로 작정한다. 땔감도, 등불도, 배급품도 곧 끊어질 거라는 소문이 돌고 있었다.

폐허 속의
파티

혁명이 일어나던 해 가을에는 무언가 운
명적인 것이 있었다. "8월이 지나 9월도 마지막으로 접어들었다. 피
할 수 없는 것이 다가오고 있었다. 겨울은 가까워오고 인간세계에
는 일종의 가사 상태가 지배하고 있었으며 누구나 그것을 화제로
삼고 있었다." 이런 상황에서 지바고 부부는 귀머거리 청년한테서
선물로 받은 오리를 요리하여 파티를 연다. 초대 손님은 지바고가
전선으로 가기 전에 늘 존경했던 니콜라이 아저씨, 그리고 어린 시
절부터 친하게 지냈던 고르돈과 두도로프였다. 술은 물론 구할 수
없는 상황이라 고르돈이 실험실에서 알코올을 가져오기로 했다.

그런데 이 '술과 고기' 파티는 지바고 부부가 기대했던, 화기애애

하고 따사롭고 유쾌한 파티는 되지 못했다. 지바고는 파티 내내 슬프고 짜증스러웠다. 그 첫째 이유는 빵의 부재다. "이 굶주렸던 시기에 기름진 오리 한 마리는 지나친 사치였으나, 여기에 빵을 곁들이지 못한 점이 호사스러운 연회의 흠이 되었으며 사람들의 신경에 거슬렸다." 고기는 있지만 빵이 없는 연회. 이 부자연스러운 연회는 많은 것을 말해 준다.

앞에서도 말했듯이 빵은 러시아 사람들에게 거의 생명과도 같은 것이다. 오늘날까지도 러시아인들은 엄청난 빵을 소비하는 것으로 유명하다. 보통 러시아 3~4인 가족은 하루에 두세 덩어리의 빵을 소비한다. 가장 평범한 검은 빵이 가장 인기가 많은 종목인데 평균적인 러시아인은 하루에 대략 1파운드의 빵을 소비한다.[150] 아무리 비싼 음식이 차려져도 빵이 없으면 그것은 식사라 하기 어렵다. 그러므로 빵이 없는 파티는 당시의 식량 부족이 얼마나 절박한 지경에 이르렀나를 리얼하게 전달한다.

그러나 그것이 다는 아니다. 러시아 사람들의 생명과도 같은 빵이 없다는 것은 이것이 어딘지 잘못된 향연임을 암시한다. 지바고에게 파티란 음식을 탐하는 모임이 아니라 나눔과 즐거움의 모임이다. 그런데 이날의 파티는 나눔과 즐거움은 없고 오로지 '고기와 술'이 주린 배를 채워주는 역할만 하는 그런 모임이 되어버린다. 알코올의 역할이 사람들을 취하게 하는 것에만 집중된 것 또한 같은 맥락에서 지바고를 짜증나게 한다. 향연에서의 술은 어디까지나 분위기를 위한 것이다. 술은 '가나의 혼인 잔치'에서처럼 주빈과 손님들이 서로 축하하고 축복하고 웃고 떠들고 행복해하기 위해 마시는 액체일 뿐이다. 그런데 이날의 파티에서는 모두들 취하기 위해 마신다. "고르돈은 유리 병마개가 닫힌 약병에 알코올을 담아 왔다. 알코올은 암거래 상인의 좋은 상품이었다. 토냐는 그 병을 손에서 놓지 않고 마음 내키는 대로 조금씩 알코올을 물에 타서 좀 독하게도 하고, 또 약하게도 만들었다. 그래서 같은 도수의 술을 마시는 것보다 도수가 다른 편이 빨리 취한다는 것을 알 수 있었다. 이것 역시 화를 돋우는 일이었다."

둘째, 지바고는 이 오리고기와 술의 파티가 "자기들만의" 연회가 된 것에서 일종의 죄의식을 느낀다. "그러나 무엇보다도 슬픈 일은 연회가 시대 조건에 동떨어졌다는 사실이었다. 이 집에서는 먹고 마시고 있는데 같은 시간에 길 건너의 집들에서도 그렇다고 할 수는 없다. 창밖에는 어둡고 굶주린 모스크바가 말없이 늘어져 있었다. 모든 상점이 텅 비어버렸고 사람들은 이미 오리고기나 보드카에 대한 생각마저도 잊어버렸다. 이웃 사람들과 같은 생활 속에서 아무런 파란도 없이 지내고 그 속에 융화된 생활만이 참된 생활이라 할 수 있었다. 혼자만의 행복은 행복이라 할 수 없었다. 따라서 이날 파티 식탁에 차려진 오리나 술도 이들만이 즐기는 것이므로 참된 오리나 술이 되지 못한 것이 유감스러운 일이었다."

셋째, 사람들이 달라졌다. 청소년기에 지바고와 더불어 이상과 꿈을 나누던 친구들, 그리고 지바고가 시인으로 성장하는 데 막대한 영향력을 행사했던 니콜라이 아저씨, 모두 다 변해버렸다. 그들은 일단 몹시 시끄러웠다. 평소에 지바고가 꿈꾸던 삶은 이런 것이다. "아아, 허망하고 지루한 웅변, 얄팍한 미사여구에서 벗어나 아무 말 없는 대자연 속으로 숨어서, 오래도록 뼈가 으스러지는 노동과 말없는 깊은 잠, 참된 음악과 감정에 압도되어 언어를 잃은 인간들끼리 의사가 소통되는 깊은 침묵 속에 젖어들 수만 있다면 얼마나 멋있는 일일까!"

그런데 정작 그가 그토록 그리워했던 옛 시절의 지인들은 연회에서 그가 치를 떨며 싫어하는, 바로 그 허망한 웅변과 미사여구를 쏟아낸다. 두도로프는 사람이 완전히 달라져 "예전처럼 친한 말투가 아니라 점잖은 말투로" 이야기를 한다. 니콜라이 아저씨 역시 "알아볼 수도 없게 사람이 달라져 있었으며" 볼셰비키 사상에 경도되어 툭하면 사회혁명당 좌파의 이름을 곧잘 입에 올리곤 한다. 지바고에게는 너무도 낯선 모습이다. 손님들은 난상 토론을 벌이고 "침묵과 말없는 소통"을 원했던 지바고는 자기도 모르는 사이에 거기 말려들어 그 또한 취기를 무기 삼아 일장 연설을 퍼붓는다. 그러다가 연회는 끝난다. "손님들이 집으로 돌아가기 시작했다. 모두들 지쳐서 까칠한 얼굴들이었다. 턱을 떨면서 하품을 하는 것이 마치 말처럼 보였다."

이렇게 허무하게 끝난 파티는 기묘한 아이러니의 냄새를 풍긴다. 공산주의에 동조할 수 없었던 지바고는 오히려 나눔이 없는 먹기에 죄스러워하는데, 볼셰비키 사상에 빠진 니콜라이 아저씨는 그런 사실에는 관심도 없이 자기 사상을 떠벌리기에 바쁘다. 이 연

회는 지바고의 삶에서 일종의 전환점이다. 이후 지바고는 점점 더
인류, 러시아, 혁명, 역사 등등과 같은 거대한 담론에서 떨어져 나와
자기 자신으로 돌아가는 일에 몰입한다.

시인을 위한
가정식 백반 I

　　시인 지바고의 인생관은 너무나 평범하고 소박해서 거의 믿기 어려울 정도다. 그는 가정생활만이 행복의 전부라고 믿는 소심한 남자다. 격동의 세월에 비추어진 그의 모습은 쩨쩨하고 옹졸해 보이기까지 한다. 지바고가 누군가. 유서 깊은 지바고 가문의 자제이자 러시아 지식인의 전통을 계승한 전형적인 지성인이다. 철학과 역사와 문학을 공부한 학자이자 전문의 자격을 갖춘 안과 의사이자 시적 감수성이 뛰어난 시인이다. 혁명기 러시아에 이 정도 지식인이면 어떤 식으로든 무언가 '역할'을 수행할 만하다.

　　그런데 이상하게도 이 남자는 혁명이고 뭐고 별 관심이 없다. 조국의 운명이라든가 역사의 흐름에도 별 관심이 없다. 오로지 가족과 가정만이 그의 주된 관심사다. 의사이면서도 환자를 치료하는 것보다는 망가진 가구를 손보고 텃밭에서 푸성귀를 키우는 일에 더 신경을 쓴다. 야전병원에서의 근무를 마치고 모스크바의 집으로 돌아가는 기차 안에서 가정에 관한 그의 '사상'은 완전히 구체화된다. "집으로 가는 것, 이것이야말로 참된 인생이고 유익한 경험이며 모든 탐구의 궁극적인 목적이다. 이거야말로 예술이 지향하는 것, 자기 집으로, 단란한 가정으로, 진실한 자기로, 참된 존재로의 복귀인 것이다." 마침내 집에 와서 아내와 재결합한 그는 아내에게 말한다. "금방 기차 차창에서 밖을 내다보면서 평화로운 가정생활과 일하는 것 외에는 이 세상에서 더 가치 있는 것은 없다고 생각했다오."

이 대목에서 작가가 전달하려는 메시지는 물론 대단히 철학적이다. 주인공이 소심하고 자상하다는 것, 그것을 강조하기 위해 이런 대목을 집어넣은 것은 결코 아니다. 지바고에게 집이란 것은 모든 존재의 원천, 가장 근원적인 것을 의미한다. 그래서 집으로 돌아간다는 것은 결국 존재의 가장 깊은 곳에 있는 것, 곧 자기 자신, 자아로의 복귀를 의미한다. 집이 곧 자아인 것이다. 지바고가 혁명을 받아들일 수 없는 이유도 여기에 있다. 혁명은 민족과 역사와 인류의 이름으로 집과 가정과 가족을 파괴한다. 혁명은 거대한 물결이며 지바고는 그 거대한 물결에 휩쓸려 가는 개인의 소소한 존재를 움켜쥐고자 발버둥 친다. 소소한 일상, 소소한 기쁨, 소소한 것에서 삶의 의미를 찾고자 하는 소박한 소망조차 이루어주지 못하는 혁명을 그는 받아들일 수가 없다. 집을 가장 중요한 것이라 말하는 그는 역사의 이름으로 진행되는 혁명을 향해 개인성 회복을 위해 1인 시위를 벌이고 있는 것이다.

한 가지 흥미로운 것은 소설 속에서처럼 작가 파스테르나크의 삶 속에서도 집(가정)은 무척이나 중요한 의미를 갖는다는 사실이다. 파스테르나크 역시 지바고처럼 언제나 소박한 가정생활을 목말라 했다. 그리고 첫 번째 결혼이 그 목마름을 전혀 해결해 주지 못했기 때문에 목마름은 더욱더 심해졌다. 파스테르나크는 1922년 봄에 푸른 눈의 미녀 화가 예브게니야 루리에와 결혼했다.[151] 시인과 화가의 결혼은 어떻게 보면 숙명적인 것처럼 여겨질지도 모른다. 두 예술가가 결합한다는 것은 사실 당연한 것인지도 모른다.

그러나 예브게니야는 가정과는 거리가 먼 여성이었다. 파스테르나크가 그토록 목말라 하는 가정적인 삶을 제공해 주기에 그녀는 너무도 예민한 예술혼의 소유자였다. 타고난 미모와 열정과 보헤미안적 기질은 집안일과 요리와 육아와 양립하기 어려웠다. 게다가 혁명과 내전 직후의 모스크바는 두 예민한 영혼이 신접살림을 차리기에 최적의 장소는 아니었다. 갓난아기가 시도 때도 없이 울어대는 좁아터진 아파트에서 두 예민한 영혼은 각자의 작업 공간을 확보하기 위해 몸부림을 치면서 신혼 시기를 보내야 했다. 그들의 영혼은 더욱 예민해졌고, 그럴수록 그들의 육체적 거리는 점점 더 커져갔다. 화가 부인은 남편에게 가정을 만들어줄 능력도 여유도 없었다. 그녀 자신이 집안일을 대신해 줄 '부인'을 필요로 했다.

그리하여 시인 남편과 화가 부인은 완전히 서로에게 등을 돌렸고, 남편은 화가 부인을 대체할 다른 여성을 찾아냈다. 상대는 지인인 피아니스트 네이가우즈의 아내 지나이다였다. 두 사람의 부적절한 관계는 두 사람이 각각 배우자와 이혼을 한 뒤인 1935년에 적법한 결혼으로 마무리되었다. 지나이다는 예브게니야와 완전히 반대되는 유형의 여성이었다. 그녀는 첫 부인이 해소해 주지 못한 파스테르나크의 갈증을 단박에 해소해 주었다. 두 사람에게 할당된 방 두 개짜리 아파트는 즉시 '가정'으로 변신했다. 후처는 창문에 커튼을 해 달고 마룻바닥을 쓸고 닦았다. 집 안에서는 맛있는 음식 냄새가 풍겼고 전처와의 사이에서 태어난 두 명의 아이들은 더 이상 칭얼거리지 않아도 되었다. 파스테르나크는 새 부인이 해준 밥을 먹고 새 부인이 치워준 서재에서 글쓰기에 전념할 수 있었다. 이제 비로소 파스테르나크가 그토록 꿈꾸었던 가정의 행복이 성취된 것이다.

그러나 딱 여기까지만이다. 소설 속에서 지바고의 이상이었던 가정과 현실에서 파스테르나크가 꿈꾸었던 가정은 지나이다와의 재혼에서 중첩됨과 동시에 끝나버린다. 문제는 지나이다가 지나치게 '가정적'이라는 사실에 있었다. 지나이다는 문학과 예술에 관해서는 거의 아무런 관심도 없었다. 그녀는 오로지 먹고사는 일에만 관심이 있었다. 이 무감각하고 실용적인 여자가 처음에는 피아니스트와 결혼을 하고 나중에는 시인과 결혼을 했다는 것은 인생의 아이러니라 아니할 수 없다. 가정의 행복을 추구했던 파스테르나크는 세월이 어느 정도 흐르자 자신이 실수를 한 것 같다는 생각을 하기 시작했다. 꽃무늬 커튼도, 구수한 수프 냄새도, 반들반들한 마룻바닥도 더 이상 그를 행복하게 해주지 못했다. 파스테르나크에게는 알뜰한 가정주부뿐 아니라 견실한 정신적 동반자도 필요하다는 것이 분명해졌다. 동료 작가들은 파스테르나크의 두 번째 부인을 두고 천재를 평범한 샐러리맨으로 뒤바꿀 수 있는 여자라며 손가락질했다.

그러던 차에 파스테르나크는 "내 가슴의 여왕"이라 부르게 될, 젊고 시적이고 아름다운 여성과 만나게 된다. 그 만남은 흔해빠진 불륜으로 볼 수도 있고 천재 시인에게 닥친 운명적인 사랑으로 볼 수도 있다. 그러나 그것은 또 하나의 긴 이야기가 될 터이니 다음 장으로 미루고 지금은 우선 지바고 이야기로 돌아가자.

혁명은 오로지 가정만이 참된 기쁨의 원천이라 생각하는 지바고의 삶을 산산이 부숴버린다. 그는 전혀 예기치 않은 시간과 전혀 예기치 않은 장소에서 그 옛날 흘낏 보았던 라라와 재회하고 전혀 의도하지 않았는데도 그녀와 내연 관계에 들어가게 된다. 모든 것이 혁명 탓이다. 만일 혁명이 일어나지 않았고, 만일 그가 전선으로 가지 않았고, 만일 그의 가족이 식량 부족을 견디다 못해 모스크바를 버리고 우랄 지방의 유랴틴 인근 바리키노로 이주하지 않았더라면 그는 라라와 만나지도 않았을 것이고, 건실한 가장으로서 토냐와 매우 단란한 가정생활을 하며 행복하게 살았을 것이다. 너무도 아이러니한 것은 삶의 의미와 목적과 기쁨을 집에 두는 이 남자가 평생 동안 '남의 집'을 전전한다는 사실이다.

라라 역시 혁명으로 인해 가정을 잃어버렸다. 그녀의 남편 파샤는 아내와 딸을 버리고 혁명에 투신하여 악명 높은 파르티잔이 되었고, 그녀는 남편을 찾기 위해 간호사가 되어 전선으로 갔다가 지바고를 만난다. 나중에 그녀는 유랴틴에 정착했지만 그녀가 거주하고 있는 장소는 '남의 집'이다. "이건 남의 집이랍니다. 우리는 집주인을 알지도 못해요. 우리는 학교 관사에 살고 있었는데 학교가 유랴틴 시 소비에트 주택부에 접수되었기 때문에 저와 딸은 주인이 버리고 간 집을 할당받게 되었답니다." 바로 이 '남의 집'에서 라라와 지바고의 내연 관계가 시작된다. 아내와 아들을 저버린 남자와 남편에게 버림받은 여자가 혁명과 내전의 소용돌이를 피해 남의 집에서 가족과도 비슷한 관계를 꾸려 나간다.

흥미롭게도 지바고가 라라에게 이끌리는 것은 이때도 역시 라라의 '가정적인 매력' 때문이다. 지바고를 사로잡은 것은 미모나 착한 성품이나 매력적인 성격이나 지성미가 아니라 라라가 가지고 있는 가정주부다운 매력이다. "밤늦게 지치고 허기져서 집으로 돌아오면 라라는 식사 준비며 세탁 등 살림에 골몰하고 있었다. 머리카락이 흩어지고 팔소매를 걷어붙이고 치맛자락을 허리춤에 낀 라라의 소박하고 평범한 모습은 숨 막힐 듯 매력적이었다. 설사 그녀가 가슴이 드러나는 드레스를 입고, 키가 날씬해 보이도록 굽이 높은 구두를 신고, 폭이 넓은 화려한 치맛자락을 흔들며 무도회에 나가는 모습을 보인다 해도 그는 이토록 매료되지는 못했을 것이다."

이렇게 지바고와 라라의 불륜은 아무리 봐도 애욕이나 정열이나 불타는 정념 같은 것과는 거리가 멀다. 소설에서 두 사람 사이의 육체적이고 에로틱한 장면은 단 한 번도 언급되지 않는다. 따뜻하고 훈훈하고 가정적인 상황만이 반복적으로 언급된다. 두 사람이 만들어내는 가정적인 분위기는 소설의 클라이맥스로 이어진다. 유랴틴의 '남의 집'에서 마치 가족처럼 몇 달간 함께 살던 지바고와 라라, 그리고 라라가 데려온 딸인 카텐카는 시시각각 다가오는 적군의 위협을 견딜 수가 없어 바리키노의 깊은 산속 마을로 피신한다. 지바고는 그동안 자신에게 소중했던 모든 것에 작별을 고하는 시간을 라라와 보람 있게 보내기 위해 바리키노로의 피신을 결심한다. 얼마 남지 않은 생명과 꿈과 희망과 사랑에 작별을 고하기 위해, 인생의 종막을 사랑하는 여인과 함께 보내기 위해 얼어붙은 눈길을 헤치며 바리키노로 썰매를 몬다.

"다시 바리키노로"란 제목이 달린 이 장은 소설의 클라이맥스이자 가장 중요한 부분으로 여기에서 지바고의 창조적 열정은 극에 달한다. 하필이면 이 열악한 상황에서, 그러니까 식량도 부족하고 땔감도 부족하고 늑대 울음소리만이 죽음 같은 정적을 가르는 고립무원의 상황에서 지바고는 마치 무엇에 홀린 사람처럼 시 쓰기에 몰입한다. 그리고 얼마 후 지바고와 라라는 눈물의 이별을 하고 죽을 때까지 다시는 서로를 못 본다.

이 바리키노에서 지바고의 시혼이 불타오르기까지는 라라와의 단란한 가정생활이 주된 동력으로 작용한다. 이곳에서의 짧은 생활 역시 '남의 집'에서 시작된다. 그들은 남의 집의 잠긴 문을 따고 들어가 집주인이 남겨놓은 가구와 비누와 양초와 성냥과 땔감을 가지고 가정을 꾸민다. 남의 집에서 남의 식량을 먹으며 남의 부인과 남의 아이와 더불어 그는 진정한 가정생활의 환희를 체험한다. 지바고와 라라는 여느 남편과 아내처럼 서로 도와가며 집 안을 정리한다. 지바고는 벽난로에 장작을 때고 무거운 가구를 옮기고, 라라는 물을 데워 청소를 하고 빨래를 한다. 라라가 마련한 소박한 식사는 이 정겨운 가정생활의 정점이라 할 수 있다.

준비된 식량으로 라라는 사흘은 먹을 만한 음식을 마련했다. 점심은 감자 수프와 구운 양고기에 감자까지 곁들인 호화판이었다. 줄곧 굶주려온 카텐카는 신바람이 나서 깔깔거리고 떠들면서 실컷 먹더니 졸음이 오는지 라라의 숄을 덮고 소파에 누워서 낮잠을 자기 시작했다. 화덕에서 물러난 라라는 땀을 흘리고 피곤해서 딸처럼 졸려했다. 라라는 자기가 만든 음식이 잘되어 흐뭇했으며 설거지를 뒤로 미루고 의자에 앉아 잠시 쉬기로 했다.

혁명의 시대가 아닌 보통 때라면 전혀 특별할 것이 없는 장면이다. 평범한 러시아 남자와 평범한 러시아 여자가 꾸린 평범한 가정의 평범한 식사 장면이다. 그러나 가정을 상실한 시인에게는 이 평범한 식사야말로 수천 가지 요리로 이루어진 진수성찬이다. 러시아에서 가장 흔한 채소인 감자와 양고기가 전부이지만 이 식사 후에 지바고는 시 창조를 위한 원기를 회복한다. 그가 이 두렵고 불안한 공간에서 짧막하게 만끽한 진정한 가정의 행복이야말로 그에게는 시 창조의 원동력이다.

식사를 마친 후 그들은 빨래하고 남은 더운물로 목욕을 했다. 지바고의 뒤편에서는 라라가 젖은 머리를 타월로 둘둘 감은 채 비누 냄새를 풍기며 카텐카를 재우고 있다. 지바고는 이 따사롭고 정겨운 가정의 공기를 마음껏 들이마시며 창작의 열기를 불태운다. 그에게 영감의 순간이 닥쳐온다.

지바고는 이제 누구의 방해도 받지 않고 일할 수 있다고 생각하니 기뻐서 견딜 수 없었으며 멍하니 주위를 두리번거렸다. 밤 한 시였다. 그때까지 자는 체하고 있던 라라도 잠들어버렸다. 그녀와 카텐카의 속옷이며 침대의 시트 등이 새하얗게 보였다. 라라는 그 무렵에도 용케 빨래에 풀을 먹었다. 지바고는 감미롭게 정적을 호흡하면서 안일하고 완전한 행복에 휩싸였다. 등잔 불빛이 흰 종이를 부드럽게 비추고 잉크 표면이 황금빛으로 비쳤다. 창밖은 창백한 엄동의 밤이었다. 지바고는 어두운 옆방으로 걸어가서 창문으로 다가가 밖을 내다보았다. 보름달 빛이 눈 덮인 들판을 달걀 흰자위나 흰 그림물감처럼 끈끈하게 물들이고 있었다. 겨울밤의 눈부신 아름다움은 더할 데가 없었다. 지바고의 마음은 편안했다. 그는 밝고 따뜻한 방으로 되돌아가 다시 펜을 집었다.

이때부터 지바고는 시 쓰기에 몰두한다. 그림자처럼 어른거리는 죽음의 사자와 늑대 울음소리도 그의 지복을 방해하지 못한다. 그렇다, 그것은 그냥 행복이 아니라 지복('유포리아')이다. 그는 현실도 잊고 자아도 잊고 시간도 잊어버린다. 그가 다가오는 죽음과 이별 앞에서 라라와 함께 체험하는 황홀경은 처절하고 서럽고 위대하다. 그는 어떤 전능한 시적 창조의 힘에 전 존재를 내맡긴 채 이 황홀경을 시로 전변시킨다. 앞에서 지바고에게 집으로 간다는 것은 예술이 지향하는 것, 즉 진실한 자기로, 참된 존재로의 복귀와 같은 것이라는 말을 했다. 이 말의 의미가 여기서 문자 그대로 구체화된다. 그는 아늑하고 편안한 가정의 품 안에서 비로소 완전한 자아로의 복귀를 체험하며, 이 체험은 곧장 시 창조로 이어지는 것이다.

시인을 위한
가정식 백반 II

바리키노에서의 짧고도 강렬한 동거 이후 라라와 지바고는 영원히 헤어진다. 그 뒷이야기는 아주 비극적이고 쓸쓸하다. 라라는 카텐카를 살리기 위해 짐승 같은 코마로프스키를 따라가고, 혼자 남은 지바고는 오열하며 라라를 위한 시를 쓴다. 이것으로 클라이맥스는 끝나고 소설은 '종막'에 다다른다. 소설의 종막과 에필로그는 바리키노에서의 황홀경과 이별 이후 그가 죽기까지 약 팔구 년의 세월을 대략적으로 담담하게 기술한다.

그토록 처절하고 '시적인' 이별 이후 지바고는 어떻게 되었을까. 대부분의 독자는 지바고가 얼마 못 살고 죽을 것이라 예상할 것이다. 슬픔과 광기에 사로잡히거나 미치거나 은둔하거나……. 라라를 떠나보낸 후 그에게 무슨 생의 의미가 있을 것인가. 아니 꼭 그런 정신적인 이유가 아니더라도 현실적인 일과 관련해서는 아무런 능력도 없는 이 소심한 지식인이 내전 말기의 그 흉포한 세월을 어찌 살아남을 것인가. 그러나 파스테르나크는 주인공을 위해 우리의 예상과는 조금 다른, 거의 '반전'에 가까운 에필로그를 마련했다.

지바고는 죽지 않고 어찌어찌해서 바리키노를 떠나 원래 살던 모스크바로 돌아온다. 생명은 참 모질기도 하다. 혁명과 내전을 뒤로한 신생 소비에트 국가는 점차 안정을 되찾아간다. 그는 의사로서나 시인으로서나 그다지 큰 능력은 발휘하지 못하고 주변 세상에 무관심하게 살아가지만, 그래도 이 낯선 신생국가에서 가끔씩 글을 쓰면서 생을 지속해 나간다. 지병인 심장병이 도져 사망할 때까지 꽤 오랜 시간을 견뎌내는 것이다.

지바고는 우여곡절 끝에 옛 귀족 저택 귀퉁이의 옹색한 방 한 칸을 빌려 산다. 이 건물의 관리인은 다름 아닌 혁명 전 처갓집 하인이었던 마르켈이다. 지바고는 어느 일요일에 목욕하고 빨래할 물을 길어 자기 방으로 나르면서 관리인의 숙소를 여러 번 통과한 것이 인연이 되어 관리인의 딸 마리나와 동거를 시작하게 된다. 부인 토냐와 아직 법적으로 이혼을 한 것이 아니므로 그는 마리나와 결혼은 할 수 없다. 혁명 이후 하인에서 관리인으로 '출세'한 마르켈은 옛 상전이었던 지바고에게 조롱과 연민이 뒤섞인 묘한 태도를 취하지만, 그들 가족은 여전히 '의사'인 지바고에게 경외심 같은 것을 지니고 있다. 그래서 마르켈도 그의 부인도 중앙전신국 전신 기사인 딸 마리나가 의사의 동거녀가 된 것을 심지어 자랑스럽게 여기기까지 한다.

그런데 대부분의 독자는 이 대목에서 일종의 배신감 같은 것을 느낄 것 같다. 독자는 지바고가 바리키노 그 운명의 시공간에서 생명처럼 소중한 여인과 작별하고 폐인처럼 되어 살다가 금방 세상을 하직할 줄 알았을 것이다. 폐인처럼 된 것이 맞긴 한데 또 다른 여성과 만나 동거를 하다니……. 게다가 두 사람 사이에서 아이까지(그것도 두 명이나!) 태어난다. 파스테르나크의 의도가 무엇일까 생각해 보지 않을 수 없다. 자기가 창조한 주인공이 바람둥이라는 걸 말하려 했던 것은 아닐 것이다. 지바고는 여자가 없으면 살 수 없는 남자라는 걸 말하려 한 것 같지도 않다. 그럼 도대체 왜 이 무력하고 무능한 지식인은 종막에 가서 지지리 궁상을 떨며 전신국 여직원과 동거를 하고 그 사이에 호적에도 못 올릴 자식을 두는 것인가? 어딘지 주책없기까지 하다. 좀더 고결하고 거룩하게 살 수가 없는 것일까?

파스테르나크의 의도는 이렇게 추측해 볼 수 있다. 그는 지바고가 끝까지 가정에 목말라 했다는 것을, 그리고 그에게 진정한 가정은 끝까지 주어지지 않았다는 것을 알리려 한 것이다. 그는 바람둥이도 아니고 성에 굶주린 남자도 아니다. 그가 마르켈의 딸과 내연 관계를 시작하게 된 것은 마르켈네 가족의 식사에서 비롯된다.

일요일이면 마르켈의 가족은 언제나 한자리에 모여 앉았다.

그들은 식탁에 앉아 식사를 했다. 빵 배급 제도가 정상적으로 실시되고 있던 시기에는 이 식탁에서 집 안에 하숙하고 있는 사람들의 빵 배급표를 가위로 잘라서 구분하여 수를 헤아리며 등급별로 묶어서 빵집에 가져갔었다. 돌아와서 빵을 잘게 잘라 나누며 각자의 배급량만큼 저울에 달았던 것이다. 그러나 지금은 이러한 일이 옛말이 되어버렸다. 식량 통제의 방법이 달라진 것이다. 마르켈의 가족은 긴 식탁에 앉아서 맛있게 먹고 마셔대는 것이었다.

그날도 마르켈의 부인은 화덕에서 만두를 굽고 있었다. 방 안은 온기가 가득했고, 맛있는 감자 수프와 만두 냄새가 진동을 했다. 지바고가 물통을 들고 그 방을 통과해 지나갈 때 마르켈은 그에게도 음식을 권했다. "앉아서 따뜻한 것을 좀 드시지요. 사양 마시고. 감자 구이, 만두, 그리고 수프가 있어요." 지바고는 사양한다. 하지만 마르켈은 지바고의 처지가 안됐던지 마리나에게 그의 방에 가서 빨래니 청소니 바느질이니 하는 것을 도와주라고 한다. 그렇게 해서 지바고는 아주 자연스럽게 가정의 아늑함으로 빠져들게 된다. 마리나와의 동거는 성적인 의미보다는 가정적인 의미가 더 강하며, 마리나는 여성적인 의미보다는 모성적인 의미가 더 강하다. 마리나는 마치 어머니가 아이를 보살피듯이 헌신적으로 지바고를 내조한다. 어쩌면 마리나의 내조 덕분에 지바고는 마지막까지 자아에 충실한 삶을 살았는지도 모르겠다.

객관적으로 볼 때 혁명 후 지바고의 삶은 옹색하고 비참하다. 옛 친구들과 비교해 보면 더욱 그렇다. 한때 지바고와 우정을 나누고 사색을 하고 인생의 의미에 관해 토론을 했던 친구들은 새로운 체제에 멋지게 적응하여 안락한 생활을 한다. 그들은 존경받는 학자가 되어 좋은 책을 읽고 교수니 작곡가니 하는 부류와 어울리며 고상한 생활을 한다. 하지만 지바고는 여전히 거대한 국가와 그 국가가 표방하는 거대한 이념을 거부하고 내적인 자아 속으로 침잠한다. 친구들의 눈에 비친 지바고는 세상 바뀌는 것도 모르고 살아가는 한심한 낙오자에 불과하다. 친구들은 그에게 이제 다 털고 일어나 새 출발을 하라고 강권한다. 낡은 사상을 버리고 새로운 생각으로 무장하여 새로운 체제에 적응하여 열심히 일하는 건전한 삶을 살라고 충고한다.

그러나 지바고에게 그들은 위선적인 바리새인이다. 지바고는 그들의 "목적의식 없는 동기와 하찮은 감상, 기계적인 이론을 훤히 들여다보고 있었다." 그들이 인류의 개조니 신세기의 건설이니 하는 것을 외치는 동안 지바고는 삶과 죽음의 신비에 관해 사색했다. 그는 자유로웠고 그의 맑은 영혼은 죽는 순간까지 환희를 호흡했다. 지바고의 시 「햄릿」은 작가 파스테르나크가 자신의 주인공에 관해 하고 싶었던 모든 얘기를 함축한다.

◇ 햄릿

소요가 멎었다. 나는 무대 위로 나갔다.

기둥에 기댄 채
멀리서 들리는 소리에 귀 기울인다.
이 시대에 무슨 일이 일어나고 있는 걸까.

밤의 어둠이 나를 향해
수천 개의 쌍안경 렌즈처럼 나를 응시한다.
아버지 당신의 뜻이 아니시라면
이 잔을 제게서 거두소서.

나는 당신의 완고한 뜻을 사랑하며
제게 맡겨진 이 역할을 기꺼이 받아들입니다.
그러나 지금은 다른 극이 진행 중이니
이번만은 저를 그대로 놓아주소서.

하지만 연극의 순서는 이미 정해진 것
종막은 피할 길 없네.
나는 혼자다. 세상엔 바리새인들만 득실거리고.
삶을 산다는 것은 들판을 지나는 게 아니지.

지바고의 대표 시이자 작가 파스테르나크의 대표 시로 손꼽히는
이 시에서 시인과 햄릿과 그리스도는 하나로 합쳐진다. 이 세 존재
의 공통점은 '혼자다'라는 사실이다. 그들은 모두 고독하다. 그들은

모두 '혼자다'. 그리고 그것은 속되고 시끄러운 세상에서 그들이 취할 수 있는 유일한 삶의 방식이다. 러시아어로 "하나"라는 단어에는 '고독하다'는 의미도 있다. 이 소설은 그러니까 좌우 이념을 다루는 소설이 아니다. 여기서 가장 중요한 것은 개인과 전체의 문제다. 역사와 인간의 문제다. 이제 우리는 파스테르나크의 의도를 알 수 있을 것 같다. 이 길고 긴 소설, 민족의 대격동기를 배경으로 하는 이 대하소설은 결국 주인공(작가)의 길고도 긴 자아로의 회귀 과정을 기술하는 것이라는.

달콤한 마가목
나무 열매

앞에서도 잠깐 언급했다시피 지바고의 세 여자, 즉 부인 토냐, 애인 라라, 그리고 마지막 동거녀 마리나는 모두 지바고에게 가정의 분위기를 제공해 주었지만 실제로 그는 세 여자 중 그 누구와도 진정한 가정은 꾸리지 못했다. 토냐와 결혼하여 꾸린 합법적인 가정은 내전의 소용돌이 속에서 붕괴해 버렸다. 토냐는 아이들을 데리고 프랑스로 망명했다. 말년에 시작된 마리나와의 관계는 아이까지 있음에도 불구하고 뭐랄까, 그냥 어쩌다보니 그렇게 된, 가정이라고까지 할 것도 없는 그런 관계였다. 물론 가장 의미 있었던 생활은 라라와 함께한 생활이었다. 그러나 라라와 함께한 시간들은 그에게 창조의 원동력이 되었음에도 그는 죄의식 때문에 그 관계를 진정한 가정으로 받아들이기 어려웠다.

라라는 식사 준비를 하거나 세탁을 하고 남은 비눗물로 마룻바닥을 닦기도 했다. 그리고 세 식구의 속옷을 다림질하거나 뚫어진 데를 깁기도 했다. 그리고 카텐카에게 글 읽고 쓰는 것을 가르쳤다. 혹은 개편된 새학교에서 교편을 잡을 준비로서 정치 방면의 입문서 따위를 틈틈이 읽기도 했다. 이들 모녀에 대한 애정이 깊어감에 따라 지바고는 가정적 분위기에 젖어들려는 욕망을 억제했다. 자기 자신의 가족을 저버리고 있다는 괴로운 의무감이 그를 압박해 왔다.

라라 역시 지바고의 이런 심정을 이해하고 있었다. 그녀 역시 지바고와 함께하는 삶이 진짜 가정이 아니라는 것을 가슴 아프게 느끼고 있었다. 그래서 두 사람이 마지막으로 함께한 바리키노에서의 삶이 그녀에게는 일종의 연극이자 소꿉장난처럼 여겨졌다. "솔직히 말해서 우리는 지금 염치없이 남의 집에 침입해서 자기들이 살기 좋게 멋대로 집을 정돈하고 있을 뿐만 아니라 쉴 새 없이 일하면서 정신을 딴 데로 돌려 이것이 현실의 인생이 아닌 연극이고 실생활이 아닌 어린애 소꿉장난 같은 가공의 생활이란 것을 의식하고 싶지가 않기 때문이에요."

이렇게 라라와 함께하는 삶은 역사의 소용돌이 속에서 진짜 가정의 대체물에 불과하지만, 그럼에도 불구하고 라라는 여전히 지바고에게 영감의 원천이자 가장 근원적인 내면의 자아다. 라라는 지바고에게 궁극적으로 또 다른 자아, 창조하는 자아, 그의 분신이다. 이런 의미를 라라에게 부여하기 위해 파스테르나크는 마가목 나무를 소설의 핵심 상징으로 도입한다. 마가목은 추운 지방에서 자라는 관목으로 겨울에 작고 붉은 열매를 맺는다. 아마 한겨울에 열매를 맺는 거의 유일한 나무일 것이다. 아시다시피 러시아는 겨울이 혹독하게 춥다. 천지가 꽁꽁 얼어붙고 그 어떤 생명의 징후도 보이지 않는다. 그래서 한겨울에 열매를 맺는 마가목 나무는 러시아인들에게 각별한 의미를 갖는다.

흑백사진처럼 무표정한 겨울에 화려하게 빛나는 붉은색 열매는 일단 시각적으로 풍요롭다. 눈과 얼음을 배경으로 나즈막한 관목에 다닥다닥 열린 새빨간 마가목 열매가 발하는 그 찬란한 매력은 상상을 초월한다. 그러나 마가목 나무는 그저 황폐한 겨울 풍경을 꾸며주는 보기 좋은 식물만은 아니다. 먹을거리가 아무것도 없는 엄동설한에 겨울새들의 먹이가 바로 마가목 나무 열매다. 그것은 자연이 준 무상의 선물이다.

마가목 열매는 인간에게도 겨울 과일의 역할을 톡톡히 한다. 러시아인들은 마가목 열매로 잼을 만들어 먹기도 하고 보드카를 넣어 마가목 술을 담가 마시기도 한다. 마가목은 이렇게 아름다우면서도 실용적이며, 상징이면서 동시에 실제로 먹을 수 있는 음식이기도 하다. 파스테르나크는 영하의 추위에도 꿋꿋이 열매를 맺는 마가목의 그 생명력과 풍요로움과 아름다움을 라라에게 부여한다. 라라는 화창한 6월에 흐드러지게 피어나는 장미 같은 여성이 아니다. 라라는 영하의 날씨와 삭풍에도 굳세게 살아남은 마가목이다. 아름답고 굳세고 희생적이고 열정적이다. 그녀는 지바고에게 운명이 내려준 선물이다.

소설 속에서 흰 눈과 붉은 마가목의 대비는 여러 차례 언급되지만, 그중에서도 특히 라라와 마가목을 직접 연결시키는 부분은 "달콤한 마가목 열매"라는 제목이 붙어 있는 12장이다. 파르티잔의 포로로 잡혀 의사 노릇을 하던 지바고의 눈에 어느 날 마가목 열매가 들어온다.

거기에 아름다운 마가목 나무 한 그루가 우뚝 서 있었다. 불그스름한 그 나무는 잎사귀를 잔뜩 달고 있었다. 낮고 기복이 심한 눅눅한 습지에 솟아 있는 산꼭대기에 서 있는 그 나무는 회색빛에 젖어든 늦가을 하늘에 딴딴하고 새빨간 열매를 납작하고 둥근 방패처럼 내밀고 있었다. 추운 겨울 새벽노을처럼 맑은 빛으로 털을 단장한 새 떼들, 콩새와 파랑새가 마가목 나무에 앉아서 큼직한 열매를 쪼아대면서 목을 치켜들어 간신히 삼키곤 했다. 새들과 나무 사이에는 어떤 친밀한 생명의 연줄이 있는 것 같이 보였다. 마가목 나무는 마치 아무것도 하려들지 않고 오랫동안 새들의 무리를 바라보기만 하다가 결국 그들이 가련하게 여겨져서 유모가 젖가슴을 헤치면서 갓난아기에게 젖꼭지를 물리듯이 새들에게 열매를 먹여주고 있었다. "그래, 그래, 할 수 없군. 먹어, 실컷 먹으렴." 마가목 나무가 미소를 지으며 속삭이는 것 같았다.

지바고는 마가목 나무를 보면서 자신에게 생명의 원천이나 다름 없는 라라를 생각한다. 그리고 마침내 파르티잔 부대에서 도망치 기로 결심한다. 그는 보초에게 산책을 해야겠다고 말한다. 보초가 밤에 어디로 가느냐고 묻자 의사는 답한다. "잠도 잘 오지 않고 목 구멍이 말라서 밤공기를 쐬면서 눈을 좀 먹을까 해서요. 그리고 마 가목 나무에 얼어붙은 열매가 있어서 따 먹을까 해서요." 지바고는 계속 걸어 마가목 나무 밑에 다다른다. "얼어붙은 잎사귀와 열매가 붙은 채 반쯤 눈 속에 파묻힌 나무는 눈투성이가 된 가지를 뻗어서 그를 맞이하는 듯했다. 지바고가 라라의 희고 통통한 팔뚝을 생각 하면서 나뭇가지를 잡아당기자 마치 적극적으로 대답이나 하듯 마 가목은 그의 온몸에 눈을 퍼부었다. 지바고는 저도 모르게 중얼거 렸다. '꼭 찾아내야지. 나의 그리운 여인이여. 사랑하는 마가목의 여 왕이여.' 밝은 달밤이었다. 그는 밀림 속으로 더듬어 들어가 전나무 밑에 숨겨둔 물건을 파내 가지고 숙영지를 떠났다."

지바고가 한겨울에 파르티잔의 부대를 떠나면서 입에 넣는 마가 목 나무 열매는 먹을거리이자 동시에 먹을거리를 완전히 뛰어넘는 관념이다. 무엇이든 다 주는 어머니와 같은 나무, 그 달콤하고 아름 다운 열매, 갈증을 덜어주는 열매, 맹추위 속에서도 죽지 않고 살아 남은 열매, 대지이자 어머니이자 러시아인 열매, 이것이야말로 파 스테르나크가 말하고자 했던 라라의 모든 것이다.

오래된
'새 음식'

        그럼 이번에는 파스테르나크와 더불어 20세기 러시아 문학의 양대 산맥이라 손꼽히는 미하일 불가코프(Mikhail Bulgakov, 1891~1940년)를 살펴보자. 불가코프는 우리나라에서는 파스테르나크보다 덜 유명하지만 러시아에서 그의 역량은 파스테르나크를 능가한다는 평을 종종 받아왔다. 특히 그의 사후에 출판된 장편 『거장과 마르가리타(Master i Margarita, 1967년)』는 20세기 최고의 소설이라는 찬사를 받기도 했다.

    그의 작품에는 유난히 먹을거리 얘기가 많이 나온다. 『거장과 마르가리타』만 해도 읽다 보면 입에 침이 고일 정도로 자세하게 혁명 이후 러시아의 음식 문화를 기술한다.

『거장과 마르가리타』의 음식 이야기는 레스토랑 '그리보예도프의 집'을 중심으로 펼쳐진다. 그것은 '마솔리트(Massolit)', 즉 '모스크바작가협회'가 들어 있는 건물의 아래층 전체를 차지하는 초호화 레스토랑이다. 작가협회 아래층이라고 하는 그 위치부터가 심상치 않다. 작가협회와 미식이 도대체 무슨 상관이란 말인가. 소설은 초반부터 심각한 아이러니와 풍자와 독설의 냄새를 풍긴다. "단언컨대 그것은 모스크바 최고의 레스토랑이었다. 그것은 그 레스토랑이 아시리아식 갈기를 단 연보랏빛 말들이 그려진 둥근 천장이 있는 두 개의 커다란 홀을 차지하고 있어서만도, 테이블마다 레이스가 늘어진 갓을 씌운 램프가 놓여 있어서만도, 길을 가다 우연히 그 레스토랑을 처음 본 사람은 거기 들어갈 수 없어서만도 아니다. 그리보예도프의 레스토랑이 모스크바에서 최고인 것은 음식 재료의 질에 있어서 모스크바의 다른 어떤 레스토랑과도 비교할 수 없이 훌륭하며 그런 음식을 결코 부담 없는, 아주 저렴한 가격으로 내놓고 있기 때문이었다."

이 레스토랑과 거기서 제공되는 요리 이야기는 꽤 길어질 듯하니 우선 잠시 걸음을 멈추고 소설의 플롯부터 간추려보자. 소설은 시공간을 기준으로 하여 두 층위로 나누어진다. 하나는 1930년대 모스크바이고 다른 하나는 본디오 빌라도 통치하의 예루살렘이다. 이 두 시공간은 주인공인 '거장'에 의해 연결된다. 첫 번째 층위인 현대의 모스크바에서 스토리의 발단이 되는 것은 '거장'이라 불리는 소설가와 그가 쓴 소설이다. 아르바트 거리의 셋집에서 거장은 애인 마르가리타와 은둔 생활을 하며 일생일대의 역작인 그리스도와 본디오 빌라도에 관한 소설을 쓴다. 무신론 국가에서 그의 소설은 그리스도를 옹호하는 반체제 작품이라는 비난과 함께 출판을 거부당한다. 거장은 쏟아지는 질타를 견디다 못해 원고를 불태우고 정신병원에 수감된다.

소설의 두 번째 층위는 거장이 쓴 소설의 무대인 예루살렘이고 그 층위의 기본적인 스토리는 빌라도에 의한 그리스도의 처형이다. 이 두 번째 층위, 즉 예루살렘 장(章)들은 인물과 사건과 플롯 등 몇 가지 측면에서 모스크바 장들과 평행을 이루거나 중첩된다. 소설은 모스크바를 배경으로 하는 현대와 2천 년 전의 과거, 소설의 리얼리티와 거장이 쓴 '소설 속 소설'의 리얼리티, 현실과 환상의 경계를 수시로 오가며 진행된다. 그 과정에서 신생 소비에트 국가의 부조리와 영적인 삶의 의미가 격렬한 대비를 이루며 드러나게 된다.

모스크바 장의 스토리라인은 어느 봄날 악마 볼란드가 수행원들과 함께 등장하면서 시작된다. 교수를 사칭하는 악마는 전직 합창대 지휘자라는 파고트, 거대한 검정 고양이 베헤모트, 그리고 악당 아자젤로를 대동하고 나타나 살인, 방화, 사기 등등 온갖 만행을 저지르며 타락한 소비에트 신흥 엘리트들, 특히 문인들과 예술가들을 위협하고 조롱한다. 마솔리트 회장인 베를리오즈의 머리가 잘려 나가는 사건을 필두로 그로테스크한 사건들이 잇따르는 가운데 엘리트 계층의 어리석음과 허영심과 탐욕과 위선이 속속 드러난다. 3천 명가량의 회원을 자랑하는 마솔리트는 속악한 세상을 대표하는 공간으로, 불가코프는 그들의 속악함을 사실적으로 표현하기 위해 '레스토랑'의 모티프를 도입한다. 작가들이 떼를 지어 모여드는 이곳에서 가장 중요한 일은 먹고 마시고 노는 일이다. 예술 창조라는 가장 고차원적인 일이 먹기라고 하는 가장 생리학적인 일로 대체된다. 영혼의 양식을 제공해야 할 의무를 지닌 작가들은 문자 그대로 육체의 양식으로 자기 배를 불리는 일에 정신이 팔려 있다.

"암브로시, 자네 오늘 저녁 어디서 먹을 건가?"

"이봐, 포카. 그걸 질문이라고 하나. 당연히 여기서 먹어야지! 아르치발드 아르치발도비치가 오늘 농어 요리 아 나투렐이 나올 거라고 나한테 귀띔을 해주었거든. 최고의 요리지."

(…)

모스크바에 오래 산 사람들은 그 유명한 그리보예도프를 기억할 것이다! 삶은 농어 요리라! 친애하는 암브로시, 그건 제일 싼 음식이었지! 철갑상어는 어떤가, 은으로 된 스튜 냄비에 담긴 철갑상어. 신선한 캐비아와 왕새우 꼬리가 곁들여진 철갑상어 요리 말이다! 작은 접시에 담긴 양송이 퓌레와 달걀 코코트는 또 어떤가? 개똥지빠귀 필레는 마음에 들지 않으셨나? 트뤼프를 곁들인 것은? 제노바식 메추라기 요리는 어떤가? 9루블 50코페이카면 되는데! 그래, 재즈도 있었지. 서비스는 또 얼마나 좋았던가! 가족들은 모두 별장에 가 있지만, 지체할 수 없는 문학적 과업이 당신을 도시에 묶어두고 있는 칠월. 포도나무 넝쿨 그늘 아래 베란

다에서 맛보는 하얀 식탁보 위의 작은 금빛 접시에 담긴 프랭타니에 수프는 어떤가.

『거장과 마르가리타』의 음식을 연구한 르블랑 교수는 소설에서 음식이 수행하는 기능을 이렇게 기술한다. "그리보예도프의 집이 불가코프의 소설에서 모티프로서 수행하는 주요 기능은 소비에트 문학인들의 천박한 속물주의를 풍자하는 것이다. 작가 클럽을 미식가의 성전으로 전환시킨 그들의 철저하게 부르주아적인 가치관과 경제적 특권이 암묵적으로 비판당하고 있는 것이다."[152]

르블랑 교수의 지적은 어느 정도 옳지만 그것이 다는 아니다. 사실상 여기서 음식의 풍자적 기능보다 더욱 흥미로운 것은 요리들의 이름이다. 농어 아 나투렐(au naturel), 프랭타니에 수프(soupe printanier), 달걀 코코트(cocotte)는 맛은 둘째치고 이름부터 매우 이국적이다. 그래서 일단 매우 고급스럽다. 프랑스식 이름의 이 요리들은 19세기였더라면 '남의 음식' 혹은 '새 음식'으로 규정될 만한 그런 음식들이다. 톨스토이의 스티바가 레스토랑에서 게걸스럽게 먹어치웠던 요리도 '프랭타니에 수프'였던 것을 우리는 아직도 기억한다. 사실 이 상황의 진정한 아이러니는 이런 요리들에서 비롯된다. 지금은 혁명 이후 십 년 이상이 지난 시점이다. 소비에트 사회는 어느 정도 안정되었고 과거의 부르주아 문화는 그 속물들과 함께 척결되었다. 구세대는 역사의 뒤안길로 사라지고 이제 신세대가 무대 위의 주역으로 등장했다. 새로운 시대는 새로운 문학을 요구한다. 이제 새로운 시각과 새로운 문체를 지닌 문인들이 신선한 작품으로 새 시대 독자들을 인도해야 하는 시점이다.

그러나 그들이 탐닉하는 것은 '옛 음식'이다. 그리보예도프의 집에서 제공되는 음식의 아이러니는 그것들이 오래된 '새 음식'이라는 사실이다. 이런 음식은 새 시대 소비에트 사회와는 전혀 어울리지 않는다. 이런 음식이 아직도 식당에서 서빙된다는 사실조차 의아할 지경이다. 바로 몇 년 전까지만 해도 대부분의 국민이 기아에 허덕이던 나라, 국민의 가장 기본적인 생활을 해결해 주기 위해 대체 음식을 개발해야 하고 공동 식당을 활성화해야만 하는 나라, 프롤레타리아트가 지배하는 나라에서 새하얀 식탁보와 금빛 찬란한 접시와 철갑상어와 프랑스 요리가 웬 말인가. 로트만과 포고샨의 말을 빌려 말하자면 이것은 "공동 식당에서 식사하는 사람이 바라볼 때 이미 일상의 삶에 속한 음식이 아니라 매일이 축제인 세상에 속한 음식이다. 각각의 요리는 자기 자신에 대한 기호가 된다."[153]

지옥의
만찬

불가코프는 문학 관료들의 탐욕을 극한까지 밀어붙이기 위해 '그리보예도프의 집' 레스토랑을 지옥으로 변형시킨다. 모스크바작가협회 회장인 베를리오즈가 볼란드 교수의 예언대로 전차에 치여 죽던 날, 열두 명의 작가들이 협회 회의실에 모여 회장이 오기만을 기다리고 있는 장면은 연구자들이 종종 인용하는, 상당히 의미심장한 장면이다. "베를리오즈가 파트리아르흐에서 죽은 그날 밤 10시 반. 그리보예도프 위층에 불이 켜져 있는 방은 단 하나뿐이었다. 그 방에서는 회의를 위해 모인 열두 명의 문인들이 미하일 알렉산드로비치를 기다리며 괴로워하고 있었다." 성서적 에피소드와 이 대목 간의 평행 관계는 너무나 노골적이어서 도저히 묵과할 수가 없다. 일단 "열둘"이라는 숫자가 러시아 문학에서 즉각적으로 연상시키는 것은 "열두 사도"다. 또 그들의 우두머리 격인 베를리오즈가 죽는 것은 사도들의 랍비인 그리스도의 처형을 연상시킨다. 그리고 베를리오즈가 전차에 치이는 장소 이름이 '파트리아르흐(총대주교라는 뜻)'라는 것 또한 그리스도교적인 해석 가능성을 암시한다. 게다가 그가 전차에 치였는데도 하필이면 목이 싹둑 잘려 머리통과 몸통이 분리되는 것은 세례자 요한의 참수를 생각나게 한다.

그러나 이러한 그리스도교적인 연상 관계는 한 걸음 더 깊이 들어가면 거의 불경할 정도의 패러디로 전변된다. 여기서 작가들이 괴로워하고 있는 것은 다른 어떤 정신적인 이유 때문이 아니라 무더위와 시장기 때문이다. 열린 창문으로 아스팔트의 열기가 스멀스멀 올라왔다. 밤 10시 반인데 아직 회장이 오지 않아 식사를 하지 못한 문인들은 배가 고파 죽을 지경이었다. 건물 지하에 있는 레스토랑 주방에서는 양파 냄새가 풍겨왔다. "다들 갈증이 났고 하나같이 신경이 예민해져 있었으며 잔뜩 화가 나 있었다."

그리스도의 죽음을 앞둔 열두 사도들의 '최후의 만찬'은 현대의 모스크바에서 삼류 작가들의 천박한 만찬으로 뒤집힌다. "자정이 되자 위층에 있던 열두 명의 문인들은 모두 레스토랑으로 내려갔다. 거기서 사람들은 다시 마음속으로 미하일 알렉산드로비치에게 욕설을 퍼부었다. 테라스의 테이블은 벌써 자리가 다 찼고, 결국 아름답긴 하지만 후텁지근한 홀에서 식사를 해야 했기 때문이었다."

연구자들은 이 대목에서 공간적인 움직임에 주목한다. 이 레스토랑을 관장하는 것은 소돔의 쾌락이고, 작가들이 2층에서 1층으로 "내려가는 것"은 지옥으로의 하강을 공간적으로 형상화한다는 것이다.[154] 지옥의 뉘앙스를 더욱 강조하기 위해 레스토랑에는 굉음과 시끄러운 재즈 밴드의 음악 소리가 울려 퍼진다. 누군가가 외치는 "할렐루야"는 이 광경의 불경함을 증폭한다.

자정이 되자 제일 큰 홀에서 굉음이 터져 나왔고 그 소리는 사방으로 흩어져 날뛰기 시작했다. 그리고 그 순간 한 남자의 가느다란 목소리가 음악에 맞춰 절망적으로 소리를 지르기 시작했다. "할렐루야!" 그 유명한 그리보예도프의 재즈 밴드가 연주를 시작한 것이다. 땀으로 흥건해진 얼굴들마다 하나씩 불이 켜지고 천장에 그려진 말들이 살아난 것처럼 보였으며 램프의 불빛들도 더 밝아진 것 같았다. 그리고 갑자기 마치 고삐에서 풀려난 듯 두 홀이 춤을 추기 시작했고 그들에 따라 테라스도 춤을 추기 시작했다. (…) 웨이터들은 땀을 뻘뻘 흘리며 사람들의 머리 위로 얼음이 서린 맥주잔들을 나르면서 원망 섞인 쉰 목소리로 외쳐댔다. "실례하겠습니다!" (…) 가느다란 목소리는 이미 노래가 아닌 절규를 토해내고 있었다. "할렐루야!" 재즈 밴드의 황금빛 심벌즈의 굉음이 접시 닦이들이 경사면을 통해 주방으로 던져주는 식기들의 굉음을 뒤덮었다. 한마디로 지옥이었다.

이 지옥으로 회장 베를리오즈가 사망했다는 소식이 날아든다. 사람들은 처음에 약간 애도의 모습을 보이기도 했으나 곧 맛있는 요리와 술로 돌아갔다. "슬픔의 파도가 몰아친 것은 사실이다. 하지만 그 파도는 차츰 누그러지고 잦아들기 시작했으며, 어떤 사람은 벌써 자기 테이블로 돌아가 처음에는 사람들의 눈에 띄지 않게, 조금 더 지나서는 공공연하게 보드카를 마시고 안주도 집어먹었다. 사실 치킨 커틀릿 드 볼라유(cutlet de volaille)를 식어 못 먹게 만들 필요가 있을까." 동료의 죽음도 산 사람들의 식욕을 훼손하지 못한다. 그들의 식욕은 무적이다. 불가코프는 추악한 인간을 가장 추악하게 묘사하기 위한 한 가지 방식으로 탐식을 사용하고 있는 것이다.

여기서 가장 강조되는 것은 이 식탐으로 얼룩진 생지옥이 다름 아닌 '문학인들'의 집합체라는 사실이다. 1930년대 소비에트 사회, 그리고 더 나아가 물질 만능주의에 젖은 세상 일반을 풍자하기 위한 조롱의 대상 제1호로 다름 아닌 문인들이 선발된 것이다. 정치가나 사업가나 소시민이나 졸부가 아니라 문인들이 조롱의 대상이라는 사실 자체가 이 소설의 메시지를 강력하게 전달한다. 불가코프에게 문학은 가장 위대한 정신 활동이며, 소비에트 사회의 문제는 바로 그 가장 위대한 정신 활동의 가치가 제대로 평가받지 못한다는 데 있다. 진정한 소설가 '거장'을 정신병원으로 몰아넣은 편집장 베를리오즈와 평론가 라툰스키, 그리고 그들과 한통속이 되어 미친 듯이 먹고 마시고 춤추는 삼류 작가들은 1930년대 모스크바를 지옥으로 만드는 주범들이다. 천박한 문인들은 음식으로써 정신을 모독하고, 그러한 그들을 불가코프는 다시 음식으로써 조롱하는 것이다.

사실 작가협회가 상주하는 '그리보예도프의 집'은 애당초 작가와는 거리가 멀다. "그리보예도프를 방문한 사람들이 제일 먼저 접하게 되는 것은 각종 스포츠 모임 안내문들과 2층으로 올라가는 계단과 벽에 걸려 있는 마솔리트 회원들의 단체 사진 혹은 개인 사진들이었다. 그리고 그 위층 제일 첫 번째 방문 앞에 서면 낚시 별장분과라는 문구와 함께 낚싯대에 걸린 잉어가 그려진 커다란 팻말이 보일 것이다. (…) 그리고 아래층 수위실에서 시작된 긴 줄을 따라가다 보면 사람들이 쉴 새 없이 서로 밀치며 들어가고 있는 문 앞에 주택 문제라는 팻말이 걸려 있는 것을 볼 수 있다."

불가코프의 의도는 아주 노골적이다. 여기에서 무슨 창작이니 작가니 문학이니 하는 것을 들먹거릴 수 있겠는가. 조금 더 읽어보자. 아주 점입가경이다. "주택 문제를 지나면 깎아지른 듯한 절벽을 배경으로 부르카를 입고 어깨에 소총을 멘 기수가 가파른 절벽 길을 따라 달려가고 있는 그림이 그려진 화려한 포스터가 나타난다. 그 포스터 아래쪽에는 종려나무들과 발코니가 그려져 있고 발코니에는 앞머리를 세운 한 젊은 남자가 손에 만년필을 쥐고 너무나도 용감무쌍한 눈빛으로 어딘가 높은 곳을 바라보며 앉아 있다. 그리고 다음과 같은 문구가 적혀 있다. 본격창작 휴가, 2주에서 1년……."

이 건물에는 사람의 '육체적' 삶과 관련된 모든 것이 있다. 주택, 음식, 휴가, 수납, 취미……. 그러나 정신적 삶과 관련된 것은 아무것도 없다. 책도 없고 노트도 없고 필기도구도 없고 도서관도 없다!

이곳의 이름은 '그리보예도프의 집'이지만, 이곳은 러시아의 위대한 극작가 그리보예도프와도 관계가 없고 진정한 의미에서의 집과도 관계가 없다. 그래서 로트만은 이곳을 '안티-집'이라 부른다. 불가코프에게 집이란 "내적인 공간, 닫힌 공간이며 안전, 조화, 창의성의 원천이다. 집의 담장 너머에는 카오스, 파괴, 죽음이 있다."[155] 그런 점에서 '그리보예도프의 집'은 카오스와 파괴와 죽음이 지배하는 안티-집이다. 이곳에서는 모든 것이 거짓이다. '포드로쥐나야에게 문의하시오'라는 게시문에서부터 '페렐레기노'라는 짧지만 철저하게 이해 불가능한 팻말에 이르기까지.[156] 여기서 '포드로쥐나야'라는 여자 이름은 '거짓(로쥐)'을 어근으로 한다. 즉 "거짓말쟁이 여사" 정도로 읽힌다. 그리고 '페렐레기노'가 이해 불가능한 단어인 이유는 러시아에 '페레델키노'라는 작가 전용의 유명한 별장촌은 있지만 '페렐레기노'란 지명은 없기 때문이다.

이 거짓되고 사악한 공간, 즉 "한마디로 지옥"인 공간은 소설 속에서 악마의 대연회와 짝을 이룬다. 악마 볼란드가 주최하는 대대적인 파티 '발푸르기스의 밤' 역시 '안티-집'인 50호 아파트에서 벌어진다. 여기서도 재즈 밴드의 지휘자는 귀청이 떨어져 나갈 정도로 우렁차게 "할렐루야"를 울부짖고 흰색 가운을 입은 요리사들이 떼 지어 돌아다니고 샴페인이 강물처럼 흘러넘친다. 이 사악한 밤에 초대받은 손님들은 전생에 살인자, 독살당한 자, 교수형 당한 자, 밀고자, 자살자, 도박꾼, 사기꾼, 배반자, 밀정, 강간범이었던 유령들이다. 불가코프에게 삼류 작가란 곧 사탄의 대연회에 초대받은 악령과 같다는 뜻이다.

반면 진정한 작가, 유일한 작가, 그리스도와 빌라도에 관한 소설을 쓴 죄로 매장당하고 탄핵당한 작가, 사랑하는 애인 마르가리타와 헤어져 정신병동에 수감된 작가, 곧 '거장'이 아르바트 거리에 임대해서 살았던 단독주택의 방 두 개짜리 지하 셋집은 '진짜 집'이다. 불가코프에게 '집'이란 개인적이고 시적이고 문화적이고 문학적인 공간이다. "그는 책을 산다. 책은 정신적 가치와 지적인 아늑함의 특별한 분위기를 의미하는 가운데 진짜 집의 특별한 특성이된다. (…) 이곳은 그의 놀라운 작은 집이다. 홀에 있는 세면대에 의해서가 아니라 교양 있고 친밀한 분위기에 의해 집으로 만들어진 집이다. 1830년대 푸슈킨에게 그러했듯이 불가코프에게 문화는 사생활과 긴밀하게 연결된다. 거장이 소설을 쓰는 동안 그의 놀라운 작은 집은 시적인 가정으로 변모한다. 거짓된 온실 분위기의 그리보예도프의 집과는 대조적으로 말이다."[157]

파스테르나크의 지바고가 라라와 꾸민 가정에서 시 창작의 절정에 올랐듯이 불가코프의 거장 역시 유부녀인 마르가리타와 꾸민 가정에서 소설을 완성한다. 마르가리타는 아침마다 몰래 거장의 작은 숙소를 방문한다. 그녀가 들어오면 그의 숙소는 '가정'이된다. "여인은 집에 오면 제일 먼저 앞치마를 두르고 세면대가 있는 작은 현관의 나무 탁자 위 등잔에 불을 붙였다. 그리고 아침을 준비했고 큰 방에 있는 둥근 테이블에 아침을 차렸다. 오월의 뇌우가 밀려와 빗줄기가 마지막 은신처를 위협하고 흐릿한 창을 비껴 요란스럽게 아치 입구 아래로 퍼부으면 연인들은 페치카에 불을 지피고 감자를 구웠다. 감자에선 김이 모락모락 올라왔고 시커먼 감자 껍질은 손가락을 숯 검둥이로 만들었다. 지하 방에서는 웃음소리가 울려 퍼졌고 정원의 나무들은 비와 함께 부러진 작은 나뭇가지들과 흰 꽃들을 흩뿌렸다."

거장과 마르가리타가 뇌우가 몰아치는 오월의 어느 날 책으로 가득 찬 지하 셋집의 페치카에 구워 먹었던 감자는 문화적이고도 윤리적인 상징이다. 그것은 '그리보예도프의 집' 레스토랑의 그 모든 진수성찬과 대립하며 따스하고 아늑하고 친밀한 모든 것, 다정하고 진실하고 편안하고 행복한 모든 것, 문화적이고 지적이고 창조적인 모든 것을 상징한다.

불타는
레스토랑

　　만일 『거장과 마르가리타』의 핵심 문구를 하나 고르라면 "원고는 불타지 않는다"가 될 것이다. 이 말이 언급된 맥락은 다음과 같다. 앞에서도 잠시 언급했지만 거장은 평단의 혹평과 위협과 공포 속에서 평생의 역작이라 할 수 있는 소설을 불태우고(감자를 구워 먹었던 바로 그 페치카에서!) 정신병원으로 간다. 거장의 애인 마르가리타는 거장의 행방조차 몰라 눈물로 세월을 보낸다. 그러던 중 마르가리타는 악마 볼란드가 주최한 대무도회에 초대받아 안주인의 역할을 성실하게 수행한다. 흡족한 악마는 거장과 그녀를 만나게 해준다. 그러면서 거장의 소설을 읽어보고 싶다고 하자 거장이 말한다. "유감스럽게도 그럴 수가 없습니다.

소설을 페치카에 태워버렸습니다." 그러자 악마가 말한다. "실례지만 그 말은 못 믿겠소. 그런 일은 있을 수가 없으니까. 원고는 불타지 않소. 베헤못, 소설을 이리 가져와." 기적처럼 온전히 보존된 거장의 원고가 즉시 눈앞에 나타난다.

악마의 말 "원고는 불타지 않는다"는 사실상 소설의 가장 중요한 메시지라 할 수 있다. 여기서 원고가 가리키는 것이 '문학'이라는 것, 그리고 '불타지 않는다'는 것이 영원불멸을 의미한다는 것은 자명하다. 그렇다, 이 길고 복잡한 소설의 메시지는 '문학은 영원하다'는 말로 압축된다. 이 소설은 소설에 바쳐진 위대한 헌사다. 모든 것이 사라진다. 사람의 육신도 그의 부도 명예도 추억도…… 모든 것이 사라진다. 그러나 인간의 정신은 그가 창조한 문학과 함께 살아남는다. 인간의 정신은 없어지지 않는다. 문학은 그 없어지지 않는 정신에 대한 기록이기에 위대하다.

물론 아무 문학이나 영원한 것은 아니다. 삼류 작가들의 문학, 싸구려 문학, 허접스러운 문학은 덧없음에 대한 표상일 뿐이다. 그것들은 귀인을 발로 짓밟고 뭉개고 침을 뱉으며 자신이 귀인이라 사칭하는 걸인이다. 불가코프는 다른 것은 다 참아도 허접스러운 문학만은 못 참아준 것 같다. 문학이 가장 고귀한 것으로 숭앙받는 전통이 있었기에 가능한 일이다.

불가코프는 1891년 키예프에서 신학대학 교수의 아들로 태어났다. 아버지의 영성을 이어가는 대신 그는 의과대학에 들어갔다. 그가 의과대학을 다니던 시절은 세계대전과 시시각각 다가오는 혁명의 그림자로 온 러시아가 몸살을 앓던 때였다. 불가코프는 의과대학을 졸업한 뒤 야전병원에 근무했으며 혁명과 내전 시기에는 군의관으로 징집되어 의료 활동을 했다. 자신의 의지와는 상관없이 백군과 적군 사이를 오가며 참혹한 전쟁을 목격한 그는 전장의 체험을 토대로 한 소설을 쓰기 시작했다. 내전 후 그는 모스크바에 정착하여 작품 활동에 전념했다. 굶기를 밥 먹듯 해가며 내전 시기 우크라이나의 참혹한 상황을 젊은 의사의 눈을 통해 기록한 『백위군』, 『디아볼리아다』, 『개의 심장』 등 여러 작품을 집필했다. 『백위군』과 『개의 심장』을 각색하여 잠시 무대에 올리기도 했으나 이때부터 그에게는 반혁명적 문인이라는 낙인이 찍히기 시작했다. 가택수색을 당하고 원고를 압수당하고 공공연한 탄핵의 표적이 되었다.

새로운 소비에트 사회에서 인간성에 대한 진지한 질문을 제기하는 그는 혁명의 적, 반동 부르주아 작가였다. 평론가들은 입을 모아 그를 비난했고 그의 작품은 출판도 거부당하고 무대 위에 올리는 것도 거부당했다. 그의 망명 신청 역시 거부당했다. 굶주림과 공포의 한가운데서 그가 할 수 있는 일은 거의 없었다. 스탈린의 변덕 덕택에 가끔씩 극장의 조연출 노릇도 하고 자문위원 노릇도 했지만 그는 여전히 생활고와 언제 어떻게 될지 모르는 불안에 시달려야 했다.

이 와중에 그는 일생일대의 역작 『거장과 마르가리타』를 쓰기 시작했다. 그는 곧 '거장'이었다. 그는 거장처럼 공포 속에서 나날을 보내야 했다. 그도 거장처럼 번역 일을 하기도 했다. 그의 소설은 거장의 소설처럼 거부당했고 그는 거장처럼 혹독한 비난의 대상이었다. 그도 거장처럼 속물스러운 작가들의 세상에 고독하게 내동댕이쳐진 채 비열한 평론가들의 박해를 감수해야 했다.[158] 그도 거장처럼 공포 속에서 소설의 초고를 불태워야 했다. 그러나 그는 소설 속의 거장과는 달리 포기하지 않았다. 그는 다시 소설을 쓰기 시작했다. 그는『거장과 마르가리타』가 출간되지 못하리라는 것을 알면서도 죽는 순간까지 교정에 교정을 거듭했다. 그의 건강은 점점 악화되었다. 정신적인 스트레스와 유전적 요인 외에 영양실조도 건강 악화의 주된 원인이었다. 그는 마지막 몇 달간 시력조차 상실했다. 앞이 안 보이는 거장은 부인에게 구두로 소설의 수정을 지시했다. 몇 달 후 그는 세상을 하직했다. 49세였다.

빈곤과 공포와 질병 속에서 생을 마감했지만 불가코프는 알고 있었다. "원고는 불타지 않는다"는 것을. 이 말은 치열한 삶과 오래된 인문학적 전통, 그리고 오로지 대문호만이 얻을 수 있는 깨달음이 어우러질 때 가능한 말이다. 이 말은 자신의 문학을 포함하는 모든 위대한 문학에 대한 깊은 신뢰, 인간성에 대한 깊은 신뢰, 정신적인 것의 가치에 대한 깊은 신뢰에서 나온 말이다.

'불타지 않는 원고'는 '불타는 레스토랑'의 이미지와 극명하게 대립함으로써 그 의미가 한층 더 강화된다. 앞에서 얘기했듯이 '그리보예도프의 집' 레스토랑은 지옥의 복사판이다. 그리고 그것은 지옥의 복사판답게 화염에 휩싸인 채 사라진다. 악마의 수행원들은 지상을 영원히 떠나기 전에 식료품 가게에 들러 한바탕 소란을 피운 뒤 마지막으로 이 레스토랑에 찾아온다. 그리고 놀랍게도 이 '작가의 집'에서 문학과 작가에 관한 대화가 '처음으로' 오간다! 그것도 작가가 아닌 악당의 입을 통해서. 불가코프가 삼류 작가와 어설픈 문인들을 조롱하는 또 하나의 방식이다.

"아, 이게 바로 그 작가의 집이로군! 이봐 베헤못, 나는 이 집에 대해 근사하고 매혹적인 얘기를 아주 많이 들었다네. 저 집을 잘 보라고. 저 지붕 아래 재능 있는 수많은 작가들이 숨어 자라고 있다는 걸 생각하면 정말 기분이 좋아진단 말이야. 온실의 파인애플처럼 말이지."
"지금 저 집에서 미래의 '돈키호테'나 '파우스트' 혹은 '죽은 혼'의 작가가 자라고 있다는 걸 생각하면 달콤한 전율이 심장을 찌른다니까."
"아무런 이해타산 없이 자신의 삶을 바쳐 멜포메네와 폴리힘니아, 탈리아에게 봉사하기로 결심한 수천 명의 고행자들이 저 지붕 아래서 하나가 되어 있으니, 저 온실에서 나올 정말 놀라운 작품을 기대해도 좋을 거야."

소비에트 국가를 대표하는 작가의 집에서 음식이나 휴양이나 주택 문제가 아닌 문학의 문제가 언급되고 있는 것은 이번이 처음이자 마지막이다. 로트만이 말하는 기호적 공간의 의미가 여기서 극에 달한다. "여기서 우리는 인간의 문화적 사고를 지배하는 중요한 원칙의 예를 보게 된다. 진짜 공간은 기호 영역의 도상적인 이미지, 즉 여러 비공간적 의미들을 표현하는 데 사용되는 언어가 되고, 반면에 기호 영역(세미오스피어)은 우리가 사는 공간의 진짜 세계를 그것의 '모습과 닮음'으로 변형시킨다."[159]

건달들이 안으로 들어가려 하자 여종업원이 제지하며 작가 신분 증을 제시할 것을 요구한다. 그러자 또다시 '문학적인' 답변이 되돌아온다. "그런데 도스토예프스키가 작가라는 사실을 확인하기 위해 그에게 신분증을 보여달라고 할 필요가 있었을까요? 그의 어떤 소설이라도 가져다 펼쳐지는 대로 다섯 페이지만 읽어보십시오. 그럼 신분증 따위가 없어도 당신은 작가와 만나고 있다는 것을 확신하게 될 것입니다." 악당은 계속 지껄인다. "작가는 절대로 신분 증이 아니라 그가 무엇을 쓰는가에 따라 결정되는 거라고요! 지금 내 머릿속에 어떤 구상이 떠오르고 있는지 당신이 아십니까?" 여기서 필시 평생 문학작품이라고는 한 편도 읽어보지 않았을 것 같은 건달이 하는 말의 내용은 사실상 놀라운 것이 없다. 당연한 말씀이다. 그런 말을 그런 인물이 한다는 것, 레스토랑에 들어가기 위해 문학 얘기를 한다는 것, 그리고 작가의 특권이란 것이 고작 고급 레스토랑에 서명 하나로 쉽게 들어가는 것이라는 것, 이것이 바로 문제의 핵심이다.

건달들은 결국 레스토랑에 들어가 '존경받는' 작가들과 더불어 맛있는 식사를 하고는 약간의 소동을 일으키고 사라진다. 그리고 레스토랑에서는 불기둥이 솟아오른다. "시커먼 구멍이 모든 것을 집어삼킬 듯 사방으로 번져갔으며 그 구멍 사이로 뛰어오른 불길이 그리보예도프의 집 지붕까지 솟아올랐다. 2층 편집국 사무실 창가에 놓여 있던 서류철들이 갑자기 타오르기 시작하더니 뒤이어

커튼도 잡아채 가버렸다."

화재로 인해 그리보예도프의 집은 완전히 사라진다. 건달들은 악마에게 "뭔가 가치 있는 것을 건질까 해서" 화염에 싸인 회의실에 들어가 가지고 왔다며 세 가지 물건을 보여준다. 연어 한 마리, 반쯤 타다 만 요리사가 입는 흰 가운, 그리고 언젠가 그곳에 벽이 있었다는 것을 증명해 줄 따름인 조그마한 액자 하나. 그래도 작가의 집인데 문학과 관련된 것은 책 한 권, 펜 한 개가 안 남고 다 사라져버린 것이다. 불 속에서도 고스란히 보존된 거장의 원고와 자꾸만 비교가 된다.

'원고는 불타지 않는다'는 작가의 삶에서 우러나온 것이기에 더욱 큰 울림을 남긴다. 이것은 그냥 소설의 메시지가 아니라 세상에 대고 외치는 작가의 절규다. 그가 고독과 빈곤과 박해 속에서 살아가면서 붙잡을 수 있었던 유일한 끈은 '원고는 불타지 않을 것'이라는 신념이었다. 그는 소비에트 시대를 살았던 문학의 순교자들을 위해, 그리고 자기 자신을 위해 이 소설을 썼다.

신의
음식

　　음식은 『거장과 마르가리타』보다 먼저 쓰인 중편 『개의 심장(Sobach'e serdtse, 1925년)』에서도 핵심 코드로 작용한다. 1925년 1월에 시작하여 두 달 만에 완성한 이 소설은 과학적이면서도 문학적이고, 환상적이면서도 사실적이며, 종교적이면서 정치적인, 한마디로 엄청나게 복잡한 작품이다. 우선 소설의 내용부터 살펴보자. 프레오브라젠스키 교수는 유명한 외과의로 회춘과 관련해서는 세계적인 전문가다. 그는 어느 날 실험을 하기 위해 주인 없는 개 샤릭을 집으로 데려온다. 그러고는 25세 먹은 술주정뱅이 건달 추군킨의 시신에서 뇌하수체와 고환을 분리하여 개에게 이식한다. 실험은 '지나치게' 성공적이었다. 즉 인간의 뇌하수체와 고환을 이식받은 개가 그만 인간이 되어버린 것이다. 인간이 된 개는 장기의 주인과 똑같은 술주정뱅이에다 도둑에다 막돼먹은 건달의 형상을 하고서는 온갖 만행을 다 저지른다. 나중에는 '샤리코프'라는 이름의 시민증을 획득하고 시청 청소과 과장이 되어 교수를 '반혁명 분자'라 탄핵하는 고발장을 쓰는가 하면 교수와 고용인들의 목숨을 위협하기도 한다. 하는 수 없이 교수는 다시 수술을 하여 그를 개로 되돌려놓는다.

매우 환상적인 이 소설은 그냥 스토리만 놓고 보아도 즉각적으로 여러 다양한 작품들을 상기시킨다. 우선 개가 사람이 되는 얘기는 호프만의 고딕 스토리와 톨스토이의 풍자적인 단편 「홀스토메르」 등을 연상시키며 새로운 생명체의 탄생 이야기는 괴테의『파우스트』와 셸리의『프랑켄슈타인』을 연상시킨다.[160] 게다가 주택관리위원회의 건달들과 벌이는 주택 문제, 죽은 건달의 이름인 '추군킨(강철)'과 스탈린(강철) 간의 연관성 등은 이 소설을 스탈린 체제 하의 소비에트 사회에 대한 정치적인 풍자로 읽히게 한다.

소설은 또한 당대 사회의 정확한 반영으로 읽힐 수 있다. 과학과 기술에 대한 공산당의 맹신은 불가코프의 의사로서의 체험과 결합하여 인수(人獸) 간 장기이식의 모티프로 활성화된다. 사실 회춘을 비롯한 생물학적인 '인간 개조'는 1920년대 신생 소비에트 국가의 주된 화두 중 하나였다. 1924년 1월 8일 자 소련 공산당 공식 기관지인『프라브다』지에는 "과학과 기술 : 인간과 동물의 장기이식(Science and Technology : Organ Transplantation in Men and Animals)"

이라는 기사가 실렸다. 이 기사의 저자는 동물의 생식선을 인간에게 이식하는 실험을 통해서 회춘 효과를 얻는 데 성공했다고 기술한다. 오늘날의 줄기세포니 안티에이징이니 하는 것들이 이미 백 년 전에도 사람들 입에 오르내렸다는 것은 흥미로운 일이 아닐 수 없다. 게다가 잡지 『오고뇨크』에는 "노화와의 전쟁(The Struggle with Old Age)"이라는 기사가 실렸는데, 저자는 침팬지의 생식선을 인간에게 이식하는 실험에 성공했다고 밝혔다. 그리고 파리의 한 클리닉에서 비비의 생식선을 이식한 어느 노인 환자가 실제로 십 년 이상 젊어졌다는 얘기도 함께 실렸다.[161] 개를 사람으로 변형시킨 프레오브라젠스키 교수의 실험은 당대의 경향을 반영하는 동시에 그 한계에 대한 사색으로 독자를 유도한다.

요컨대 『개의 심장』은 주택 문제를 위시하여 스탈린 치하의 소비에트 사회가 갖는 부조리를 풍자하고, 우생학으로 이어지는 생물학적 인간 개조 가능성을 풍자하고, 당대 인간들의 속물근성을 풍자한다. 이렇게 불가코프의 의도는 다양하게 읽힐 수 있는데, 이 모든 풍자에서 제기되는 한 가지 문제는 다름 아닌 "인간이란 무엇인가"로 요약될 수 있다.[162] 그리고 이 문제를 풀어내는 한 가지 방법으로 음식이 사용된다.

이 소설에서 모든 존재는 세 개의 위계로 나누어진다. 신(혹은 악마), 인간, 동물이 그것이다. 이 세 존재는 음식을 축으로 서로 중첩되고 인접하고 뒤얽히면서 '인간이란 무엇인가'라는 심오한 질문을 제기한다. 각 영역에 속하는 존재는 다른 영역의 존재, 혹은 대립하는 존재와 접경한다. 소설의 모든 아이러니는 이러한 접경에서 흘러나온다.

우선 프레오브라젠스키 교수부터 살펴보자. 때는 1925년, '신경 제정책' 시대다. 앞에서도 잠시 언급했지만 러시아는 내전의 그 참혹한 기근에서 점차 벗어나 안정을 찾아가고 있다. 그러나 대다수의 사람들이 여전히 물자와 음식 부족에 시달리고 있다. 내전 때보다는 이완된 정치적 분위기임에도 불구하고 '부르주아적'이라는 것은 어쨌든 '인민의 적'을 의미한다. 그러므로 제정러시아 시대의 귀족 계층이 먹던 호화스러운 음식, 요컨대 '옛 음식'을 먹는다는 것은 거의 불가능하다. 그런데 우리의 회춘 전문가 교수는 여전히 19세기 귀족의 식탁과도 같은 호화찬란한 식탁에서 식사를 한다.

매혹적인 색의 무늬가 그려지고 검은색의 테가 넓게 둘러쳐진 접시들 위에 얇게 썬 연어와 식초에 절인 장어가 놓여 있었다. 두툼한 나무 도마 위에는 물방울이 아롱진 치즈 조각이 놓여 있었다. 가장자리에 얼음이 그대로 묻어 있는 작은 은제 통 안에는 캐비아가 들어 있었다. 접시들 사이사이로 매우 얇고 작은 보드카 잔이 몇 개 놓여 있었고 여러 가지 색깔의 보드카가 담긴 목이 긴 크리스털 병이 세 개 있었다. 그리고 이 모든 물건들은 참나무로 조각된 거대한 찬장 옆에 나란히 위치한 조그만 대리석 탁자 위에 자리 잡고 있었으며 투명한 은색 조명이 찬장 위를 내리 비추고 있었다. 방 한가운데에 하얀 식탁보가 덮인 육중한 식탁이 마치 거대한 고분처럼 자리 잡고 있었고 식탁보 위에는 2인분의 식기 세트와 로마 교황의 왕관이 그려진 냅킨 두 벌이 도르르 말려 있었으며 검은색의 병이 세 개 놓여 있었다. 지나가 뚜껑이 덮인 은빛 접시를 가지고 들어왔다. 접시 속에서는 뭔가가 보글보글 끓고 있었다. 접시 속에서 나는 냄새에 개의 입에는 곧 멀건 침이 가득 고였다.

교수는 소비에트의 잣대로 평가하자면 '프롤레타리아트'가 아니다. 그리고 그는 당 고위 관료도 아니다. 그럼에도 불구하고 그가 '옛' 음식, 즉 고급스러운 제정러시아 미식의 극치를 날마다 즐길 수 있는 이유는 그가 '과학 권력'이기 때문이다. 과학 영역에서 그는 신에 버금간다. 그는 새로운 생명을 만들어내는 사람이다. 그 자신도 '거룩하게' 변모할 수 있을 뿐만 아니라 일개 짐승도 사람으로 변모시킬 수 있는 인물이다. 그러므로 그는 무신론 사회에서 신을 대신한다. 그는 잘 차려진 식탁에서 우아하게 애피타이저와 보드카를 음미하면서 조수인 젊은 의사에게 한마디 한다. "음식도 말일세, 이반 아르놀리도비치. 알아서 올바르게 잘들 먹어야 해. 먹는 데도 능력이 필요하다고. 한번 생각해 보게나. 대다수의 사람들은 전혀 먹을 능력들이 없어요. 무엇을 먹어야 하는지 알아야 할 뿐 아니라 또 언제 어떻게 먹어야 하는지도 알아야 하거든."

물론 사람들은 먹을 능력이 있을 뿐만 아니라 무엇을 언제 어떻게 먹어야 할 줄 안다. 단지 먹을 음식이 없을 뿐이다. 교수는 신이기 때문에 이런 말을 할 수 있는 것이다. 교수는 생 쥘리엥은 정말 좋은 포도주라는 둥, 차가운 애피타이저와 수프는 볼셰비키들에게 처형되지 않은 지주들만이 먹는다는 둥 음식과 관련한 말들을 되는대로 지껄이다가 정치사회적인 이슈들에 관해 열띤 토론을 벌인다. 훌륭한 식사를 한 뒤 교수는 가일층 신적인 면모를 획득한다. "진수성찬으로 배불리 식사한 후라 있는 대로 힘이 충전된 그는 마치 고대의 선지자와 흡사하게 목소리를 쩌렁쩌렁 울렸으며 그의 대머리는 은빛으로 번쩍거렸다."

『개의 심장』에서 그려지는 옛 시절의 진수성찬이 불합리한 느낌을 주는 것은 그것이 현실 사회에서 너무도 환상적인 일이기 때문이다. 오로지 '신'의 경지에 오른 사람만이 생각할 수 있는 완전히 배타적인 음식이다. 그것은 새 시대의 인간과 새 시대의 식생활을 조롱하는 기호일 뿐이다.

개밥과
사람 밥

　　　　　새 시대의 보통 사람들이 먹는 음식은 신의 음식과 완벽하게 구분된다. 보통 사람들의 식사는 떠돌이 개 샤릭의 눈을 통해 묘사된다. 그들의 식사는 굶주린 개조차도 뜨악해하는 열악한 것이다. "여러분도 알겠지만 소방대원들은 보통 죽으로 저녁을 때우거든. 그러나 죽은 내게 있어 버섯과 마찬가지로 최근에야 어쩔 수 없이 먹게 된 가장 맛없고 나쁜 음식이지." 개는 계속 말한다. "표준 급식 소비에트에 근무하는 요리사 놈들이 정말로 악취가 진동하는 썩은 고기로 양배추 수프를 끓여대는 것을, 불쌍한 민생들은 아무것도 모르다니! 그 더러운 수프를 다 먹어치우고 또 혀로 핥아 먹기까지 한다고!" "생각만 해도 정말 놀라운 일이지.

요리 두 접시에 40코페이카라니. 두 접시를 다 합해도 15코페이카 어치도 안 될 텐데. 왜냐하면 나머지 25코페이카어치는 지배인 놈이 이미 훔쳐 먹었기 때문이지."

교수가 개를 유인하기 위해 던져주는 소위 '크라쿠프'산 소시지는 당시 인간의 음식이 어느 정도인지를 말해 주는 대표적인 아이템이다. 당시 러시아에서 크라쿠프산 소시지는 최고급품에 속하는 것이었다. 그러나 개는 알고 있다. 그것이 상한 말고기로 만든 것이라는 것을. 그것은 "소금에 절인 썩은 고기"이며 "해로운 독극물"이다. "여보시오, 신사 양반. 만일 당신이 그 소시지를 무엇으로 만들었는지 한번 보신다면 아마 놀라 기겁을 하고 다시는 이 상점 근처에 얼씬도 하지 않을 것이오. 그런 소시지는 나한테나 던져주시오."

개에게나 줄 만한 썩은 말고기 소시지는 교수의 아리따운 간호사 지나까지도 탐내는 음식이다. 교수가 간호사에게 "내가 이 바보 같은 놈을 위해 크라쿠프산 소시지를 1루블 40코페이카나 주고 사 왔다. 이놈의 개가 속이 좀 편해지걸랑 먹여보도록 해라"라고 말하자 간호사는 즉각 반발한다. "오오, 크라쿠프산 소시지라구요! 맙소사, 개한테는 20코페이카짜리 고기 조각이면 충분할 텐데 그러셨어요. 크라쿠프산 소시지는 차라리 제가 먹는 편이 나을 텐데요."

이렇게 썩은 말고기 소시지는 인간을 개의 수준으로 끌어내리지만, 그것은 또한 개가 인간으로 변신하기 위해 먹는 최초의 음식이기도 하다. 즉 그 소시지를 축으로 하여 인간은 개가 되고 개는 사람이 된다. 떠돌이 개 샤릭은 말고기 소시지에 '낚여서' 교수의 집으로 들어온다. 그리고 교수의 실험대에 오르기까지 지속적으로 훌륭한 음식, 전에는 상상도 못했던 음식을 먹게 된다. "일주일 동안에 개는 최근 한 달 반 동안에 거리에서 굶주리며 먹은 양만큼 먹었다. 그러나 물론 이것은 무게로만 따져서 그런 것이었다. 음식의 질에 대해서는 필립 필리포비치의 아파트에서 더 이상 이야기조차 할 필요가 없었다. 매일같이 다리야 페트로브나가 스몰렌스크 시장에서 18코페이카 주고 사 오는 지스러기 고기 더미들은 차치하고서라도 식당에서의 7시 식사를 회상하는 것만으로도 충분했다. 개는 우아한 지나의 강력한 거절에도 불구하고 항상 그 시간에 식당 안에 들어가 있었다. 그리고 식사가 진행되는 동안 필립 필리포비치는 완전히 개의 신이었다."

개는 흰 빵도 먹고 죽도 먹고 갈비도 먹고, 심지어 교수와 한 테이블에서 교수가 먹는 것과 동일한 음식을 포크에 끼운 채 먹기까지 한다. "필립 필리포비치는 포크 끝에 전채 요리를 끼워 개에게 주었다. 개는 마치 요술을 부리듯이 잽싸게 받아먹어치웠다."

이렇게 개는 인간의 음식, 그리고 신의 음식을 먹기 시작하면서 점차 인간으로 변신해 간다. 그 변신의 종착점은 물론 수술이다. 교수는 개에게 인간의 뇌하수체와 고환을 이식하는 수술을 통해 개를 인간으로 변신시킨다. 그런데 문제는 개가 인간이 되고 나서 개는 오히려 개만도 못한 인간이 된다는 사실이다. 이 소설의 가장 근본적인 아이러니는 여기에서 드러난다.

개 샤릭은 개이던 시절에 교활하긴 하지만, 그래도 "귀엽고 상냥

한 녀석"이었다고 기억된다. 그러던 것이 수술 후 개만도 못한 사람으로 변신한다. 그는 두 발로 걸어 다니고 사람의 말도 하고 담배도 피우고 웃기까지 하는, 생물학적으로는 완벽한 사람이다. 그러나 그의 행동거지는 보통 사람의 도덕을 완전히 뛰어넘는다. 시민 샤리코프는 교수의 집 안을 폐허로 만들고 사람들을 협박하고 부수고 깨뜨리고 추악한 욕설을 퍼붓는다. 술과 폭언과 폭행만이 그가 사람으로서 보이는 유일한 행동이다. 요컨대 개는 사람처럼 보이고 사람의 음식을 먹지만 개만도 못한 존재로 축소되는 것이다.[163] 샤릭은 문자 그대로 개의 심장을 가진 인간이다.

아이러니는 이렇게 축소된 개-사람이 신적인 존재인 교수와 서로 분신 관계에 놓인다는 데서 절정에 달한다. 주인공인 '프레오브라젠스키' 교수는 그 이름만으로도 러시아인들에게는 매우 풍부한 연상을 불러일으킨다. 러시아어로 '프레오브라제니에'는 '그리스도의 거룩한 변모'를 의미한다. 그리고 교수가 수술을 하는 시기는 크리스마스 무렵이다. 그러므로 '거룩한 변모' 교수가 그리스도 탄생 시기에 개를 인간으로 만든다는 스토리는 교수와 개에게 창조자와 피조물의 위상을 부여한다.[164] 교수가 소설에서 창조주, 신 등으로 불린다는 사실은 이 점을 뒷받침해 준다. 사람이 된 샤리코프가 교수를 "아빠"라고 부르는 대목에서는 성부와 성자의 관계가 모독적으로 복제된다는 느낌마저 준다.

이렇게 아빠와 아들, 창조주와 피조물의 관계는 두 존재 모두 먹는 것에 탐닉한다는 사실에서 분신 관계로 연장된다. 소설 속의 모든 등장인물 중에서 오로지 개와 교수만이 미각의 시점에서 세상을 바라본다는 것은 우연이 아니다.[165] 개는 개일 때도, 사람이 되고 나서도 엄청난 식욕을 보인다. 개 샤릭과 사람 샤리코프를 이어주는 유일한 끈은 식욕이다. 그리고 그 끈은 개와 교수를 이어주는 끈이기도 하다. 그러므로 프레오브라젠스키 교수의 이름이 내포하는 '변모'는 교수가 개를 사람으로 변모시킨다는 의미뿐 아니라 교수 자신의 변모라는 의미로도 해석될 수 있다. 즉 개를 사람으로 변모시킨 교수는 사람에서 개로 변모한다. 이쯤 되면 어디서부터 어디까지가 인간이고, 어디서부터 어디까지가 동물인지 아리송해진다. 불가코프는 1920년대 러시아 사회에서 도대체 '인간이란 무엇인가'의 문제를 제기하는 방식으로 대단히 신랄한 코드를 선택한 것이다.

수술과
요리

음식은 프레오브라젠스키 교수와 개를 분신 관계에 놓이게 할 뿐 아니라 교수 집의 요리사와 교수를 분신 관계에 놓이게도 한다. 다른 연구자들도 이미 지적했듯이 요리사의 요리와 의사의 수술은 거의 같은 언어로 묘사된다.[166] 온갖 진미를 차려내는 요리사 다리야의 주방부터 살펴보자.

타일을 붙인 페치카 위의 검은 플리타(아궁이)에서는 온종일 사격 소리가 나면서 불길이 맹렬히 타오르고 있었다. 두호보이 쉬카프(오븐) 속에서는 계속해서 딱딱 소리가 났다. 다리야 페트로브나의 얼굴은 약간 푸른 기를 띤 새빨간 불기둥 속에서 뜨거운 화기로 인한 고통과 불만스러운 열정으로 활활 타오르고 있었다. 그녀의 얼굴은 기름기가 번지르르하고 윤이 나면서 여러 가지 광택과 색채를 발하고 있었다. (…) 사방 벽에 박혀 있는 갈고리못에는 금빛 냄비들이 걸려 있었으며, 부엌 안은 온통 냄새로 으르렁거렸고, 뚜껑이 덮인 식기들 안에서는 연신 뭔가가 끓어오르며 보글보글 소리를 내고 있었다. (…) 그녀는 날카롭고 폭이 좁은 칼로 힘없이 축 늘어져 있는 들꿩의 목과 발을 잘랐다. 그러고 나서는 마치 격분한 사형집행인처럼 뼈다귀에서 고기를 벗겨내었다. 그녀는 또 닭의 내장을 파냈다. 고기 다지는 기계 속에서는 뭔가가 빙빙 돌아갔다. 이때 샤릭은 들꿩의 머리를 잡아 뜯고 있었다. 다리야 페트로브나는 우유가 들어 있는 대접에서 부풀어 오른 흰 빵 조각을 차례차례 끄집어내어서는 도마 위에 올려놓고 묽은 고기죽과 혼합한 다음 그 위에 기름을 붓고 소금을 뿌렸다. 그러고 나서 그녀는 도마 위에서 커틀릿을 만들었다. 플리타에서는 마치 불이 난 것처럼 윙윙거리며 낮고 둔탁한 소리가 울렸으며, 프라이팬 위에서는 지글지글 거품이 일어나면서 뭔가가 탁탁 튀었다. 페치카 아궁이 뚜껑이 쾅 하며 열리자 곧 무시무시한 지옥이 연출되었다.

수술을 집도하는 날, 교수 역시 요리사로 변모한다. 그는 아예 요리사의 모자와 앞치마를 두른 모습으로 묘사된다. "이발한 하얀 머리카락은 총대주교의 둥근 모자를 연상시키는 하얀색의 원통형 모자 속에 감추어져 있었다. 신관께서는 머리 위에서 발끝까지 온통 하얀색으로 치장하고 있었으며 허리에는 마치 승려들의 견대처럼 고무로 된 좁은 앞치마를 두르고 있었다."

　지옥 불로 밝혀진 요리사 다리야 페트로브나의 주방과, 기름과 땀으로 번들거리는 그녀의 얼굴, 그리고 베고 자르고 파내고 피를 튀기는 요리 행위는 교수의 수술실에서 거의 문자 그대로 반복된다. 교수의 얼굴은 흉악하게 변하고 그는 마치 요리사가 들꿩을 조리하듯 개를 자르고 거죽을 벗기고 무언가를 파낸다.

　　그는 샤릭의 몸통을 젊은 의사와 함께 갈고리, 가위, 그리고 무슨 꺾쇠 같은 것으로 파내기 시작했다. (⋯) 칼이 마치 스스로 튀어 들어가듯이 그의 손안에 쥐어지자 필립 필리포비치의 얼굴은 무시무시하게 변하기 시작했다. (⋯) 곧이어 필립 필리포비치가 아주 무시무시해지기 시작했다. 그의 코에서는 계속해서 씩씩거리는 소리가 새어 나왔으며 입술은 잇몸이 다 드러나도록 올라붙었다. 그는 뇌에서 거죽을 벗겨내고 뇌 속 어디론가 깊숙이 손을 집어넣더니 마치 열어놓은 찻잔처럼 생긴 반구체의 뇌 속에서 뭔가를 끄집어내었다.

　이렇게 요리사와 의사가 서로 분신 관계를 획득하는 상황에서 단연 핵심이 되는 단어는 '지옥'이다. 활활 타오르는 지옥 불에서부터 인광을 발하는 요리사의 얼굴, 불가마를 연상시키는 프라이팬, 사방 벽에 걸린 갈고리에 이르기까지 주방은 문자 그대로 "무시무시한 지옥"이며 이 지옥을 관장하는 다리야는 "격분한 사형집행인"이다. 개를 '요리'하는 의사 역시 신의 모습보다는 지옥의 악마에 가깝다. 처음에는 신처럼 등장하지만 수술이 진행됨에 따라 그는 패기만만한 강도의 모습으로 변하다가 피투성이 사형집행인처럼 되더니 수술이 끝날 무렵에는 결국 "배부른 흡혈귀"가 되어 수술실에서 나간다.

그렇다면 불가코프가 요리사와 의사를 모두 지옥의 영역으로 몰아넣는 이유는 무엇일까. 『거장과 마르가리타』에서도 그렇고 『개의 심장』에서도 그렇고 불가코프는 음식에 대해 결코 긍정적인 입장을 보이지 않는다. 많이 먹는 사람, 잘 먹는 사람, 요리하는 사람 모두 조롱과 비난의 정점으로 몰아져 간다. 음식, 특히 화려한 식사에 대한 그의 비판은 그 강도에 있어서 거의 톨스토이의 독설에 버금간다. 그러나 그는 톨스토이와는 전혀 다른 시각에서 음식의 코드를 사용한다.

불가코프는 음식에 도덕성을 부여한 작가가 결코 아니다. 맛있는 음식을 경계하거나 미각의 만족에 우려를 표현한 사람이 결코 아니다. 『거장과 마르가리타』에서 정신적 타락과 식탐을 동급으로 다루는 이유, 그리고 『개의 심장』에서 요리와 지옥이 같이 묶이는 이유는 시대적 조건에서 찾아져야 한다. 즉 1920년대 러시아의 보통 사람이 제대로 식생활을 하기 어렵다는 사실이 그를 분노케 한 것이다. 음식에 대한 그의 조롱은 톨스토이처럼 육체에 대한 경시에서 비롯된 것이 아니라 혁명 후 러시아라고 하는 역사적 상황에서 비롯된 것이다. 굶어 죽어가는 러시아에서 호사스럽게 먹는다는 것은 비윤리적이다. 그것은 새로운 권력과 유착하고 있다는 증

거일 뿐이다.[167]

그러나 이것만이 다는 아니다. 탐식자들에 대한 그의 적의에 가까운 감정은 상당 정도 개인적인 것이다. 이것은 어디까지나 추측일 뿐이지만 그의 전기에 미루어 보건대 상당히 타당한 추측이다. 즉 불가코프는 음식을 미워한 것이 아니라 맛있는 음식을 즐길 여유가 있는 사람들을 '미워한' 것이다. 불가코프는 어려서부터 먹는 것을 좋아했다. 아버지는 키예프 신학대학 교수였고 친할아버지도 외할아버지도 모두 정교회 성직자였다. 따라서 그의 집안은 엄격하게 금식을 지켰다. 그러나 어린 불가코프는 너무도 먹는 것을 좋아하여 금식의 규율을 깨면서까지 몰래 음식을 먹곤 했다.[168]

불가코프 부부는 또한 손님 접대를 융숭하게 하는 것으로 유명했다. 1920년대 모스크바에서의 삶은 열악하기 그지없었다. 그럼에도 어떻게 마련했는지 불가코프 부부는 동료 작가들에게 맛있는 수프를 푸짐하게 대접했다.[169] 그들 부부는 그 어려운 상황에서도 '귀족적인' 식단을 고수했다는 증언도 있다.[170] 요컨대 그는 음식의 절제를 부르짖을 생각도 없었고 절제를 통해서만 인간이 정신적인 성장을 할 수 있다고 믿지도 않았다. 그는 또 고골처럼 과식에서 죄의식을 느끼지도 않았다.

종합해서 말하자면 불가코프는 먹는 것을 좋아했고 제대로 된 식사를 즐기면서 살고자 했으나, 혁명 후 러시아 현실은 그의 욕구를 충족시켜주지 못했다. 그래서 그가 맛있는 음식을 묘사하는 장면은 대단히 이율배반적이다. '그리보예도프의 집' 레스토랑에서의 만찬, 프레오브라젠스키 교수의 만찬을 묘사할 때 그의 펜은 힘으로 넘쳐난다. 지독한 향수까지 느껴진다. 그 대목을 쓸 때의 작가는 아마도 그 맛있는 음식에 대한 억누를 수 없는 욕구를 대리로 만족시켰을지도 모른다. 반면 그러한 음식을 즐기는 사람들 — 국가 권력이든 과학 권력이든 문학 권력이든 — 에 대한 적개심과 질투는 그 음식을 향유하는 사람들을 최악의 허접스러운 쓰레기로 만들어버린다.

불가코프는 거의 이십 년 가까운 세월 동안 주린 배를 움켜쥐고 생활을 해야 했다. 가뜩이나 먹는 것을 좋아하는 사람이 얼마나 힘들었을지 상상이 된다. 특히 그는 내전 기간 동안 감자와 사카린만으로 꽤 오랫동안 연명해야만 했다. 그는 신장염으로 사망했는데 의사들은 장기간에 걸친 사카린 복용과 고질적인 영양실조가 그의 내장 기관을 파괴했다고 말한다.[171] 탐식자들에 대한 작가의 적개심이 전혀 편견처럼 느껴지지 않는다.

이반 데니소비치의
진수성찬

　　알렉산드르 솔제니친(Aleksandr Solzhenitsyn, 1918~2008년)의 이름 앞에는 언제나 '반체제'라는 수식어가 들러붙어 있었다. 그는 틀림없는 반체제 지식인이었다. 구소련에서도, 망명지인 미국에서도, 페레스트로이카 이후의 러시아에서도 그의 지칠 줄 모르는 비판 정신은 권력층을 피곤하게 했다. 놀라운 기억력과 언변과 박학다식으로 무장한 그의 사회 비평은 너무도 강력해서 때로 그가 원래 소설가로 20세기 세계사에 등장했다는 사실을 잊도록 해주었다. 망명 이후 그가 심혈을 기울여 쓴 역사소설 시리즈『붉은 수레바퀴』도 두드러지게 빈곤한 문학성 덕분에 그러한 망각에 일조했다.

그러나 다른 작품들은 몰라도 그에게 노벨문학상의 영광을 안겨준 『이반 데니소비치의 하루(Odin den' Ivana Denisovicha, 1962년)』만큼은 그가 기라성 같은 대문호들과 견주어도 조금도 손색이 없는 소설가임을 확신시켜준다. 이 소설이 도스토예프스키의 『죽음의 집의 기록(1862년)』이 출간된 지 꼭 백 년 만에 출간되었다는 것도 어딘지 모르게 솔제니친과 대문호 도스토예프스키를 나란히 놓고 볼 수 있게 도와준다. 실제로 『이반 데니소비치의 하루』는 『죽음의 집의 기록』 못지않은 대작이다.

소설은 주인공 이반 데니소비치 슈호프(수인 번호 S854)가 시베리아 강제노동수용소에서 1951년 1월의 어느 날 하루 동안 겪는 일상적인 삶을 내용으로 한다. 그의 하루를 통해 독자는 농부에서부터 노동자, 지식인에 이르기까지 소비에트 사회의 거의 모든 계층과 직업을 접할 수 있고 뇌물 수수, 밀고, 협박 등 소비에트 사회의 모든 고질적인 병폐를 접할 수 있다. 시베리아 강제노동수용소의 소우주는 저 거대한 강제노동수용소, 즉 러시아의 대우주를 반영한다.[172]

이 소설은 서방에서 소비에트 체제에 대한 강력한 비판으로 받아들여졌다. 그것은 사실이다. 그러나 그것만이 이 소설의 가치라 하기는 어렵다. 아니, 오늘날 그것은 소설의 가치가 아니다. 수용소라는 것은 21세기 독자에게 이미 매력을 상실한 지 오래다. 여기서 작가는 수용소, 냉전, 체제 비판을 뛰어넘어 인간 존재의 가장 근원적인 문제를 제기하고, 투박하지만 엄청난 깊이를 지닌 언어로써 그 문제에 대해 답을 하고자 한다. 이 소설이 노벨문학상을 받는 데 냉전 시대의 정치적 고려가 작용했다고 생각하는 독자는 다시 한 번 소설을 읽어봐야 할 것이다. 이 소설이 내뿜는 휴머니즘, 인간의 고결함에 대한 믿음은 그 어떤 정치적 고려도 넘어선다.

여기서 의미심장한 점은 이 소설의 메시지가 — 그것이 소비에트 체제에 대한 비판이건, 아니면 인간 존엄성에 대한 확신이건 간에 — 무엇보다도 음식의 언어를 통해 표현된다는 사실이다. 이 소설은 음식 이야기의 결정판, 완결본이라 할 수 있다. 사실 『이반 데니소비치의 하루』는 음식으로 포화되어 있다. 처음부터 끝까지 먹는 얘기다. 먹는 얘기가 없으면 소설이 존재하기조차 어려울 지경이다. 그 이유는 자명하다. 수용소에서의 삶은 삶이라기보다는 생존에 가깝고, 인간의 생존에 절대적인 조건이 음식의 섭취이기 때문이다. "사실 수용소에 갇혀 있는 죄수들은 취침 시간을 제외하면 아침 식사 시간 10분과 점심시간 5분, 그리고 저녁 식사 시간 5분을 위해 산다고 해도 과언이 아니다."

수용소의 식사는 어떤 것인가? 죄수들이 목숨을 걸고 달려드는 그 식사, 그 먹는 시간을 위해 산다고 해도 과언이 아닌 식사의 메뉴는 어떤 것인가?

우선 빵이 있다. 정량은 550그램이지만 한 번도 정량을 채워서 배급된 적이 없다. 언제나 모자라되, 다만 얼마나 모자라는가가 문제다.

그다음에는 죽이다. "말이 죽이지 곡분 대신에 누런빛이 도는 무슨 풀 같은 걸 썰어 넣은 기막힌 물건이다. 이것을 처음 생각해 낸 것은 어떤 중국 사람이었다고 한다. 무엇을 집어넣고 끓였든 한 그릇 30그램이라는 정량만 차면 문제 될 것은 없을 테니 할 수 없는 노릇이다."

점심 식사에 나온 죽은 일인당 50그램의 곡물로 끓인다. 주방 취사부가 하는 일은 솥에다 곡물과 소금, 그리고 지방 덩어리를 넣어 푹푹 끓이는 일이다. 질이 좋은 지방 덩어리가 나오는 날에는 취사부가 먼저 착복한다. 그래서 죄수들은 질 나쁜 지방이 배급되기만을 고대한다. 가장 인기가 좋은 죽은 귀리죽이다. '최고급'으로 통한다. 귀리죽을 먹으면 한결 배가 든든하기 때문이다. 소설의 배경이 되는 날 슈호프가 점심으로 먹은 것도 바로 귀리죽이다. "슈호프는 어릴 적부터 말에게 귀리를 먹였다. 하지만 자기 자신이 이렇게 몇 숟가락의 귀리죽을 보고 환장하는 신세가 될 줄은 꿈에도 생각지 못했다."

마지막으로 국이 있다. 이것 역시 말이 국이지 완전히 정체가 불분명한 음식이다. 그해에 월동용으로 무엇을 저장했는가에 따라 건더기가 결정된다. 홍당무일 때도 있고 시커먼 양배추 시래기일 때도 있고, 어떤 때는 그냥 쐐기풀을 넣어 끓일 때도 있다. 생선을 넣을 때도 있는데 살점은 다 떨어져 나가고 뼈만 앙상하게 남아 있을 때가 대부분이다.

저녁에 인원 점검을 받고 수용소 문을 통과하여 막사로 되돌아올 때가 죄수들에게는 하루 중에서도 가장 춥고 배고픈 시간이다. 혀를 델 듯이 뜨끈한 저녁 식사의 양배추국 한 그릇이 지금의 그들에게는 가뭄의 단비와도 같은 것이다. 그들은 국물 한 방울 남기지 않고 단숨에 그것을 들이켜버린다. 이 한 그릇의 양배추국이 지금의 그들에게는 자유보다도, 지금까지의 전 생애보다도, 아니 앞으로의 전 생애보다도 훨씬 귀중하게 생각되는 것이다.

인간을 짐승으로 만드는 것은 생각보다 간단하다. 소비에트의 최고 권력자들은 인간의 가장 취약한 점을 정확하게 꿰뚫어 보고 있었다. 죄수들을 지배하는 것은 200그램의 빵 한 덩어리다. 수용소의 죄수들은 짐승과 접경한 존재들이다. 아니 어떤 면에서 짐승만도 못하다. 가축이 늘 먹던 귀리를 어쩌다 한 번 먹으면서 좋아 죽을 지경이면 더 이상 할 말이 없다. 돼지죽 같은 국 한 사발이 전 생애보다도 더 소중한 상황이라면 더 이상 얘기할 것도 없다. 인간의 '짐승화' 정책은 완벽하게 성공했다.

게다가 이 '짐승화된' 인간들은 반성도 하고 꿈도 꾸고 도덕적인 성찰도 할 수 있는 아주 고도로 발전한 존재들이다. 슈호프는 과거의 '방만한' 식습관을 회상하며 뼈저리게 반성한다. "슈호프는 수용소에 들어온 후부터 전에 고향 마을에서 배불리 먹던 일을 자주 회상하곤 했다. 감자를 번철에 구워 몇 개씩이나 먹고, 야채죽을 몇 대접씩 먹고, 식량 사정이 좋았던 더 옛날에는 고깃덩어리를 닥치는 대로 집어삼켰다. 게다가 우유는 배가 터지도록 마셨다. 그렇게 먹는 것이 아니었다고 지금 슈호프는 절실히 느끼고 있다."

여기서 언급되는 음식들을 보자. 아주 기본적인 음식들이다. 무슨 프랑스 요리도 아니고, 철갑상어나 캐비아도 아니고, 심지어 그 흔해빠진 러시아 팬케이크도 아니다. 번철에 구운 감자와 우유와 야채죽, 그리고 어쩌다 차례가 오는 국 속의 고기 건더기. 이렇게 소박한 식사를 죄수는 후회하며 그리워하고 있다. 지금 그에게는 이 평범한 식사를 위해서라면 목숨이라도 바칠 준비가 되어 있다. 그에게 그것은 너무도 호사스러운, 죄스러울 정도로 호사스러운 식사다. 가장 평범한 식사가 가장 호사스러운 식사로 회상되는 이 상황은 그 자체로서 엽기다. 이것은 톨스토이의 방탕한 상류층 인물이 나중에 도덕적으로 성장하여 후회하는 그런 식사가 아니다. 톨스토이가 주장했던 그 도덕적인 식사, 단순하고 소박한 농부들의 식사를 지금 농부 죄수 슈호프는 탐식과 과식이었다고 후회하는 것이다. 같은 시간에 이 수용소를 만들고 지배하는 사람들은 톨스토이의 귀족들이 먹었던 바로 그 음식을 배가 터지도록 먹고 있는데 말이다.

슈호프의 식사를 조금 더 자세히 들여다보자. "음식을 먹을 때는 그 진미를 알 수 있도록 먹어야 한다. 다시 말하자면 지금 이 조그마한 빵 조각을 먹듯이 먹어야 한다. 조금씩 입안에 넣고 혀끝으로 이리저리 굴리며 양쪽 볼에서 침이 흘러나오게 한다. 그러면 이 설익은 검은 빵이나마 얼마나 향기로운지 모른다. 수용소 생활 팔 년, 아니, 이제는 구 년째로 접어들지만 그동안 슈호프가 먹을 수 있었던 것은 도대체 무엇이었던가. 전 같으면 입에 대지도 못할 것들뿐이다. 그렇다고 그것이 지겨운가? 천만에.”

슈호프는 이 모든 허접스러운 음식에 너무도 감사한다. 오늘은 그에게 가장 운수 좋은 날 중의 하루다. 왜냐하면 점심때는 국그릇을 속여서 두 그릇을 먹었고 저녁때는 부자 죄수 체자리의 심부름을 해준 대가로 그에게서 식사를 양보받았기 때문이다. 저녁 식사 때 그 허접스러운 국을 두 그릇 먹음으로 해서 슈호프가 느끼는 그 뿌듯함과 감사하는 마음을 보자. 우선 슈호프는 베테랑 죄수답게 국그릇을 커다란 쟁반에 올려놓아 식탁으로 나르는 일을 할 때도 어느 그릇에 건더기가 가장 많이 들어갔나를 간파하고는 건더기가 많은 그릇이 자기 쪽으로 놓이도록 식탁 위에 쟁반을 놓는다. 대체로 저녁 국은 아침 국에 비해 멀겋다. 아침에 너무 적게 먹으면 일을 하기 어렵지만 저녁에 배를 주렸다고 해서 잠을 못 자는 사람은 없기 때문이다.

“그는 먹기 시작했다. 우선 한쪽의 국그릇의 국물만을 단숨에 들이켠다. 뜨끈한 국물이 목구멍을 지나 전신에 퍼지자 오장육부가 국물을 반기며 요동을 친다. 바로 이 순간을 위해서 죄수들은 살고 있는 것이다. (…) 슈호프는 국물 찌꺼기와 함께 이번에는 양배추를 먹기 시작한다. 감자는 두 그릇 중 체자리의 국그릇에만 한 개 들어 있을 뿐 잘지도 굵지도 않은, 그리고 물론 얼어서 상한 감자였다. 하물하물한 게 어쩐지 달착지근하다. 생선은 거의 없고 가끔 살이 빠져나간 등뼈가 눈에 띌 정도였다. 그러나 생선의 뼈와 지느러미는 씹고 또 씹어서 속속들이 국물을 빨아먹지 않으면 안 된다. 뼈다귀 속의 국물은 가장 자양분이 많다. 이것을 깨끗이 처치하는 데는 물론 시간이 필요하다. 오늘은 그에게 명절과도 다름없는 날이다. 점심도 곱빼기, 저녁도 곱빼기." 게다가 식사를 마친 그에게는 지금 상여금 식으로 받은 400그램의 빵 덩어리와 200그램의 빵 덩어리가 있다. 그는 생각한다. "더 이상 무엇을 바라랴!"

국 두 그릇에 너무도 감읍한 슈호프는 심지어 '절제'라는 미덕까지 생각한다. "슈호프는 저녁 식사를 마쳤다. 그러나 빵은 먹지 않았다. 국을 곱빼기로 먹어치우고, 게다가 빵까지 먹는다는 것은 너무 분에 넘치는 일이다. 빵은 내일 몫으로 돌리자. 인간의 배는 은혜를 모른다. 어제의 은혜 같은 건 씻은 듯이 잊어버리고 내일이면 또다시 시끄럽게 졸라댄다."

이 소설의 강점은 바로 이런 점이다. 아무렇지도 않게, 담담하게, 마치 이곳이 평범한 주거 공간인 양 수용소에 수감된 평범한 사람의 재수 좋은 하루를 묘사한다. 그러나 이 평범한 사람의 재수 좋은 하루를 들여다본 독자는 이곳이야말로 짐승들의 지옥임을 알게 된다.

위대한
식사

　　그러나 이 '짐승화된' 공간에서도 인간은
끝끝내 고결함을 간직할 수 있다. 아니 인간은 고결한 존재다. 인간
은 짐승이 아니다. 못 배우고 못사는 그냥 평범한 사람도 고결함을
끝까지 간직할 수 있다. 이것이 바로 솔제니친이 궁극적으로 전달
하려는 메시지다. 주인공 이반 데니소비치의 이름 '이반'은 러시아
에서 가장 흔하고 보편적인 이름이다. 이를테면 러시아의 '김 서방'
이다. 이반 데니소비치의 위대한 식사를 통해 솔제니친은 그 어떤
제도도, 그 어떤 이념도, 그 어떤 상황도 인간을 완전한 짐승으로 전
락시킬 수 없다는, '먹고 싸는' 순환의 고리로 묶어둘 수 없다는 확
고한 믿음을 전달한다. 이것이야말로 그 어떤 체제 비판보다도 강

렬한 메시지다.

소설의 초반부에는 다음과 같은 대목이 나온다. "수용소에서 죽는 인간이 있다면 그것은 남의 죽 그릇을 핥는 친구들, 뻔질나게 의무실에 드나들며 편히 누워 있을 궁리만 하는 친구들, 쓸데없이 간수장을 찾아다니는 친구들, 바로 이런 친구들뿐이지." 이 대목의 요지는 요컨대 인간이 고결함을 잃을 때 자멸한다는 것이다. 남의 죽 그릇을 핥는다는 것은 문자 그대로 배고픔을 견디지 못해 다른 사람의 죽 그릇에 남아 있는 한 방울의 죽까지 핥아 먹는 것을 말한다. 생리적 욕구를 통제할 수 없어 최소한의 체면까지도 버린다는 뜻이다. 요컨대 인간임의 '마지노선'이 무너진다는 뜻이다.

수용소 식당의 배식구에는 다섯 개의 창구가 있다. 하나는 특별식 창구이고 세 개는 일반 창구이며 마지막 하나는 퇴식구, 즉 식기 반환 창구다. 그런데 이 창구는 늘 그릇의 바닥을 핥아 먹으려는 죄수들로 북적거린다. 인간이 할 수 있는 가장 추접한 일은 남의 그릇을 핥아 먹는 일이다. 그러므로 그런 사람들은 그 어떤 추접스러운 일도 다 할 수 있다는 뜻이다. 그들은 굶주림에 굴복당한 사람들, 톨스토이가 말했던 '입과 배의 노예'들이다.

소설은 페추코프라는 인물을 통해 게걸쟁이의 전형을 보여준다. 그는 말 그대로 남의 국그릇을 핥는다. 염치도 없고 체면도 없다. 앞에 나왔던 고골의 흘레스타코프를 무척 많이 연상시킨다. 그는 이 수인들의 사회에서 사람 취급도 못 받는다. 이곳이 아무리 '짐승들'로 가득 찬 공간이라 할지라도 여기에도 인간이 넘어서는 안 되는 선이 지켜지고 있다. 남의 그릇을 핥는 자는 인간임을 포기한 존재다. 그래서 페추코프는 온갖 멸시와 구타를 다 당한다. 부자 죄수 체자리가 소포로 받은 담배를 피우면 어디선가 페추코프가 잽싸게 달려온다. 그는 체자리의 입만 바라본다. 한 모금만 빨게 해달라는 그 간절한 눈빛으로, 마치 강아지가 먹을 것을 달라고 주인을 바라보는 그런 눈빛으로 바라본다. 물론 체자리는 한 모금도 안 준다. 페추코프 같은 인물은 언제 어디서나 기피 인물이다. 그는 인간의 존엄성을 완전히 상실했기 때문에 아무도 그를 사람 취급하지 않는다. "페추코프가 훌쩍훌쩍 울며 막사로 돌아왔다. 구부정하니 등을 굽히고 입가에는 피가 말라붙어 있었다. 필시 또 국그릇 때문에 몰매를 맞고 돌아오는 모양이다. 아무래도 형기를 마칠 때까지 살아남을 것 같지 않다."

주인공 슈호프는 페추코프와 여러 면에서 비교가 된다. 그 역시 배고픈 것은 견디기 어렵다. 그도 빵 몇 그램에 목숨을 걸고 달려든다. 그도 속임수를 써서 죽 그릇을 더 받고, 부자 죄수의 심부름을 해주고 먹을 것을 얻어먹으며 행복감을 느낀다. 그러나 그래도 슈호프에게는 마지막 선이 있다. 그는 그 선만은 넘지 않으려고 노력한다. 그는 보통 사람이 최악의 상황에서 그래도 지키려는 인간의 존엄성을 그대로 보여준다.

식당 안은 춥기 때문에 대부분이 모자를 쓴 채 식사를 한다. 그렇지만 결코 서둘러 먹지는 않는다. 모두들 시커먼 양배추 잎사귀를 들춰가며 밑바닥에 가라앉은 썩은 생선 부스러기를 끈기 있게 찾고 있다. 식탁 위에 뱉은 생선 뼈가 산더미처럼 쌓이면 교대하여 들어온 다른 반원들이 그 것을 땅바닥에 쓸어내버린다. 까딱하면 거기 미끄러져 빌렁 나자빠지기 가 일쑤다. 그러나 처음부터 땅바닥에 생선 뼈를 뱉는 것은 추잡스러운 것으로 되어 있다.

이 대목만 보더라도 인간은 완전히 짐승으로 전락할 수 없다는 것이 드러난다. 거의 짐승이나 다름없는 죄수들이지만, 그래도 생선 뼈를 바닥에 마구 뱉는 것은 "추잡한 일"로 치부한다. 그들에게도 '식사 예절'이 있다는 뜻이다. 슈호프는 이보다 더 예절을 지킨다. "숟가락을 식탁 위에 꺼내놓고 그는 박박 깎은 머리에서 모자를 벗었다. 아무리 날씨가 추워도 남들처럼 모자를 쓴 채 식사를 할 수는 없었던 것이다."

슈호프는 또한 아무리 기름기에 주려 있다 해도 "징그러운 부위"는 포기할 정도의 섬세한 비위를 가지고 있다. "국에 생선을 넣었다고 해도 살점은 다 떨어져 나가고 뼈만 앙상하게 남아 있기 일쑤다. 머리와 꼬리가 간신히 형태를 보존하고 있을 뿐이다. 슈호프는 생선 뼈를 입속에 넣고 씹고 또 씹어 국물을 빨아 먹은 다음 찌꺼기를 식탁 위에 뱉었다. 그는 남들처럼 무슨 생선이건 머리부터 꽁지까지 남김없이 죄다 먹는다. 그러나 눈은 제자리에 붙어 있는 경우에 한해서 먹는다. 따로 떨어져서 이리저리 떠다니는 커다란 눈깔만은 아무래도 먹을 용기가 나지 않는다. 그것 때문에 곧잘 다른 친구들의 웃음을 사곤 했다."

그는 몇 차례나 자신이 '게걸쟁이'가 아님을 강조한다. "죄수살이 팔 년이지만 아직은 추잡한 게걸쟁이로 전락하지 않았다." 예를 들어 앞에서 페추코프가 부자 죄수 체자리의 담배를 얻어 피우고 싶어 침을 질질 흘리며 그의 입만 바라보는 것과는 대조적으로 슈호프는 염치와 체면 때문에 오히려 외면을 한다. "체자리가 한 모금 빨 때마다 불그스름한 재가 점점 길어지는 데 신경이 쏠리지만 적어도 겉으로는 무심한 표정을 짓는다. 일부러 딴 데다 시선을 돌리고 무관심한 표정을 짓는다. 그에게는 이 순간 피우다 남은 꽁초 한 대가 자기 한 몸의 자유보다 더 소중하게 여겨졌다. 그러나 페추코프처럼 염치없는 짓은 하지 않는다."

슈호프에게는 도덕심도 있다. "그가 세상에 나온 지 이미 사십 년. 이빨도 반은 빠져버리고 머리숱도 얼마 남지 않은 이날 이때까지 뇌물이라는 걸 주거나 받거나 한 경험이 전혀 없다. 수용소에 들어와서도 이것만은 끝내 배우지 않았다." 게다가 그는 그토록 열악한 상황에서도 체자리가 준 두 개의 비스킷 가운데 한 개를 알료샤라는 다른 죄수에게 아무 대가 없이 준다. 요컨대 슈호프는 체면도 있고 도덕심도 있고 동정심도 있는 '인간'이다. 그가 보여주는 것은 비인간화의 극한 상황에서도 인간은 완전히 무너지지 않는다는 사실이다.

소설에는 슈호프보다도 더 고결한 인물이 등장한다. 그는 단 한 대목에서만 지나가듯이 언급되는 인물이지만, 그가 전하는 메시지는 사실상 소설 전체의 메시지와 같은 것이라 해도 좋을 정도다. 그는 "U-81"이라는 번호로만 알려진 노인이다. 그가 수용소에 얼마나 오래 있었는지는 아무도 모른다. 단지 그가 단 한 번의 특사도 받은 적이 없는 장기수라는 것만 알 수 있을 뿐이다. 십 년 형기가 끝나면 어느새 새로운 형기가 추가되어 그는 이곳에서 가장 오래 묵은 죄수로 불린다. 그런데 이 노인이 음식을 먹는 장면은 고결함을 넘어 위대하기까지 하다.

수용소 내의 대부분의 죄수들이 고양이 등처럼 꾸부정하게 등을 구부리고 있는 데 반해서 유독 이 노인만은 언제나 등을 쭉 펴고 있다. 식탁에 앉아 있는 모습을 보면 결상 위에 무엇인가를 괴고 앉아 있는 것 같다. 머리는 홀랑 까져서 이발을 할 필요가 없어진 지도 오래다. (…) 그의 눈은 식당에서 일어나고 있는 모든 일에 대해선 하등 관심이 없다는 듯 슈호프의 머리 너머로 허공의 일점만을 응시하고 있다. 그는 끝이 닳아 떨어진 나무 수저로 건더기가 없는 국물을 단정히 떠서 마신다. 다른 죄수들처럼 얼굴을 그릇에 처박으려 하지도 않고 수저를 높이 쳐들어 입으로 날라 간다. 이는 아래위 하나도 없다. 뼈처럼 굳어진 잇몸으로 그 굳은 빵을 씹고 있다. 그의 얼굴에서 생기라고는 하나도 찾아볼 수 없다. 그럼에도 불구하고 그의 얼굴은 폐인처럼 연약해 보이지 않았다. 오히려 산에서 캐낸 바위처럼 단단하고 거뭇거뭇했다. 쩍쩍 금이 간 그의 크고 검은 손은 그가 걸어온 수십 년 동안의 감옥살이 중 거의 사무나 경노동 같은 일에는 혜택을 받아보지 못했다는 것을 입증해 주고 있었다. 허나 그는 조금도 편하고자 꾀를 부리지 않는다. 300그램의 빵만 하더라도 다른 죄수들처럼 국물에 더럽혀진 식탁에 대뜸 내려놓으려 하지 않고 깨끗이 세탁한 천 조각을 깔고 그 위에 올려놓는 것이다.

이 늙은 수인의 바위처럼 단단하고 거뭇거뭇한 얼굴은 그의 '정신'의 외적 표상이다. '그'라는 인간 자체가 바위처럼 단단하다. 그는 생의 어떤 굴욕도, 압박도, 재난도 다 견뎌낸 인간 승리의 증거다.

늙은 수인의 식사는 사실상 솔제니친의 메시지 전체를 함축한다. 그의 식사는 생물학적 '흡수와 배설' 사이클을 벗어나 어느새 수행으로, 종교적인 의식(ritual)으로 다가간다. 그리고 그와 더불어 그의 존재, 그의 삶, 그의 생명까지도 거룩한 성사에 근접한다. 그는 '먹고 싸는' 짐승에서 신으로 승화한다. 어쩌면 이것은 독실한 정교 신자인 솔제니친이 상상할 수 있었던 최종적인 인간 신화(神化)의 전범이 아니었을까.

에필로그

'미식 예찬'

나는 이 책에서 푸슈킨, 고골, 곤차로프, 투르게네프, 도스토예프스키, 톨스토이, 체호프, 불가코프, 파스테르나크, 솔제니친이 사용한 음식의 코드를 훑어보았다. 푸슈킨의 소박한 식성이 어떻게 그의 문체를 반영하는지, 고골의 식탐이 어떻게 그의 비극적인 종말을 초래했는지, 톨스토이의 채식주의가 어떻게 도덕적인 관념으로 전변되는지, 음식에 대한 도스토예프스키의 너그러움이 어떻게 깊은 신앙심과 연결되는지를 살펴보았다. 또 체호프와 불가코프와 파스테르나크에게서 음식이 얼마나 다양한 메시지를 전달하는지, 솔제니친의 수용소 문학에서 먹는다는 행위가 궁극적으로 얼마나 위대한 인간 승리와 연결되는지도 살펴보았다.

　음식 이야기를 쓰다 보니 나의 생각은 자연스럽게 우리 일상에서의 음식으로 흘러갔다. 나는 부지불식간에 작가들의 음식에 대한 태도와 나의 생각을 연결해 가며 '어떻게 먹는 것이 잘 먹는 것인가'에 대해 생각했다. 나의 사색과 작가들의 생각을 종합해서 내가 끌어낼 수 있는 결론을 한마디로 요약하자면 '미식 예찬'이 될 것 같다. 다만, 여기서 내가 사용하는 '미식'이라는 개념은 약간의 설명을 필요로 한다.

흔히 미식 하면 무언가 엄청나게 맛있고 희귀한 음식, 혹은 그러한 음식을 즐기는 것으로 생각하기 쉽다. 그러나 내가 러시아 문학 속의 음식 이야기의 결론을 쓰는 지금 사용하는 미식이란 단어는 음식 자체와는 크게 관계가 없다. 오히려 먹기에 대한 개개인의 태도가 미식을 결정한다. 맛있게 먹고, 감사하게 먹고, 나누어 먹는다면 이 세상 모든 것이 미식이다. 그런 의미에서 나는 이 책의 에필로그에 '미식 예찬'이란 제목을 붙였다. 러시아 작가들이 음식에 대해 말하고자 했던 것, 음식의 코드로써 전달하고자 했던 메시지의 궁극적인 의미도 여기에서 크게 벗어나지 않을 것이다.

잘 구운 한 덩어리의 빵, 햅쌀로 막 지어 윤기가 잘잘 흐르는 한 공기의 밥, 달고 시원한 배, 간이 딱 맞는 된장국도 미식이고 기름진 고기와 희귀한 생선과 값비싼 코스 요리도 미식이다. 그리고 남다른 비위와 미각을 타고난 사람에게라면 거위간과 희한한 냄새가 나는 치즈와 악어 고기도 물론 미식일 것이다. 어떤 것이 더 훌륭한 음식인지 구태여 가릴 이유가 없다. 엄밀히 따지면 정한 음식, 부정한 음식 간의 경계도 불분명하고, 건강식품과 불량식품을 가르는 척도도 모호하다. 소박한 밥상만이 좋은 것이고 호사스러운 식탁은 나쁜 것이라고 주장할 근거도 없고, 육식이 좋으냐 채식이 좋으냐를 따질 이유도 없고, 식사는 혼자 하면 안 되고 반드시 여럿이 같이 먹어야 된다고 주장할 필요도 없다. 무엇이든 정성껏 조리하고, 먹을 때는 집중해서 그 맛을 한껏 만끽하고, 배가 터지도록 먹는 일을 삼가고, 살아 있음에 감사하고, 혼자서 먹건 여럿이 함께 먹건 즐겁고 행복하게 먹는다면 미식의 경계는 무한히 넓어져 마침내 마음의 평화와 만나게 되리라. 이 단계에 이르면 충만과 절제는 한가지가 되리라.

식사의 의미를 오로지 맛있는 음식에만 둔다면, 미각의 충족에 끝없이 집착한다면, 그것은 미식이 아닌 탐식이다. 그러나 아무리 소박하고 건강한 밥상이라도 거기에 이념을 부여하고 그 이념에 집착한다면 그것 역시 미식이 아닌 탐식이다. 훌륭한 의도에서 시작한 채식이라도 육식에 대한 호전성을 토대로 한 이념이 된다면, 그것 역시 탐식이 될 것이다. 집착은 그것이 맛있는 음식에 대한 것이든, 건강식에 대한 것이든, 채식에 대한 것이든, 혹은 소식에 대한 것이든 음식 본유의 가치를 훼손한다. 식사의 본질은 맛있게 먹고 기쁜 마음으로 먹고 감사한 마음으로 먹는 데 있다. 이렇게 먹는 식사는 삶을 잔치로 만들어준다.

이 책을 쓰는 동안 많은 이들의 도움을 받았다. 기획 단계에서부터 여러 소중한 조언과 도움을 주신 한국외국어대학교 통번역대학원장 김현택 교수님께 깊이 감사드린다. 원고에 대해 예리한 지적과 훈훈한 격려의 말씀을 해주신 서경대학교 안병팔 교수님께도 각별한 감사의 마음을 전한다. 나와 더불어 웃고 떠들고 먹고 마시며 문학 얘기로 꽃을 피우는 마음 따뜻한 제자들에게는 이 자리를 빌려 깊은 사랑을 전한다. 원고 출판을 흔쾌히 수락해 주신 예담의 연준혁 사장님과 박선영 부사장님께 늘 고마운 마음이다. 어수선한 원고를 꼼꼼하게 살펴서 깔끔한 책으로 만들어준 정지연 씨와, 자료 수집과 원고 정리에 수고해 준 연구조교 박소라 양에게도 감사의 마음을 전한다.

음식에 관해 책을 한 권 쓰고 나니 함께 밥을 먹는 식구들이 새삼 소중하게 느껴진다. 우리말의 '식구(食口)'란 얼마나 정겨운 말인지……. 소박한 한 끼 식사를 잔치로 만들어주는 남편 김동욱 성균관대학교 교수와 아들 세희에게 고마움과 사랑을 전한다.

| 참고문헌 |

번역서를 인용할 경우 이 책의 편집 방침에 따라 인명 등의 표기법을 통일했으며, 가독성 제고를 위해 부분적으로 문장을 수정하기도 했다.

- 고골, 니콜라이. 『검찰관』. 이명현 옮김. 서울: 교원, 2009.
- 고골 외. 『러시아 단편소설 걸작선』. 양장선 옮김. 서울: 행복한책읽기, 2010.
- 곤차로프, 이반. 『오블로모프』. 최윤락 옮김. 서울: 문학과지성사, 2002.
- 도스또예프스까야, 안나. 『도스또예프스끼와 함께한 나날들』. 최호정 옮김. 서울: 그린비, 2003.
- 도스또예프스끼, 표도르. 『까라마조프 씨네 형제들』. 이대우 역. 파주: 열린책들, 2007.
- 로뜨만, 유리. "뻬쩨르부르그의 상징학과 도시 기호학의 제문제." 『시간과 공간의 기호학』. 러시아시학연구회 편역. 서울: 열린책들, 1996, 44-69.
  _____. "예술적 공간에 관한 소고." 『시간과 공간의 기호학』, 1996-b, 13-43.
  _____. "흘레스타코프: 어느 문학적 인물의 실제성." 『러시아 기호학의 이해』. 이인영 엮음. 서울: 민음사, 1993, 397-457.
- 바흐찐, 미하일. 『도스또예프스끼 시학』. 김근식 역. 서울: 정음사. 1988.
- 박완서. 『아주 오래된 농담』. 서울: 실천문학, 2000.
- 불가코프, 미하일. 『거장과 마르가리타』. 김혜란 옮김. 서울: 문학과 지성사, 2008.
  _____. 『개의 심장』. 정연호 옮김. 서울: 열린책들, 1980.
- 빠스쩨르나크, 보리스. 『닥터 지바고』. 오재국 역. 서울: 범우사, 1988.
- 뿌쉬낀, 알렉산드르. 『예브게니 오네긴』. 석영중 옮김. 서울: 열린책들, 1998.
- 삘냐끄, 보리스. 『마호가니』. 석영중 역. 서울: 열린책들, 2005.
- 브리야사바랭, 장 앙텔므. 『미식예찬』. 홍서연 옮김. 서울: 르네상스, 2004.
- 솔제니친, 알렉산드르. 『이반 데니소비치의 하루』. 김학수 옮김. 서울: 중앙일보

사, 1990.

- 스몰랸스끼.『러시아 정교와 음식 문화』. 정막래 역. 서울: 명지출판사, 2000.
- 자먀찐, 예브게니.『우리들』. 석영중 역. 서울: 열린책들, 2009.
- 크리스티안스, M.『성서의 상징』. 장익 옮김. 왜관: 분도출판사, 2002.
- 톨스토이, 레프.『결혼』. 고일 역. 서울: 작가정신, 1997.
_____.『나의 참회』. 김근식, 고산 역.『인생이란 무엇인가』, 612-688. 서울: 동서문화사, 2004.
_____.『예술이란 무엇인가』. 이철 역. 서울: 범우사, 1998.
_____.『인생의 길』. 김근식, 고산 역.『인생이란 무엇인가』, 90-472. 서울: 동서문화사, 2004.
_____.『안나 카레니나』. 이철 역. 서울: 범우사, 1999.
_____.『크로이체르 소나타』. 이기주 역. 서울: 웅진, 2010.
- 투르게네프, 이반.『아버지와 아들』. 이철 옮김. 서울: 범우사, 2005.
- 체호프, 안톤.『개를 데리고 다니는 부인』. 오종우 역. 서울: 열린책들, 2009.
- 프루스트, 마르셀.『잃어버린 시간을 찾아서 스완네 집 쪽으로』. 김창석 옮김. 서울: 국일출판사, 2007.
- 호스킹, 제프리.『소련사』. 김영석 옮김. 서울: 홍성사, 1989.

- Aksakov, S. Istoriia moego znakomstvom s Gogolem. M: Akademiia nauk, 1960.
- Allhoff, F. et al. Ed. *Food and Philosophy: Eat, Think, and Be Merry*. Wiley-Blackwell, 2007.
- Anderson, E. *Everyone Eats. Understanding Food and Culture*. N.Y.: New York U. Press, 2005.
- Arutiunov, S., Voronina, T. Ed. *Khleb v narodnoi kul'ture*. M: Nauka, 2004.
- Barthes, R. *Mythologies*. Trans. A. Lavers. London: Vintage, 1993.
- Bevan, D. Ed. *Literary Gastronomy*. Amsterdam: Rodopi, 1988.

- Bebbington, J. "Facing Both Ways: The Faith of Dostoevsky." *Through Each Others Eyes: Religion and Literature.* Moscow: Rudomino, 171–190, 1999.

- Blagoi, D. *Ot Kantemira do nashikh dnei.* t.2. M: Khudozhestvennaia literatura, 1979.

- Borrero, M. "Communal Dining and State Cafeterias in Moscow and Petrograd, 1917–1921." *Food in Russian History and Culture.* Ed. M. Glants and J. Toomre. Bloomington: Indiana U. Press, 1997, 162–176.

- Boym, Svetlana. *Common Places: Mythologies of Everyday Life in Russia.* Cambridge: Harvard U. Press, 1994.

- Cowan, Brian. "New Worlds, New Taste." Freedman 2007, 197–232.

- Danishevsky, Alla. *Tastes and Tales from Russia.* N.Y.: Publish America, 2004.

- Drouard, A. "Chefs, Gourmets and Gourmands." Freedman 2007, 263–300.

- Emerson, C. *The Cambridge Introduction to Russian Literature.* Cambridge: Cambridge U Press, 2008.

- Fedorova, Milla. "Food and Humanism. Bulgakov's Dialogue with Tolstoj on Dog's Food, Vegetarianism and Human Nature in 'Sobach'e Serdce'." *Russian Literature.* LXV. 2009, 431–450.

- Freedman, P. Ed. *Food The History of Taste.* Berkeley: U. of California Press, 2007.

- Fusso, S. "Failures of Transformation in Bulgakov's Sobach'e serdtse." *Slavic and East European Journal* 33, no. 3. 1989, 386–399.

- Geist, E. "Cooking Bolshevik: Anastas Mikoian and the Making of the Book about Delicious and Healthy Food." *The Russian Review* 71, no. 4, 2012, 295–313.

- Glants, Musya. "Food as Art: Painting in Late Soviet Russia." M. Glants and J. Toomre, 1997, 216–241.

- Glassner, B. *The Gospel of Food.* N.Y.: Harper Collins Books, 2007.

- Goldstein, D. *A Taste of Russia: A Cookbook of Russian Hospitality.* N.Y.: Random

House, 1983.

_____. Ed. Gstronomica. *The Journal of Food and Culture.* vol. 1 no. 4, U. of California Press, 2001.

_____. "Gstronomic Reforms under Peter the Great."

• http://www.darragoldstein.com/downloads/Darra_Goldstein_Gastronomic_Reforms.pdf 2009.

• Herets, L. "The Practice and Significance of Fasting in Russian Peasant Culture at the Turn of the Century." Glants and Toomre, 1997, 67-80.

• Hingley, R. Pasternak A Biography. NY: Routledge, 1985.

• Iannolo, Jennifer. "Food and Sensuality: A Perfect Pairing." Allhoff, 2007, 239-249.

• Kazakov, V. *Slavianskoe obriadovoe pitanie.* Kaluga: IKSO, 1998.

• King, R. "Eating Well: Thinking Ethically About Food." allhoff, 2007, 177-191.

• Kolb-Seletski, M. "Gastronomy, Gogol, and His Fiction." *Slavic Review* 29, n. 1, 1970, 35-57.

• Korsmeyer, C. *Making Sense of Taste: Food and Philosophy.* Ithaca: Cornell U. Press, 2002.

_____. "Delightful, Delicious, Disgusting." Allhoff, 2007, 115-161.

• Kostiaev, A. *Vkusovye metafory i obrazy v kul'ture.* M: URSS, 2007.

• Kovalev, V. and Mogil'nyi, N. *Traditsii, obychai i bliuda russkoi kukhni.* M: Russkaia kniga, 1996.

• Lavrin, J. *Goncharov.* N.Y.: Russell & Russell, 1969.

• Leblanc, Ronald. "Gluttony and Power in Iurii Olesha's Envy." *The Russian Review.* 60, 2001, 220-237.

_____. "Food, Orality, and Nostalgia for Childhood: Gastronomic Slavophilism in Midnineteenth-Century Russian Fiction." *The Russian Review,* 58, 1999, 244-267.

_____. "Oblomov's Consuming Passion: Food, Eating, and the Search for Communion." *Goncharov's Oblomov: A Critical Companion*. Ed G. Diment. Evanston: Northwestern U. Press, 1998, 110-135.

_____. "An Appetite for Power: Predators, Carnivores, and Cannibals in Dostoevsky's Fiction." M. Glants and J. Toomre, 1997, 124-145.

_____. "Tolstoy's Way of No Flesh: Abstinence, Vegetarianism, and Christian Phisiology." M. Glants and J. Toomre, 1997, 81-102.

_____. "Stomaching Philistinism: Griboedov House and the Symbolism of Eating in the Master and Margarita." *The Master and Margarita: A Critival Companion*. Ed. L Weeks. Evanston: Northwestern U. Press, 1996, 172-192.

_____. "Satisfying Khlestakov's Appetite The Semiotics of Eating in *The Inspector General*." *Slavic Review*. vol. 47, n. 2, 1988, 483-498.

• Leeds-Hurwitz, W. *Semiotics and Communication: Signs, Codes, and Cultures*. Hillsdale: LEA, 1993.

• Levi-Strauss, Claude. *The Raw and the Cooked*. N.Y.: Harper and Row, 1969.

• Loehlin, James. *The Cambridge Introduction to Chekhov*. Cambridge: Cambridge U. Press, 2010.

• Lomunov, K. *Estetika L'va Tolstogo*. M.: Sovremennik, 1972.

• Lossky, V. *The Mystical Theology of the Eastern Church*. Crestwood: St. Vladimir's Seminary Press, 2002.

• Lotman, Iu. *Universe of the Mind*. Trans. Ann Shukman. Bloomington: Indiana U Press, 1990.

• Lotman, Iu. and Pogosian E. *Velikosvetskie obedy*. SPb: Pushkinskii fond: 1996.

• Lutovinova, I. *Slovo o pishche russkoi*. SPb: Avalon, 2005.

• Meyendorff, J. *The Orthodox Church*. Crestwood: St. Vladimir's Seminary Press, 1981.

- Munro, G. "Food in Catherinian St. Petersburg." M. Glants and J. Toomre, 1997, 31-48.

- Nabokov, V. *Nikolai Gogol.* N. Y.: New Directions Books, 1944.

_____. *Lectures on Russian Literature.* NY: Harcourt Brace Jovanovich, 1981.

- Naiman, A. and Narinskaia G. *Protsess edy i besedy.* Moskva: Vagrius, 2003.

- Nikitina, N. A. *Povsednevnaia zhizn' L'va Tolstogo v Iasnoi poliane.* M.: Molodaia gvardiia, 2007.

- Nilsson, Nils, Ake. "Food Images in Chekhov." *Scando-Slavica* 32, 1986, 27-40.

- NÖth, Wifred. "The Spatial Representation of Cultural Otherness." *Semiotic Rotations. Modes of Meanings in Cultural Worlds.* Ed. Gerts, S. K., et al. Charlotte: IAP, 2007, 3-15.

- Obolensky, A. *Food-Notes on Gogol.* Winnipeg: Trident, 1972.

- Palter, Robert. "Reflections on Food in Literature." *Texas Quarterly*, 21, 1978, 6-32.

- Parasecoli, F. "Hungry Engrams: Food and Non-Representational Memory." Allhoff, 2007, 102-114.

- Patnaik, Eira. "The Succulent Gender: Eat Her Softly." Bevan, D., 1988, 59-74.

- Peace, Richard. *The Enigma of Gogol.* Cambridge: Cambridge U. of Press, 2009.

- Pokhlebkin, V. *Iz istorii russkoi kulinarnoi kul'tury.* M.: Tsentrpoligraf, 2006.

- Pochevtsov, G. *Russkaia semiotika.* M: Refl-buk, 2001.

- Popkin, Cathy. *The Prgmatics of Insignificance.* Stanford: Stanford U Press, 1993.

- Putney, Christopher. "Nikolai Gogol's Old-World Landowners: A Parable of Acedia." SEEJ 47 1(Spring) 2003, 1-23.

- Polotskaia, E. *O poetike Chekhova.* M: Nasledie, 2000.

- Proffer, Ellendea. *Bulgakov Life and Work.* Ann Arbor: Ardis, 1984.

- Raleigh, D. "The Russian Civil War. 1917-1922." *The Cambridge History of Russia.*

Cambridge: Cambridge U Press, 2006, 140-167.

- Riasanovsky, N. and Steinberg, M. *A History of Russia*. Oxford: Oxford U. Press, 2005.

- Romanov, P. *Zastol'naia istoriia gosudarstva rossiiskogo*. SPb: Kristall, 2003.

- Roshchits, Iu. *Goncharov*. M.: Molodaia Gvardiia, 2004.

- Rothberg, A. *Aleksandr Solzhenitsyn The Major Novels*. Ithaca: Cornell U. Press, 1971.

- Rothstein, H. and Rothstein, R. "The Beginnings of Soviet Culinary Arts." M. Glants and J. Toomre, 1997, 177-194.

- Shapiro A. *A Feast of Words: For Lovers of Food and Fiction*. N.Y.: Norton and Company, 1996.

- Sheen, Barbara. *Foods of Russia*. Farmington Hills: Kidhaven Press, 2006.

- Shestov, Leon. "Anton Tchekhov Creation from the Void." *Anton Tchekhov and Other Essays*. Trans. S. Koteliansky, J. M. Murry. London: Maunsel, 1916, 3-60.

- Shilova, I. "Reflections of Soviet Reality in Heart of a Dog as Bulgakov's Way of Discussion with the Proletarian Writers." *New Zealand Slavonic Journal*, v. 39, 2005, 107-120.

- Shore, E. "Dining Out" Freedman 2007, 301-332.

- Smith, J. *Psychology of Food and Eating*. N. Y.: Palgrave, 2002.

- Sokolov, B. *Tainy Mastera i Margarity Rasshifrovannyi Bulgakov*. M: Eksmo, 2005.

- Solomnik, A. *Filosofiia znakovykh sistem i iazyk*. Minsk: MET, 2002.

- Stepanov, A. D. *Problemy kommunikatsii u Chekhova*. M: Iazyki slavianskoi kul'tury, 2005.

- St. John of Damascus. *On the Divine Images*. Trans. D. Anderson. Crestwood: St. Vladimir's Seminary Press, 1980.

- Strakhov, A. *Kul't khleba u vostochnykh slavian*. Munchen: Verag otto sagner, 1991.

- Telfer, E. *Food for Thought. Philosophy and Food*. N. Y.: Routledge, 1996.

- Tiupa, V. I. "Kommunikativnaia strategiia chekhvskoi poetiki." *Chekhovskie chteniia v Ottave. Sbornik nauchnykh trudov.* Tver' : Liliia Print, 2006, 17-32.
- Vishnevskii, E. *Kulinarnaia kniga brodiachego povara.* Novosibirsk: Sibirskii khronograph, 2001.
- Visson, Lynn. "Kasha vs. Cachet Blanc: The Gastronomic Dialectics of Russian
- Literature." *Russianness Studies on a Nation's Identity.* Ann arbor: Ardis, 1990, 60-73.
- Williams, H. *The Ethics of Diet A Catena of Authorities Deprecatory of the Practice of Flesh-Eating.* Urbana: U. of Illinois Press, 2003.
- Wilson, A. *Tolstoy A Biography.* N.Y.: W. W. Norton & Company, 2001.
- Winner, Th. *Chekhov and His Prose.* NY: Holt Reinhart and Winston 1967.
- Wolfe, Linda. *The Literary Gourmet.* N. Y.: Harmony Books, 1985.
- Wrye, J. "Should I Eat Meat? Vegetarianism and Dietary Choice." Allhoff, 2007, 45-57.
- Zerkalov, A. *Evangelie Mikhai la Bulgakova.* M: Tekst, 2003.
- Zholkovskii, A. "Dialog Bulgakova i Oleshi." *Sintaksis,* 20, 1987, 90-117.
- Zholkovsky, A. "Rereading Gogol's Miswritten Passages" in *Text Counter Text.* Stanford, 1994, pp. 17-34.
- Zlydneva, N. Ed. *Kody povsednevnosti v slavianskoi kul'ture: eda i odezhda.* SPb: Aleteiia, 2011.

1) 비슷한 맥락에서, 러시아어의 위장, 배를 뜻하는 단어 "zhivot"에는 생명, 목숨이라는 뜻도 담겨 있다.

2) 최근에 러시아 학계에서도 의상과 음식에 관한 학술 대회가 열렸고 그 결과물들이 2011년도에 "슬라브 문화에 나타난 일상생활의 코드 : 음식과 옷"이란 제목의 단행본으로 출간되었다. Zlydneva 2011을 보라. 고맙게도 올해 초에 고려대학교의 최정현 박사가 러시아에 다녀오면서 이 책을 구해다가 전해주었는데, 이 시점에서는 내 책의 초고가 완성된 터라 반영할 여유가 없었다. 그러나 앞으로 의상과 음식을 연구하는 학자들에게는 도움이 될 것 같아 참고문헌에 포함시켰다.

3) 로뜨만 외 1996: 56.

4) 에라스무스의 저술의 내용은 Cowan 2007, 205를 참조하라. 에라스무스 역시 당대 청년들에게 식탁에서 게걸스럽게 먹지 말고 교양 있고 세련되게 먹을 것을 강권하고 있다.

5) Telfer 1996: 38-39.

6) Massie 1980: 54.

7) Munro 1997: 32-33.

8) Massie 1980: 71-74.

9) 백조구이와 공작구이는 르네상스 시대 유럽에서도 고급 요리에 속하는 음식이었다. 당시의 요리책은 공작의 깃털을 고기구이에 다시 붙이는 방법 같은 것들을 포함하고 있었다. 그러나 이들 새고기는 소화시키기가 무척 어려웠으므로 훗날 신대륙에서 칠면조가 도입된 후에는 차차 식탁에서 사라졌다. Cowan 2007, 210.

10) Goldstein 2009: 7.

11) http://his95.narod.ru/doc00/zer.htm, p. 4

12) Kostiaev 2007: 80.

13) Munro 1997: 33.

14) Munro 1997: 33.

15) Munro 1997: 34.

16) Visson 1990: 63.

17) Kostiaev 2007: 80; Goldstein 1999: xv.

18) Romanov 2003: 181-194.

19) 우리말 번역본은 『미식예찬』이라는 제목을 달고 있다.

20) Romanov 2003: 181.

21) Drouard 2007: 264.

22) Drouard 2007: 266

23) 브리야 사바랭 2004: 195-196.

24) Romanov 2003: 183.

25) Romanov 2003: 193; Troyat 1946: 585.

26) Pokhlevkin 2006: 122.

27) Shore 2007: 301.

28) Lotman/Pogosian 1996: 17-18.

29) Pokhlebkin 2006: 126.

30) 로트만 포고샨, 18. 이 부분은 최종본에서는 삭제되었다.

31) Kostiaev 2007: 102.

32) Kostiaev 2007: 130.

33) Blagoi 1979: 48-54.

34) Lotman/Pogosian 1996: 18.

35) Shore 2007: 306, 317.

36) Pokhlebkin 2006: 126.

37) Romanov 2000: 197-198.

38) Romanov 2000: 183.

39) Pokhlevkin 2006: 169-171.

40) LeBlanc 1998: 114-115; Visson 1990: 60-73.

41) Lutovinova 2005: 83.

42) Sheen 2006: 8-9.

43) Goldstein 1999: xiv.

44) Lutovinova 2005: 82.

45) Lotman/Pogosian 1996: 43.

46) 이 단락과 다음 14, 16, 17단락의『오블로모프』관련 글은 이미 출판된 본인의 논문「오블로모프의 맛없는 음식」을 수정하고 편집한 것이다.

47) Lotman/Pogosian 1996: 37.

48) LeBlanc 1998: 110.

49) LeBlanc 1999: 249.

50) LeBlanc 1999: 246.

51) LeBlanc 1998: 128, 130.

52) Anderson 2005: 124.

53) Anderson 2005: 125.

54) Anderson 2005: 125.

55) Lavrin 1969: 35.

56) Lavrin 1969: 14.

57) 곤차로프의 염세주의와 말년의 강박증에 관해서는 Loshchits 2004 345-360을 보라.

58) Pokhlebkin 2006: 220.

59) Pokhlebkin 2006: 220.

60) Pokhlebkin 2006: 218.

61) Pokhlebkin 2006: 234.

62) Lotman/Pogosian 1996: 11.

63) Goldstein 1983: 49-50.

64) 「마태오의 복음」15: 11-12.

65) St. John of Damascus 1980: 23.

66) Heretz 1997: 69-70.

67) 1838년 12월 31일에 다닐레프스키(A. Danilevsky)에게 보낸 편지. LeBlanc 1988, 498에서 재인용.

68) LeBlanc 1988: 484.

69) Obolensky 1972: 12.

70) Aksakov 1960: 35.

71) Obolensky 1972: 7.

72) 브리야사바랭 2004: 19.

73) Kolb-Seletski 1970: 37.

74) Kolb-Seletski 1970: 56.

75) Nabokov 1944: 1.

76) Kolb-Seletski 1970: 55.

77) Obolensky 1972: 169.

78) Obolensky 1972: 97.

79) Pokhlebkin 2002: 195.

80) Putney 2003: 1.
     범속성의 역사적, 철학적 문학적 의미에 관한 포괄적인 논의는 Boym 1994
     41-66를 보라.

81) Pokhlebkin 2006: 199.

82) Pokhlebkin 2006: 200.

83) 로트만 1993: 420-422.

84) Pokhlebkin 2006: 201-203.

85) Zholkovsky 1994: 20.

86) 로트만 1993: 417, 418.

87) 로트만 1993: 420.

88) 이와 관련하여 Putney는 "이 이야기 속의 모든 것이 기만적이다"라고 지적하며
     (Putney 2003: 5), Peace는 이것은 "모호함으로 충만한 이야기"이며 그 안에서는
     "모든 것이 겉보기와 딴판이다"라고 주장한다(Peace 2009: 45, 47).

89) Peace 2009: 37; Putney 2003: 8.

90) Putney 2003: 13.

91) Boym 1994: 48.

92) 일상성의 문화사적 의의 및 일상적인 삶과 정신적인 삶의 독특하게 러시아적인
     대립에 관해서는 Boym 1994 29-40을 보라.

93) 사실 체호프의 작품에 나타난 음식과 범속성의 관련성은 체호프 연구에서 정설이 되어 있다시피 하다. "식도락과 식탐은 범속성을 암시하기 위해 체호프가 사용한 여러 메토니미적 장치들 중의 하나다(Winner 1967: 74)."

94) Nilsson 1986: 37.

95) 다음에 인용하는 에피소드들은 Nilsson 1986 37-39를 참조했다.

96) Nilsson 1986: 37.

97) 다음을 참조할 것. "체호프에게 범속성은 선과 악을 뛰어넘는다. 범속성은 단일한 도덕적 시각에서 기술되지 않는다. (…) 체호프의 작품에서 범속성은 변함없는 일상성의 일부분이다. 그것은 삶을 살 만한 어떤 것, 그러나 반드시 살 가치가 있는 것은 아닌 어떤 것으로 만들어준다(Boym 1994: 52)."

98) Popkin 1993: 36-37.

99) Shestov 1916: 12.

100) Popkin 1993: 33-38.

101) Boym 1994: 55-56.

102) Popkin 1993: 23, 25.

103) Nabokov 1981: 259-260.

104) Boym 1994: 56.

105) Loehlin 2010: 101-102.

    Loehlin은 이러한 주장의 근거로 소설의 맨 마지막 단어가 "시작된다(nachinaetsia)"라는 사실을 제시한다. 그러나 오히려 바로 그 점 때문에 이 소설은 '고리형' 구조를 분명하게 보여준다고 말할 수 있다. 시작과 끝이 맞물리는 이 고리형 구조는 시에서건 산문에서건 출구 없음, 영원히 반복됨 등의 의미를 갖는다.

106) 이 단락과 다음 단락의 톨스토이 음식론은 이미 출판된 본인의 논문 「톨스토이와 다이어트의 윤리」를 수정, 편집한 것이다.

107) Williams 2003: xxviii.

108) Leblanc 1997: 84.

109) Leblanc 1997: 85.

110) Patnaik 1988: 63.

111) Wrye 2007: 55.

음식과 성에 대한 좀더 일반적인 사회심리학적 접근은 Iannolo 2007을 보라.

112) Nikitina 2007: 228, 237, 239, 240.

113) Lotman/Pogosian 1996: 14.

114) Leeds-Hurwitz 1993: 83.

115) Nikitina 2007: 223.

116) Romanov 2003: 209.

117) Romanov 2003: 209.

118) 도스또예프스까야 2003: 106.

119) 도스또예프스까야 2003: 212.

120) Leblanc 1997: 126-127.

121) 스몰랸스끼 2000: 23, 재인용.

122) 「출애굽기」 16: 31.

123) 「마르코의 복음서」 8: 5-9.

124) 「마태오의 복음서」 26: 26-29.

125) Bebbington 1999: 174.

126) 크리스티얀스 2002: 161.

127) Lossky 2002: 180.

128) Strakhov 1991: 44-47.

129) 바흐친 1988: 204.

130) 「요한의 복음서」 12: 24.

131) Borrero 1997: 162.

132) 호스킹 1989: 86-87.

133) Riasanovsky 2005: 474.

134) Raleigh 2006: 148.

135) Borrero 1997: 170.

136) Borrero 1997: 163.

137) Borrero 1997: 163.

138) Leblanc 2001: 229.

139) 소설 속의 등장인물인 바비체프는 1930년대 러시아 식량성 위원장이자 소비에
트 요리의 아버지라 불리는 아나스타스 미코얀(Anastas Mikoyan)의 모든 업적
을 종합적으로 예고한다. 그는 새로운 시대의 이데올로기와 영양학을 접목하고
새로운 식사의 규범을 정립하기 위해 소시지 조리법을 개발 승인하고 요리책을
집필했으며 신종 식품을 창안했다. Geist 2012, 298을 보라.

140) Borrero 1997: 171.

141) Rothstein 1997: 183.

142) Rothstein 1997: 178-179.

143) Geist 2012: 300.

144) Rothstein 1997: 183.

145) Borrero 1997: 173.

146) Rothstein 1997: 180.

147) Rothstein 1997: 182.

148) Rothstein 1997: 186-187.

149) Boym 1994: 136.

150) Goldstein 1999: xiv, 129.

151) 이하 파스테르나크의 전기와 관련한 사실은 Hingley 1985 69, 73, 105, 108, 109
를 참조했다.

152) Leblanc 1996: 183.

153) Lotman/Pogosian 1996: 13.

154) Sokolov 2005: 141; Leblanc 1996: 177.

155) Lotman 1990: 191.

156) Lotman 1990: 188.

157) Lotman 1990: 190.

158) 『거장과 마르가리타』의 숨겨진 코드를 해석한 보리스 소콜로프는 한 장 전체를
소설과 현실의 상응을 파헤치는 데 할애한다. 그는 소설에 등장하는 온갖 속물

문인들의 모델이 된 실존 인물들의 실명을 거론한다. 예를 들어 비평가 므스티 슬라프 라브로비치는 불가코프를 박해한 극작가 비슈네프스키를 모델로 했으며 거장을 파멸시킨 비평가 라툰스키는 불가코프를 박해한 연극비평가 리토프스키를 모델로 했다. Sokolov 2005, 118-234를 보라.

159) Lotman 1990: 191.

160) Zholkovskii 1987: 91.

161) 회춘 실험에 관한 당대 미디어의 보도는 Shilova 2005 111-112를 참조했다.

162) 『개의 심장』에 관한 여러 연구 중에서 특히 Fedorova의 2009년 논문은 바로 이 '인간이란 무엇인가'에 초점을 맞춘다. 이 논문은 텍스트에 은닉된 불가코프와 톨스토이의 논쟁을 천착하는데 음식에 대한 두 거장의 대립하는 시각을 통해 수천 년 동안 제기되어온 인간이란 무엇인가의 문제가 새로운 각도에서 제기된다.

163) Fedorova 2009: 444.

164) Zholkovskii 1987: 91.

165) Fedorova 2009: 446.

166) Zholkovskii 1987: 97; Fedorova 2009: 442-443.

167) Fedorova 2009: 439.

168) Romanov 2000: 454.

169) Romanov 2000: 454.

170) Fedorova 2009: 439.

171) Romanov 2000: 457.

172) Rothberg 1971: 20-21.

국립중앙도서관 출판시도서목록(CIP)

러시아 문학의 맛있는 코드 : 푸슈킨에서 솔제니친까지 /
지은이 : 석영중. -- 고양 : 위즈덤하우스, 2013
    p. ;   cm

참고문헌 수록
ISBN 978-89-5913-723-7 93800 : ₩18000

러시아 문학 [--文學]

892.809-KDC5
891.7009-DDC21   CIP2013001242

러시아 문학의
맛있는 코드

초판 1쇄 발행 2013년 3월 18일
초판 3쇄 발행 2016년 2월 12일

지은이 석영중
펴낸이 연준혁

출판 1분사 편집장 한수미
편집 정지연 디자인 함지현

펴낸곳 (주)위즈덤하우스 출판등록 2000년 5월 23일 제13-1071호
주소 (410-380) 경기도 고양시 일산동구 장항동 846번지 센트럴프라자 6층
전화 (031)936-4000 팩스 (031)903-3895
홈페이지 www.wisdomhouse.co.kr 전자우편 wisdom1@wisdomhouse.co.kr

값 18,000원 ⓒ 석영중 ISBN 978-89-5913-723-7 93800